纳兰心事几曾知

王充闾

著

山西出版传媒集团　山西人民出版社

图书在版编目（CIP）数据

纳兰心事几曾知 / 王充闾著 . -- 太原：山西人民出版社，2018.4
ISBN 978-7-203-10164-2

Ⅰ.①纳… Ⅱ.①王… Ⅲ.①散文集—中国—当代 Ⅳ.① I267

中国版本图书馆 CIP 数据核字 (2017) 第 318779 号

纳兰心事几曾知

著　　者：王充闾
责任编辑：秦继华
复　　审：赵虹霞
终　　审：员荣亮
装帧设计：三形三色

出 版 者：山西出版传媒集团·山西人民出版社
地　　址：太原市建设南路 21 号
邮　　编：030012
发行营销：0351-4922220　4955996　4956039　4922127（传真）
天猫官网：http://sxrmcbs.tmall.com　电话：0351-4922159
E-mail：sxskcb@163.com　发行部
　　　　　sxskcb@126.com　总编室
网　　址：www.sxskcb.com

经 销 者：山西出版传媒集团·山西人民出版社
承 印 厂：山东新华印务有限责任公司

开　　本：710mm×1000mm　1/16
印　　张：18
字　　数：284 千字
印　　数：1—5000 册
版　　次：2018 年 4 月　第 1 版
印　　次：2018 年 4 月　第 1 次印刷
书　　号：ISBN 978-7-203-10164-2
定　　价：48.00 元

秦始皇嬴政（公元前 259—前 210）

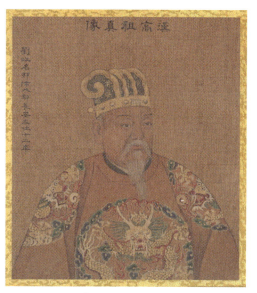

汉高祖刘邦（公元前 256—前 195）

明太祖朱元璋（1328—1398）

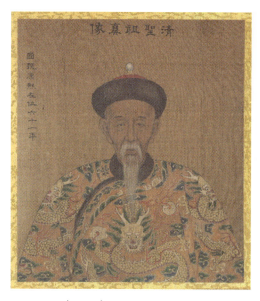

清圣祖康熙（1654—1722）

清高宗乾隆（1711—1799）

选自《历代帝王真像》 清·姚文瀚 绘

屈原（公元前 340—前 278）

选自《中国古代君臣清代黑白图鉴》

兩郭煙村白水環迷
雖紅葉間蒼山悅閒召
口清猨喚艮巘秋光想
像間 御題

《溪山秋色圖》 北宋·徽宗 趙佶 繪

《萧何追韩信图》 方薰 绘 1770年

《贵妃出浴图》 王叔晖 绘 1933年

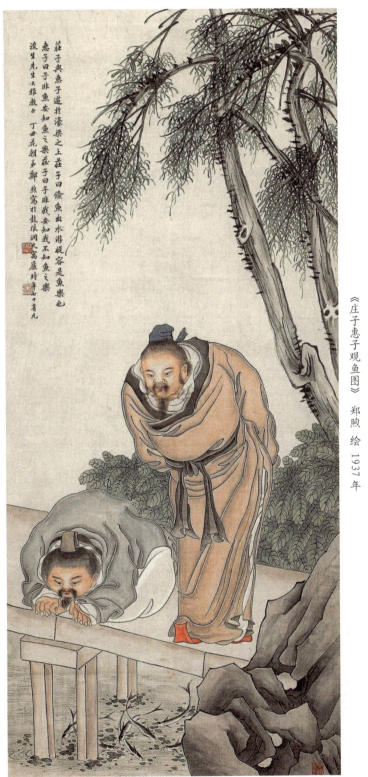

《庄子惠子观鱼图》 郑煦 绘 1937 年

《写朱淑真词意图》1941年

《貂蝉拜月图》 叶曼叔 绘 1945年

苏东坡画像　张大千　绘　1947年

斜陽古柳趙家莊負鼓盲翁正作

場身後是非誰管得滿邨聽說

蔡中郎　陸放翁遊近村詩

戊寅中秋節藏園老人傅增湘

陆游诗《小舟游近村舍舟步归》 傅增湘 书 1938年

曾国藩（1811—1872）

张謇（1854—1926）

溥仪（1906—1967）

张学良（1901—2001）

歌德（1749—1832）

列夫·托尔斯泰（1828—1910）

契科夫（1860—1904）

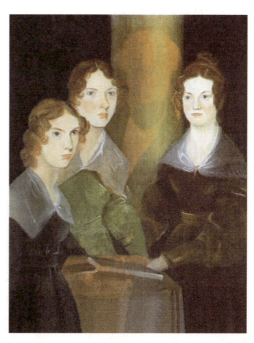

勃朗特三姐妹

余亡友曹君益甫嘗謂予曰昔與元遺山為
東曹同舍郎雖在艱危䆉急之際未嘗一日
不言詩迨今垂三十年其所與論辨歷猶可
復北渡而後詩學日興而遺山之名日重世
之留意於詩者雖知師宗之至其妙處而人
未必盡知之也自僑居平陽時為諸生舉似
其一二然以未見其全為學者惜間遺人即

遺山先生詩集引

遺山詩集一　序

故及与陽氏

清刻本　《遺山诗集》　元·元好问 著

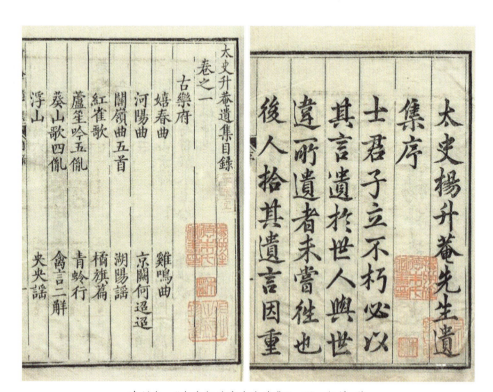

太史楊升菴先生遺
集序
士君子立不朽必以
其言遺於世人興世
遺遺所遺者未嘗徙也
後人拾其遺言言因重

太史升菴遺集目錄
卷之一
古樂府
嬉春曲
河陽曲
關嶺曲五首
紅雀歌
蘆笙吟五傶
葵山歌四傶
浮山

雞鳴曲
京闕何迢迢
湖陽謠
橘旗篇
青嶺行
禽言二解
央央謠

清刻本　《太史杨升庵先生遗集》　明·杨慎 著

自 序

一

在创作这些历史文化散文的过程中，我的脑海里始终浮现着一个模模糊糊的画面：海天茫茫，几穗忽明忽灭的灯火，在漂泊的渔舟上，随波荡漾。而核心印象就是一个"遥"字。

遥，是历史的本质性特征。由于诸多条件的制约，历代失记和被遗忘的部分，总要大大超出已记部分。就已记部分来说，人类本身有外在与内在之别，历史所记载的或者说后人所面对的，多数属于外在之物；而内在之物已随当事者的消逝而永远不可能再现。后人只能凭借这些外在之物传递的信息，试图为历史"黑箱"中的一个个疑团解密。早在九百年前，王安石在《读史》诗中就曾慨叹："自古功名亦苦辛，行藏终欲付何人？当时黯黮犹承误，末俗纷纭更乱真。糟粕所传非粹美，丹青难写是精神。区区岂尽高贤意，独守千秋纸上尘！"信然。

遥远、模糊，对于史学家解读历史来说，无疑都是致命障碍；而在作家、艺术家那里，"却顾所来径，苍苍横翠微""曲终人不见，江上数峰青"，不仅不是障碍，反而颇富诗情画意。当然，文艺本身也可以说是一种历史，是一段段民族的精神追寻史。对于历史的反思永远是走向未来的人们的自觉追求。而所谓历史感或历史意识，就是指对过去的回忆与将来的展望中体现出来的某种自觉意识和反思，其中蕴含着一种深刻的领悟。就是说，文学家是凭借内心世界深深介入种种冲突，从而激起无限波澜来打发日子、寻觅理性、诠释人生的。他们通过搜索历史与现实在心灵中碰撞的回声，来表现其对于人生命运的深情关注，体味跋涉在人生旅途中的独特感悟。正由于作家观照历史，是既要用眼还要用心的，所以，"史海遥灯"，可能会更加富有诗性，启发其无穷的想象力。

而且，从审美的角度看，历史题材具有一种"间离效果"与"陌生化"作用。和现实题材比较起来，历史题材把读者与观众带到一个陌生化的时空当中，这样可以更好地进行审美观照。作家与题材在时空上拉开一定距离，有利于审美欣赏。朱光潜先生说过："年代久远，常常使最寻常的物体也具有一种美""'从前'这两个字，可以立即把我们带到诗和传奇的童话世界"。是呀，我们小时候，不也常常被老祖母的"从前有一个什么什么"迷得如痴如醉吗？

不过，话又说回来，由于人生的有限性，面对史海的苍茫，即便是再高产的写手，大概也只能像佛经上说的："弱水有三千，只需取一瓢饮。"我在这方面，所做的就更是微不足道。这也反映在这次的编选工作中——以历史为题材的拙作，总数不足二百篇；而文集限于字数，必须加以遴选。这样，展现在读者面前的仅有二十五篇，为数自然更少。

我的选取标准，主要是想尽量达到丰富多样，同时考虑代表性。拙作中的历史文化散文，按题材分，曾出版过帝王、政要、文人、女性、域外、诗话等方面的散文专集。这次都有所体现，比如，文人、女性大约各占三分之一，域外占六分之一（中间有交叉）。历史是在时间中展现的，这些散文所写的，最远的追溯到洪荒未辟之世，中经战国秦汉唐宋辽金明清，直至20世纪末。基本内容，一字以蔽之，就是"人"——寓人性、人生、道路、命运等哲思、史眼于纷繁史实之中。

二

以我的切身体验，写作历史题材的散文，要做三方面的工作：一是消化史实，弄清历史人物的行迹和历史进程的脉络，尽量达到对所写人物烂熟于心，动笔之前，历史人物先就活在作者心里，而不单是记住一些事件经过；二是运用史识、掌握史观，对历史事件、历史人物进行分析，提出独到见解；三是适当借鉴小说、戏剧、电影、绘画等艺术门类的创作手法，进行细节描写、心理刻画、形象塑造，以及必要的联想与想象。前者是基础，后二者见功力。譬如射箭，前者是"至"，后二者是"中"："其至，尔力也；其中，非尔力也。"（语出《孟子》）

分析历史人物，在运用唯物史观分析其所处时代、社会环境，研讨其成长、发展路径、成败、得失经验的基础上，我还注意借鉴西方史学研究中经常应用并已证明确有价值的一些现代科学方法，如法国年鉴派的历史分析方法、弗洛伊德的精神分析方法、现代遗传学的方法和理念、行为科学、现代人才学、历史心理学等，来研究历史人物的不同特点，比如性格、心理、素质、命运，等等。

历史是一个传承、积累的过程，一个民族的现在与未来都是历史的延伸；尤其是在具有一定超越性的人性问题上，更是古今相通的。把观念交给历史人物的个性与命运，将历史人物在人性、人生方面的种种疑难和困惑作形象的展现，用过去鉴戒当下，探索精神出路，揭示规律性认识，这可以说是我写作历史文化散文的一个立足点。读者尽管与这些历史人物"萧条异代不同时"，却有可能通过具有历史逻辑性的文本获得共时性的感受，同样也会"怅望千秋一洒泪"的。

我们所处的时代是对思想、对创新充满渴望的时代，人们的主体意识、探索意识、批判意识、超越意识已经大大增强，可是，哲学含蕴的稀薄、动人心魄的思想刺激的缺乏，恰恰是当前文学创作普遍存在的一个薄弱环节。为此，我在历史散文创作中，为自己提出一个深度追求的目标。由以往的注重历史事件、外部世界的描绘和说明性意义的传达，转为对人的个性品格、自身情感、生存状态、心灵世界的深层挖掘，以深刻的人生思考、深层的哲学内涵和情感密度走近读者，从而实现创作主体与接受主体的精神对接。这种深度追求，是同个性化的写作紧密联系在一起的。缺乏个性化的支撑，势必导致思想的平庸化和话语的共性化。根据我的创作实践，作为一种极富活力的人文精神，个性化可以抵制烦琐、无聊、浅层次的欲望化和心灵的萎缩现象，而表现出对人类命运的终极关怀，对审美意蕴的深度探求，使心灵情感的挖掘达到一个很深的层面。

三

文学是灵魂的曝光、内心的折射。苏珊·朗格说，艺术表现的是人类的情感本质。这种情感本质，必然是人类深层意识的外射，是个体生命对客观世界的深刻领会与感悟。也就是说，作者要通过自身的灵性和感受力，通过哲学思维的过滤与反思，去烛照历史，触摸现实，探索文化，追寻美境。

我写历史人物，特别喜欢那些个性鲜明、境遇复杂、矛盾丛生、充满谜团、争议很大的人物，因为这类人物富有可言说性，所谓"大有文章可作"，作家可以大显身手。破解谜团的过程，就是检验作者识见水平、思想深度、历史眼光的过程，也是发挥作者分析能力、施展文学才力的过程。

写这类人物，着眼于人的性格、命运、人生困境、生命意义的探寻，而不是满足于事件的讲述和场面的渲染。比如，我写封建帝王，他们同样是人——当然他们是特殊的人群，由于他们的至高无上的社会地位，予取予夺的政治威权，特别是血火交迸、激烈争夺的严酷环境，往往造成灵魂扭曲、性格变态、心理畸形，时刻面临着祸福无常、命途多舛的悲惨结局。这就更容易引起人们的加倍关注。

知人论世，突破一般的功业成败、道德优劣的复述，大胆引进逻辑学、数学上的悖论范畴，揭示历史进程中关于二律背反、两难选择的无解性；关于道德与功业的背反，事功与人性的背反；关于动机与效果的背反，欲望、愿望、意志与现实的背反；关于所当为与所能为，所能为与所欲为的矛盾；关于必然与偶然、应然与实然的矛盾，从中破译那些充满玄机、变数、偶然性、非理性的东西。通过大量的矛盾事物、微妙细节、异常变故，揭橥、呼唤一种自由超拔的生命境界。

在历史文化散文创作中，存在一个如何以开放的视角、现代的语境，做到笔涉往昔，意在当今，亦即所谓现实关怀、现实期待的问题。前人说，"古人作一事，作一文，皆有原委"。这种"原委"，有的体现在人物的际遇、身世上，有的依托于浓烈的家国情怀，或显或隐地抒怀寄慨，宣泄作者的感慨与见解。

金圣叹曾经说过："人凡读书，先要晓得作书之人是何心胸。如《史记》，须是太史公一肚皮宿怨发挥出来。所以，他于《游侠》《货殖传》特地着精神，乃至其余诸记传中，凡遇挥金、杀人之事，他便啧啧赏叹不置。一部《史记》只是'缓急人所时有'六个字，是他一生著书旨意。"我写秦始皇（《欲望的神话》）、曾国藩（《用破一生心》）的欲望无穷，终致败毁，就有着强烈的现实针对性。

按照古籍中"序者，谓端绪也"的说法，附缀弁言，以明作意。

王充闾

2015 年 8 月于沈阳

目 录

文明的征服

一

　　考究历史上每一个封建王朝，都会把握一个处于核心地位的话题。说到北宋，总也绕不开"重文轻武""守内虚外"这个属于战略性的决策；而论及大明王朝，人们立刻会想到"宦官政治""权阉肆，祸如林"。那么，金王朝的历史，什么是核心话题呢？恐怕非"汉化"莫属了。

　　这个话题说来就长了。金太祖完颜阿骨打在创建大金国之前，女真族还处于部落联盟的社会形态。对辽朝用兵之始，本民族尚未形成文字，由于言语不通，又没有文字可以表达意向，遇事辄以射箭为号。民众不明岁时节序，没有纪年知识，见一次草青便算过去一年。即使是上层贵族，也没有种种岁时活动，不知生日时辰。后来，受汉族风习影响，从皇帝、大臣开始，各自选择吉日作为生辰，比如，金熙宗选定为七夕，粘罕选定的是元旦。

当时的上京，实际上只是一个较大村寨聚落。"皇帝寨"之外，还有"太子庄""国相寨"等，都是植木为栅，十分简陋。都城外无城郭，内无宫室，四顾茫然，清一色都是茅草覆盖的土房。居民随意往来，车马杂沓而过，自"前朝门"至"后朝门"尽为出入之路，并没有什么禁制。北宋使臣马政等来到这里，太祖首先安排他们随驾出猎，归来后，指令几个儿郎各具酒肴，款待使者。待朝廷正式宴请时，太祖与大夫人于炕上设两个金装交椅，并肩而坐。他对使者解释说："我家自上祖留传，即是如此风俗，不会奢侈；只住此类房屋，冬暖夏凉，不另修宫殿，免得劳费百姓。请勿见笑。"

根源于原始的自然产生的民主制文化，金朝立国之初，仍然实行军事民主制。史载：当时，"有事集议，君臣杂坐，议毕同歌合舞，携手握臂，略无猜忌"。讨论问题时，大家围坐在一起，就着沙地随画随议，讨论完毕即全部涂掉。为了广泛听取各方面意见，臣下发表看法时，由地位低、年纪轻者先讲，各陈其策，君主最后择善而从。

其时虽有君臣之称，而无尊卑之别。太祖、太宗和普通的女真族臣民一样，"浴于河，牧于野"，乐则同享，财可共用。至于车马、屋舍、服饰、饮食之类，与一般臣僚均无明显差异。皇帝唯一特殊的，是有一座供开会使用的乾元殿，也并非坐落于戒备森严的宫禁之中，仅栽植一道柳墙加以围拢。大殿中环绕四壁搭置土炕，每逢开会，臣僚杂坐于四面炕上，由太祖后妃恭侍饮食。在皇宫内廷里，如遇下雨积水，后妃们即脱去鞋袜，赤脚走在"御道"上。这些，都体现了当时完颜家族与普通臣下的平等关系，反映出当时的淳朴风尚。

在女真军队中，当时上自大元帅，下至百户长，上下级之间，军官与士兵之间，饮酒会食，有如父子兄弟，比较随便，彼此情通意洽，很少产生隔阂和疑忌。行军打仗之前，军事首长召集部下官兵聚餐、会饮，一边吃喝，一边议事，主帅很注意听取各类不同意见。战役结束，长官主持全体大会，兵丁场上环坐，由参战有功人员据实自述劳绩，其他人员参与考核。偶尔出现赏罚失当，有欠公允，可以随时更改、调整，准许当事人进行申诉，发表不同意见。

北方少数民族没有太多的文化积淀，自然也不存在着浓重的旧习的因袭和历史的负累。除了野蛮、落后的一面，在文化心理、社群关系上，还保持许多原始的健康成分的底蕴。苦寒的气候，辽阔的原野，艰难的生计，赋予女真族以豪勇性格、强壮筋骨、质朴民风，和冲决一切的蛮劲，蓬勃旺盛的生命活力。他们刻苦耐劳，勇于进取，擅长骑射，能征惯战。因而，在完颜阿骨打这个女真族的卓越的统帅指挥下，铁骑所至，望风披靡，奇迹般地战胜了军事力量超过自己几倍甚至十几倍的强大对手。十一年间，即扑灭了立国两百零九年的辽朝。然后由太宗完颜晟接手，又吞噬了北宋王朝这个庞然大物，也只用了两三个年头。

二

当然，一切事物都是发展变化的。女真上层统治集团，也和前朝的契丹、身后的蒙元一样，当他们从漠北的草原跨上奔腾的骏马驰骋中原大地的时候，都在农耕文化与游猎文化的撞击与融合的浪潮中，自觉不自觉地经受着新的文明的洗礼，面临着一场勃兴与衰颓、生存与毁灭的严峻考验。

本来，女真人主要是生活在白山黑水的森林地带，从事渔猎和粗放型的农耕以及作为经济补充的定居型的畜牧生产，与生活在草原上的游牧民族有很大的区别，而与汉族人生活方式则比较接近。这是他们接受"汉化"的重要背景条件。又兼随着金人铁骑的军事扩张，以及作为金朝基本国策的大批汉人北迁和女真人的徙居中土，使他们有更多的机缘与汉文化接触。这样，他们便面临着一个极为严峻的现实课题，就是作为文明程度相对低下的女真族与经济、文化高度发展的汉族自然融合与同化的问题。民族融合的首要条件，是必须各族人民在一起生活。而金代统治者挺进中原的军事行为和"内迁外徙"的重要国策恰恰提供了这一条件。

北宋时期，高度发展的中原文化，对女真这个北方游猎民族的吸引力和融摄力是巨大的。儒家思想是汉文化的核心。金太祖时，一批望风归顺或被迫羁留的辽、宋两朝汉官，首先把儒家思想带了进来，并为金王朝初步制定一套君臣朝仪制度，受到了举朝欢迎。熙宗朝正式确认儒家思想为其统治思想。鉴于熙宗和海陵王先后惨遭杀害，篡弑行为屡屡发生，金世宗践位后，更把中原地区儒家的忠君、孝亲的纲常伦理，视为维护统治、协调君臣关系的法宝。

从铁一般事实中，金朝君主逐渐领悟到，马上得天下，不能马上治之。要巩固已经取得的统治地位，进而统一全国、君临天下，还须在创建"剑与火"的赫赫武功的同时，有效地饱吸汉民族的文化乳汁，全面借鉴历代中原王朝治国驭民的统治经验。

金朝统治者出于对文化载负者的敬重和对汉文化的认同，早在立国之初，就采取了"借才异代"的特殊政策。他们多方延揽中原文士，曾经委派专人赴山西访寻北宋名臣富弼、文彦博、司马光的子孙；还发出诏令，要求河北各州县四出寻索进士、举人。对于由宋入金的使者，特别是硕儒名士，他们都设法加以挽留。为了罗致人才，金太宗于天会元年实施开科取士。灭辽、侵宋过程中，女真统治者曾反复强调，必须尽力保护图书典籍，并指名索要国子监博士和太学生。汴京城破，金廷明令戒杀儒士，说"秀才懑恧，忠孝为国，不要杀他"。

随着北宋王朝倾覆，徽、钦二帝被掳，大量中原文物尽入女真铁骑的囊橐。从显性文化范畴的礼乐、仪仗、典籍，到隐性文化范畴的封建等级制度、儒家正统观念以及讲排场、图阔气的贵族生活方式，都受到了女真统治者的倾慕。他们并没有把中原文明付之一炬，而是毫不迟疑地主动地接受了汉文化的浸染与熏陶。

其时，举凡文字创立，教育、科举、官制、典章、礼仪的实施，都大量吸收了汉文化的质素。在最高统治者的带头倡导下，通过与汉文化的融合，金文化的形态与结构得以迅速改观，政治、经济和整个意识形态都发生了深刻变化，对于这个建立在马背上的帝国的巩固与走向成熟，起到了催化作用。当然，其间也包含着颇大的负面效应。

三

据《大金国志》记载，太祖之孙、第三代君主熙宗完颜亶，自幼即十分聪悟，后来跟随长辈南征中原，接受燕人韩昉和中原儒士的教诲，遂醉心于汉文化，平日儒服打扮，喜欢诗词、书法和弈棋、象戏，所交游的都是一些文墨之士，这种生活环境决定了他的文化选择，从而完全丢掉了女真族固有的文化传统。他对女真的开国旧臣竟斥之为"无知夷狄"；而他在这些耆宿旧臣眼中，则"宛然一汉户少年子也"。

熙宗非常明确地表示："太平之世，当尚文物，自古致治，皆由是也。"他可以算是金朝第一代的汉化女真人。登极之后，出巡燕京，长达八九个月，流连忘返，乐不思归。古老而丰富的幽燕文明，包括中原皇帝威仪万方的无上尊荣，汉族士子诗礼蔚然的儒雅风流，以及楼阁的巍峨，弦歌的优美，街市的繁华，生活的潇洒，都使他如饮醇醪，既娱悦了身心，又大开了眼界。

历史上，从陈胜到刘邦，这类草莽英雄初践皇位时，都曾遇到过如何制定礼仪以建威严的现实问题。陈胜刚刚称王，原来一起佣工的伙伴跑来要见他，门卫不给通报，他们便在街头拦住陈王的乘车，并大声呼叫着他的名字。没奈何，陈胜只好载上他们一起回来。进了王宫，看到宫室之美、陈设之精，这些人又指手画脚，议论短长，闹闹嚷嚷，不成体统，不仅随便进进出出，而且讲些陈王的不尽光彩的旧事。为了维护王者的尊严，陈胜接受侍臣们的建议，索性把他们杀掉了事。结果呢，很糟很糟，一些老朋友都相继走开，躲得远远的，再也没有人亲近他了。

刘邦即皇帝位，虽然也曾遇到过类似麻烦，但是，由于身旁有几个懂得"周公之礼"的儒生帮忙，情况便大不一样。当时群臣喝醉了酒，个个争功邀赏，有的狂吼乱叫，有的拔剑击柱，弄得高祖十分烦苦。儒生叔孙通便为刘邦出主意：依照先王旧制，明尊卑之序，定君臣之礼。礼仪一定，有章可循，人们的行为受到了规范，朝廷内外立刻井然有序。那些共同起事的将领，无拘无束惯了，这回都变得服服帖帖，一个个规行矩步，跪拜如仪。刘邦高兴地说："吾乃今日知为皇帝之贵也！"

金熙宗同样尝到了这个甜头。在燕京期间，身旁的一大批儒臣，每天都投其所好，大唱赞歌，讲些谄谀媚上的话，教之以宫室之丽，府库之盈，服御之美，燕乐之侈，妃嫔之盛，乘舆之贵，禁卫之严，礼仪之尊。这样，熙宗便接受了群臣所上封号，初御衮冕，始备法驾，美得"不亦乐乎"，光是仪仗队就动用士卒一万四千多人。

返驾回銮之后，熙宗也在会宁府设立仪卫将军，禁止亲王以下佩刀入宫，出则清道警跸，入则端居九重，大臣勋戚要到规定时间方得朝见，而且也效仿汉家制度，臣下面君必须拜伏阶墀。早在几百年前，唐代诗人骆宾王就曾咏叹过："山河千里国，城阙九重门。不睹皇居壮，安知天子尊！"熙宗此刻也正是这样，安坐在金銮殿上，饱享天子的安富尊荣。自此，君臣上下迥分霄壤，确立了皇帝的专制威仪，摈弃了建国之初君臣、尊卑、贵贱混同的礼俗。在尔后的八九年间，熙宗对朝廷的职官制度、地方行政制度、法律制度、礼制、仪制、服制，以及历法、宗庙制度，都进行了全盘改革，呈现出"政教号令，一切不异于中国"的局面。

四

海陵王完颜亮也是太祖之孙，从小就接受了系统的汉文化教育，有很高的文学修养。其父完颜宗干为熙宗朝推动女真族学习汉制、改革女真旧俗最为得力的权臣政要。在这种环境下成长起来的完颜亮，杀掉熙宗，登上皇帝宝座之后，自然会在女真"汉化"方面迈出更大的步子。迁都燕京是其决定性的一步。这一举措，表明了他以最大的决心加速推进改革，强化中央集权，并主动介入汉人居住地区，与汉族地主、官僚进一步结合，消除民族间的对立，铲削氏族贵族的特权，彻底同女真旧势力决裂，走中原封建制的道路。

尔后，海陵王为部下所杀，由同是太祖之孙的完颜雍践位，是为金世宗。初始阶段，他对完颜亮迁都燕京和女真急剧"汉化"所带来的种种后果是深感不安的，他担心长此下去，女真族的子孙后代会"数典忘祖"。接受前朝教训，为了笼络宗室贵族，他一上台即声讨海陵王捣毁上京的罪行，恢复上京名号，重建宫室、宗庙，并亲临上京巡幸，同据守在这里的本族元老派势力一道，进行抵制全盘"汉化"的斗争。世宗强调宗室子弟必须说女真话，学习本民族文字。当时，女真人改汉姓、着汉服、习汉俗的现象极为普遍。世宗痛斥说："习学汉人风俗，是忘本也。"通过开展各种活动，倡导恢复女真古风，并于大定十三年、十七年先后两次颁布禁令，不许女真人改用汉姓和着南人衣装，犯者抵罪。

世宗对于恢复女真族习武、骑射，尤为重视。他多次号召，要通过整军经武，重振故国雄风。一次，南宋贺生辰使到达燕京，按惯例，双方要举行宴射活动。宋使射中五十，而金廷卫士只射中其七。世宗当场批评他们"饱食安卧，专务游惰"，从这里可以看出他的良苦用心。

但是，当时"汉化"倾向已成不可遏止之势，不管如何下令制止，都无法阻止这种社会风尚的蔓延。而世宗本人，认识与实践也并不一致。虽然他严苛指责海陵王忘本弃祖，而他自己却也同样醉心于中原文化。他和前面的完颜亮以及后来继承大统的金章宗完颜璟，都是才华横溢的诗人。君主带头吟诗填词，无疑会产生强大的号召力，成为风行全国的"诗教"，从而逐渐形成强劲的尚文崇儒风气。

其实，这种浸染汉习、修文偃武的风尚，主要还是由金朝几代皇帝带动起来的。原来，在"汉化"方面，金朝与辽朝有所不同。辽朝吸收汉族士子，主要着眼于政治体制的改革，而不在于借鉴文化，辽朝的帝王对于汉文化也并没有颇大的兴趣；而金朝则不然，汉族士子对于吏治并没有太多的建树，只是在文学方面大显身手，而这方面，恰恰得到了中、后期的金朝最高统治者的重视。

对于君王们一意崇文尚儒，一些女真军事贵族早就产生了强烈的不满情绪。一天，金世宗正在与诸王、大臣赋诗唱和，著名军事家完颜兀术的儿子、武将完颜伟实在抑制不住内心的不满，闯进去叩首直言，说：

> 我国起自漠北，君臣将帅凭借着强大的武力与雄才伟略，得以灭辽吞宋，诸藩惧服。近年来，辽、宋亡国遗臣，以华文丽采败坏我们的淳厚土俗，不能不引起应有的警惕。当前，南宋志在恢复，蒙古更不受调役，西夏亦复屡次犯边，而本朝的军威与武备，已经大不如往时。可是，皇帝却从来不谈论兵事，把战将们抛在一边，认为同这些人无话可说，只是让文士们朝夕守在身旁，难道要靠那些整天玩弄诗词的人去上阵杀敌吗？

这一席酸中带苦的悻悻之言，充分暴露了一些军事贵族久积胸臆的愤懑情怀和忧患心理。

金世宗号称中兴令主，在旧代史书中有"小尧舜"之誉。尽管其中不无溢美的成分，但此后的二十余年，确曾出现过治平景象。当然，里面也隐伏着深重的危机，晏安鸩毒，军无斗志，正在逐渐成为金朝中、晚期的不治之症。世宗之后，整个国运就开始走下坡路了。一个带有规律性的历史现象，就是：颓势一经形成，便如病入膏肓，不但无法逆挽，而且总是愈演愈烈，直到最后彻底垮台。

<h1 style="text-align:center">五</h1>

回过头来看，当日女真贵族从本集团的切身利益出发，种种忧虑和不安都不是无谓的。尽管以他们所处的社会时代和认知能力，不可能解读深藏其中的文化价值哲学的底蕴和社会历史发展规律，但直观的感觉在提醒他们注意：作为胜利者，女真贵族集团在充分获取、享用汉、辽文化硕果的同时，也在吸收这两个封建王朝的消极、腐朽的东西，而把本民族所固有的健康质素渐渐地丢掉。此之谓"成也萧何，败也萧何"者也。

是的，从茫茫塞野的"弓刀夜雪三千骑"，到繁华都会的"灯火春风十万家"，对于一个世代生长在艰苦环境中的质朴的民族来说，无疑是十分严峻的生存考验。作为统治集团利益的代表，他们当然不能忽视这样一个至关重大而又无法回避的课题：在政治制度、民族素质、文化情境、社会心理方面，如何割除腐败、奢靡的肿瘤，振作民族精神，克服晏安积习，保持本民族所固有的优势？

女真人的全盘"汉化"，彻底改变了其传统的生活方式，养成他们骄惰奢靡、晏安逸乐的生活作风，从而使这个一度生气勃勃的民族最终走向衰落。正如金世宗对臣僚所说的，山东、大名一带的一些军事贵族，骄纵成性，本人不亲稼穑，也不让家人从事农作，而是全部交给汉人去耕作，坐取租金而已。富裕之家尽服纨绮，酒食游宴，而生活尚不富裕的也争相效仿。有的则"种而不耘，听其荒芜"，甚至靠出卖奴婢和土地来维持其寄生生活。即使是生活在金内地的女真人也同样染上了懒惰奢靡之风，"宗室子往往不事生业"，而女真官僚"随仕之子，父没不还本土，以此多好游荡"。

女真人的全盘"汉化"，彻底销蚀了其传统的尚武精神，使得这个昔日强大无比的马上民族，在蒙古人的铁蹄下变得不堪一击。当日以两千五百人起兵的完颜阿骨打，仅用了十一年的时间，就将辽、宋两大帝国彻底征服。那时的女真人何以如此强大？《金史·兵志》上说："原其成功之速，俗本鸷劲，人多沉雄，兄弟子姓，才皆良将，部落保伍，技皆锐兵。"然而，仅仅三四十年之后，随着南迁内地，女真人就渐渐浸染了中原浮靡骄惰的积习，而尽失其昔日的勇锐。女真人的"汉化"，从根本上改变了他们昔日的好战精神和勇敢无畏的性格。宋人对此做过比较：

> 金人之初甚微……当时止知杀敌，不知畏死，战胜则财物、子女、玉帛尽均分之，其所以每战辄胜也。今则久居南地，识上下之分，知有妻孥、亲戚之爱，视去就、死生甚重，无复有昔时轻锐果敢之气。

更有甚者，是到了金朝晚期，宣宗完颜珣经受不住蒙古铁骑的袭击，从燕京仓皇逃窜到汴京。像当年的宋徽宗一样，整日间醉生梦死，纵情声色，倚红偎翠，笙歌不绝，似乎强敌的威胁根本就不存在。主荒于上，臣嬉于下，把一个好端端的江山弄得一塌糊涂，不但武备虚弱不堪，而且，文治也无从谈起。

女真人从尚武到不武的转变，给大金王朝的国运兴衰带来了决定性的影响。借用一句元人的话来说，就是"金以兵得国，亦以兵失国"。

六

人，既是社会文化的创造者，也是社会文化的制成品。一方面，人们在社会生活中不时地接受一定文化的传播，又必然不时地摈弃着某种文化；另一方面，人类创造的文化，无一不包含着自我相关的价值、功能上的悖谬，并且随着时间的推移，不断地作反向的运动与转化。这种文化上的悖论，似乎有意地开人类的玩笑——创造的结果、最后的效应，恰好同原初的愿望悖反。

这里，我想到 19 世纪初发生在欧洲的一则轶事。在沙皇亚历山大的亲自率领下，帝俄军队与奥、普等反法联军一起追击拿破仑的部队，驰骋在欧洲大地上，并以胜利者的身份进驻巴黎，算是彻底打败了法国。可是，当俄军撤离法国凯旋归来时，人们却惊奇地发现，这支军队已为被征服的土地上的新的思潮所濡染。战士们回到俄国，见到城乡中依然盛行着农奴买卖制度和残酷的肉刑，不禁为之义愤填膺，纷纷起来抗议。这又是沙皇亚历山大始料未及的。

类似问题也出现在蒙元帝国。开国的成吉思汗大帝，武功赫赫，横扫亚欧大陆，那该是何等强盛啊！可是，几代传承之后，就一步步走向式微。蒙古军一旦住进繁华的农耕区，很快便在歌舞狂欢、酒肉征逐中败下阵来。不出百年，就腐败得将军拉不开弓，战士跑不动马，面对着汉族的起义军一触即溃，最后，末代皇帝只好从繁华的大都狼狈地逃回草原，逐渐地消逝得无影无踪了。成吉思汗及其子孙的光华夺目的军威，在人类古代战争史上，终于像彗星般一掠而过的事实表明，文化落后者是不可能长久保持武力征服成果的，到头来终将在思想上、文化上溃败于被征服者。

上述情况也说明了，弥漫于当日金廷上下的种种殷忧是无济于事的。某种文化世界一经被创造出来，便不以某些个人的意志为转移，而是作为一种超越自我的异己力量客观地存在着，它不为尧存，也不为桀亡。这里反映了一种社会发展的必然趋势。

金章宗完颜璟是他的祖父金世宗在世时亲自指定和培养的继承人。完颜璟由金源郡王晋封为原王，操女真语入朝谢封。其时，世宗正在大力倡导保持女真旧俗，见状大喜，对群臣说："朕曾诏命诸王习本朝语，惟原王习之最力，朕甚嘉之。"可是，正是这个原王，即位后，大倡文治，崇尚儒雅，整天谈经论道，寄兴吟哦，每当发现群臣中工于诗文者，必定记下姓名，拔擢到要害部位；正是这个原王，推行汉化最坚定，也最见成效；正是在他当政时期，最后完成了女真社会的封建化；也正是这个原王，像宋徽宗一样醉心文艺，偏好宋徽宗的瘦金体，书法专学徽宗，笔迹酷似，以致后人难分彼此。因而宋人传说：金章宗的母亲，原是徽宗一位公主的女儿。所以，章宗"凡嗜好书劄，悉效宣和，字画尤为逼真。金国之典章文物，惟明昌（章宗年号）为盛"。

　　女真汉化，亦即封建化的进程，直接推进了金源文化的发展。不过几十年时间，就从建国之初尚无文字，发展到大定、明昌之际文化上的巨大跃迁，以至自立于唐、宋之林，以文治见称于史册。有金一代，不仅诗词创作达到了一个新的高峰，而且，院本、杂剧与诸宫调也在后来的文学史上放出了异彩，为北曲和元人杂剧的发展与繁荣创造了条件。通过异质文化的融合渗透、优势互补，更使多元一体、具有丰富内涵的中华文明获得了不断发展的契机与活力，形成了兼收并蓄，集多种民族文化之长的完整体系。

　　金人侵宋是野蛮的，非正义的，它给中原大地带来了一场灾难。而中原文化与北方文化的融合，却主要是在战争过程中实现的，战争的胜利者在征服敌国的过程中接受了新的异质的文明；这种新的文明最后又反过来使它变成了被征服者。从这一点来说，却又是文明的征服。诚如马克思所说，野蛮的征服者总是被那些他们所征服的民族的较高文明所征服，这是一条永恒的历史规律。

东上朝阳西下月

一

这天清晨，我正在抚顺市区浑河岸边闲步。河水清且涟漪，照鉴着我的颀长的身影，吹面不寒的清风，温煦而湿润，轻轻地梳理着鬓发，令人感到神凝气爽。净洁的晴空，像刚刚擦拭过的，又高又远，不现一丝云迹。

我忽然发现，初起的朝阳和渐落的晓月，同时出现在左右的天边，而笔直的河流竟像是一条长长的扁担，挑着这一为鲜红、一为玉白的两个滚圆的球体，悠然向西流去。霎时，我被这奇异的景观惊呆了。

联想到努尔哈赤以十三副遗甲起兵，艰难缔造，创业开基，军威赫赫，战胜攻取。随之，他的继承者挥麾出关，中原跃马，实现中华一统，外御强敌，拓土开疆，奠定下现当代中国版图的牢固基础。可是，到了晚清之世，包羞忍辱，受尽欺凌，最后竟至傀儡登场，卖国求荣，导致国破家亡，身败名裂。不禁百感中来，兴怀无限，遂口占七绝四首：

> 浑河今古浪翻新，悲笑兴亡照影频。
> 东上朝阳西下月，一般光景有升沉。
>
> 十三遗甲困龙伸，星火燎原势若神。
> 六合乾坤如电扫，兴勃亡忽果何因？
>
> 八荒同轨谈何易，寸草为标虑亦深。
> 讨债跟踪还债者，拓疆卖国一家人。
>
> 兴王祖迹久成尘，谁记当年万苦辛？
> 鼠尾龙头堪浩叹，英雄自古少传人！

二

抚顺及浑河流域，不仅是满族与大清王朝的发祥地，龙兴所系，王气所钟，而且，也是他们的先祖，以及努尔哈赤与皇太极两代开国帝王的夜台长眠之地。终清之世，此间都是人们最为向往的神圣区域。顺治帝曾发布东巡祭祖的圣谕，说是"自登极以来，眷怀陵寝，辄思展谒"。由于他盛年早夭，未克所愿，遂由他的儿子康熙帝予以践履，先后进行三次东巡，通过谒陵祭祖，追远思源，炫耀成功，光大祖业。这个先例一开，东巡祭祖活动，在尔后的几代帝王中遂成定例，其中乾隆帝四次，嘉庆帝两次，道光帝一次。实际上，雍正帝也曾参加过谒陵祭祖活动，那是在康熙三十七年第三次东巡时随同前往的。

这些皇帝到达抚顺等地之后，览古兴怀，都曾留下诗篇，以纪其盛。康熙第三次东巡，到达兴京（今抚顺新宾）时，曾题五言律诗一首：

> 霭霭兴王地，风云莫可攀。
>
> 潆洄千曲水，盘叠百重山。
>
> 瞻拜陵园肃，凝思大业艰。
>
> 茏葱松柏茂，瑞鸟满林间。

彩云缭绕的兴京，是大清王业肇基勃兴之地，地处浑河、苏子河上游，周围有烟筒山、启运山环绕，苍松翠柏，葱葱郁郁，蔚为壮观。这里埋葬着清太祖努尔哈赤的远祖孟特穆、曾祖福满、祖父觉昌安、父亲塔克世，是为永陵。瞻仰、肃拜中，先祖披荆斩棘、历险克艰的精神，叱咤风云的气概，创业垂统的皇皇盛业，令人缅怀无尽。

作为随从的皇子，雍正帝当时也写了两首五律，题为《侍从兴京谒陵》，其二曰：

> 龙兴基景命，王气结瑶岑。
>
> 不睹艰难迹，安知启佑心。
>
> 山河陵寝壮，弓剑岁时深。
>
> 盛典叨陪从，威仪百尔钦。

诗句典雅、谨严，作为追步皇父的唱和之作，非常得体。首联从前诗的"兴王地"中衍生"龙兴""景命"，王气所钟的话题；颔联展扩前诗"大业艰"之意；颈联一写陵园依山面河，气势雄壮，一写"马上得天下"的岁时久远；结尾，颂扬这次东巡盛典。

康熙帝与乾隆帝祖孙二人，相隔半个世纪，都曾在东巡期间凭吊过萨尔浒古战场，并各题七绝一首：

> 城成龙跃竦重霄，黄钺麾时早定辽。
>
> 铁背山前酣战罢，横行万里迅飞飙。

> 铁背山头歼杜松，手麾黄钺振军锋。

于今四海无征战，留得艰难缔造踪。

两首诗都是歌颂努尔哈赤的。诗的侧重点不尽相同，爷爷的诗重在开辟，万里横行，所向无敌；孙儿的诗作于守成之际，强调勿忘创业维艰。"城成龙跃"，指铁背山城。"早定辽"，指萨尔浒一战扭转了辽东战场大明与后金发展的大势。乾隆的诗前有小序："太祖高皇帝以五百人破明数十万众，实王业之基也。"萨尔浒之役，后金首战告捷，明总兵杜松战死。

康、雍、乾三代帝王的诗，贯穿一条共同的思想红线，就是通过缅怀兴王故迹，颂扬先祖丰功盛烈，表达永志不忘创业艰辛的奋斗精神。

可是，到了后来，这种昂扬奋发的精神，这个为子孙后世所经常夸耀的传统，却渐渐地被丢弃得一干二净。

三

如果说，这种成于斯也败于斯的现象，纯属历史的巧合，或者称之为偶然性，那么，"其兴也勃焉，其亡也忽焉"的王朝兴废特征，则是带有规律性的。

这里面有个典故，出自《左传·庄公十一年》：

宋其兴乎！禹、汤罪己，其兴也勃焉；桀、纣罪人，其亡也忽焉。

这是鲁国大夫臧文仲的话。大意是，宋国将要兴盛起来吧！因为当年的大禹王和商汤王都以身作则，反求诸己，所以，他们的国家能够很快就强盛起来。而夏桀王和殷纣王总是归罪于别人，他们的国家就很快灭亡了。

后来，在抗战时期，黄炎培先生到延安访问，与毛泽东主席交谈，在论及历史上政事兴衰时，引用了"其兴也勃焉，其亡也忽焉"这句成语，把它作为一种历史的"周期率"提出来。

"兴勃亡忽"，或者说"龙头鼠尾"现象，在数千年的文明史上，确是屡见不鲜。所有的封建王朝，无一例外地都在绕这个圈子，有的圈子大，有的圈子小，有的时间长，有的时间短，最后，九九归一，都没有逃出这个铁律。

司马迁在《史记·项羽本纪》中指出：

> 羽……何兴之暴也！夫秦失其政，陈涉首难，豪杰蜂起，相与并争，不可胜数。然羽非有尺寸，乘势起陇亩之中，三年，遂将五诸侯灭秦，分裂天下，而封王侯，政由羽出，号为"霸王"，位虽不终，近古以来未尝有也。及羽背关怀楚，放逐义帝而自立，怨王侯叛己，难矣。自矜功伐，奋其私智而不师古，谓霸王之业，欲以力征经营天下，五年卒亡其国，身死东城，尚不觉寤而不自责，过矣。

这是就楚霸王自身而言。那么，作为整个一个王朝，又如何呢？

就说有清一代吧。经过太祖、太宗父子两代六十年的苦心经营，费煞移山气力，南征北战，创业垂统，奠定下两百九十六年的鸿基伟业。而到了光、宣末世，就如同李鸿章所形容的，清王朝简直就是一个纸糊的破屋，表面看上去，还算完整，可是，风一鼓荡，到处都出窟窿，糊不胜糊，堵不胜堵，千疮百孔，破烂不堪。同样反映了这种"兴勃亡忽""龙头鼠尾"的规律性现象。

当然，这里的为"勃"为"忽"，大抵是以"势"而言。京剧《霸王别姬》中，虞姬有一句唱词："自古常言不欺我，成败兴亡一刹那。"古代文人也常用"不旋踵间"来状写成败兴亡的疾速，这不过是一种文学表现手法。实际上，国家的兴衰成败，犹如人的生老病死，原是一个由量变到质变的积累、渐进的过程。清王朝从努尔哈赤崛起于抚顺地区的穷乡僻壤赫图阿拉，中经萨尔浒、辽阳、沈阳三次建都迁都，最后定鼎北京，中华一统，前后经过六十余年，而从鸦片战争前后呈现国运倾颓之势，到最后完全垮台，仍然维持了七十几度春秋。

再者，人的晚年疾病，尤其是内科慢性疾病，往往种因于中年时期。同样，研索一个国家、一个朝代——比如清朝——的衰亡肇因，也应求源溯本，关照全局，要追溯到尚处于盛世的中、前期。择其荦荦大端，这里只谈一点：面对西方资本主义科学文化的蓬勃发展，乾隆皇帝却狂妄自大，以天朝大国自居，闭关锁国，拒绝开放，视西方先进科学为异端邪说，使中国失去了转轨并与西方对接的历史机遇。而政治、思想的极端专制，更扼杀了科学与民主的思想萌芽，使新的启蒙运动无法形成，从而直接影响到近代中国的发展。洎乎末季，由于不能因应形势变化，迅速而决绝地推进社会变革，遂使这个老大帝国一败涂地。

这么说，绝不意味着那些阴险的太后、孱弱的君主、昏聩的权臣，不应该对于晚清的衰亡负有直接的责任。他们早已被钉在历史的耻辱柱上，饱遭千秋唾骂。这里只是想说，如果抛开那些致命的"传统基因"于不顾，只从个别人身上寻找病原，尽管显得实际，也不能说不中肯，但终归是"舍本逐末"，不得要领。否则，不妨设想，假如最后换上一个颇有作为的君王来收拾残局，难道就能从根本上挽救这个垂死挣扎中的末世王朝吗？充其量，只能起到几支"强心剂"的作用，使"一命呜呼"勉强延缓几日罢了。

四

末代皇帝溥仪在《我的前半生》中，叙述过一个"寸草为标"的故事：

在那些陈列品之间有一样东西值得一提的，是"寸草为标"。据说这是康熙皇帝留下来的一种家规的象征。这位皇帝曾经这样规定过：宫中的一切物件，哪怕是一寸草都不准丢失。为了让这句话变成事实，他拿了几根草放在宫中的案几上，叫人每天检查一次，少了一根都不行，这就叫"寸草为标"。我在宫里十几年间，这东西一直摆在养心殿里，是一个景泰蓝的小罐，里面盛着三十六根一寸长的干草棍。这堆小干草棍儿曾引起我对那位祖先的无限崇敬，也曾引起我对辛亥革命无限的愤慨。但是我并没想到，康熙留下的干草棍虽然一根不曾短少，而康熙留下的长满青草的土地被儿孙们送给"与国"的，却要以成千上万平方公里计。

这里体现了康熙皇帝作为一代英主，坚持国家与民族的"大一统"的光辉思想。

整个清代前期，"三祖一宗"（清太祖努尔哈赤、清世祖顺治、清圣祖康熙和清太宗皇太极）一直坚定地奉行这一思想传统。他们以实现统一、巩固统一、发展统一为依归，为了维护国家主权和领土的完整，展开了长达百余年艰苦卓绝的斗争。他们内平叛乱，外御强敌，经文纬武，拓土开疆，创立下中华一统的皇皇盛业，奠定下现当代中国版图的坚实基础。其中最堪称颂的就是这位康熙大帝。

在他统治的初期，南方有"三藩"割据，东南海上有郑氏政权占据台湾，西北边疆有蒙古准噶尔部上层分子制造民族分裂，东北部沙俄侵略势力卷土重来，入侵黑龙江流域，形势十分严峻。亲政之后，康熙帝首先除掉了鳌拜集团，实现了君主集权，这为铲除各种分裂势力，维护国家的大一统，创造了政治条件。

当时，镇守云南的平西王吴三桂，镇守广东的平南王尚可喜，镇守福建的靖南王耿精忠，拥兵自重，割据一方，与中央对峙。特别是实力最为雄厚的吴三桂，于康熙十二年，以"反清复明"为号召，向朝廷展开了大规模的武装进攻，来势十分凶猛。康熙帝坚决果断，且又调处有方，对强藩吴三桂坚决打击，对随同叛乱的耿、尚等人，实施抚剿兼用、分化瓦解的方针，并封赏、重用一批汉族将领，经过八年苦战，终于取得了平叛全胜，维护了中国的统一。

"三藩之乱"平定以后，制止分裂、解决台湾郑氏政权长期割据的问题，就成为当务之急了。台湾自古以来是中国的领土。明代末年被荷兰人侵占，后来郑成功率军驱逐荷兰殖民者，收复了台湾，大有功于中华民族，但他的子孙及其统治集团，却坚持割据，实质上是坚持分裂。他们仿琉球、朝鲜例，只称臣纳贡，同清朝保持藩属朝贡关系。在招抚政策行不通、谈判失败的情况下，康熙帝圣裁独断，任命施琅大将军为福建水师提督，统率大军跨海出征，终于使台湾回归祖国。

面对沙俄入侵黑龙江流域的频繁蠢动，康熙帝明确表态："环黑龙江流域一水一溪，皆我领土，决不能允许沙俄侵占。"康熙二十二年，调兵永驻黑龙江，紧接着，又先后发起两次雅克萨反击战，将沙俄侵略者逐出中国领土。后来又签订了《中俄尼布楚条约》，收复了黑龙江流域被俄占领的失地，并从法律上明确肯定了黑龙江流域、乌苏里江流域是中国的领土。随着条约的签订，战争也宣告终结，得以及早腾出手来解决噶尔丹叛乱问题，有利于进一步完成国家的统一。

"经文纬武，寰宇一统。虽曰守成，实同开创焉！"《清史稿·圣祖本纪》中对康熙大帝的评价，应该说是很确当的。

五

可是，到了晚清之世，包羞忍辱，受尽欺凌，最后竟到了"割地赔款年年有，卖国条约岁岁签"的地步。道光年间，鸦片战争失败，清政府在英国海军炮舰的威逼下，卑躬折节，屈辱投降，最后签订了清朝历史上第一个不平等条约——《中英南京条约》，割地赔款，被迫开放五个通商口岸，开西方列强大肆侵略中国之先河。

接着，又签了《中英虎门条约》；并分别同美国和法国签订了《中美望厦条约》、《中法黄埔条约》；紧接着，比利时、瑞典、挪威等国也于19世纪40年代后期，与中国签订了一批不平等条约。从此，天朝的大门被彻底打开，中国的领土主权、关税自主权、司法主权和领海主权遭到了严重的侵犯。

到了咸丰年间，第二次鸦片战争之后，中俄、中美、中英、中法签订了《天津条约》，中英、中法签订了《北京条约》。而狡猾的沙俄，三十多年间通过中俄《瑷珲条约》、《北京条约》、《中俄勘分西北界约记》等不平等条约，侵占了我国一百四十多万平方公里的领土，抵得上十个辽宁省那么大。

光绪年间，中法战争之后，签订了《中法和约》；特别是甲午战争之后《中日马关条约》的签订，丧失领土主权之重、损失权益之多、赔款数额之巨，打破了以往纪录，成为一次空前浩劫。紧接着，又与俄、德、法、英等签订了多种丧权辱国的条约。美国来晚了一步，不甘落后，便以"门户开放，机会均等"为由，谋取了在华实际的经济利益。最后，八国联军进北京，烧杀劫掠，而躲在西安的慈禧太后，主使李鸿章等与十一国列强签订了卖国、屈辱的《辛丑条约》。从此，中国便沦陷为半封建半殖民地社会，在帝国主义列强掀起的瓜分惨剧中，蒙受了空前的民族灾难。

那种情景，正像辛亥革命前出色的宣传家陈天华在《猛回头》中所写的：

大地沉沦几百秋，烽烟滚滚血横流。
伤心细数当时事，同种何人雪耻仇？

俄罗斯，自北方，包我三面；英吉利，假通商，毒计中藏。
法兰西，占广州，窥伺黔桂；德意志，胶州领，虎视东方。
新日本，取台湾，再图福建；美利坚，也想要，割土分疆。
这中国，那一点，我还有份？这朝廷，原是个，名存实亡。
替洋人，做一个，守土官长；压制我，众汉人，拱手降洋。

痛只痛，甲午年，打下败阵；痛只痛，庚子年，惨遭杀伤。
痛只痛，割去地，万古不返；痛只痛，所赔款，永世难偿。
痛只痛，东三省，又将割献；痛只痛，法国兵、又到南方。
痛只痛，因通商，民穷财尽；痛只痛，失矿权，莫保糟糠。
痛只痛，办教案，人命如草；痛只痛，修铁路，人扼我吭。
痛只痛，在租界，时遭凌践；痛只痛，出外洋，日苦深汤。

看到这里，人们不禁要问：面对着这种丧权失地的奇耻大辱，那些熟记康熙皇帝"寸草为标"的圣谕的帝胄皇孙们，又是如何作想呢？

史载，道光帝在批准了中英《南京条约》之后，他为自己打破了天朝帝国的领土的完整，久久愧怍于心，死前还下了"罪己诏"，遗命：死后不许配天、祔庙，不许立功德碑。可说是"羞恶之心"未泯，尚有天良发现。而到了他的儿子咸丰帝，虽也不愿与"夷使"同城居住，移居热河避暑山庄，终有避事、苟安之嫌。从他自号"且乐道人"，并终日酣嬉宴游、骄纵淫佚，就可见本质上是陈后主之辈的"全无心肝"者流。后继者更等而下之。到了慈禧太后，则对大清的国运如何全不在乎，只要能保住"垂帘听政"的大权，不管签订什么和约，割多少地，赔多少款，根本不作考虑。即此，对于"宁赠友邦，勿予家奴（汉人）"，"量中华之物力，结与国之欢心"的深义，也就可以洞悉底里了。至于末帝溥仪三度傀儡登场，最后竟沦为汉奸、卖国贼，就更是"马尾串豆腐——提不起来了"。

这种一代不如一代的"龙头鼠尾"现象，使人想起了鲁迅先生关于"还债者"与"讨债者"聚于一家，先后出场的论述。他说，无论什么局面，当开创之际，必靠许多"还债的"；创业既定，即发生许多"讨债者"。此"讨债者"发生迟，局面好；发生早，局面糟；与"还债的"同时发生，局面完。

在清代，崛起、开基时期的太祖、太宗、顺治皇帝，鼎盛时期的康、雍、乾三帝，都属于创业者，亦即"还债的"；而从道光帝以降，咸、同、光、宣四帝，则都是"讨债的"。努尔哈赤开基创业，直到两百九十多年之后，才出现溥仪这样的"讨债者"，此亦大清不幸中之幸也。

从道光帝开始，整个晚清之季，这类"讨债者"，不知为什么竟一代压过一代，层出不穷，愈演愈烈。而那位道光帝的曾孙、末代皇帝溥仪，堪称此其尤者。他是自公元前221年秦始皇称帝后的两千一百三十二年间，中华封建帝制的最后一个皇帝，也是四百九十二个皇帝中，唯一登极过三次又摔下来三次，每次都是被当作傀儡而登上"九五之尊"的儿皇帝。

成功者的劫难

一

"劫难"一词始见于佛学经典，含义大体上与"灾难"、"祸患"相当，蕴涵要更普泛、更深刻一些。

世路维艰，征程迢递，各色人等都难免会遭遇到劫难，成功者自然也不例外。比如，唐僧西天取经，就曾历经了九九八十一难；而传世名作《红楼梦》，更是文学天才曹雪芹受尽贫病熬煎的劫难和饥寒、落寞之苦，耗尽心血和生命的产物。但本文想要说的，并不是这种类型的劫难。

"艰难困苦，玉汝于成。"在创造辉煌业绩的过程中所必须付出的种种代价，虽然有些也表现为劫难，但严格地讲，它并非真正意义上的灾祸。这里所说的"劫难"，是指已经获得成功之后所面临的"不虞之毁"，这样一种新的困境，新的威胁。

这种"新的困境，新的威胁"，来自于周围人群的嫉妒心理，所谓"一山突起丘陵妒""木秀于林，风必摧之；堆出于岸，流必湍之；行高于人，众必非之"。说来，实在是一个令人感到愤懑、感到沮丧的沉重话题。

应该说，成功者是不畏艰险，不怕劫难的。因为如果他们不是强者、勇士，不是硬骨头，创造辉煌业绩就无从谈起。为了取得大乘佛法的"三藏真经"，为了实践一个坚定的信念，唐僧师徒四众坦然踏上漫漫征途，生死早已置之度外，什么八百里火焰山、八百里黄风岭、八百里流沙河、八百里荆棘岭，什么妖魔鬼怪——从红孩儿、白骨精、南山大王、九头驸马到假国王、假公主、假如来、假观音，千难万险一一踩在脚下。

可是，成功者在嫉妒心理所形成的强大压力面前，却少有不败下阵来的。"众口铄金，积毁销骨"。嫉妒再加上谗毁，常令英雄气短，功臣扼腕，壮士寒心；至于受损害、遭欺凌的普通黎庶，更是沉冤莫白，只能暗夜里嘤嘤垂泣；而忧时伤世之士，则仰天长啸，徒唤奈何。

二

功成见嫉，自古已然。

战国时期，魏国的乐羊收复了中山之后，返而论功，魏文侯却示之以谤书一箧。本来，乐羊有大功于国，是应该因功受赏的，可是，面临的竟是周围人的层层嫉恨。这真是没处说理去。

还有楚国的屈原，怀王时，他担任左徒官职，"博闻强识，明于治乱，娴于辞令。入则与王图议国事，以出号令；出则接遇宾客，应对诸侯，王甚任之"。上官大夫靳尚与他爵位相同，一心想要独得楚王的宠信，便嫉其才能，极尽谗毁之能事。《离骚》中"众皆竞进以贪婪兮，凭不厌乎求索。羌内恕己以量人兮，各兴心而嫉妒"，讲的就是这种情境。"岂知千丽句，不敌一谗言。"（陆龟蒙诗）最后"抱石沉江"的悲惨下场，是众人皆知的了。

我想，唐僧师徒包括白龙马在内，最后或成佛祖，或做菩萨、罗汉，顺利地实现了"五圣成真"的圆满结局，亏得他们是"受命于天"，人事想要干预也没办法。否则，周围的同辈岂肯甘心，还不得"谤书"旁午，密信盈筐！——毕竟，他们每个人都是有些"辫子"可抓的。

<h1 style="text-align:center">三</h1>

嫉妒，作为一种情感、一种欲望、一种心理活动，属于精神范畴，但就其实质而言，却存在着一种鲜明的趋利性。嫉妒是功利计较、名位争夺的一种特殊的表现形式，其最深层面是利益冲突。一切嫉妒者瞄准的都是现实的功利，即成功之后所带来的种种好处。长期以来，人们习惯说"嫉贤妒能"，其实，准确地表述，应该是嫉名妒利。在嫉妒者的眼中，贤、能并没有实际价值，他们所看重的是贤、能背后的声望、地位，归根结底，是种种实惠。

正像囊空如洗、衣衫褴褛的人不必担心遭劫被抢一样，那些穷途末路、潦倒终生的人向来也不忧虑遭人嫉妒。法国大作家罗曼·罗兰在其名著《约翰·克利斯朵夫》中说过："不结果的树是没人去摇的。唯有那些果实累累的才有人用石子去打。"我国宋代文学家欧阳修说得更简捷、深刻："其所以见称于世者，亦所以取嫉于人"。

嫉妒，既然产生于相互比较，这就决定了当事者双方必然彼此熟悉，且又限于看得见、接触得到的范围之内。所以，就呈现出这样一种现象：嫉妒心理的强弱，与引其发作的对象的距离成正比。这和磁性引力有些相似，距离越近，力量越强。如果上官大夫之流与屈原不是同在楚国、同参朝政，那就不会"各兴心而嫉妒"了。

嫉妒的出现还有一个重要条件，那就是存在着相互比较的可能性，一般称之为"同辈的嫉妒"。诗人不会嫉妒科学家的发明，老年人也不可能去嫉妒"少壮派"，初试镜头的学员对于明星角色只能产生崇拜心理，三军统帅的地位在普通士兵眼中带有命定的性质。嫉妒的对象，一般的多属同僚、对手或者邻人、朋友。

《三国演义》中的周瑜，在才智方面嫉妒诸葛亮，甚至诘问天命："既生瑜，何生亮？"大有誓不两立的劲头；战国时期，魏国的大将庞涓担心老同学会取代他的显赫地位，便进谗于魏王，结果，孙膑的膝盖骨被剜掉了，成为终身残疾。有时，嫉妒也发生在亲人、骨肉之间，由于夺位或者争宠，兄弟之间、姊妹之间互相嫉恨、反目成仇的事，在各个时代也时有发生。

四

西汉时期，因事系狱的邹阳上书梁孝王，有"女无美恶，居宫见妒；士无贤不肖，入朝见疑"的沉痛之言；意大利的古小说中，也有"后宫与朝廷乃嫉妒滋生之地"的说法。它们都表明了封建统治集团内部的种种纷争，常常以嫉贤妒美的斗争形式表现出来。

刘邦在咸阳一睹秦始皇的威仪，喟然太息："嗟乎，大丈夫当如此也！"项羽看见秦始皇游会稽，脱口而出："彼可取而代也！"这些议论的实质，都是对于至高无上的威权与地位的一种妒羡、一种觊觎，属于典型的嫉妒表现。

那么，已经取得了最高权位的皇帝，是否就不会产生嫉妒的心理呢？当然不是。因为人的欲望是无尽无休的，君王的地位再高、权势再大，也不可能"万物皆备于我"，于是，就会利用手中的特权，去夺取其他各式各样堪资妒艳、而自己却尚未具备的优势。正是这一系列的意向与行为，构成了宫廷政治斗争的重要内容。

说到这类性质的嫉妒，我首先想到了浪子兼暴君的隋炀帝杨广。

史载，薛道衡自幼"专精好学""其后才名益著""时人目为一代文宗"。隋炀帝攘夺君位之时，他正在外任。由于素知其才，炀帝令他还朝，准备委任秘书监之职。而这位不谙世事的书呆子，大概是要对圣上的"知遇之恩"有所表示吧，同时也显示一下自己的才气，回到京师后，便递上一篇《高祖文皇帝颂》的表文，里面对杨广的父亲杨坚（隋文帝）的神功圣德和"大孝"、"至政"颂扬备至。炀帝看过，觉得很不是滋味，以至气急败坏，妒意横生。

他说："道衡致美先朝，此《鱼藻》之义也。"话说明白了，就是你薛道衡美化先朝，颂扬我的父亲如何德高望重，用意就是为了衬托我的荒淫无道。

原来,《鱼藻》是《诗经·小雅》篇名,内容为思武王之德政以讥刺昏暗的幽王。这样,就对薛道衡恨之入骨,准备找个借口置之于死地。反过来,对于贬抑先帝,向他献媚邀宠的人,杨广则大加赞赏。郭衍曾劝他"五日一视朝",尽量超脱、逸豫一些,不要像文帝那样,忙忙碌碌,劳而无功。他听了特别高兴,说:"唯有郭衍心与朕同。"

薛道衡的挚友察觉其处境的险恶,便规劝他匿迹韬光,杜门谢客,谨言慎行。他却由于求进心切,全然没有在意,竟把这些忠告当作了耳旁风。不久,朝廷讨论新的法令,久议而不能决。道衡便议论说:"向使高颖不死,令决当久行。"结果,这番话很快就传给了隋炀帝。高颖是炀帝的死对头,两年前在太常卿任上,因批评皇上荒淫侈靡而被处死,罪名就是"谤讪朝政"。这样,新仇旧怨一齐聚上心头,炀帝断然下令,将薛道衡逮捕下狱,最后将其缢死。这位"一代文宗"就这样悲惨地作了宫廷政治斗争中父子争锋、君臣猜忌的牺牲品。类似事例在《二十四史》中,可说是俯拾皆是。

其实,薛道衡致死还有另一层原因,就是炀帝特别嫉妒他的文学才能。他的古诗《昔昔盐》中有"暗牖悬蛛网,空梁落燕泥"之句,颇受时人称誉。这对"善属文,而不欲人出其右"的隋炀帝来说,当然是不会甘心的。道衡死时,炀帝曾以快意的口吻问道:"更能作'空梁落燕泥'否?"

还有一位诗人名叫王胄,其诗"庭草无人随意绿"传诵尤广。他也死于炀帝之手。死时,炀帝也是这样说:"庭草无人随意绿",你还能做出这样的诗吗?炀帝每以才学出众自负,并以此骄天下之士。曾对侍臣说,天下都说他承借先帝的余绪,其实,假如自己也能和士大夫一样参加遴选,按照他的才能,也早就应该做天子了。

看来,遭逢乱世,不幸而身为文人,如果碰上一个远离翰墨的顶头上司,未必就是坏事。否则,若像薛、王两位诗人那样,遇见"善属文,而不欲人出其右"的杨广者流,真要担心,早晚有一天会招致灭顶之灾的。这大概也就是道衡的友人劝他韬光养晦的深心所在吧!

五

嫉妒未必和遗传有直接关系，但后天的影响却不可否认。说到杨广的嫉妒，熟悉隋代历史的人会自然地联想到他的母亲独孤皇后。由于她妒意极浓，隋初，后宫一直不许选送美女进御，诸王及朝臣私蓄妾媵者，一经发现，必令马上斥逐，皇帝也毫不例外。

隋文帝曾宠幸一个宫女，独孤皇后侦知后，便趁着文帝视朝，偷偷地把她杀掉。气得皇上单骑驰入山谷，发誓不再回朝。他对前来解劝的大臣们愤愤地说："吾贵为天子，而不得自由！"当时，高颎劝说最力，其中有一句话打动了文帝的心扉："应该着眼大局，万不可因一妇人而轻天下。"这里所说的"妇人"，很大程度上是指那个倒霉的宫女，可是，传到皇后的耳朵里，就成了专门指斥她、贬抑她的恶言谰语，因此，衔恨至深，终于将高颎罢黜。

在旧时代的宫廷之中，女人能以美貌承恩、邀宠，这在其他后妃看来，自然也算是成功之举，因此，必不可免，要遭到很多人的嫉妒，所谓"好女入室，恶女之仇"。清人陆次云的宫词，对这种情形描绘得异常逼真：

> 外庭新进美人来，奉诏承恩贮玉台。
> 闻道天颜无喜色，六宫笑靥一时开。

明代诗人谢榛有一首咏花诗，借用牡丹这个意象，对于遭受嫉妒的美女表示深切的同情，实际上是别有寄托，真实的用意或者说最深的层次，在于慨叹自己因才见忌的可悲命运，这就是人们常说的"借他人的酒杯浇自己的块垒"。诗写得很有韵味，也是一首七绝：

> 花神默默殿春残，京洛名家识面难。
> 国色从来有人妒，莫教红袖倚阑干。

红袖莫倚阑干，属于"悟道之言"，画外音是：封建时代的官场波诡云谲，怀瑾握瑜之士应该接受高才见忌的教训，懂得藏锋匿彩，保护自己。

六

争名于朝，争利于市，自是嫉妒所由产生的焦点，但不等于此外都是净土，均与嫉妒心理绝缘。其实，在现实社会中，凡有人群的场所，只要存在着利益与私欲的冲突，且能通过直接的对阵或间接的客观比较，显现出优劣、高下、智愚、胜负来，就都有可能滋生出嫉妒的毒菌。当然，情况和特点各有不同。

20 世纪 50 年代后期，我在一家报社当记者，当时积极性很高，三天两头就在报纸上发表一篇通讯报道，引起了许多人的关注。按说，这对于这张报纸本是好事；不料，却遭到了总编辑的无理指责。这天，他找我谈话，告诉我："以后不要在自家报纸上连篇累牍地发文章，——当然也不是让你向外投稿，我们不能种了人家的地，荒了自己的田。——要是想写，署上'本报记者'就可以了，不要落个人的名字。"接着，他又有些愤激地说，劳动人民创造了世界，也没见哪座山头、哪片大地刻上某某的名字。写个"屁眼儿大的"方块、一两千字的小稿，算得了什么？

原来，他听到了人们议论：总编是个"草包"，某某某是有真才实学的。因此，他对我写文章、"出风头"，感到异常恼火。有的朋友劝我，此地不可久留，要设法早点离开。事有凑巧，没过多长时间，省报决定各地记者站充实一批年轻记者，点名调我前去工作。可是，总编却以"他不是党员，采访重大活动不方便"为由，予以"挡驾"。几天过后，省报又来人商谈，认为选调条件可以适度放宽，眼下虽未入党，但具备近期发展条件的也可以。这回，总编说得更加干脆："你们放下这颗心吧！三五年内，该同志入党没有希望。"这样，调离的事就算彻底告吹了。

既然觉得我在那里"碍眼"，遮盖了他的光华，调出也就了事了，可是，偏偏他又把住不放，这究竟是怎么回事呢？我感到困惑不解。一次，去渔村采访，见到渔民驾着舢板在河中撒网，同时带上两只鸬鹚捕鱼。它们不时地在水中钻进钻出，每次都叼出一条大鱼放进舱里。我是头一次见到这种场景，便好奇地问："它们为什么不把鱼吃掉呢？"渔民笑说："它吃掉了，我还吃啥？"说着，让我看鸬鹚脖子上的皮套。原来，如果让鸬鹚随意吞食，不仅造成很大浪费，而且，它们饱食之后也就不再干活了，所以必须带上脖套，使它抓住大鱼也难以下咽，只有眼馋的份儿。但每隔一会，也要喂它一点小鱼，以示鼓励。又要它叼鱼，又不让吃饱，利用与限制相结合，这就是驾驭鸬鹚的权术。我突然彻悟了，自己不也正是处在这种"鸬鹚的苦境"吗！

从这件事，我也悟解了总编对我扣住不放的原因，——把我放走，谁给他干活呀？这样一来，便产生了一种对立情绪，一度痛下决心，今后再也不干那种"费力不讨好"的蠢事了，不能再让他当作"鸬鹚"来使唤了。无奈，一个人既已同缪斯女神结下了"孽缘"，就有如妖魔附身，像舞女穿上了红色的魔鞋一般，竟至到了欲罢不能的地步。这样，我就继续把笔不辍，并练习写作散文、特写。为了减轻周围人的嫉妒心理，缓解环境的压力，我便变换着笔名，偷偷地往外寄稿，但终归还是"露了馅儿"，结果以"埋头走白专道路""名利思想严重"的罪名，遭到大会点名批判。气恼之余，我写下了一首七绝，借以抒发愤懑：

技痒心烦结祸胎，几番封笔又重开。
临文底事逃名姓？秀士当门莫展才！

真没想到，已经死去八百多年的《水浒传》中"白衣秀士"王伦的幽灵，生生被我撞上了。

七

上述发生在高层与下层的两种类型的嫉妒，思想根源都是自私心理在作祟，但表现形式存在着差异。如果说，前者是着眼于攘夺，或为夺权、夺位，或为夺名、夺利，总的都是向他人夺取自身所不具备的各种优势；那么，后者则是为了保住自身既得的实利。就是说，由于嫉妒者的虚荣心特强，尽管他的实际利益并未直接受到损害，但是，如果别人由于成绩优秀而受到表彰，也就等于凸显自己的低能与失败。因此，想要永远保持自己固有的地位与优势，就必然会产生一种强烈的嫉妒意识。这种嫉妒心理的行为表现，有两种形式：一种是拼力贬损、压制以至打击、陷害强过自己的人；另一种是，把对方作为自己的私有财物，紧紧地拢在身边，不使飞离半步。

嫉妒者缺乏的是自信力，而多的是患得患失心理。他们是低能者，自己不思长进，也不许旁人出人头地。由于私欲作祟，他人的一切优势，才华、美貌也好，功业、名望也好，财富、地位也好，都感到是对自己的一种直接威胁，因而，很容易把自己的失败与低能，以及由此而产生的失落感、恐惧感化为一种敌意，投射到优胜者身上。

其后果，就是英国著名历史学家帕金森在《官场病》一书中所指出的，在这种"集无能与嫉妒于一身"的场合，必然造成人人自危，都把自己的才干隐藏起来，装出一副低能又好说话的模样，而担任着"消灭才干"的侦察员，由于愚蠢之故，即使遇上了干才，也是视而不见的。

嫉妒与竞争表面上有些相似，实际上存在着显著的差别。两者在情绪上都有不服气、不甘心的成分，性质都是相互排斥的。但竞争者是在承认对方的优势地位的前提下，从磨炼内功、提高本领上下功夫。他们公开宣称要奋力拼搏，独占鳌头，甚至明确提出要以对方为赶超目标，把这作为内驱力来激扬下属的志气。竞争者之间在理性的轨道上，按照一定的社会规范进行，他们所奉行的原则是：你好，我要比你更好。

而嫉妒者绝对不会公开承认对方比自己高明，一般的都以贬损对方为能事。他们是暗箱操作，暗算别人，因此，见不得阳光，摆不到桌面上。他们也是眼睛紧盯着对方，但不是为了寻找可供学习、借鉴的长处，而是抱着幸灾乐祸的阴暗心理，希图从对方的失算中获得心理的平衡、精神的慰藉。在他们看来，旁人的失败就等于自己的胜利，因此，所奉行的原则是：我不行，咱们谁也不行才好。其结果，就是"武大郎开店"——满屋都是矬子。竞争的效应是积极的，它能促进人心向上，社会发展；而嫉妒所带来的消极后果，同狡诈、欺骗、残忍、贪婪一样，直接妨碍着正常的人际关系的建立。

八

在关于嫉妒的心理模态及其悲剧性效应的揭示上，我觉得当代著名作家陆文夫的中篇小说《井》有其独到之处。

小药厂的技术员徐丽莎，自幼就受到家庭出身的困扰，嫁到东胡家巷朱家之后，更是一头扎进"是非坑"里，历经了悍姑与恶夫制造的种种磨难。开始时，也曾获得小巷中马阿姨们的同情、信任与关注，暗中为她鸣不平、出主意，可是，一当她事业有了成就，地位得到提高，社会上给予尊重之后，事态便发生了戏剧性的转折。

这时的徐丽莎，在马阿姨们的眼中，风风火火地像"吃了回春药"，人变得丰满了，衣着也入时了，而且成了新闻人物，电视上有影，电台里有声，报纸上登出介绍她先进事迹的大块文章，她像模像样地登台领奖，出出进进车接车送，从此，便遭到了人们的冷眼。原因何在？小说点拨得很清楚："若干年前人们同情过她，因为她当时是弱者，现在变成强者了，对于强者，人们除掉折服之外，往往就是嫉妒。"

结果，当单位领导对知识分子不信任的心理惯性出现，使她再度遇到种种麻烦时，当她在家庭婚姻生活中，遭受巨大创伤而身心备受折磨时，当她被历史的沉积与现实的惰性交织而成的罗网紧紧裹缚难以解脱时，井边上的舆论对她就十分不利，甚至满含着敌意了。不仅不再重新援之以手，反而以彻骨的冷漠和蔑视，使她在刻毒的流言面前丧失了生存的勇气，最后含冤投井，了却残生。

小说透过对市井人群中心理沉积的恶垢与尘污的揭示，使我们看到了"人性的弱点"和"国民的劣根性"。他们有善良的一面，同情弱者，对于社会的不公正一般也能表示强烈的愤慨。但狭隘、委琐，带有比较浓厚的庸人气味。他们"永远是戏剧的看客"（鲁迅语），存在着隔岸观火的"看客心理"和由社会冷漠所造成的"旁观者效应"。

闲居无聊，他们特别喜欢收集他人的"情报"，习惯于窥视他人动静，特别是有关男女之间的闲话，这倒不是出于关心，也并非因为这类事情和他们有什么实际联系，只是出于一种嫉妒心理，希望从他人的麻烦、烦恼、苦痛、失意中，获取一丝心灵上的快意，给原本单调的日常生活增添一点点"佐料"，也就是拿"他人的苦"做赏玩，做慰安。

遇到看不惯的人和事，他们一般不肯明确指出问题的所在，而只是模模糊糊地摇头，或摆出一副全然不屑的姿势，使不了解真相的人摸不着头脑，不知严重到何种程度。他们喜欢搬弄是非，鼓动情绪，往往是捕捉到一点踪影，便通过口耳相传的业余"小广播"迅速传开，而且添油加醋，旁生枝节，顷刻间苍蝇便成了大象，弄得满城风雨。

九

这种不健康的心理习惯，作为带有习惯性、本能性的"集体无意识"，作为一种生活存在方式，已经长久而稳定地积淀在人们的内心深处，扎根在市井民间的板滞的土壤里。

据法国社会心理学家列朋和塔尔德的研究，这种"集群心理"有一系列的内在特征：

一是同质、同向现象，大家有着共同的动因，共同的指向，因而存在着鲜明的情绪联系；

二是被暗示、受感染与模仿心理，在集群环境的影响下，个性融汇于群体之中，个人与他人融为一体，很容易接受他人的影响，就像传染病源扩散感染那样，群体的情绪、观念以及兴奋点，能够迅速地向周围的人传播；

三是情绪过激与非理智行为，在群体气氛中，情绪性高于理智性，显示出原始化、简单化的特点；

四是责任分散心理，人们处于集群状态，容易出现"法不责众"的责任分散心理和社会冷漠现象，相对地降低了人们的同情心、罪恶感和内疚意识，某些超常、失范的行为，常常会在过激情绪和责任分散心理的支配下出现。

这种集群行为的可怕之处在于，它往往以貌似公允的姿态，构成一种"无主名无意识"的强大的舆论压力，有时比蛊惑人的巫术还要厉害。尽管多数情况下，原初并没有包藏蛇蝎般的害人之心，但是，这种情绪很容易被人利用，成为心怀叵测的造谣诽谤、诬陷中伤者的帮凶，不自觉地"助桀为虐"，最终使被攻击的对象陷入"人海战术"的重罗密网之中，只有含愤受辱，忍气吞声，而没有当众辩解与申诉的可能，直到超越了委屈承受的极限，走上饮恨捐生之途。徐丽莎式的"上了无意识的圈套，做了无主名的牺牲"的道德人格性的悲剧结局，就正是在这种情况下发生的。

形成嫉妒心理的社会根源是平均主义。差异原本是客观存在的，"物之不齐，物之情也"；从事物发展规律看，差异就是矛盾，它是有利于相竞而生，有利于促进人才成长和社会进步的。可是，过去在小生产的自然经济形态下，长期奉行儒家的消极平衡理论，使平均主义在思想、生活领域，同经济领域一样，也占了上风，人们看不得别人冒尖，更不允许他人超过自己。这是嫉妒情性恶性膨胀的一种沃壤。

十

不论嫉妒的范围、嫉妒的形式、嫉妒的内容，表现得如何纷繁万状，光怪陆离，宫廷中的政治斗争也好，普通人群中的欲望追逐也好，市井小巷中的集群心理也好，归结到一点上，都可以从人性的弱点方面寻根探源。

古往今来，人们达成了共识，公认嫉妒是一种病态心理，是人性中至为恶劣的一种秉性。京剧《法门寺》中有这样一个情节：这天，大太监刘瑾亲自审案，提审对象是刘媒婆。刘瑾脱口而出："咱家最恨这一档子人了！"他怕小太监听不懂，接着又解释一句："咱们用不到她！"原来，专以营谋男女婚事为职业的媒婆的出现，对于一个存在着难以克服的生理缺陷的人，无异于直接揭破心灵上的疮疤，公开触痛其无法补偿的、见不得人的丑陋、残缺与忌讳，因此表现出极端的恼恨。

走笔至此，我记起了鲁迅先生对于法海禅师卑劣行径的痛斥："和尚本应该只管自己念经。白蛇自迷许仙，许仙自娶妖怪，和别人有什么相干呢？他偏要放下经卷，横来招是搬非，大约是怀着嫉妒罢，——那简直是一定的。"太监也好，和尚也好，这类典型事例共同告诉我们，阴暗心理是嫉妒所由产生的一个重要根源。

作为一种社会与自然的双重存在物，人是什么？哲人早就指出了，"一半是野兽，一半是天使"。嫉妒，就正是善恶并存的人性中的"恶"的一面。

十一

对于嫉妒，英国哲学家培根曾经引述过《圣经》中称为"凶眼"的说法，还说，"嫉妒能把凶险和灾难投射到它的目光所注的地方"。佛经中也有"恶见"之说，指的是包括嫉妒在内的人们的各种恶意恶行。我觉得，如果能和印度古代的伟大史诗《摩诃婆罗多》结合起来阅读，可能会加深对于"凶眼""恶见"的意蕴的理解。

史诗中记述了这样一个故事：这天，婆罗门乔尸迦坐在一棵大树下面背诵《吠陀》圣典，突然，树上的一只鹳鸟拉了屎，不偏不倚，恰好落在了他的头上，使他遭受了玷污。他抬起头来，对着那只鹳鸟狠狠地盯了一眼，觉得胸中的怒火化作一道凶光从眼睛中射出，竟把树上的那只鹳鸟杀死了。面对这种情景，乔尸迦感到很痛苦。心想，欲望这种东西真是可怕极了，假如它能够自我实现，假如每一次愤怒、每一番轻率行为，都能帮助欲望产生直接效果，那将出现多少令人悔恨的事情啊！

嫉妒作为一种欲望，它的杀伤力是非同小可的。莎士比亚的不朽剧作《奥赛罗》中，有个叫伊阿古的小人物，不过是个旗官，却有一套翻云覆雨、兴风鼓浪的惊人本领。作为恶的现实的物质承担者，他靠的就是嫉妒这一杀人不见血的法宝，而他造作事端的根由，也是出于嫉妒心理。他这种人，属于心理极端阴暗、精神上有缺陷的那种类型，忍受不了他人的纯洁而幸福的爱情，根本不可能成人之美。因此，当他看到奥赛罗和苔丝狄蒙娜这对真诚相爱的情侣终成眷属，陶醉在燕尔新婚的甜蜜生活之中时，他就感到受了极大的刺激，发誓定要把它毁掉。他说："啊，你们现在是琴瑟调和，看我不动声色，就叫你们松了弦线走了音。"

作为无德而又失意的龌龊小人，伊阿古对于有威望、有地位、饱享爱情幸福的奥赛罗满怀嫉妒之心，是必然的。"因为人的心灵如若不能从自身的优点中取得养料，就必定要找别人的缺点来作为养料。而嫉妒者往往是自己既没有优点，又看不到别人的优点的，因此，他只能用败坏别人幸福的办法来安慰自己。"（培根语）

伊阿古在认准了奥赛罗这个靶心之后，他又开始寻找箭镞，结果选中了他的顶头上司、副官凯西奥。在他看来，这真是一件"一箭双雕"的精美设计。一方面，可以破坏奥赛罗的美满婚姻，一方面又能剪除他的直接的对手。他说："要是凯西奥活在世上，他那种翩翩的风度，叫我每天都要在他的旁边相形见绌"，由此，激起了必欲杀之而后快的变态心理。于是，他就巧施诡计，诬陷栽赃，使奥赛罗相信凯西奥与苔丝狄蒙娜通奸，从而引发出狂热的仇恨，以致丧失了理智。正如奥赛罗自己说的，"我的心灵失去了归宿，我的生命失去了寄托，我的活力的源泉枯竭了，变成了蛤蟆繁育生息的污池"，以致亲手杀害了爱妻，最后自己也同归于尽，酿成了一场凄绝千古的人间惨剧。

十二

按照黑格尔老人的说法，罪恶生于自觉，这是一个深刻的真理。两面派的可怕之处，在于他们是在高度自觉、极端清醒的状态下策划种种罪恶活动的。明明用的就是点燃妒火的杀手锏，可是，伊阿古却偏偏煞有介事地提醒奥赛罗："您要当心嫉妒啊，那是一个绿眼的妖魔，谁做了它的牺牲，就要受它的玩弄。"完全是一副"正人君子"的姿态，一副悲天悯人的菩萨心肠，难怪奥赛罗会引为知己，深信不疑，上当受骗。

看到这里，真有毛骨悚然的感觉，这类极端诡诈、口蜜腹剑的角色，实在是太凶险了。禁不住想：善良的人群如果都能够从中汲取教训，提高警觉，增强识别能力，不使那些"人样的东西"得逞，那该能免除多少悲剧性的结局呀！

"嫉妒——是心灵上的毒瘤。"这是诗人艾青的名句，应该说，形容得非常确切。但我也想过，毒瘤毕竟发生在局部，虽然为害甚烈，但只要发现得早，是可以一刀切除的；而嫉妒却是渗入骨髓、弥漫全身的沉疴、顽症、痼疾，远非刀圭所能奏效。至于古书上所说的"鸧鹒为膳，可以疗妒"，原属荒诞不经之言。

为了有效地"除去制造并赏玩别人苦痛的昏迷和强暴"，"要人类都受正当的幸福"（鲁迅语），我倒相信这样一个"疗妒金方"，简称为"八字诀"：扶正祛邪，治本攻心。当然，大前提是要辨证施治。——就这一点来说，本文也许能够发挥一点效用。

叩启鸿蒙

一

佛经上有"浮屠不三宿桑下"的说法，为的是在一棵桑树下面连续住上三宿，僧人会产生眷恋的情怀。

也许事实果真是这样。"黄莺久住浑相识，欲别频啼四五声。"——唐诗中如是说。鸟犹如此，号称"感情的动物"的人，自然更不必说了。

我就有这样的实际体会。近日，在贺兰山下住过了几天，一种流连忘返之情渐渐地潜生心底。

这里地处流光溢彩、飞金洒银的河套平原，贺兰山绵亘数百里，宛若一列壁立千仞的天然屏障，拦阻了西面蒙古高原的卷地风沙和凛冽寒潮；东面是南北流向的滔滔滚滚的黄河，连同开凿于一两千年前的秦渠、汉渠、唐徕渠，为浩茫无际的沃野平畴输送了川流不竭的充足水源。所以，自古就有"天下黄河富宁夏"的民谚。

眼下正值"天凉好个秋"的丰收季节，连续多日都是弹得出声音、照得见身影的响晴天。金黄的稻海浮荡着万顷微澜，把一个偌大的银川平原装点得光华灿烂；山麓、草场上游走着一群群雪团、棉絮似的身躯臃肿的肥羊。与展现在高远无垠的湛蓝天宇上的层层片片的云罗霞锦，上下交辉，遥相映衬，织成一幅丽景天成、悠然意远的图画。

应该说，这里的山川确实雄浑壮美，大地也是富丽丰饶的。然而，我之所以宛转低回、流连无限，却并非着意于此。真正使我动心动容、感发奋起、兴会淋漓的，乃是贺兰山的岩画，——这形成于混沌初开的鸿蒙时代，被称作"人类早期艺术的活化石""游牧民族用艺术形象描绘的史诗"。

对此，早在公元 5 世纪，我国北魏学者郦道元就在他的名著《水经注》中作了记载：黄河所经的石山上，"悉有鹿马之迹""山石之上，自然有文，尽若虎马之状，粲然成著，类似图焉，故亦谓之画石山也"。

贺兰山岩画属于北方草原文化类型，是由不同的游牧人群按照不同的心理意向，先后凿刻在绵延数百里山崖上的文化遗存。经"地衣测年法"鉴定，岩画的制作时间上自远古狩猎时代，下迄宋、元与西夏末叶，跨度将近万年。已经炸毁、剥蚀的不算，现今尚存五千余组，个体形象多达数万，最大的画幅长十余米，最小的仅一二厘米。穷形尽相，光怪陆离，构成了一个含蕴无穷的造型艺术的大千世界。

作为历史文化的载体，岩画从开始诞生，就紧密地同人们的社会生活、经济活动、宗教信仰、风俗习惯交织在一起。可以说，每一组岩画，都闪现着远古先民智慧的灵光，承载着他们在大自然面前既无能为力又并不甘心的痛苦抉择，记录着他们筚路蓝缕、与时共进的艰辛历程。

二

此刻，我正站在一幅构图奇异、耐人寻味的岩画前。

画面上，左右两旁各有一个左手印，左边手印下刻着一只低头的山羊和一只前腿下跪的牛，右边手印的上下方各有一个人面像。两只手印的中间站着一个双臂扬起的人，上面的显著位置刻有一个环眼圆睁的桃形人面像。画图十分生动有趣，可是，它的意蕴究竟是什么呢？端详了半晌也未得其解。

后来经过向专家请教，才弄清楚原来这是一份具有"契约"性质的文件，——以岩画的形式确认了古代两个部落之间的隶属关系。手印是象征着权力的。左边那个部落已为右边部落所征服，随之它的人口与牲畜也全部划归右边部落所有。桃形人面像象征着神祇。有神人共鉴，石画为凭，这份"契约"自然具备着无可置疑的效力。

在向阳的山崖斜坡上，我还看到一幅凿刻得很精致的射猎图。画面上，一个人正在弯弓射箭，七只硕壮的山羊惊惶逃窜，其中五只向东奔跑，两只向西逃逸，而猎犬却回身伫望着主人。猎人形象凿刻得很小，表明他所在的位置距离羊群较远。由此可以看出，那时的先民已经注意到了运用透视关系来进行构图处理。也说明，在很古的时代，水草丰美的银川平原就已成为各游牧民族世世代代繁衍生息、劳动创造、游牧狩猎的理想乐园，也是各种家畜和野生动物的繁衍、栖息之所。

一组游牧风情图的宏大画面上显示，牦牛、骆驼、花斑马、梅花鹿、北山羊散放在原野里，有的在欢乐地角抵、奔逐，有的静静地低头吃草，有的在悠然闲卧。旁边站着一个游牧人，顶上的头发盘结起来，腰间斜插着一根木棍，胯下拖着一条又长又大的尾巴。身后跟随着一只猎犬，懒洋洋地呆望着主人。画图的右边，聚集着一队歌舞腾欢的人群，男人头上有的装饰着兽角，有的插着羽毛，有的戴着尖顶或圆顶的帽子；女性则长发下垂，也有挽着发髻、戴着头饰的。场上，翩翩的舞影，忘情的啸歌，衬着多姿多彩的穿戴和装饰，渲染出原始艺术粗犷、质朴的特色。

为浓郁的生活气息所吸引，此刻，我也仿佛置身其间，随着欢乐的人群手之舞之、足之蹈之，尽情尽兴，和先民们一起发出欢腾的吼声。此间，气候温暖湿润，雨量充沛，大自然焕发出勃勃生机。丛林掩映中，一些平生未曾寓目、而今多已灭绝的动物蹿跃其间；一队前额低平、眉骨粗大、目光迷惘的人群，正在咿唔呼啸着追奔射猎。回望山崖，发现那里还有一些人在紧张地劳作着。

趋前细看，他们手持石刀、铁錾或凿或敲或磨或刻，正全神贯注地制作着各种人面和动物的图像，一幅幅生动的画面在他们的手下赫然展现出来。……

我正在忘情地欣赏着这一切，不料，稍微一愣神，忽然发觉山崖上的人形已经淡出、隐没了，逐渐逐渐地幻化成山垭口处一伙凿石垒渠的人群。伴随着各种敲击的繁响，一道清溪从山坳里冲出，顺着渠道滔滔汩汩地流淌下来，顿觉遍体生凉，神清气爽。于是，我也憬然惊寤了。

心头的意念一收，时间的潮水，哗——哗——哗，一下子流过了几千年，我也随之返回到现实生活里。

三

贺兰山岩画本身就是一部文化传承的史书。它是地处祖国西北的许多少数民族共同创造的精神财富。现在，人们一提起银川，就把它同西夏联结起来，漫步街头，随处可见"昊都大酒店""西夏贡酒""昊王宫"等与西夏王国有关的商标、名号，这固然有其重要的依据。但是，严格地讲，它仅仅是一部分，而并非全体。

早在数千年前，就有许多少数民族在这一带游牧、畋猎，繁衍生息。见诸史籍的，商周至春秋战国时期，贺兰山下主要游动着猃狁、羌、戎等部族；秦、汉至南北朝时期，先后有匈奴、鲜卑、氐、羯等族；隋唐两代，突厥、回鹘、吐蕃等族聚居于此；迨至两宋、西夏时期，这里主要是党项族；元代则为蒙古族所领有。他们一个跟着一个进入这个地区，跃上历史舞台，次第更迭，薪尽火传，演出了一幕幕威武悲壮的历史活剧。

随着时序的推移，他们有的迁徙了，有的变化了，有的消失了，像成群结队翱翔于万里秋空的候鸟一般，忽刺刺地飞来，又急匆匆地逸去，许多重大活动，文字都没有记载，甚至皇皇正史上也尽付阙如。事实上，当然并非落地无痕，杳无踪影，而是一站接着一站传承着社会文明的熊熊熛火，为建构整个中华民族的伟大文明传统做出了应有的贡献。

这遍布贺兰山上，由五千多组岩画连缀而成的艺术长廊，就是绝好的历史见证。

我们怎能不由衷地感激那些伟大的民间艺术家——成千累万的无名的岩画制作者！是他们以其独特的艺术创造，为后世人民留存了形象鲜明、信息丰富的时代屐痕，提供了极其珍贵的研究古代文明史的第一手资料。

高尔基说得好："人，按其本性来说，就是艺术家。他无论如何处处力求给自己的生活带来美。"游猎的先民在浩瀚无垠的荒原上，通过与大自然的艰苦拼搏，培植了粗犷豪放的性格，也播下了信念、追求与热望。他们在呼啸、奔逐、游牧、畋猎之余，借助于岩画的创作，把自己的喜怒哀乐、忧思感奋、所见所闻一一凿刻于山石之上，以获取心理上的满足与快感，达到抒发情感、愉悦身心、恢复体力、消解疲劳的作用。

岩画开创了人类艺术的先河，是一部融汇着理性与野性、现实与幻想、稚拙与灵动的无声的交响乐。同时，又是一个活的解释系统，它无异于一部古代游牧民族的百科全书，向后人展示着先民对于自然、社会与人类自身的认识，把他们敬仰的神灵、崇拜的图腾、朦胧的遐想、放牧狩猎的经验以至于七情六欲等深层次的内涵如实地记录下来。

四

黄河，这祖国的母亲河，历史之河，文明之河，在她的身边，岩画与神话并存。它们作为人类精神活动、艺术实践的智慧之果，都深深植根于民族文化本原的沃土之中。那些借助于想象与幻想，把自然力加以拟人化，反映远古先民对于世界起源、自然现象、社会生活的原始理解的神话传说，在贺兰山岩画中同样有所展现。

关于伏羲、女娲这两位始祖神的传说，散见于《山海经》《楚辞》《淮南子》等古籍，同时，广泛流传在黄河流域一带的民间。与两位始祖神"本为兄妹""蛇身人首、尾部相交"等传说内容相对应，贺兰山口一幅极为古老的岩画上也有他们的造像——人面蛇身，共同交尾于一条长蛇之上。画像要早于伏羲、女娲其他造像几千年，极为简单、原始，却是鲜活动人。

就一定意义上说，神话原是某种风俗、习惯、信仰和宗教的反映；而岩画则是从艺术的角度予以形象的记述与描绘。二者相辅相成，相得益彰。《山海经》中有关"戎，其为人，人首三角"的记述，实际上，指的是人的头顶上的兽角装饰，贺兰山口的人面型岩画中就有这种头戴三角的装饰形象。岩画与神话互为印证，表明古代一个时期西戎族的先民曾在这一带生活过。

《史记》和《竹书纪年》中都有关于"感生神话"的记载，如说周始祖后稷之母姜在野外见到巨人的足迹，心忻然悦，践之，遂有身孕，及期生子。这在岩画中亦有所反映。据专家解释，所谓"践巨人足迹"云云，原生状态乃是一种生育舞蹈动作，——男女相伴而舞，踏着轻盈的脚步，然后野合做爱，从而得怀身孕。贺兰山的岩画就是这样表现的：在一对脚印旁边，一双男女在纵情地狂欢、跳舞、拥抱，集中反映了原始先民对于生育的崇拜与渴望，以艺术形式给予"感生神话"精彩的图解和印证。

原来，原始人的思维处于人类思维的童年形态，带有"巫术性"的成分。他们所处的文化环境，是一个相信万物有灵、凡事迷信前兆的世界。在他们看来，世界上的一切都受着超自然的力量支配，诸如日月的升沉，四时的更迭，草木的荣枯，动物的繁殖，人世的生老病死、穷达休咎，背后都有一种超自然的力量在操纵着。他们既满怀畏惧，却又不甘心任其摆布，总想通过一种特殊的行为来影响它，利用它，于是，便产生了巫术。

在先民的心目中，岩画中的动物就是生活中的实物。因此，只要在山崖上凿刻出交媾与生殖的画面，就能实现人畜兴旺的愿望。同样，为了扩大狩猎的战果，便在岩石上不厌其烦地制作着大量的动物图形和游猎场面，他们确信，只有把动物的形象画在山石上（有的还要用箭镞射中它），才会产生游猎预期的效果。

看着这些千奇百怪的画面，也许有人会觉得它们过于粗糙、简单，甚至荒诞无稽。可是，远古的先民正是凭借着这些普通至极的线条与符号，描绘出了整个的万有世界，一如音乐的七个音符，可说是再简单不过了，靠着它们却能谱出情动三军、绕梁终日的万曲千歌。

五

当然，也毋庸讳言，作为史前社会的文化遗存和符号系统，作为图腾艺术的物化载体，贺兰山岩画尽管意蕴之深邃、视野之闳阔为世人瞩目，但它们全由图像组成这一共同特点，却是振古如兹，一成未变的。千年前的也好，万年前的也好，线条、画面、构图、命意，几乎看不出太多的变化。无论其为象形图式，表意图式，还是情感图式，都一无例外地以图像寄寓意义。单就"不确定性"这一点来说，与文字也存在着显著的差别。

历史在这里似乎经久地原地踏步。

时间在这里似乎凝固了。

人生易老，年寿有时而尽，对于时间的飞逝，现代人总是特别敏感的。几度花飞叶落，一番齿豁头秃，常使人感慨重重，蓦然惊悚。

当年，党项族的首领建立大夏国之后，仿照中原王朝的模式，不仅在都城和林峦佳处建起了金碧辉煌的玉宇琼楼、离宫别馆，还选定了贺兰山东麓为其历代君王夜台长眠之地，在五十平方公里的地面上留下了数百座大大小小的"金字塔"。

时间仅仅过去了几百年，于今，当日的千般宏丽，万种豪华，已经踪迹无存，只剩下几盆荒冢、数堆瓦砾，萧条破败，零落在秋风里。相反，当人们面对这些"粤自盘古，生于太初"的岩画，——这些远古游牧时代的文化遗存，想到它们阅千古而长新，历万劫而不磨，神奇地存留到今天，又怎能不为之而感到惊异、感到庆幸、感到振奋呢？

可以说，解读岩画就是在叩启鸿蒙，等于翻检一部已经失传了的史前典籍。画面上的犀牛、野马、北山羊、单峰骆驼等珍稀动物，不是在一两千年前就已绝迹了吗？而那幅岩画上的大角鹿，据古生物学记载，原是百万年到一万年前的远古孑遗呀！沧桑迭变，岩画长新。时间峻厉无情，然而却又是万分公正的，它善于选择，它并没有吞噬一切。

时间，时间，我们现代人在这里真正感受到了时间！

当年，大诗人白居易曾经一往情深地咏赞西湖："未能抛得杭州去，一半勾留在此湖。"现在我却要说："未能抛得银川去，全部勾留在此图。"

通过解读这些变形夸张、耐人寻味的岩画，不仅获得一番值得永生忆念的艺术享受，而且，接受了一次认识生存根基、启发生态自觉意识的教育，——拨开重重的朦胧烟雾，可以重温人类蒙昧时期的宿梦，聆听远古历史微弱的回声，透视原始先民与生物环境同生共存的真实景象，进而悟解人类在自然生态系统链中的恰当位置，克服诛求无限、为所欲为的狂妄心态，真正实现回归家园、认清本源的觉醒。

老皇帝的难题

一

以撰写大观楼一百八十字长联闻名于世的清代诗人孙髯翁,登临滇南武定县狮子山时,听说明初"靖难之役"中流亡出走的建文帝曾经长期遁迹于此,一时感慨兴怀,为雄才大略、深谋远虑的朱元璋创业有方却交班无术而深致惋惜,当即赋诗一首,其中有这样两句:

滁阳一旅兴王易,建业千官继统难。

其实,当日朱元璋接替郭子兴成为"滁阳一旅"的领军人物,击楫渡江,建立应天据点,孤军独守,兴王创业,又何尝容易!无非是,比起后来在帝都金陵（古称建业）反反复复地选择继统对象，最后仍然出了纰漏，相对来说，较为顺利罢了。

不管怎么说，这寥寥十四个字，确是概括了封建王朝在开基与继统方面一个带规律性的现象。

在"家天下"、世袭制的体制下，一切帝王，尤其是开国皇帝，对于继统问题无不极端重视，都把它看作是立国之基、社稷之本。当取得皇位之后，他们所昼夜焦虑、念兹在兹的，是自身的统治权如何巩固；而随着皇权的日趋巩固和高度集中，王位继承问题便一跃成为"悠悠万事，唯此为大"的核心问题。

对于继统问题，朱元璋当日绸缪甚早，还在做吴王时，就确定嫡长子朱标为世子，即皇帝位后，遂封为太子。不过，他逐渐地发现，朝中掌控要津者多是一些元勋大老，而生性仁和、温文雅驯的朱标，势难驾驭这个国事繁剧、边防多事、矛盾纷繁的全局。不久，朱标病逝。依照老皇帝的意向，四子朱棣沉雄、果断，颇有父风，应该册立他为皇储。但朝臣们都以朱棣本系庶出（生母为高丽国进贡给太祖的一个妃子），前面又有两个兄长，弃兄立弟，"违反古制"为由，极力加以反对。最终确定朱标之子允炆为皇太孙。朱元璋也料到了诸叔王未必服气，便特意编写一部《永鉴录》，教育诸王安分守己，顾全大局，又颁布了《皇明祖训》，提出皇亲中如果发现谋逆之事，格杀勿论。但是，这一切终究是纸上文章，一当他撒手红尘，约束力便化为乌有了。诸叔王凭借手中的雄厚实力，言多不敬，行辄越法，根本不把这个年轻、文弱的建文帝放在眼里。特别是燕王朱棣，从青年时代起，即跟随父亲驰驱疆场，战功卓著，成为诸王中的佼佼者，对于建文帝构成了严重威胁。后来，终于借口奸臣跋扈，朝廷孤立，社稷危亡，援引《皇明祖训》，以"清君侧"为由，入京"靖难"。从而爆发了一场持续四年之久的争夺皇位的内战，史称"靖难之役"。

说到"古制"，需要远溯到上古时代。在母系氏族社会，民主选举产生部落首领，财产统归以母系计算的氏族共有。后来进入父系氏族社会，出现了私有财产，但共同财产部分仍然属于全体成员所共有，因而，氏族成员仍然拥有选定与撤换首领的权利。到了公元前21世纪，出现了第一个世袭君主制王朝，

"夏传子，家天下"代替了"天下为公"，选贤任能的"禅让制"。接下来是商朝。王国维先生认为，商之继统法，以"兄死弟及"为主，而以"子继"辅之，无弟而后传子。执行的结果，是导致王位纷争，国都几次迁徙，史称"九世之乱"。迨至西周前期，周公旦曾以武王之弟身份继位称王，但由于兄弟不服，引起了一场叛乱。这样，便产生了"皇位嫡长子继承制"：在后妃所生诸子中，皇后之子优先继位；而在皇后所生诸子中，长子又具有优先继承权。明初朝臣所谓"古制"，就是指此。

这种体制的建立，源于宗法制度，更同皇帝多妻制紧相联结着。封建帝王为确保其家族香火绵延，并满足其无度的淫欲，遂广置后妃，以充后宫。《礼记》上说："古者天子立六宫、三夫人、九嫔、二十七命妇、八十一御妻。"后世有了更大的发展，到了唐代，皇后之外，还有贵妃、淑妃、德妃、贤妃，统称夫人；昭仪、昭容、昭媛、修仪、修容、修媛、充仪、充容、充媛，叫作九嫔；另有婕妤、美人、才人各九人；宝林、御女、采女各二十七人。开天之际，长安三宫和东都两宫，共有宫女四万人。以当时全国四千多万人口计，唐玄宗的妻妾占了千分之一。这样，皇子自然瓜瓞连绵，动辄上百。只能根据母亲身份贵贱，将皇子区分为嫡子、庶子。最后，依照先嫡先长、后庶后幼顺序，锁定一个王位继承人，以保证皇权在家族内部平稳过渡。

这种"嫡长子继承制"，起于周初，止于清代前期，施行两千七百多年。对于皇权顺利交接、防止皇族内部因为争夺储位而同室操戈，确是起到一定作用。且看，从西汉至晚清，二十九个娃娃皇帝，大体上都还顺利地爬上龙墩，显然借力于这种"百王不易之制"。

当然，其弊端也是显而易见的。本来，高度集中、不受制约的专制皇权，对于君王的个人德才素质与治国理政能力，提出了至高、至严的要求。可是，"立嫡立长不以贤"，断然放弃了德才考量，成为一种典型的排除贤才、摒弃智能的继统方式。这种强烈的反差，使它与儒家的"尚贤""传贤"的政治理想完全脱节。最严峻、最尖锐的矛盾，还在于它同现实的需要根本对不上号。众所周知，在纷繁万端的政治事务和错综复杂的宫廷纷争面前，即使经过严格挑选的贤能君主也难以应对，何况在嫡长子继承制度下，幼儿、白痴、草包、恶棍登上皇位，在所难免，而由于君主的终身制，其后果就更为严重。明朝十七帝共二百七十六年，有八人庸劣不堪，占去一百七十三年，而昏聩的嘉靖和以懒惰著称的万历，分别在位四十五年和四十八年。难怪这个庞大帝国，中后期竟然弄得那么混乱，糟糕！

制定嫡长子继承制的出发点，是太子定位之后，诸皇子各守本分，从而弭除祸乱。实际情况恰恰相反，其间命定地潜伏着种种危机。太子预定之后，在后妃生下的众多皇子中，难免会出现才能、功业、威望超常的二三佼佼者，那么，东宫太子将何以安其位？纵使因为老皇帝在位，暂时使祸乱隐蔽下来，可是，如果太子本人根本缺乏统御天下的才具，未来总是难以坐稳龙墩。这样，老皇帝在撒手红尘之际，又怎么能够放心、瞑目？

嫡长子继承制的施行，存在着太多的变数与不确定性，制约、干扰的因素很多。比如，许多皇后并没有生下儿子，或者虽然生了儿子却又早殇；有一些即使得以顺利地成长，或因君王的好恶妨害了嫡长制的施行，或因对于皇后的感情变化，"爱屋及乌"或者"殃及池鱼"，也会影响到嫡长子的继统；再就是权奸、藩镇、阉宦、后妃、外戚干政，也是影响嫡长子继承制贯彻实施的重要因素。

史书记载，秦汉两朝二十八位皇帝、宋代十八位皇帝中，嫡出的都只有三人；东汉诸帝中竟无一人为皇后所生；唐代，二十二位继统的皇帝中（开基创业的高祖李渊和大周皇帝武则天除外），只有六人为嫡长子，不到三分之一。说到制约、干扰的因素，唐代颇有代表性：前期，太宗至肃宗七朝皇帝，全部是通过宫廷斗争登上王位的；后期，穆宗至昭宗八朝皇帝中，七人为宦官所立，只有敬宗一人凭借储位侥幸继统，最后还是被宦官弄死了。

鉴于嫡长子继承制存在着诸多弊端，施行过程中又会遭遇种种变故，历代封建统治者不断采取补救措施，对建储、继统制度加以完善。他们不遗余力地宣扬儒家的纲常名教，倡导君尊臣卑、君敬臣忠、父慈子孝、兄友弟恭，为执行这一制度奠定必要的思想基础，特别是高度重视对于皇太子以及诸皇子的人格塑造和品德教育。与此同时，他们也曾实行一些极端的防范措施。比如，北魏为防止母后专擅，规定册立太子之前，必须先将其亲生母亲杀掉。姑无论这种做法残酷残忍，泯灭人性，单就效果而言，也所见甚微。因为危及皇权的因素实在太多，岂是杀掉一个母后所能了得！辽太祖耶律阿保机的改革措施是，皇位继承人先在本部宗亲中选择，使多名候选人同时备选；最后在有各个部族及政治集团参加的"世选"中，实行终选。结果是未见其利而先受其害——每个候选者都有一定的政治势力作为后盾，从而引发了候选人（及其后台班底）之间的激烈争夺，直接导致王朝动荡、社会混乱，终辽之世，未曾平息过。

清代雍正帝即位之后，鉴于康熙帝为建储一事殚精竭虑，最后还是祸乱丛生的深刻教训，着手对建储制度进行改革。具体做法是，由皇帝将准备继统的皇子的名字，亲写密封，藏于匣内，置之乾清宫"正大光明"匾额之后，待皇帝晏驾后，再启封揭晓。这样，建储就由公开转向秘密，皇帝一人独掌权衡，不受任何干扰；同时，也使皇位继承问题暂时显得不那么尖锐、敏感，延缓了皇室内部的火并、争夺。当然，根本性的矛盾并没有解决。

乾隆帝继位之后，曾经试图对这种"秘密建储制"加以改进，就是在储位秘定后明确宣布：待预定的皇子年龄稍长、识见扩充、志气坚定，骄矜之气不再生、诱惑之举不为动之时，他将布告天下，以明正储位。然而，在实际践行中，却遭遇了严重挫折，两次预立的嫡子相继早殇，使他原来的由秘密到公开立嗣的想法未能得以实现。他把个人的失算归结为天意，说："先朝（指其父祖辈）未有以元后正嫡绍承大统者，朕乃欲行先人所未行之事，邀先人不能获之福，此乃朕过也。"最后，回过头来，又把乃父的秘密建储制度重新捡起，并作为本朝基本制度坚持下去。乾、嘉、道、咸四代，没有一个是嫡长子。百余年间，皇位继承大体上顺利。

二

纵观两千多年封建王朝史，"嫡长子继承制"也好，"秘密建储制"也好，都未能从根本上消除皇位争夺的祸端。可以说，自从皇权世袭这一体制确立下来，就始终潜伏着无法克服，甚至是无法预测的矛盾，成为一切封建王朝永远跳不出的怪圈：要么，你就干脆放弃"家天下"、世袭制，"天下为公"，选贤任能；要么，就得每时每刻都要面对这一根本无法解决的难题，兵连祸结，骨肉相残，朝廷危机四伏，社会动荡不宁，直至政权丧失，国家灭亡。放弃前者不可能，因为"家天下"、世袭制是历朝封建皇帝的命根子；这样，就只能永无穷尽地吞咽混乱、败亡的苦果。

祸乱的根源在于"普天之下，莫非王土；率土之滨，莫非王臣"，君王拥有绝对的权威、至高无上的权力，世间一切荣华富贵集于一身，而且又能传宗接代。面对皇权的强大诱惑力，一切觊觎王位的人，都不惜断头流血，拼命争夺。这样，交班就成为老皇帝最为棘手的难题。

且看历史上几位大有作为的英主——

隋朝的开创者杨坚，平定江南，统一中国，结束了自东汉末年军阀混战以来长达四百年的分裂割据局面。本人也躬行节俭，励精图治，堪称是一代英主。但是，由于他猜忌多疑，最后导致建储失当，所传非人，不出十四年，就使繁荣富强的隋王朝归于覆灭。

杨坚登上帝位之后，确立嫡长子杨勇为太子。杨勇赋性仁厚，率直任性，不懂得曲意逢迎；加上有些事没有处置好，造成父母疑忌，使他的太子地位发生了动摇。这就为聪慧狡黠、善于伪装，从而博得父母欢心的皇次子杨广趁势夺取储位提供了机会。杨广成为太子以后，原形毕露，日益骄纵无忌，竟至调戏他父亲的宠妃。杨坚这时才认清其狡诈嘴脸，顿生废黜之心。杨广见势不妙，便抢先下手，投毒害死父亲，抢登帝座。结果引发了内乱，双方出动了数十万兵马，浴血凶杀，朝野上下为之震荡。

先前，文帝杨坚曾自豪地说："前世天子，溺于嬖幸，嫡庶分争，遂有废立，或至亡国；朕旁无姬妾，五子同母，可谓真兄弟也。"谁知，曾岁月之几何，这五个"真兄弟"，便为疯狂的权欲、野心所驱使，明争暗斗，势同水火，最后，五人竟无一善终。

唐朝的开国帝王李渊，带领建成、世民、元吉同胞三兄弟，起兵反隋，很快就攻下长安，建立了唐朝。遵照皇位嫡长子继承制，李渊登基一个月，即册立嫡长子建成为太子，同时封世民为秦王，元吉为齐王。为了帮助太子树立威信，李渊经常委之以重任，每次临朝，都让他随侍左右，使之洞悉国事，增长才干。而把领兵出征、削平四方割据势力、镇压农民起义、广泛扩展地盘等重要军务，都交给了世民。本来，在灭隋立国过程中，主要是依靠世民的智谋和勇敢，现在，由于他战胜攻取，屡建奇功，勋劳卓著，就益发获取了崇高威望。在世民手下，有一大批著名战将，还有号称"十八学士"的智囊团队；而建成与元吉串通一气，外结朝臣，内连嬖幸、宠妃，在父王面前诋毁世民。从而在王朝内部形成了两个势不两立的政治集团，斗争之激烈，达到了白热化程度。

在这一始料未及的严重态势面前，李渊陷入极度苦恼之中：明明知道，世民劳苦功高，应该得位；可是，建成待位已久，又无法让他退出。真是事出两难，一筹莫展。最后，他想出一个点子，让世民居洛阳，"自陕以东皆主之"，建天子旌旗，规格拟于皇上。李渊的意图，是想借鉴汉文帝的经验，通过施行"平衡术"来缓和兄弟间的冲突，并保全诸子。但他并未深加考虑，雄心勃勃的世民，如果独据陕东，不啻如虎添翼，最后必然导致一朝二主，国家分裂。后来经过建成提醒，老皇帝也就幡然醒悟，收回成命了。

恰在这时，突厥发数万骑兵大举进犯，太子提议由齐王元吉代替世民率兵出征，以夺取世民的兵权；齐王又提出条件，要秦王府的尉迟恭、程知节、秦叔宝等大批将领随军出征，采取"釜底抽薪"策略架空秦王，以便乘机将他除掉。李渊并没有想到这一层，也就点头同意了。但秦王府的智囊却看得一清二楚，他们立刻商议对策，最后决定抢先下手，伏兵玄武门，截杀建成、元吉。这就是历史上著名的"玄武门之变"。结局是，三天过后，李渊便宣布世民为太子，全权处理国家政务，两个月后太子即皇帝位，李渊当了太上皇。

清代学者王夫之在《读通鉴论》中评论说：初得天下，李渊完全可以创制垂法，立贤能、有功者为皇储，而不必拘守"立嫡立长"的成例。可是他没有这么做，结果就步步被动，"故高祖之处此，难矣。非直难也，诚无以处之，智者不能为之辩，勇者不能为之决也"。

具有讽刺意味的是，号称千古明君的唐太宗本人，最后也不免重蹈他父亲的覆辙，在立嗣方面屡走败棋。先是立八岁的长子李承乾为太子，悉心培养，无奈他太不成器，胡作非为，后来竟然在权臣的煽动下谋反，事败被废为庶人。皇四子魏王李泰聪明好学，端肃多才，太宗比较看好，曾面许立为太子，但朝中重臣多数反对，指出："陛下日者既立承乾为太子，复宠魏王，礼秩过于承乾，以成今日之祸。前事不远，足以为鉴。"他们主张立皇九子晋王李治。就在太宗举棋不定情况下，李泰恃宠骄横，干了许多蠢事，最后遭到罢黜。这样，李治便获得了储位，进而又继承大统。由于他庸懦昏弱，"溺爱衽席"，执意立武则天为皇后，险些断送了大唐王朝。

面对诸皇子争夺储位的火拼纷争，太宗苦恼万分，自叹"我心诚无聊赖"，竟然"自投于床""抽佩刀欲自刺"。《新唐书·本纪》中批评他："以太宗之明，昧于知子，废立之际，不能自决，卒用昏童。"

与唐太宗类似，清代的康熙帝也因为建储问题而耗尽精神，心力交瘁。说起他的功业，确实是彪炳千古，有口皆碑；对于传位、继统的重要性，他也非常清楚，因而很早就做出了安排。早在康熙十四年，他仅仅二十一岁，就立了皇后生下的二子胤礽为太子。为什么没有立长子胤禔呢？因为他是庶出。在立长立嫡无法兼顾的情况下，康熙帝作了这样选择。他为了培养太子胤礽，可说是煞费苦心，从小就延请名儒施教，自己还亲自讲授"四书五经"；稍长，无论是南巡北狩，都令其随行，朝夕传授治国之道。太子进步很快，学识渊博，而且精于骑射，深得康熙帝的信任和喜爱。

随着时间的推移，众多的皇子相继长大成人，他们各自在权臣的辅佐下，施展权术，培植势力，作谋取储位的准备。而胤礽作为法定继承人，背上的包袱最重，既害怕诸兄弟夺位，又担心老皇帝移爱。于是，在朝中扩充自己的实力，并和权臣索额图结成了帮派，以专宠固位。而索额图与另一位权臣明珠水火不容，拼搏激烈。明珠等就力推皇长子胤禔争储，双方拉开了决斗的阵势。康熙帝自然不会容忍这种事态发生，便先后向两个权臣开刀。索额图被处死后，激起了太子对皇帝的怨恨，蓄意为之报仇。致使康熙帝昼夜担心自己的生命安全，于是决心易储。

这样，又引起了更多皇子的觊觎，尤其是皇长子胤禔、皇八子胤禩，都做了充分表演，被康熙帝一一看穿。在很短时间里，拘囚了六个皇子。但他毕竟已经年近六旬，这样下去，将如何收场呢？后来，除皇长子外，其余五人全部放出，并让群臣公议立储之事。结果，包括皇九子、皇十子、皇十四子在内的诸皇子及王公重臣，一致保举皇八子胤禩为太子。康熙帝发现胤禩竟如此深孚众望，为了防止其直接危及皇权，便摆出一着出人意料的绝棋，复立胤礽为太子。这一举措，引致了新的混乱，众多保举胤禩者都危不自安。为了稳定人心，康熙帝便对其他皇子加爵晋封。同样没有达到预期目的，反而增加了诸皇子新的拼争砝码；而胤礽也并没有因为得以复立而心存感激，反倒变本加厉地为夺取皇位疯狂运作。结果，逼使康熙帝痛下决心，再度废掉太子。为了给自己选人失当找出借口，康熙帝强调，胤礽的变坏乃是上了坏人的当："凡人幼时犹可教训，及长，而诱于党类，便各有所为，不复能拘制矣。"

这两度废立，反复折腾，使康熙帝受到极大的刺激，对于预立太子的弊端也深有所悟，于是，明令告诫："诸皇子中如有谋为皇太子者，即国之贼，法所不宥。"这当然并不能从根本上解决问题。在帝位至尊、皇权无限的诱惑下，诸皇子哪个也不甘示弱，仍然"纷置党羽，联络臣工，刺探朝政及其父王之起居，希冀迎合上意，借邀宠眷"。就在这日甚一日的激烈竞争中，老皇帝带着深重的苦恼和无边的憾恨，撒手尘寰了。

三

前面论及中国封建王朝史上颇有作为、堪称英主的五位帝王，其中的隋文帝、唐高祖、明太祖还是开国皇帝。这些创业垂统、叱咤风云、建树了伟绩丰功的大人物，都曾是攻无不克、战无不胜、所向披靡的强者。照常理推测，他们筹措任何事情都应该是得心应手，心想事成，一帆风顺，没有闯不过的关口。可是，唯独在建储、交班这件事上，屡屡受挫，捉襟见肘，焦头烂额，狼狈不堪。而且，越是那些开基创业、大有作为的英明君主，在处理继统问题上，越是容易出现麻烦。这真是一个发人深思的现象，其间究竟有些什么规律性认识可供研索呢？

可以从史学角度分析。这种"龙头鼠尾"，或"其兴也勃，其亡也忽"现象，反映了历史的规律性。鲁迅先生说过："无论什么局面，当开创之际，必靠许多'还债者'；创业既定，即发生许多'讨债者'。此'讨债者'发生迟，局面好；发生早，局面糟；与'还债的'同时发生，局面完。呜呼'还债的'也！"一声浩叹，感喟无尽。那些费尽了移山气力，开创了宏基伟业的英明君主，不都是标准的"还债者"吗？封建王朝的盛衰、兴替，正是这些"还债者"与"讨债者"（败家子，不成器的接班人）相伴而生、统一构成的必然结果。

也可以从哲学角度探索。"种下的是龙种，收获的是跳蚤"。这种愿望与实际、动机与效果恰相背离的"悖论"，是一种无解性的命题，也可以说命题自身即体现着不可破解的矛盾。之所以如此，盖因其间封建帝统制度、僵死的惰性的接班人机制起着决定作用。

还有什么角度呢？似可引述《道德经》中"天之道，其犹张弓欤，高者抑之，下者举之，有余者损之，不足者补之"，说明"天道忌全"，不使"一家独大"。老百姓也常说："上辈精明下辈苶，太阳老爷轮流转"。也可借助自然现象来证明：高山之下，必有峻谷；长松之下，寸草不生。上一代把风光占尽了，不曾为下一代预留余地，结果是"君子之泽，一世而斩"。这是一种带有某些神秘性、先验性的解释。其然，岂其然乎？

规律说，悖论说，天意说——各逞异辞，言人人殊。

其实，症结所在，是封建专制下的皇位世袭制与终身制。所谓"无解性命题"，根源盖出于此。明确一点说，再英明的君主，也难以摆脱"立嫡立长不以贤"的死框框，最终同昏庸君主一样，陷入那个永远跳不出的魔圈。这里有三个侧面：

一、太子。贤也罢，愚也罢，太子这个角色实在难以把持，或者说，很难站住脚。而且，待位时间越长，风险越大，危机越深。作为君权的法定继承人、权力继承的最大受益者，他当然盼望君权能够平稳过渡。可是，实际情况却要复杂得多。太子公开册立之日，便是他与皇帝、与其他皇子启衅之时。太子与皇帝，说是骨肉情深，实际上，关系最难处理。对于太子，老皇帝总是戒心、疑心胜过爱意、亲情。皇帝的特权具有唯一性，绝对不容许任何人（太子也不例外）侵犯一丝一毫，而皇帝本身又负有培养太子继承君权的义务，需要帮助太子树立权威，否则，日后接班，他将难以服众，难以遏制女后、外戚、宗室、功臣等多种势力对最高权力的觊觎。在皇帝面前，太子如果太得人心，肯定遭到疑忌；而若真的庸懦无能，又难入英明君父的法眼。这是难解的二元悖论，用一句歇后语来形容，叫作"反贴门神——左右难"。

由于处在权力争夺的风口浪尖，太子必然要设法自保，以防备他人取代。

除了费尽心机邀宠于君父，还须利用储君身份，扩展私人势力，千方百计压倒潜在的竞争对手。从另一面看，权力是一种强烈的腐蚀剂。一人之下、万人之上的特殊地位，使他虽未践位，但手中握着权力的"潜力股"，升值空间无限；一当其羽翼长成，很容易骄纵自恃，萌生祸心，所谓"储位既正，人性易骄"，权欲熏蒸、野心狂炽。特别是身边还有大批想要扯着太子衣襟往上蹿的权臣、太监，更会极力撺掇他以种种非常手段抢班夺权。历代王朝更迭中，一幅幅父子、兄弟、叔侄互相残杀的血腥画面，彰彰在人耳目。

二、英明的君主。他们属于顶级封建统治者中较有政治远见的人物。特别是那些开国帝王，因为经历了前朝的兵连祸结、社会动乱，熟谙为政得失的要害，所以，总是比较注重轻徭薄赋，勤政亲民，不使社会矛盾激化为国家灾难，危及帝国的长治久安。但是，由于受到时代、阶级的限制，他们的根本出发点不可能是天下或人民，只能是个人及家族的利益。这样，立储之时，首先必然考虑到，如何在众多因素制约下，选出符合皇族利益和皇帝本人意愿的人，以保障皇权的顺利交接，"家天下"的世袭不替。

可是，实际上，古今中外，对于任何君主来说，包括那些英明睿智、明察秋毫的圣帝贤王，选择接班人都是一个天大的难题。"不如意者常八九"，处置得当、达到理想要求的，为数甚少。由于封建继统实行的是"嫡长子继承制"或"秘密建储制"，缺乏一种公开、公平、公正的机制，皇帝总是根据自己的判断、依凭个人的喜好来选择继统者。再英明的君主，也会看人"走眼"，即使当时并没有看错，而处在动态过程中的太子，随着时间的推移、地位的改变、周围环境的影响，也难保日后不会发生异化。

为了后继有人，能够发展历经千难万险开创的帝业，那些英主明君在择储、建储过程中，无不百般慎重，小心翼翼，仔细掂量，唯恐出现闪失，结果导致信息错乱，干扰因素重叠，脱离正常状态，受到某种特殊的意念支配，反而加大了难度与风险。最恰当的例证，是给至爱亲朋做手术，医生越是加倍小心，往往越会出现纰漏。

按照创业与守成的规律，面对开创者所建立的惊天伟业、留下的巨大摊子，以及亟待处置的各种遗留问题，要求继统者即使不能"强爷胜祖"，超越前辈，起码也应该能够相为伯仲。因此，英主选择接班人，难免条件苛刻，期望值过高，总觉得择非所求，未能如愿，以致犹疑不定，出尔反尔。这样，反倒容易挑花了眼，更是导致储君地位不稳，从而横生枝节、平添变故的直接原因。

当然，也有另一种说法：有些强势的君主比较看好弱势的接班人。如果存在下述考虑，这种说法或可成立：一是"一山不容二虎"；二是老皇帝害怕继任者擅革旧制，希望有个"三年无改于父之道"的孝子。不过，更多情况下，恐怕是皇子震慑于无比雄强、桀骜的父辈，在辉煌耀眼的功业面前，常会产生一种自愧弗如的敬畏心理，特别是在强势君父的过苛吹求、严格管束之下，日久天长，遂逐渐养成盲目崇拜、无条件服从、唯唯诺诺的性格。还有一种可能，并非继统者真的弱势，而是父辈过于强势，事业过于宏伟，继统者无法望其项背，相对地看就显得弱势了。

历史经验表明，确立储君还有个最佳时机的选择问题。选立储君，为时过早，并不一定就是好事。乾隆帝最初立储时，正当春秋鼎盛之际，太子才两岁，上面一个长兄，也不过四岁，而且是庶出，不具备竞争条件。因此，没有遇到任何障碍。可是，由于他在位的时间过长，几十年间，又生下了三十三个皇子。这样，当两任太子相继早殇之后，再怎么选择就大费周章了。当然，立储过晚，同样也成问题。到了"英雄迟暮"之秋，濒临行将谢幕的窘迫处境，时不我与，被动应付，选择余地很小，而变数却很大，种种棘手问题横置其间，必然难于措置。何况，即便是英主明君，到了晚年，也会在性格、心理方面发生一些变异，这就更增加了选拔、培育接班人的难度。

三、客观环境、条件。这一点至关重要。人是环境的产物。社会环境、成熟条件、人生阅历、生命体验，就每个人来说，都是特定的。从这个意义上讲，那些奇才颖异的创业者是不可复制的。他们胜利地削除群雄、横扫六合，经过历史长期的层层汰洗、苛刻选择，终于被推上了政治历史舞台，登上了龙廷宝座。当时，因缘际会，风虎云龙，主动权在握，有尽多的驰骋天地，具备了大展奇才的条件。而那些后来人，包括刻意遴选出来的储君，并不具备君父成长的环境、人生的经历，因而很难造就出杰出的才能。这是无可奈何的悲哀。尤其是，绝大多数储君处于承平之世，外无敌国外患，内部一切可以坐享其成，本人又"生于深宫之中，长于妇人之手"，自幼锦衣玉食，不知稼穑之艰难，只能成为纨绔子弟。再加上，有些创业开基的君主，鉴于自己一生历险犯难，吃尽了世间苦楚，不忍心再让孩子重走老路，便一味放纵、溺爱。这样培育出来的接班人，必然庸劣不堪，不是昏聩无能，便是贪残暴虐，绝无杰出、优秀之可言。

通过前面的"三论"和后面从三个侧面所做的剖析，我觉得问题大致说清楚了。

问世间情是何物

一

　　"问世间，情是何物？直教生死相许。"元好问的这两句词，我是在读高中时记下的。前些天，忽然见到有的文章说是台湾作家琼瑶之作，不禁大吃一惊。细想想，又觉得怪也不怪，十多年前，不是有个文艺出版社编选了《琼瑶的诗》，竟然把"蒹葭苍苍"和《红楼梦》中林黛玉的《问菊》诗都列在了这位当代女作家的名下吗？说来真叫人脸红，还是到此打住。

　　记得那天教语文的石先生给我们讲的课文是汉乐府《孔雀东南飞》。当谈到诗中主人公刘兰芝和焦仲卿为反抗封建礼教的压制，分别"举身赴清池"与"自挂东南枝"，以死殉情时，他在黑板上写下了这两句词。说，金代文学家元好问写过两首有关殉情的词，课后同学们可以找来看看。至于这两句，他并没有多加阐释，可是，却给我们这班初涉世事的年轻人留下了一道终生都在叩问、求索的课题。是呀，情是何物？竟有如此巨大的震撼力量！

那天，石先生还说，堪与这首被明人称之为"长诗之圣"的经典作品比美的，在西方还有伟大剧作家莎士比亚的《罗密欧与朱丽叶》。那时的中学生与今天的不同，眼界十分闭塞，读书范围很窄，多数人还是第一次听到这部作品的名字。先生便略为详细地讲述了剧情，讲了年轻、勇敢、纯洁、善良的一对恋人终因两个家族的世仇而双双赴死的人间悲剧。最后，以嘶哑的声音朗诵着罗密欧自杀前的那段话："你无情的泥土，吞噬了世上最可爱的人儿，我要掰开你的馋吻，索性让你再吃一个饱！"

先生年轻时当过副刊编辑，文学修养很深，三四十年代在沈阳的《盛京时报》、大连的《泰东日报》上发表过许多作品。教我们课时已经年过半百，但是，仍然豪情似火，充满了诗人气质。平素感情容易激动，有时一件细微的物事，也会激起他奋袖低昂，情见乎辞，脸上经常浮现着红艳艳的华彩。据校医说，这和他患有严重的肺结核也有直接关系。这天，他又是带着两颊潮红，像是醉酒一般，讲了一大篇，然后匆匆地离开了教室。

几天后，先生便因咯血住进了医院。我是班上的语文课代表，受班上同学委托，到病房去慰问他。这天，他精神很好，在询问过课程的情况之后，又从《孔雀东南飞》谈起了"情死"这个话题。说，过去在编辑部，听一位南方籍的同事讲过，西南少数民族地区也有一部类似《孔雀东南飞》的长诗，名字记不得了。据说，这个少数民族历史上殉情的事十分盛行。

此后不久，反右就开始了，石先生被错划为右派。批斗中，由于大量咯血，终致惨死在会场上。当时一条突出的罪名，就是他曾经在课堂上大肆宣扬爱恋和殉情等"极不健康"的内容，严重地毒害了青少年的稚嫩的心灵。可是，我们这些学生却私下里议论，课讲得最棒的是石先生。别的老师克勤克谨，照本宣科，尽管也是严肃认真，但只是一般地授业、解惑；而石先生则能够以其汪洋恣肆的才情和富于魅力的讲演给学生以感染。他交给学生的是一把开启心灵的钥匙，一大堆颇富情趣的问号和渊深渺远的联想。

二

四十年倏忽飘逝，石先生的面影早已变得模糊不清了。可是，那堂颇有特色的语文课，至今我还记忆犹新。遗憾的是，先生谈到的那部少数民族的杰作却始终没有见到，后来读大学中文系，曾经向业师请教，也没有弄出个究竟。我曾经怀疑是否先生记错了。又过了许多年，大约是九十年代初吧，我在省图书馆偶然翻检到一部《纳西族文学史》，从中发现原来纳西族有一部名为《鲁般鲁饶》的东巴叙事长诗。从文学史中叙述的内容、情节看，完全符合石先生所说的，但只有片断的引文，全诗却无从看到。

今年秋天，参加中国作家协会的采风活动，来到了云南丽江，这里正是纳西族聚居的地区。放下了行囊，我还来不及洗去脸上的征尘，便连续跑了两家书店去寻觅那部长诗。谁知，营业员竟连《鲁般鲁饶》的书名都没有听说过。我只好拜托当地一位熟悉的文友代为物色，结果仍是落了空。

第三天，参观丽江七大喇嘛寺之一的玉峰寺，听说上院有一株树龄近五百年，每年春天开花两三万朵的古山茶树，被誉为"云岭第一枝"，有人为诗以赞："树头万朵齐吞火，残雪烧红半个天。"刚刚踏进了院门，突然，一位文友告诉我，山下一个书摊上有《鲁般鲁饶》这本书。听了，我便不顾一切地跑到山下，唯恐迟到一步被他人买走。万朵山茶就这样失之交臂了。不料，赶过去一看，并非原书，不过是收在东巴文化论集中的一篇论述《鲁般鲁饶》的文章。我也还是兴冲冲地掏钱把它买下。——纵使没有见到卧龙先生，能够遇见他的老弟诸葛均，也算"慰情聊胜于无"，刘玄德不是照样步上草堂施礼，再三殷勤致意吗！

那些天，为着寻找这部《鲁般鲁饶》，真个是魂萦梦绕，茶饭无心。天天想的，日日盼的，梦里见的，嘴里念的，无非《鲁般鲁饶》。这个"劳什子"实在是害人好苦。

一天早上散步，我在丽江旅行社的橱窗前偶然停步，不经意地往里瞄了一眼，忽然发现书架上摆着一本《东巴经典选译》。我想，作为一部代表作，这部经典性的长诗肯定是要录入的。当时还没有开门，我便转到后面，找到一位值宿的老汉请求帮助，老人告我必须等到八点半上班时才能开橱销售。看了看表，刚刚六点一刻，我便四下里闲逛，一直挨到开门才算把书买到。翻检一过，《鲁般鲁饶》赫然印在里面。真是：踏破铁鞋无觅处，得来全不费工夫！当时的兴奋劲儿实在难以形容。尽管已经过了饭时，饿了半天肚子，心中仍然感到无边的快慰。

原来，"鲁般鲁饶"是"牧奴迁徙下山"的意思。"鲁"字意译为牧奴，"般"是迁徙，"饶"是从高山上下来。它是纳西族东巴祭司用原始象形文字写下的古代书面文学，主要描述奴隶制度下牧奴的爱情悲剧。故事的梗概是：

在很古的时候，一群纳西族的青年男女牧奴在高山牧场里放牧，他们搭起帐篷，吹笛子，弹口弦，相亲相爱，过着自由自在的生活。住在平坝上的牧主不能容忍这种自由的心性和举动，勒令他们迁徙下山。但牧奴们向往的是自由婚恋，为了摆脱拘束，拒不从命。一次又一次地催促，一次又一次地遭到拒绝。牧主怕他们逃跑远游，就在山下修了几道石门加以拦阻。青年牧奴们推倒石门，逃逸而去。前路被金沙江隔断，洪水滔天，他们便造船、溜索，战胜了重重困难，聚集在新的牧地。

这时，牧女开美久命金发现情人祖布羽勒排不见了，不知道他已在半路上被父母拦截回去，便请托善飞的黑乌鸦捎带口信到祖布羽勒排家里去问讯，结果遭到其父母的一番咒骂。可怜的开美久命金在绝望中踏上归程，来到什罗山的大桑树下，用一条牛毛编结的绳索结束了年轻的生命，口里还叨念着要去那雪山上的"十二欢乐坡"，会见爱神游主阿祖。七天七夜后，因为寻找丢失的牦牛来到什罗山的祖布羽勒排发现恋人已经吊死在树下，悲痛欲绝，便将她的尸首从树枝上卸下，投入到熊熊烈火之中，同时自己也葬身火海。生时没有得到幸福结合的自由，死后共同奔向理想的"山国乐园"。他们相信，那里是个风景绝佳，没有尘世污浊的净洁之地，在那里，处处是鲜花，冰雪酿美酒，白鹿当坐骑，没有嫉妒和干扰，情侣自由爱恋，永远年轻。

纳西族中还流传着一个"情死树"的故事。说是在刺是坪坝上长着一株亭亭如伞盖的硕大无朋的古树，树身伛偻着，枝杈像虬龙，笼罩的荫凉有几十平方米。传说，当年开美久命金就是在这棵树上吊死的。从此，远近村寨的青年男女，每当遇到自由选择的婚姻受阻时，就跑到这棵树下来结束生命，每年至少有几十对。有人夜间从附近经过，发现树下点燃着熊熊篝火，周围几圈人围着它跳阿蒙达舞。远近传闻：这棵树聚结了情死者的精魂。

三

据纳西族的学者考证，丽江纳西族是西北河湟地区古羌人的后裔，他们的身上世世代代流淌着这个古老游牧民族的奔腾、炽热的血液。高耸的雪山，幽深的峡谷，急折陡转的金沙江，浩渺苍茫的连天牧野，造就了这个民族刚烈、奔放，渴望自由，视死如归的性格。这里，长期保留着母系氏族社会的古老婚姻习俗，男女结合极为自由，没有任何附加条件，唯一需要的就是两人之间的真挚爱情。这种自由自在、了无拘禁的性爱观念，已经成为一种稳定的社会心理结构，深深地积淀在纳西族的传统文化之中。后来在汉族文化的强力冲击下，他们在充分享用社会文明成果，推动生产力进步的同时，一些人特别是老一代人，在观念上也不可避免地接受了儒家封建礼教、包办婚姻的毒害。可是，男女青年们骨子里却依旧按照本民族传统的情感方式去理解和追求他们的爱情。这样，两种文化的剧烈冲突出现了，殉情悲剧也随之而愈演愈烈。丽江，因此而获得一个"殉情之都"的艳称。

世世代代，为了实现美丽神圣的爱情自由，无数恋人相约到丽江城外的玉龙雪山去赴死，寻找那传说中的"十二欢乐坡"。而《鲁般鲁饶》中的开美久命金则开其先河。当然，有理由说，这只是一种传说。可是，在没有史书记载的地方，作为早期历史的折射，神话传说确有其不可忽视的认识作用。人们可以从神话传说中窥见已经失载的人类早期社会的影子。事实上，在一些特定情况下，幻想世界有时比哲人的记述还更为精辟。因为并非所有的生活都能被语言所阐释。那些疑幻疑真的神游情思，常会在如梦如烟的网络中显现出某些真实的影像。

一位美籍学者指出，在这里，"神话事件构成了原型情境，所颂扬的神话主人公的经历是类似情境中活着的人们的再体验。这样，活着的人又成为神话主角。"那些年纪轻轻的人愿意在生命的花季里潇洒地离开人世,以为这样,青春与幸福就会永远地伴随着一对对情侣。按照纳西人的信仰观念,情死者深信,殉情并非生命简单的结束,而是从此进入了一个美妙无比的胜境。他们在那里啜饮露珠,在云彩中漫游,与自己的情侣永世恩爱。在他们看来,情死绝非对于生命的轻抛虚掷,而是一番求真求美的生命实验。因此,出发前,男女青年总要梳洗打扮,穿上平时最喜欢的衣裳,好像要做新郎新娘一样。

听当地的朋友讲,现在这种"情死"的现象很少了,一是包办婚姻不合潮流,为人们所抛弃;二是纵使遇到这种情况,当事者抗争不成,也会一走了之,出现了"跑婚"现象:两人一起跑到很远的地方,去过自己向往的自由生活,或者一方跑到对方家里偷偷藏匿起来,待到生米做成熟饭之后,再托人到家里说亲。数百年来,无数青年男女无法逾越的天堑,在当代恋人的脚下,一步就跨越过去了。

往者已矣。古老、神秘的"情死"本身,原是一种爱情遭受摧残后的感情变形,终竟属于过去制度下的一道风景。但它所蕴含的那种渴望爱情自由,誓不与陈规旧制妥协,宁为玉碎不为瓦全的抗争精神,却是具有深刻的认识价值和美学意蕴的。

四

文友们说,要想深入探究"情死"这个蕴含丰富的话题,了解一番"十二欢乐坡"的奥秘,就必须去造访玉龙雪山。这个冰清玉洁的所在,恰是纳西人心灵世界的写照。在这里,不仅残存着玄奇、幽渺的原始风韵,而且,每天都在生发着新的神话,每造访一次都会有新的发现,新的感悟。

我以为,关于雪山的话题,当地文友讲得非常到位。玉龙雪山无疑是最佳的一处旅游景点。那透着寒凉、闪着幽光的银雕玉砌的万代冰峰,仿佛要刺破苍天,遗世独立。晴雨晦明,风晨月夕,雪山景观总在交替变幻着,呈现出多姿多彩的画面。山间分布着北半球最南端的现代冰川和雪海,被专家誉为"我国天然冰川博物馆"。主峰扇子陡五千六百米,是世界上攀登难度最大的险峰之一，至今仍为处女峰。雪山的观赏效果，当然是必须肯定的。可是，文友们并没有停留在这个浅近的层面上，而是突出强调其认识价值。

长期以来，玉龙雪山被纳西族人民赋予了许多瑰奇、神秘的色彩。只要你凝眸一望，就会注定终生相许的情怀；只要你面对雪山有过一段深沉的思考，你的心灵就会从此被它牢牢地占据。由于举目可见，你会觉得它就在身旁，离得很近。可是，当你想到罩在它的头上的魔魇的光环，神话的空灵，传说的奇诡，又仿佛面对一个扑朔迷离的梦境，只能在想象中认知，而无从确实地把握。你会觉得，对于它的阐述，充其量是在表述环境，烘托氛围，若要潜入它的内界探索更深的奥妙，还须解开许许多多的谜团。

比如，纳西人为什么会把自己的理想之国建立在这个冰雪世界之中？是一些什么因素使它获得了灵山圣境的光环？一对对相爱的人们，为了爱情宁愿将生命抛向这晶莹的世界，这么巨大的魅力从何而来？面对这座图腾式的庞然大物，这个古老而充满活力的族群，感到的是轻松抑或沉重呢？作为一个民族的象征，一种古老文化的载体，玉龙雪山不仅象征着神圣与豪纵，而且也映衬着悲凉和苦难。这种神圣、豪纵、悲凉、苦难，体现出纳西族的哲学思想、民族心理、生命情调、价值取向以及自然观、情爱观，需要我们进行全方位的探索。

秋初的一个响晴天，我们驱车向雪山进发。出了丽江城，驶过一片铺满沙砾的白沙坝子，便有一条水清见底的溪流从雪山深涧中涌出。车子停了下来，陪同的友人指着向左前方岔开的一条狭窄的山路，说，顺着这条小路走过去，穿过那一大片原始森林，就到了雪山脚下的云杉坪。这是一个神秘的所在，据说，《鲁般鲁饶》中描绘的"欢乐山国"——十二欢乐坡就在那里。我想，纳西族那些痴迷倾倒的世世代代的殉情者，走的该都是这条路吧。山路弯弯，望眼迢遥，若隐若现，伸入了茫茫的丛林。应该说，人们所见的只是一条世俗之路，而殉情者真正踏上的不归之路却是无形的，那是一条除了自己、其他人谁也看不见的心灵之路。

在穿过云杉林时，我忽然产生了一种错觉，仿佛置身于一座庄严肃穆的大教堂。一棵棵光滑笔直、高耸天际的杉树宛如支撑堂奥的排排支柱，而透过林梢倾洒下来的光束，不就是从哥特式的窗子照射进来的吗？走着走着，突然一阵山风乍起，高高的林梢间掀起一场骚动，原先还在喁喁低诉的丛林一下子腾起了滚滚涛声，几只鸦巢像洪波中的扁舟似地摇晃起来，群鸦"鸹——鸹"地惊叫着，听来有些像晚祷的钟声。又走了一段，犹如武陵人闯进了桃花源，眼前豁然开朗，一片茫茫无际的巨大草坪刷地摊开。山风掠过，缀满了杂花野卉的绿茸茸的草海，翻腾着五彩浪花，一直荡漾到雪山脚下。

云杉坪又名锦绣谷，海拔三千二百多米。按照通常想法，在这片人迹罕至的草场面前，总会感到一种轻松与宁静，生发出心旷神怡的快感。可是，我从踏上这块草地伊始，便经历着心灵之海的浪激潮涌，感受着感情的风雨的飒飒、潇潇。我觉得，这里的一花一草一木一石都具有鲜活的生命，都潜伏着一个个情死者的柔弱的凄婉的幽魂。不要说在草坪上狼奔豕突，肆意践踏，哪怕是采撷一株青草、一朵野花，也不忍心，也下不得手。或许是关于云杉坪就是"情死坡"的观念太浓烈了，我以为，在这里一切喋喋浮言都是多余的。它需要用心灵去感受，去体悟，而不是用嘴巴，用眼睛。

五

是的，草木花鸟都是有知觉的。这在中外古今的传说中可说是连篇累牍。晋人干宝《搜神记》卷十二中记载，战国时有个韩凭，为宋康王的舍人。妻子何氏饶有姿色，康王夺之，而把韩凭囚禁起来。二人相约坚守爱情，以死抗暴。韩凭自杀，妻子也投台而死。他们遗言，希望能葬在一起。康王忌恨，偏把他们分开埋葬。两坟相望，不久，各长出一棵大树，根须环抱，枝叶交织。人称之为连理枝。"在天愿为比翼鸟，在地愿为连理枝。"历代诗人为之谱写出无数凄婉动人的华章。就中，元好问的两首词可说是千秋绝唱。

金泰和五年，年仅十六岁的元好问从故里秀容到并州去赴试，途中听一位捕雁的人讲述："今天我捕获一只大雁，把它杀了。没想到，侥幸脱网的另一只雁竟然宛转悲鸣，哀哀不肯离去，尔后自投于地，惨然死去。"词人深受感动，便掏钱买下了这两只死雁，葬于汾水之旁，累石作记，号为"雁丘"。他即兴写了一首《雁丘词》，后来作了润色，调寄《摸鱼儿》。

全词紧紧扣住一个"情"字。上片以拟人化手法，为雁作传，赞叹雁为情死的"痴"操。开头两句就是前面引过的"问世间，情是何物？直教生死相许。"以问领起，笔势凌厉，震撼人心。表面上是在提问，实际上申明了作者这样的见解：必要时献出宝贵的生命，才称得上真正有情。在这里，词人寄托了无尽的哀思，也表达了深深的赞誉。接着是："天南地北双飞客，老翅几回寒暑。欢乐趣，离别苦，就中更有痴儿女。"先说空间，无分东西南北；后说时间，无分春夏秋冬，大雁总是双宿双飞，形影不离。既有为情而欢，也有为情而苦，而且和人间的痴情儿女一样，更有为情而死的。"君应有语：渺万里层云，千山暮雪，只影为谁去！"意思是：殉情的孤雁如果能够说话，它会这般哭诉：层云漠漠，暮雪茫茫，叫我这单身孤影去追踪谁人，投向何方？言下之意，除了殉死一途，别无选择。凄怆之辞，催人泪下。下片由雁及人，直抒胸臆，写下了词人的深沉感慨。最后说，这对殉情的大雁绝不会像寻常的莺莺燕燕那样与时间俱逝。"千秋万古，为留待骚人，狂歌痛饮，来访雁丘处。"予以深重的期许，崇高的评价。

无独有偶，也是在泰和年间，元好问听说，河北大名府一对民家儿女，"以私情不如意"双双赴水。人们跟着巡查，没有见到踪影。后来，挖藕的人发现水里有两具尸体，经过验证，正是这两个青年。这一年，池中荷花盛开，全都是并蒂的。于是，他又填写了《迈陂塘》这首词：

> 问莲根、有丝多少，莲心知为谁苦？双花脉脉娇相向，只是旧家儿女。天已许，甚不教、白头生死鸳鸯浦？夕阳无语。算谢客烟中，湘妃江上，未是断肠处。
>
> 香奁梦，好在灵芝瑞露。中间俯仰今古。海枯石烂情缘在，幽恨不埋黄土。相思树，流年度，无端又被西风误。兰舟少住。怕载酒重来，红衣半落，狼藉卧风雨。

一开头，作者就抒发了无限的感慨。以莲丝缕缕象征这对恋人的缠绵无尽的情思，以莲心苦涩表现他们的悲惨遭遇。"双花脉脉娇相向"，刻画出这对殉情精魂的深沉爱恋尽在凝眸不语、含情睇视之中。紧跟上就愤愤地逼问一句：既然坚贞不渝的爱情可以感动上苍（死后化生出满池的并蒂荷花说明了这一点），那为什么就不能在人世上白头偕老，非要在付出生命的代价之后才能获得相爱的自由呢？"夕阳无语"——作答的只是斜阳一抹，死一般的静默。看来，即使是人神相恋而不得通其情的江妃，追寻舜帝英灵而失声长泣的湘水女神，比起这一对殉情的痴儿女，都算不上怎样的断肠了。好在这种坚贞之情当会像灵芝玉露一般，俯仰千古，永世长新。纵使海枯石烂，情缘也在，黄土又岂能埋没得了这巨恨幽怀！然而，自然界毕竟布满了风霜雨雪，当西风掠地，大野寒凝，连高大的相思树都要落叶飘零，更不要说这弱质纤柔的荷花了。因此，还是暂驻兰舟，多多看上几眼这并蒂莲吧，只怕下次载酒重来，已经是残红委地，风雨凄凄了。

　　两首词都寄寓了作者对世间美好事物（包括坚贞爱情）的由衷赞颂和对殉情儿女的深沉的悼惜之情。可是，我仍然觉得似乎还没有说清楚究竟"情是何物"——这个"斯芬克斯之谜"似的问题。看来，还是泰戈尔说得巧妙："爱情是个无穷无尽的奥秘，就连它自己也说不明白。"

当人伦遭遇政治

朝发沛县，暮宿淮阴，此番苏北之行，原本是要踏寻古迹，连带着体察一番运河两岸、淮上人家的风物人情；没想到转悠起来，竟发起了思古之幽情，不经意间就同政治与伦理这类沉重而复杂的课题撞个满怀。这倒应了那句古老的谚语：原本要跑向草原，却一头扎进了马厩。

两个男人

古沛是汉朝开国皇帝刘邦的龙兴之地，而淮阴为韩信故里。虽说已经事过两千多年，可是，穿行其间，依然随处可以感受到这对君臣搭档的遗泽，似乎湿润的气流里也都弥漫着两个男人为代表的汉廷风雨的因子。

作为皇上，刘邦自命为神龙之子；而韩信者流，在他的眼中却只是一条狗。他曾当着诸位功臣的面，率直无隐地说："诸君见过打猎的吧？追赶走兽啊、野兔啊，把它们逮了来的，是狗；而发号施令、指示兽类所在的，是人。诸君只能够擒拿走兽，所以都是功狗啊！"

这么一个怪怪的名词，亏他这个"大老粗"竟能想得出来。也许同他从小爱吃狗肉这一家乡特产有些关联。沛县狗肉生意的开山祖师是汉初名将樊哙。他和刘邦同乡，又是连襟——他们都娶了吕公的女儿。樊哙年轻时以屠狗为业，开办一个狗肉餐馆。由于肉嫩色鲜，浓香扑鼻，很快就红火起来。有道是"闻到狗肉香，神仙也跳墙。"馋嘴贪杯的刘邦自然成了座上常客。位登九五之后，刘邦衣锦还乡，设宴招待父老兄弟，也用狗肉来佐饮。从此，沛县狗肉就插上了翅膀，伴随着《大风歌》名扬四海；樊家的狗肉生意也世代传承，至今不衰。沛县街头到处都是狗肉广告，足资作证。

"功狗"也是狗，只是因为他们战功卓著——"了却君王天下事"，因而加个"功"的谥号。但是，既然是狗，也就注定了被宰遭烹的命运。至于时机怎样把握，手段如何选择，全看操刀者的心计。越王勾践、刘邦与朱元璋，心黑手辣，剁起脑袋来没商量；而光武帝刘秀和宋太祖赵匡胤，一以柔术这一温情脉脉的面纱罩住政治暴力的狰狞，一以醇酒妇人、物质利益笼络功臣宿将。手法不同，目的则一。

刘邦晚年刻刻在念的，是铲除隐患以确保"家天下"长治久安。在他看来，谁的功劳最大、威望最高、能力最强，谁就是最大的隐患。这样，韩信自然首当其冲。于是，一当项羽败亡，便被刘邦削夺了兵权。不久，即有人上书告他谋反（这是封建帝王谋杀功臣时惯用的政治圈套），高祖采纳陈平的计策，伪游云梦，会聚诸侯，意在趁机擒拿韩信。那边的韩信却傻乎乎地捧着皇帝仇人的脑袋前来拜见，当即被绑缚起来，这时才慨然长叹："果真像人说的，'狡兔死，走狗烹；高鸟尽，良弓藏；敌国破，谋臣亡。'天下已定，我固当烹。"

已经失去存在价值，原在剪除之列；而此时的"功狗"韩信却傲然自视，日夜怨望，甚至逞能炫力，不懂得韬光养晦。一天，高祖与他闲谈，问道："以我的才能，能够带多少兵？"韩信回答："陛下最多不超过十万人。"又问："那么，你呢？"回答是："多多益善。"再问："既然你有那么大的能力，为什么还会被我擒拿呢？"回答是："陛下不善于带兵，却擅长于掌控大将。这就是我之所以受制的原因。"说到这个份儿上，实际上一切都已经摊牌了。不能说韩信对于自己的厄运毫无觉察，只是为时已晚了。

当然，还是后代诗人看得最清楚。唐人刘禹锡有诗云："将略兵机命世雄，苍黄钟室叹良弓。遂令后代登坛者，每一寻思怕立功。"由韩信这一盖世英豪的可悲下场，导出后代登坛拜将者害怕建功立业的惊世骇俗的结论。大功告成之日，正是功臣殒命之时。为什么是这样？晚清袁保恒的诗作了回答："高祖眼中只两雄，淮阴国士与重瞳。项王已死将军在，能否无嫌到考终？"登坛拜将之后，韩信以五载之功，定三秦、掳魏王、服赵国、下燕代，东平齐国、南围垓下，击败西楚霸王、打下汉室江山。这里已经没有你的事了，赶快到死亡女神那里去报到吧！

作为一个将领，你不能斩将搴旗、追奔逐北，每战必败，属于无能之辈，肯定也站不住脚；可是，当你发挥到了极致，达到"将略兵机命世雄"的高度，又会功高震主，必欲除之而后快。最后，那些佐命立功之士，如果不是战死或者病死，就必然面临着两种抉择：或者像范蠡、张良那样，及早从权力的峰巅实行华丽的转身，功成归隐，主动退出历史的舞台，或者像越国的文种和汉代的韩信那样，引颈就戮，最后发出"兔死狗烹"的哀鸣。

儒家礼教倡导"五伦"之义，讲究君惠臣忠、父慈子孝、兄友弟恭、夫义妇顺、朋友有信，以维护封建秩序。其中君臣关系被尊为"人之大伦"，起着统率作用，以冲突、斗争论，它也最为剧烈。"学成文武艺，货与帝王家。"出将入相，皆须"得君"；而帝王要维持其一家一姓的统治，也需要那些"功狗"为之驰驱卖命。什么经邦济世，什么致君泽民，剥去那一层层漂亮的包装，就会露出政治交易的肮脏的"小"来。

一些心地善良的人责之以"过河拆桥"，负心忘义，有始无终。其实，相互依存立足于互为利用，原本无"义"可言。范蠡曾说：越王为人"可与共患难，而不可与共处乐"。这里有个君王的忍耐度问题。同是谗言，当面临敌国外患的威胁、朝廷急需贤臣良将时，君王就顾不得那些闲言碎语，还是用人要紧；待到忧患解除，天下治平无事，贤愚价值渐就模糊，君王已无须那么宽容。于是，"鸟尽弓藏""兔死狗烹"之类的悲剧就连台上演了。

两男两女

黄昏里的淮阴故城，一片平和静谧景象。岁月的烟尘掩埋了一切物质的孑遗，眼前的韩侯钓台、韩信庙、漂母祠等地面建筑，无非是近年修造的劣质赝品。临风吊古，有人慨叹物是人非，说什么"一切没有生命的依然存在，而一切有生命的全都变得面目全非了"。其实，这话是不准确的，没有生命的同样也在变化，甚至彻底消失。倒是那些古代诗文联语，作为精神产品的遗存，仍在鲜活地昭示着前人的哲思理趣，予人以深邃的启迪。

韩侯祠里，空空如也，令人感到沮丧。倒是从晚近复制的碑廊里，看到清人赵翼的一首好诗："淮阴生平一知己，相国酂侯而已矣。用之则必尽其才，防之则必致其死。……独悲淮阴奇才古无偶，始终不脱妇人手。时来漂母怜钓鱼，运去娥姁（吕后）解烹狗。"旁边还有一副对联："生死一知己，存亡两妇人。"一诗一联，交相辉映，以高度概括的语言，从韩信同萧何、吕后、漂母的关联中演绎其一生的悲喜剧。

韩信原为项羽部属，由于没有得到重用，他便弃楚归汉。但在刘邦麾下，同样未得伸展。一个偶然机会，结识了丞相萧何，这样，他的奇才异能才被发现。可是，等了一段时间，仍然未见拔擢，大失所望之余，他只好悄悄出走。萧何闻讯后，如失至宝，急忙跨上一匹快马，日夜兼程，总算追上。经过一番情辞恳切的劝说，韩信才勉强跟着回来。当时，刘邦听到有人报告丞相也逃亡了，又急又气，及见萧何返回，便问他为何逃跑。萧何说："我不是逃跑，是去追赶逃亡的韩信。"刘邦不解地问："逃亡的人多了，何以单独追他？"萧何说："诸将易得，韩信国士无双。王欲夺天下，共谋大事，非他莫属！"这样，刘邦便选择吉日良辰，斋戒登坛，隆而重之地拜韩信为大将。由此，韩侯视萧何为知己。

一晃儿，十年过去了，功高震主的楚王韩信已经失去了高祖的信任，被贬为淮阴侯。在刘邦北征陈豨，由吕后坐镇京都时，有人报告淮阴侯与陈豨串通"谋反"。吕后料到韩信不会轻易就范，便同萧何秘商对策。最后由萧何出面，谎称北方传回捷报：叛军溃败，陈豨已死，敦请韩信进宫向吕后贺喜。韩信万没想到这样一位知己竟会设圈套谋害他，结果，一踏进宫门，就被预伏的刀斧手捆绑起来。吕后全不念他的"十大功劳"，迅即在长乐宫钟室将他斩首。

"成也萧何，败也萧何"这一故事，确实令人慨然于人情的翻覆、道义的脆弱、人性的复杂，不过就萧何来说，无论是当初的怜才举将，还是日后的献计谋杀，所谓"用之则必尽其才，防之则必致其死"，显然都属于忠君报国、"扶保汉家邦"的政治行为，不应简单地以个人恩怨以及品格高下、人性善恶进行衡量。政治有其自身的逻辑，用西方政治家的话说，那是一个既艳色迷人又容易使人堕落的处所。在美轮美奂的封建堂庑中，这类人伦充当政治婢女的现象，可说是随处可见，无代无之。

和政治家萧何的取向不同，作为普通老百姓，漂母同韩信的友情就纯洁而朴素得多了。韩信年轻时贫困潦倒，饱遭人们的凌辱。一次，在城下淮水边持竿钓鱼，临流漂纱的老妇见他饿得两眼迷茫，有气无力，就把自己带来的饭分给他吃，这样连续好多天，韩信非常感激，说"以后我要好好地报答您"。老人生气地说："男子汉大丈夫连饭都吃不上，真没出息。我是瞧你这个小伙子太可怜了才送你饭吃，谁希图你来报答！"这使韩信受到很大的刺激与鞭策。传为千古佳话的"漂母饭信"，纯然出于同情与怜悯，绝对没有"国士无双"，"王欲夺天下，则非信莫属"的政治考量，甚至也剔除了一般的现实功利。因此，当韩信承诺异日必当厚报时，才会怒而斥之——漂母觉得施恩图报，是对友情的亵渎，更有损于自己的人格。

当然，人是复杂的动物，即使作为政治人物的萧何，也同样有其多面性。据明清笔记载录，广西一带有韦土司者，系淮阴侯后人。当日韩信罹难时，家中一位门客把他的三岁儿子藏匿起来。知道萧何为韩侯知己，便私往见之。萧何仰天叹曰："冤哉！"泪涔涔下。门客感其诚恳，以实情相告。萧何考虑到吕后的势力遍及中原，只有送到边陲才有望保全。便给素日关系很好的南越王赵佗修书一封，请他帮助照应。赵佗不负所托，视之为己子，并封之于海滨。赐姓"韦"，取"韩"之半也。萧何书信和赵佗赐诏，后来都刻在鼎器上。

从这里可以看到，萧何还是很讲人情的，可说是"善补过者"。他感念故人冤情，"泪涔涔下"；且在紧急关头，甘冒巨大风险，托孤救孤，使韩侯得以"子孙繁衍，奉祀不绝"，总算尽到了朋友责任。

一男一女

按照《周易·序卦》"有万物然后有男女，有男女然后有夫妇，有夫妇然后有父子，有父子然后有君臣"的说法，人伦关系当以夫妇为先。"夫妇，人伦之至亲至密者也。"（朱熹语）作为爱情的实现目标，作为一场历经情爱考验而获得的胜利果实，那种完全剔除功利考量的两情相悦、两性结合，确乎令人神往。可是，这甜蜜蜜的人伦关系，一当困缚于权力争夺的轭下，遭到政治斗争的无情绑架，沦为一种政治行为、商品交易，便会出现异化而腐蚀变质。

刘邦与吕后的婚姻便属于这种人伦异化的类型。

同刘邦一样，吕后也是一个深谋远虑、机敏善断的政治家，她协助丈夫平定天下、赚杀诸侯王，对维护刘汉统一政权起了重要作用，也为自己日后总揽朝纲做了充分准备。史载，有人告发梁王彭越谋反，高祖抓获后，念其昔日战功，予以从轻发落，免治死罪，罚为庶民，送到蜀地青衣县安置。途经郑县，遇吕后从长安来，彭越流着眼泪，口称冤枉，请求吕后说情，改在故乡昌邑当平民。吕后满口答应，当即把他带回洛阳。面见高祖后，吕后说："彭越是个壮士。你把他送到蜀地，必遗后患。要办就得办个透底，索性杀掉算了！"于是，吕后指令告状者再度控告。结局是，彭越被剁成肉酱遍赐诸侯，并且夷灭了三族。

她和刘邦的联姻，一开始即维系于政治。当年，吕父因见刘邦状貌奇伟、高贵，有王者之相，才把女儿嫁给他；婚后，据说吕氏发现，凡是丈夫栖身之地，上方必有云气缭绕，她可以根据云气所在，寻觅丈夫的踪迹。几十年间，由于缺乏牢固的情感基础，两人一直是同床异梦，关系比较疏远，加之楚汉战争中，吕后和刘邦的父亲作为人质，曾被楚军长期囚禁，受尽了折磨、凌辱，使她的心理饱遭伤害，强化了猜忌多疑、阴险毒辣、刚毅倔强的个性，夫妻间根本谈不上推心置腹，相互信任。

而刘邦的移情夺爱已经很久了。就在太公、吕后被掳的同时，刘邦也受到了楚军包围，趁着一场卷地狂风，尘土高扬，天昏地暗，他才得以乱中逃脱。

在一个村落里，巧遇戚家父女，刘邦为美色所动，当即解下佩玉作为聘礼。这样，十八岁的戚氏女便被纳为夫人，一年后生下了赵王如意，宠幸与日俱增。刘邦曾多次想要废掉太子刘盈，直接危及生母吕后的地位。虽然限于客观条件，太子没有换成，但夫妻间的感情纽带已经彻底断裂了。

淮南王黥布反，高祖指令太子带兵讨伐，由于吕后力阻，只好御驾亲征，以致胸部中箭。每当箭伤作痛，他都怨恨吕后母子，甚至她们前来问病，也会被骂出去。高祖早已觉察到，吕后经常自作主张，不成体统，这次又听到有人密报：樊哙"党于吕氏"，筹划一旦皇上晏驾，便杀害戚夫人与赵王如意。这恰好触发了他的心病，于是，立刻召来谋士陈平和大将周勃，命令他们立即赶往燕国，将樊哙斩首。为了防范日后吕氏兄弟作乱，高祖还特意召集众大臣歃血盟誓："此后，非刘氏不得封王，非功臣不得封侯。如违此约，天下共击之。"这一切都充分表明，对于吕后，他一直是心存戒虑的。

既然早有所料，为什么高祖不在去世前先把吕后除掉？宋代文学家苏洵的话作答："不去吕后，为惠帝计也。"吕后佐高祖定天下，久历锋镝，素为诸将所畏服。在主少国危的情势下，某些人即使图谋不轨，有吕后在，也足以镇伏、控制。这样，高祖便面临着两难抉择：客观上确实存在着诸吕兴风作浪的险情；而迫于形势，又不能断然剪除吕后。怎么办？他采取了"削其党以损其权，使虽有变，而天下不摇"的限制策略。对此，苏老先生有一个非常精辟的比喻："夫高帝之视吕后也，犹医者之视堇也，使其毒可以治病，而无至于杀人而已矣。"堇是一种草药，俗称乌头，有毒，而它又可以用来治病，收以毒攻毒之效。在高祖眼中，吕后有如毒堇，既可利用其威慑作用，又必须控制在不致动摇国本的限度内。一纵一收，具见高祖权术的高明，也显现出他实际上的无奈。

当人伦遭遇政治，君臣、朋友、夫妇关系已经发生质变，那么，以血缘为纽带的父子、兄弟关系又如何呢？同样没有例外。被称为"相斫书"的二十四史，尤其是隋唐时代杨家父子、李氏兄弟间的血影刀光，可以说是形象的注脚。

貂蝉趣话

一

事情的发生，源于一次晋中访古。那天，我们乘车从太原到忻州去，为的是访察金代著名诗人元好问的故居、墓地和"野史亭"。不料，半路上出了个岔头，一个牌坊式的大门赫然出现在眼前，门额上写着："欢迎远道客人来访貂蝉故里。"车上立刻一片哗然。

有人嚷道："貂蝉原是一个虚构的文学形象，历史上本无其人，怎么出来一个貂蝉故里？"

有人接上了话茬儿："20 世纪 50 年代，李翰祥导演过一个黑白片《貂蝉》电影，近些年又热播《三国演义》电视剧。村里人逢场作戏，趁机开辟一个旅游点，也是可以理解的。——这种乱抢名人的现象到处都有。"

"异想天开，胡编历史，倒是什么点子都想得出来。可是，怎么偏偏选在这里？总不能毫无依傍吧？"一位文友立刻问难。

当地作陪的文友解释说："有一种说法，貂蝉出生在忻州。据说，早年时候，这个村头曾经有过一块'貂蝉故里'的石碑，还传说这里有她的墓地和祠庙。"

我说，历史上究竟有没有貂蝉这个人，是存在争议的。目前，学术界许多人还是倾向于曾经有过这样一个女子。关于她的出生地，也有不同意见，大致有米脂说、临洮说、忻州说三种观点。至于说到"貂蝉故里"石碑问题，恐怕来自元人杂剧《锦云堂暗定连环计》。剧中描写董卓专权，荒淫残暴，太尉杨彪请司徒王允设计除之。戏文中有一段貂蝉对王允的自报家门："您孩儿又是这里人，是忻州木耳村人氏，任昂之女，小字红昌，因汉灵帝遴选宫女，将您孩儿取入宫中，掌貂蝉冠，因此唤做'貂蝉'。"汉灵帝将她赐予并州刺史丁原，丁原又把她许配给义子吕布。战乱中，貂蝉与吕布失散，流入王允府中。一次，她在后花园焚香，祈求神灵保佑吕布，被王允发现。问知情况后，王允大喜，厚待如亲生女儿，因与密议，巧设了连环计。

"那么，元人戏曲中把貂蝉定为忻州人氏，是根据民间传闻，还是史有所据呢？"那位问难的文友继续刨根问底。

我说，这部戏曲的本事，出于《三国志平话》卷上《王允献董卓貂蝉》和《吕布刺董卓》两节。不过，有关貂蝉身世的交代，原文十分简单，只说：本姓任，小字貂蝉，家长是吕布，自临洮府相失，至今不曾见面。我想，如果历史上的忻州真有貂蝉其人，这样安排乃是纪实；若是纯属虚拟，它的根据，也许和下述情况有关：王允是历史人物，献帝时先后当过太仆、司徒，他是太原人，离忻州很近；吕布出生于内蒙古包头西面的九原，也曾在太原服役过。这样，貂蝉与丈夫失散后，以乡里之谊流入王允府中，也说得过去。巧还巧在，罗贯中也是太原人。因此，忻州开辟个"貂蝉故里"的旅游点，也自有依凭。

不过，到了罗贯中的笔下，连环计的情节，在元人戏曲基础之上又有了很大的发展。《三国演义》第八、九回，叙述董卓迁都长安后，愈益专横跋扈，司徒王允欲诛之，苦无良策。其府中歌伎貂蝉素被王允待如亲女，见允忧思愁闷，知有大事要做，愿以一死报之。王允乃设下连环计，先请吕布赴宴，令貂蝉把盏，吕布悦其美貌，王允即许以为妻。数日后，王允又请董卓赴宴，仍令貂蝉侑酒，董卓为其美色所迷，王允又把貂蝉献给了董卓。由此，吕布对董卓更加衔恨，又兼貂蝉巧施计谋，使二人矛盾日益激化，吕布必欲杀之。后来，经过王允进一步策划，终于把董卓除掉。《三国演义》改动了《三国志平话》和元人杂剧中貂蝉与吕布原本是夫妻的情节，显得更合乎情理。

说到司徒巧设连环计，当地作陪的文友又讲了一个"貂蝉换头易胆"的故事：

司徒王允定下连环计之后，却苦于选不到风情、魅力足以迷人惑志的美女。名医华佗在侧，便建议道："这有何难，叫你府中的女伎貂蝉前去，万无一失。她的父母为董卓所害，又素承司徒深恩，当无见却之理。"王允说，我早就考虑到她了，只是觉得她的相貌平平，恐怕难以引令吕布与董卓争风夺艳。

华佗听后，沉思良久，作别而去。几天后，他手提一个包裹来见王允，说："我这几天跑到了西施故乡诸暨——那里以出美女闻名于世，恰好碰到一个刚刚死去的绝代佳人，我赶紧把她的头颅割下，带回来准备换给貂蝉。"经过华佗的一番绝妙的手术，换头成功，七天七夜之后，貂蝉苏醒过来。王允见后，称赞说："真的是西施再世。"

于是，就把连环计向她述说一遍。貂蝉非常愿意为国除奸，为亲报仇，只是，她的胆气不足，还没等实际操作，早已吓得浑身乱颤。华佗见了，眉头一皱，计上心来，马上赶到燕赵慷慨悲歌之地，壮士荆轲的故乡，弄到了一个特大的胆囊，经过手术再植，貂蝉换胆成功。从此，这个佳人不仅有西施的美貌，而且，具备荆轲的胆量，终于胜利地完成了除奸的任务。

"这样说来，当地人打出貂蝉这块招牌，还是有一定根据的。"问难的文友感到惬意。恰好，这时车子也开到了韩岩村元好问的墓园，于是，有关貂蝉的话题也就此打住了。

二

关于貂蝉的话题临时打住，但仍有大量的问题有待于探讨。比如，前面引述的除了杂剧，就是小说、平话，都是出于文人之手，既可以像《三国演义》那样，凭借着一定史实，踵事增华，添枝加叶；又可以凭空结撰，羌无故实。

那么，有关貂蝉、吕布的历史真迹，是否有踪迹可寻呢？

生活于明代弘治、嘉靖年间的著名学者杨升庵，在《升庵外集》中最先提出：世传吕布妻貂蝉，史传不载，但在唐人李贺诗《吕将军歌》中，确有"吕将军，骑赤兔，独携大胆出秦门，金粟堆边哭陵树"之句，看来，还是实有吕布其人。杨升庵之后，清代学者梁章钜也认为，貂蝉事隐据《吕布传》，虽然她的名字未见于正史，但其事未必全虚。这里是指《三国志·魏书》中的一段记述：吕布奉董卓之命把守中阁，遂与董卓侍婢私通。恐事泄露，心不自安。这些记载，起码说明了戏曲、演义中的"吕布戏貂蝉"与王允巧计除奸，并非凭空构想，而是于史有据的。但也只此而已，既不能否、也不好定与吕布私通的侍婢就是貂蝉，所以，成为一个悬案。

还有，关于貂蝉的评价问题。一般认为，清人毛宗岗的看法，具有一定的代表性。他说："为西施易，为貂蝉难。西施只要哄得一个吴王；貂蝉一面要哄董卓，一面又要哄吕布，使出两副心肠，装出两副面孔，大是不易。我谓貂蝉之功，可书竹帛。"

不过，批判的声音也很强烈。早在嘉靖年间，明"后七子"的首领王世贞，在《见有演〈关侯斩貂蝉〉传奇者，感而有述》一诗中写道："董姬昔为吕，貂蝉居上头。自夸予帷幄，肯作抱衾裯。一朝事势异，改服媚其仇。心心托汉寿，语语厌温侯。忿激义鹘拳，眦裂丹凤眸。孤魄残舞衣，腥血溅吴钩。兹事岂必真，可以快千秋。旦闻抱琵琶，夕弄他人舟。售者何足言，受者能不羞？宁为楚虞姬，一死不徇刘。"诗的前四句，说貂蝉开始事董卓，后又投身于吕布，甘心做人的姬妾；五至八句，说她在吕布失败之后，又献媚于吕布的仇敌关羽；九至十四句，言貂蝉为关羽所斩，此事虽未必然，但亦足以引为千秋快事；十五至十八句，说她朝秦暮楚，反复无常，一无足取；最后两句，通过颂扬殉项而誓不从刘的虞姬，否定貂蝉的人格。

再就是，关于她的结局和归宿问题。大概有以下五种不同的结果：

其一，大家所熟知的，是《三国演义》的处理方式：吕布助王允诛灭董卓后，以貂蝉为妾，后来，曹操擒杀吕布，将她载回许都，此后，便下落不明。

其二，元人杂剧《关大王月下斩貂蝉》，只存曲目，不详内容。从题目上得知，貂蝉死于关公刀下，这与民间传说相似：曹操绞杀吕布，貂蝉落到刘备手里，刘备、张飞都想娶她。关公怕误了国事,一刀斩之。

其三,传说曹操打败吕布后,把貂蝉赐给关羽。这样,一则可以笼络住这个将才;二则可以让关羽沉湎女色,丧失斗志;三则能挑拨他们兄弟间的关系。不料,这个计谋早被关公识破,坚决拒绝接受。曹操无奈,只好让关公把她杀掉。貂蝉觉得非常委屈,一片赤诚报国,最后竟落到这个下场,便伤心地痛哭起来。关公动了恻隐之心,决定放她出走。可是,到哪里去呢?貂蝉表示要削发为尼,远离世事。于是,关公便护送她到了几百里外的净慈庵。

其四,貂蝉还有一种结局,是事成之后,主动悟解迷津,看破红尘,最后修仙得道,成了正果。事见明人诸葛味水撰写的《女豪杰》杂剧。

其五,近时,又有新编川剧《貂蝉之死》,共分五场:水淹下邳;貂蝉修书;关羽慕蝉;群雄惊艳;残月芳魂。写刘、关、张随曹操攻吕布,水淹下邳。貂蝉劝吕布归顺曹操,吕布不肯。为了拯救全城百姓,貂蝉派遣秦宜禄送信给素来钦慕的关羽,请他转致曹操以百姓为念,立即将水退下。关羽敬服貂蝉的品识,顿生爱慕之心。数日后,秦宜禄缚吕布来降,曹操缢杀吕布,为了笼络关羽,将貂蝉赐之。成婚之夜,貂蝉柔情似水,即兴吟唱《倾心曲》,关羽亦心旌为之摇荡。刘备恐怕误了大事,遂提醒关羽勿忘"扶汉兴刘"大业。关羽无奈,只好忍痛遣走貂蝉。貂蝉突遭骤变,万念成灰,拔剑自刎,保持了侠骨柔肠、忠肝义胆的完美形象。

说到貂蝉的结局,我联想到了西施。论其行止,二人颇有相似之处,其事可嘉,其情可悯。当然,就其实质来说,她们都是做了统治阶级政治斗争的工具。最后的归宿并不美满,原亦意料中事。貂蝉如上所述,那么,西施又怎样呢?

比较流行的说法,是越王勾践灭吴之后,西施跟随范蠡泛舟五湖,隐居起来。这倒有些风流潇洒,很合乎一般士人的心理要求。范蠡是很有远见的,他早就发现勾践这个人,"可与共患难,不可与共安乐",自己"大名之下,难以久居",因此,破吴之后,便急流勇退,改变姓名隐遁下去。

对于西施偕范蠡归五湖的做法,清代大诗人吴伟业极为欣赏,有诗云:"霸越亡吴计已行,论功何物赏倾城?西施亦有弓藏惧,不独鸱夷(范蠡别号)变姓名。"这应该算是最理想的收场。可是,核诸史籍,发觉这种结果并不存在。

一是，上述情况《史记》中没有记载，只讲吴亡后范蠡变姓名，"浮海出齐"，并无西施随行之说。二是，《吴越春秋·逸篇》载："吴王败，越浮西施于江"。《墨子·亲士》中亦有类似记载："西施之沉"，以"其美也"。细想一下，这是符合越王勾践阴险狠毒、刻忌寡恩的本性的。虽然同是悲剧角色，相形之下，倒觉得貂蝉的悲惨程度要差一些。

近日，网上刊载一首晏菲作词并演唱的《貂蝉》歌曲，也可以看作千载以还对于这位美貌女子的欣赏与孺慕：

　　风带不走你的泪

　　云挽不住你的美

　　羞的月儿盼的月儿也为你沉醉

　　伤心人痴心人心碎

　　你是谁让英雄如此的追

　　你的美早已为江山所累

　　是谁的伤让你如此的憔悴

　　是谁的爱让你走了千山万水

　　你将一江春水化做相思

　　恩爱难舍总难回味

　　昙花一现繁华梦

　　也要相爱几轮回

　　无数的英雄爱你的美

　　不爱江山相互依偎

　　不顾风烟骤起战鼓

　　只愿携手丽人归。

至于反映到美术作品上，貂蝉似乎略输了风采。我曾见到一部根据《三国演义》编绘的貂蝉图像册，多少有些失望：不仅故事显得干涩无味，形象也黯然失色。其实，这也是意料之中的结果。《三国演义》的故事、人物，特别是作为"中国四大美女"之一的光彩夺目的形象，从小说、戏曲、电影到电视剧，早已深入人心，可以说，每一个人心中都有一个活灵活现、美貌绝伦的貂蝉，要多漂亮有多漂亮，要多可爱有多可爱。"曾经沧海难为水，除却巫山不是云。"任何画像、图解，弄得不好，都会成为蹩脚、无谓的赘余。

欲望的神话

一

西哲有言，人在根本上看，不过是活脱脱的一团欲望和需要的凝聚体。还说，人类现有的文明，是建立在人类自身进取的本性和欲望的扩张之上的。就是说，生而有欲，原是人之本性，这种本性的升华——欲望的扩张，促进了人类文明的发展，社会的进步。看来，不加分析地、一概地否定欲望与需求，既不符合人性自身的实际，更有悖于几千年来人类文明发展的规律。不过，任何事物，都有一个限度。度，规定了事物的本质，也决定着发展的方向。欲求，自然也不例外。

人的生命有涯而欲求无涯，以有涯追逐无涯，岂不危乎殆哉？遗憾的是，这个道理世人皆知，并且无不认同，然而，举世却少有自觉抑制欲求而知止足者。这就叫矛盾，就叫悖论。

鲁迅先生说过：

> 中国人有一种矛盾思想，即是：要子孙生存，而自己也想活得很长久，永远不死；及至知道没法可想，非死不可了，却希望自己的尸身永远不腐烂。

我以为，号称"千古一帝"的秦王嬴政，就是这种"中国人"的一个典型代表。

秦始皇的欲望真是多极了，大极了：既要征服天下，富有四海，又要千秋万世把嬴秦氏的"家天下"传承下去；既要一辈子安富尊荣，尽享人间的快乐，又要长生不老，永远不同死神打交道；即便是死，也要尸身不朽，威灵永在，在阴曹地府继续施行着他的统治。难为他，想象力竟然如此发达，制造出了一个举世无与伦比的欲望的神话。

宋代诗人陆游有一句非常形象而又意味深长的诗："利欲驱人万火牛。"说是在欲望的驱使下，人就像有万条"火牛"在屁股后面顶撞着，疯狂地奔逐，拼命地追赶，什么饥寒劳累，崎岖险阻，哪怕是破头流血，甚至于拼上一条命，也全不在乎。

"火牛"是古代的一种军事进攻方法。战国时期，齐将田单曾用"火牛阵"大破燕军。当时，他集中了一千多头牛，每个牛角上缚以利刃，又把灌上膏油的麻、苇等易燃物紧束于牛尾。日落黄昏之时，田单聚集五千壮卒，以五色涂面，各执利器跟随牛后。然后，将牛群驱向燕军营中，点燃起牛尾上浸油的扫把。尾部被火烧痛，牛群激烈奔逐，角刃所触，非死即伤，燕军自相践踏，惨遭败绩。

用陆老诗翁说的这种情境来状写秦王狂妄无度、无极无止的欲望，可说是恰中肯綮。

秦王嬴政首要的欲望是征服四海，统一天下。这盘棋下得很漂亮。从公元前 230 年扑灭韩国，到公元前 221 年吞并强齐，十年时间，采用"远交近攻"的战略，把割据称雄的六国群雄一个个吃掉，最后，建立起中国历史上第一个大一统的封建王朝。

他自认已经德侔"三皇"、功迈"五帝",遂设想将这两种称号兼备于一身,而称为"皇帝",并在前面冠上一个"始"字。"始"者,开山鼻祖之谓也。一则,说他是中国皇帝之首创;二则,意味着赢秦氏的"家天下",万世鸿猷肇基于此。于是,颁布命令说:"朕为始皇帝,后世以计数,二世、三世至于万世,传之无穷。"

要实现这一至高无上的终极目标,就必须彻底消灭一切可能危及其专制统治的政治势力。为此,对外连年频繁用兵,调遣数十万大军,三次征伐岭南,占领包括现今两广地区及越南北部的"百越之地",无限度地扩张疆土。如同西汉文章大家贾谊在《过秦论》中所形容的:"振长策而御宇内,吞二周而亡诸侯,履至尊而制六合,执捶拊以鞭笞天下,威振四海。"

他听信了装神弄鬼的方士关于"亡秦者,胡也"的进言,以为防备匈奴的侵扰是当务之急,遂派遣大将蒙恬率领三十万军队,北出朔漠,追击匈奴七百余里,收复被占领的一切失地,并把昔日秦、赵、燕各国所筑长城加以修缮,连接成西起甘肃临洮、东至辽东边陲的万里长城。建立起一个疆域空前广阔的东到东海以及朝鲜,西至临洮、羌中,南到日南郡北户,北方据守黄河以为关塞,依傍着阴山,一直到辽东的以汉族为主体的多民族的封建大帝国。

为了加强中央集权,秦始皇否定了丞相王绾提出的恢复分封制的主张,实行郡县制,分天下为三十六郡。郡置郡守,县置县令,中央设立"三公九卿",协助皇帝处理政治、军事、经济等事务。这一政治体制,加强了皇帝对政权的有效控制,开创了帝权独揽的封建专制主义的先河。

与此同时,为了防止敌对势力的滋生,他还下令堕毁各地的城池,屠戮天下豪杰之士,收缴全国各地的兵器,把它们聚集在咸阳,统一销毁,熔铸成乐器和十二座铜人,借以消除各种潜在的反抗力量。为了便于朝廷控制,还把关东六国的贵族、豪富十二万户,统一迁徙到秦都咸阳附近,随时监视他们的动静。并以咸阳为中心,修筑了两条驰道:一条东通海边,一条南入吴楚,以便哪个地方一旦发现叛乱动向与苗头,即能迅速调动军队前去弹压。

他采纳了丞相李斯的主张,下令除医药、卜筮、种植之书和秦国史书外,其他书籍一律烧毁。对于相聚讨论诗书者,在市上处死;推崇古代、诽谤当世的，诛杀全族；知情而不检举者，以同罪论。一年过后，由于发生了议论皇帝"天性刚戾、以刑杀为威"的方士相率叛逃的事件，始皇帝遂迁怒于儒生，以"或为妖言以乱黔首"的罪名，活埋了四百六十多人，制造了历史上首例"焚书坑儒"事件。

这样，就更加激起了人们的反抗。谤议丛生，谶言风起。有人在流星陨石上写下了"始皇帝死而地分"的话。他遂派遣御史逐户审问、搜查，弄不清楚来由，便把住在陨石附近的所有居民，统统抓起来杀掉。紧接着，又有使者报称，有人散布"今年祖龙死"的言论，这进一步加剧了他求生畏死、希冀长生的欲望。

二

其实，期望也好，欲求也好，终归只是一厢情愿，能否付诸实现，并不是个人的主观意志所能主宰的。况且，从根本上说，欲望即是痛苦。纵使某种欲望有幸得以达成，也会迅即进入一种饱和状态，随之惬意的快感也就失去。因为占有的结果，即意味着它的刺激能量的消逝。于是，欲望、需求之火，便会以新的形态重新燃起，否则，寂寞、空虚、无聊就会迎面袭来。燃烧，熄灭，失落，再燃烧，一辈子陷在这种循环圈里不能自拔。像德国人生哲学家叔本华所说的，"举凡人生，皆消耗殆尽于欲望和达到欲望这两者之间"。

秦始皇就正是这样。

他既平六国，"凡平生志欲无不遂，唯不可必得志者，寿耳"。（清人丘琼山《纲鉴合编》）于是，"生在地上想上天，做了皇帝想成仙"，便成了秦始皇的终极追求。他不相信"死生有命，富贵在天"的宿命论，决意冲破人生百岁的寿命大限，实现长生不老，纵令做不到"王母桃花千遍开"（三千年开一次），起码也要像传说中的彭祖那样，活上个千八百岁。

一些方士遂投其所好，编织神仙下凡的神话，声称海上有仙人仙药，结缘仙人、服食仙药，便可永远健康、长生不死。为此，始皇帝便四出巡行，访药求仙。

　　他先是仿效黄帝，出巡陇西、北地，登上了鸡头山，向往着周穆王，要像他那样，驾八骏之车，访求神仙，会西王母于瑶池之上。尔后，又率领大队人马前往东方的渤海巡游。他站在芝罘岛上，纵目观览，但见云海迷茫中，隐现着山川人物、殿阁楼台，不禁心驰神往。方士们为了迎合其渴望长生的心理，将这种"海市蜃楼"景象说成是人间仙境。齐地的方士徐福更是趁便上书，侈谈海上有蓬莱、方丈、瀛洲三座仙山，上面住着神仙，有长生不老之术，请求皇帝准许他斋戒沐浴之后，带领童男童女入海求仙。秦始皇全部信以为真，迅速组织大批童男、童女，跟随徐福乘船出海，觅求长生不老之术。

　　不久，徐福回来诉说，海神已经见到，但嫌礼数不周，品物单薄，拒绝赐予仙药。对于这种明眼人一听就能识破的谎言，欲令智昏的始皇帝却深信不疑，赶忙增派童男童女三千人，以及大量工匠、技师，还带上了各种谷物的种子，统统交给徐福，让他再度率船出海。为着尽早听到"福音"，始皇帝便在东海之滨静候了三个月，最后也不见徐福的踪影，才怅然返驾回銮。

　　紧接着，又开始了第三次出巡，首途辽西，沿渤海湾前行，抵达碣石山。他指派燕地的方士卢生，去寻访羡门、高誓这两个据说成仙得道、长生不老的仙人，还派遣韩终、侯公、石生等人，继续蹈海穿波，寻求长生不老之药，自然最终都一无所获。后来，卢生终于传递来信息：寻找灵芝奇药和神仙、法术，之所以总是不能奏效，是由于途中有"异类"作祟，妄图伤害皇帝和求仙者。

　　为此，他们建议，需要改变以往的做法。皇帝应该秘密进出，行踪与驻地不能让任何人知道，以躲避恶鬼的袭击。这样，那些沉水不会濡湿、入火不会烫伤，驾着云气在天空里游行，寿命和天地一样长久的"真人"，才会悄然降临。于是，始皇帝下令在咸阳广建宫观楼阁，并以天桥、复道相连，以便皇帝秘密巡行其中，住所、行踪绝对保密，有不慎泄漏者立即处死。

　　第五次出巡，再次来到山东琅琊。始皇帝一直惦记着徐福入海求仙的事情，刚一到达，便传唤他前来复命。徐福担心会因为一无所获而招致重谴，遂"死马当作活马医"，大胆地编造出更为离奇的事由："蓬莱仙岛的神药是可以拿到的，只是航行中常常受到大鲨鱼的袭击，因此，普通船只无法到达。希望皇帝能够派些技术高强的弓箭手，和求仙者一同前往，发现了大鲨鱼，就用强弓劲弩把它射死。"

始皇帝求仙心切，当即吩咐有关人员带上捕杀鲨鱼的武器，他自己也准备了强弓劲弩，一路上监视着鲨鱼的动静。海船由琅琊北面起程，一直航行到荣成山，也没有见到鲨鱼的踪影，后来船到芝罘，大鲨鱼终于露面了，在万弩齐发之下，流血气绝。始皇帝很高兴，认为此后尽可以安心求仙采药了，无须再费周折，便又命令徐福率船出行。只是，他自己已经等不及了，不久就命断沙丘（在今河北平乡境内）。徐福则乐得自在逍遥，连同载着数千名童男童女的楼船，向着烟水茫茫处飘然而去，不知所终了。

面对冀求长生、逃避死亡这一永远无法解决的课题，人类耗尽了精神、气力，历经无数艰难曲折，甚至付出了不知几许的生命代价，最后，所有的努力全部告吹。秦始皇死后一百余年，汉武帝紧步他的后尘，为实现长生不老，同样做了大量的"无效功"；唐代自太宗起，宪宗、穆宗、武宗、宣宗，五代君王"接力赛"一般，竞相寻求长生之术，均以失败告终；而最可悲的却是"一代天骄成吉思汗"，他西征归来，曾踌躇满志地说："直到如今，我还没有遇到一个不能击败的敌手。我现在，只希望征服死亡。"但是，这话出口不久，他便在清水县行营"一命呜呼"了。

始皇死后，丞相李斯为防止出现变故，遂秘不发丧，将棺材放入辒辌车中，派亲信的宦者驾车，每到一处照常送饭，接受朝臣奏章。当时恰值炎热天气，车上发出了尸臭，只好将鲍鱼装上去，以乱人嗅觉。唐代诗人李贺讽刺妄冀长生的诗句："刘彻（汉武帝）茂陵多滞骨，嬴政梓棺费鲍鱼。"正是抓住了这一点。

三

始皇帝笃信"君权神授"和"万物有灵"的观念，认为天地神灵的喜怒哀乐，能够决定人世间的兴衰成败、祸福休咎，因此，不惜耗费巨大的人力财力，率领浩浩荡荡的巡行队伍，举行封禅泰山、祭告天神等活动。客观上的效应，是借此勒碑刻铭，歌功颂德，传之久远，又可以振武宣威，慑服天下。

史书上说，当日始皇帝御驾出巡，正在咸阳从事徭役的泗水亭长刘邦，目睹了皇家盛大的车马仪仗队，精锐的步骑警卫军，遥遥地仰望着始皇帝渐去渐远的身影，仿佛瞻仰着金光灿烂的太阳，含光受彩之余，身心受到了强烈的震撼，当即色迷迷地说，"呜呼！大丈夫当如是也"，艳羡之情溢于言表。而"力拔山兮气盖世"的豪强项羽，竟脱口而出："彼可取而代也。"反正在强权、威势面前，他们谁也不是无动于衷。这从侧面验证了始皇帝耀武宣威、显扬功业的成效。

同炫耀、显示、骄狂一样，穷极奢侈、尽情享乐也是一种人生欲望。据《淮南子·人间训》记载：为了获取越地的犀牛角、象牙和翡翠、珠玑，始皇帝派遣将军尉屠睢调发五十万士卒，分成五路大军，分别扼守镡城山岭、九嶷要塞、番禺城中、南野境内、余干水边。各路人马，三年之中没有解甲弛弓。斑白羸弱的百姓都得在大道上拉车服役，运送给养；官吏们则拿上畚箕在路口搜刮民财。致使各地男子不能在田里耕种，妇女不能在家中纺线织麻，病人得不到医治，死人得不到掩埋。

始皇帝以为咸阳人多，而先王的宫廷狭小，便在渭河南岸的上林苑中营造朝宫，经营壮丽的宫殿。其中前殿阿房，东西五百步，南北五十丈，殿中可以容纳万人，殿下能够竖立五丈之旗。从雍门向东一直到泾水、渭水交汇之处，八百里范围内，离宫别馆林立。又架木为桥，搭成立交桥式的"复道"，四围楼阁宫观彼此相连，把从各诸侯国掳来的美女、钟鼓填置其间。

现如今，宫殿早已化为尘土，但是，唐人杜牧的名篇《阿房宫赋》还在，千载之后读来，还觉宛然如见：

> 明星荧荧，开妆镜也；绿云扰扰，梳晓鬟也；渭流涨腻，弃脂水也；烟斜雾横，焚椒兰也；雷霆乍惊，宫车过也；辘辘远听，杳不知其所之也。一肌一容，尽态极妍，缦立远视，而望幸焉。有不得见者，三十六年。

虽然出于文人丰富的想象力，就中难免有虚饰夸张之处，但是，作为一个纵欲主义者，秦始皇的穷奢极欲、恣意享乐的情形，却表现得淋漓尽致。

刘向在《说苑·反质》中道：（秦始皇）"又兴骊山之役，锢三泉之底，关中离宫三百所，关外四百所，皆有钟盘帷帐，妇女倡优"，共达"数巨万人，钟鼓之乐，流漫无穷"。未兼并天下前，始皇帝的周围已经有不少郑、卫的声色和"随俗雅化、佳冶窈窕"的赵女；灭六国后，更是大量罗致各国诸侯的美人。他死后，后宫许多美女"非有子者""皆令从死，死者甚众"。

这种骄奢淫逸、纵欲无度的直接后果，是加速了他的"向死"的进程，与冀求长生恰成相反的对照，当然，同时也撒播了众多的种子，经学者考证，始皇帝的子女达三十三人，二世胡亥为第十八子。

始皇帝的欲望在无限度地扩张，又在一重重地幻灭。

先是期待着煌煌帝业千秋万世绵延不绝，因而，下力打造一个固若金汤的千年王国。后来觉得，既然自己是德配"三皇"、功侔"五帝"的不世出的伟人，那就应该像神仙那样，摆脱"生命有期"的限制，于是，求仙拜神，乞求长生不老之药。待到觉察这一欲望轻易难以实现时，便大作死后的文章，奉行中国自古以来"侍死如侍生"的礼制，坚信死后还会有一个幽冥的世界，可以把生前的一切统统带到地下，这样，在阴世间的生活，就会同活着时一样。于是，动用了七十多万民夫，为自己精心营造陵墓——一个规模庞大、形制复杂的地下王国。

始皇陵占地六十多平方公里，周长两千一百多米，高达一百二十米。经过两千多年的人为破坏与风雨剥蚀，至今仍有六十五米高。墓内构思奇特，极具匠心，设计完全仿照都城咸阳模式。内外两重城垣，呈南北狭长的"回"字形。咸阳皇宫所在的小城，位于大城之西；供他死后灵魂起居的寝宫，也建在小城内，同样处于陵墓西部。墓中修建了各种宫殿，厘定百官的位次，并贮藏无数珍稀贵重的宝物。里面砌筑"纹石"，堵塞了地下泉水，四周厚涂丹漆，以防止潮湿。还用水银做成百川四渎，环绕其间，以机械转动，川流不息。

民间广泛流传，秦陵地宫内有水银所制的五湖四海，始皇帝躺在纯金打就的棺材里，游荡在水银液汇成的江河之上，如同生前四出巡幸一般。穹顶上，有日月星辰，状如天体，下面做成山川地理形状，取人鱼脂肪做成蜡烛，经久燃烧不熄。为了防止日后被人盗发，陵寝中遍置能够自动发射的弩机暗箭。

近年，还在地宫中发现了百戏俑坑，无疑为冥间的娱乐场所；而内城、外城之间的珍禽异兽坑，就好比上林苑囿，为"死皇帝"射猎、奔逐的所在。真是应有尽有，匪夷所思。

在墓葬配房中，配置了成组的车马，其中一驾铜马车，由驷马安车和驷马高车两乘銮舆组成。驭手和驾车的骏马，形象生动逼真，栩栩如生。在另一处陪葬坑中，还摆满了数以万计的石质盔甲，这是地下军团的后勤装备库。而最引人注目的，是皇陵三公里外，东门大道北侧的三个陶制兵马俑坑，上万名步、骑、车兵武士，环卫其中，再现了秦帝国当年威武强大的军容。

这支始皇帝的警卫部队、阴间皇城的守护者，代表了人间欲望的巅峰，也标志着两千年前世界塑造史上的极致。兵员全部面向东方，作随时准备出击状。在始皇帝的想象中，如果六国贵族在阴间发动叛乱，连横反抗秦国，这些军队将全部调动起来，进行殊死决战。可见，即便到了阴曹地府，他也要一统冥界，成为名副其实的地下霸主。

四

说到秦始皇的欲望重重，有人认为，这和他出生于赵国的都城邯郸有关——不是有一句"邯郸道上，欲望无穷"的谚语吗？不过，"邯郸梦"导源于唐人的《枕中记》，却是始皇帝身后千年的作品，可见，其间并没有什么瓜葛。

倒可能是遗传因子起了作用。始皇帝的生身父亲、阳翟大贾吕不韦，不满足于贩贱卖贵，家累千金，却要苦心孤诣，在政治上干起"奇货可居"的投机生意，终于成功地实现了谋嫡夺国的如意算盘。《战国策》载：

（吕不韦）谓父曰："耕田之利几倍？"

（父）曰："十倍。"

（吕问：）"珠玉之赢几倍？"

（父）曰："百倍。"

（吕问：）"立国家之主赢利几倍？"

（父）曰："无数。"

（吕）曰："今力田疾作，不得暖衣余食，而建国立君，泽可以遗世，愿往事之。"

一种欲望实现后，竟然无法计利，甚至"泽可以遗世"，岂不"猗欤盛哉"！

贾谊用"怀贪鄙之心，行自奋之智"十个字，概括秦始皇的人生轨迹。这种人一朝得志，便会忘乎所以，无限扩张。而这，也正是体现了所有那些雄心勃勃的封建君王所共有的贪得无厌的社会性。像后世的汉武帝刘彻、元太祖成吉思汗、明太祖朱元璋，都属于这种类型。

当然，始皇帝的残暴与贪婪，又并非一般的"统治阶级本性"足以囊括的，这就关涉到他的个性、品格问题。欲望，是人生的一种真实而自然的存在，又是人的本质的实际展现。由于人的个性的差别，每一个人欲望的指向与欲望的强弱都判然有别。秦始皇这个"千古一帝"，个性是非常鲜明的，一曰贪婪无度；二曰冷酷无情。他是典型的唯我主义者，具有物质追求与权力攫取的强烈意志。他习惯于把自我摆在同社会对立的位置上，在他的视野中，没有"他人"，没有"社会"，只有自我。

方士侯生和卢生认为，始皇帝的为人，天生脾气刚强暴戾，自以为是，从诸侯出身到兼并天下，凡事称心如意，任意而为，因此，自以为从古到今没有人能超过自己。与嬴政有过广泛接触的谋士尉缭，曾私下里议论说，始皇帝鼻如黄蜂，胸同鸷鸟，声似豺狼，这种人刻薄寡恩，以虎狼为心，困难的时候可以对人谦卑，得志的时候便会轻易地吞噬他人。如果真的让他得志于天下，天下人便都会成了他的俘虏。

在遗传基因、阶级本性、个人品格这些重要因素之外，始皇帝还有其特殊的一层，就是他所由成长的环境——秦人的文化基因、价值取向，也大大助长了他的贪婪、残暴，好大喜功。

从文化学的角度看，一个民族的文化包括很多层次，物质的、制度的、风俗习惯的，等等，而根植于最深层的则是价值观念。已故历史学家林剑鸣教授指出，在秦人的价值评断中，并没有给道德伦理留下位置，而完全是以世俗的功利为标准，人们关心的是生产、作战等与日常生活密切相关的利害。正因为如此，追求"大"和"多"就成为秦人的时尚，审美观的重要标准，也成为秦文化的重要特征。

就目前已发现的秦人遗迹、遗物看，抛开其内容不论，单从形式上就很容易看出，它具有"大"而"多"的普遍特征。这种唯"大"尚"多"的价值观，反映在政治上，就是统治者对权力和国土的不断增长的追求欲望。

秦统一之前，整个战国时代四百余年，中国社会出现了法家化的过程，其中又以秦为最甚。权力中心主义、军事至上、强者政治、经济垄断、信赏必罚，这些为法家所崇尚的内容，在秦国都有相当深广的影响。商鞅变法之后，秦国历史的主要内容，就是向外扩展领土，一直到公元前 221 年最后统一中国。秦的统一，实际是法家的成功。统一之后的秦王朝统治者，并没有停止对外开拓，继续北伐匈奴，南戍五岭，又派人至海外去寻觅"仙山"，这都反映了秦人权力至上、欲望无穷的价值观。在这些方面，始皇帝既是影响的接受者，更是直接的参与者、推进者。

五

应该说，秦始皇的一生，是飞扬跋扈的一生，自我膨胀的一生，也是奔波、困苦、忧思、烦恼的一生；是充满希望的一生，壮丽、饱满的一生，也是遍布着人生缺憾，步步逼近失望以至绝望的一生。他的"人生角斗场"，犹如一片光怪陆离的海洋，金光四溅，浪花朵朵，到处都是奇观，都是诱惑，却又暗礁密布，怒涛翻滚，看似不断地网取"胜利"，实际上，正在一步步地向着船毁人亡、葬身海底的结局逼近。"活无常"在身后不时地吐着舌头，准备伺机把他领走。

按说，号称"千古一帝"的秦王嬴政，原本是一位了不起的历史人物。他以雄才大略，奋扫六合，统一天下，结束了西周末年以来诸侯长期纷争的局面，建立了中国历史上第一个统一的中央集权的封建国家。"百代都行秦政制"，其非凡的功绩，在中国历代帝王中，都是数得着的。可是，无尽的欲望、狂妄的野心，竟弄得他云山雾罩，颠倒迷离，欲望的神话把他折磨得昏头涨脑，结果干下了许许多多堪笑又堪怜的蠢事，成为饱受后世讥评的可悲角色。

历史老人很会同雄心勃勃的始皇帝开玩笑：你不是期望万世一系吗？偏偏让你二世而亡。你不是幻想长生不老吗？最后只拨给你四十九年寿算，连半个世纪还不到。北筑长城万里，防备强胡入侵，结果是中原大地上两个耕夫揭竿而起；焚书坑儒，防备读书人造反，而亡秦者却是不读书的刘、项。一切都事与愿违，大谬而不然。

他的一生是悲剧性的。在整个生命旅途中，每一步，他都试图着挑战无限，冲破无限，超越无限，却又无时无刻不在向着有限回归，向着有限缴械投降，最后恨恨地辞别人世。"但见三泉下，金棺葬寒灰"。（李白诗句）这是历史的无情，也是人生的无奈。

不仅此也。人常说，"一死无大难""死者已矣"。他却是，死犹有难，死而未已。盖棺之后两千多年，他从来也没有安静过，消停过。"非秦"与"颂秦"竟然成了一对"欢喜冤家"，时不时地就露头一次，而他，只不过是用来说事的由头，经常以政治需要为转移。当然，完全坐实到他身上的，也所在多有——他的一生中几乎所有的重大行为，都没有逃过史家的讥评和文人的骂笔。

——讥刺他不恤民力，修筑长城者，占了很大篇幅。

唐代诗人陈陶就其导致田园荒芜、民不堪命的恶果，进行直接的控诉：

> 秦家无庙略，遮虏续长城。
> 万姓陇头死，中原荆棘生。

还有人从心劳日拙、枉费心机方面加以讥刺。唐人胡曾指出：

> 祖舜宗尧自太平，秦皇何事苦苍生。
> 不知祸起萧墙内，虚筑防胡万里城。

宋人张孝祥在诗中说：北筑长城也好，南修象郡坚城也好，都丝毫不起作用，这些精心设防的地方，偏偏烟尘未起，平静得很，而完全没有料到、始未及防的中原大泽乡里，却有两个耕夫（陈胜、吴广）揭竿而起。

> 堑山堙谷北防胡，南筑坚城更远图。
> 桂海冰天尘不动，那知垄上两耕夫！

——"焚书坑儒"遭到了历代诗人的无情鞭挞。

晚唐的章碣路过骊山附近的焚书坑时,写诗指出:秦始皇以为烧掉了诗书就可以消灾去祸,从此天下太平,结果适得其反,很快秦王朝就陷入了风雨飘摇的地步。

> 竹帛烟销帝业虚,关河空锁祖龙居。
> 坑灰未冷山东乱,刘项原来不读书。

清人陆次云的诗:

> 儒冠儒服委丘墟,文采风流化土苴。
> 尚有陆生坑不尽,留他马上说诗书。

清人王文濡评论这首诗说,秦始皇焚书,却还有黄石公传授张良的兵书;销毁兵器,却留下博浪沙袭击秦皇之铁锥;坑儒生,则尚有"马上说诗书"的陆贾——针对刘邦轻视文化的偏见,陆贾曾提出"马上得天下,不可与马上治之"的高超见解。秦始皇实行文化专制主义,结果事与愿违,文化与学者均未绝种。其愚蠢之处,一经拈出,真觉可笑。

——在各类讽刺诗中,最多的是嘲笑始皇帝求仙不成,终归难免一死。

唐人罗隐诗云:

> 长策东鞭及海隅,鼋鼍奔走鬼神趋。
> 怜君未到沙丘日,肯信人间有死无?

先说他叱咤风云,不可一世,然后,笔锋陡然一转,冷冷地设问:"在你病死沙丘之前,大概不会相信人总有一死吧?"

晚清诗人黄道让则从另外一个角度加以讥刺。指出:从始皇帝开始,就已经不是赢秦氏的天下了,更不必说万世。可悲的是,费尽心机寻找长生不老之药，到头来什么也没有留下，还赶不上那伙在桃花源中"避秦时乱"的村民了。
（事见陶潜《桃花源记》）

> 世上原无二世秦，况复万世在其身！
> 可怜觅尽蓬莱药，输与桃源逃难人。

而再早一些的清人朱璪的诗，更是别开生面：

> 徐市楼船竟不还，祖龙旋已葬骊山。
> 琼田倘致长生草，眼见诸侯尽入关。

说徐福（徐市）不回来也好，否则，求得仙方，始皇帝真的长生了，眼见刘、项大军纷纷入关，心里该是多么难受呀！

——对秦始皇煞费苦心，经营死后的天地，诗人也同样没有放过。

唐人许浑《途经秦始皇墓》：

> 龙盘虎踞树层层，势入浮云亦是崩。
> 一种青山秋草里，路人唯拜汉文陵。

"钟阜龙盘，石城虎踞"，原本是状写帝王之都金陵的。现在，诗人把它拿过来形容一个墓地，不说其大，而宏伟自见。层层绿树环绕着，而且，"势入浮云"，高耸天际，实在是峻极无比，气象峥嵘。然而，结果如何呢？"崩"了。大也好，小也好；高也好，低也好，到头来，同样都是"崩盘"。"崩"字，历来都用于书写皇帝之死。"也是崩"三个字安在这里，既嘲笑了始皇帝冀求长生之虚妄，又恰好表明，他生前的威权尽管势可熏天，但最终也免不了撒手人间，一了百了。讽刺意味极为浓烈。

更妙的还在后面。不管你多么巍峨高峻，"势入浮云"，路人却根本不买那个账，反倒是并不怎么显眼的汉文帝的陵墓，却受到路人的虔诚礼拜。原因是汉文帝清静无为，俭朴自律，与民休息，深得人心。对这样一位皇帝，人们衷心仰慕，是自然不过的。一冷一热，一褒一贬，对专横腐败、欲壑难填的鞭挞，对谦卑自抑、不求显赫的颂扬，都在"唯"字中透出。汉文陵在今陕西蓝田县，距始皇陵不过二十几公里，说"一种青山秋草里"，也甚为贴切。

明代诗人齐之鸾也写了一首题为《始皇墓》的七绝：

> 金泉已涸鲍鱼枯，四海骊山夜送徒。
> 牧火燎原机械尽，祖龙空作万年图。

传之万世的打算告吹了，长生不死的欲望落空了，包括想象中的"地下王国"也已化为尘土。那么，还剩下了什么？无非是留下"秦始皇帝"这样一个文字符号，作为千秋万世言说不尽的话题，永远弥漫在历史时空里。

马嵬坡下的三场辩论

一

唐玄宗李隆基的妃子很多，但后来走上京剧舞台，展现女性优雅、凄美形象的大概只有两人，一个是程派名剧《梅妃》里的江采萍，一个是梅派名剧《贵妃醉酒》里的杨玉环。同梅妃的生前寂寞、死后萧条形成鲜明的对比，杨妃生前大红大紫，炙手可热，死后更是闹得沸反盈天，以她为核心展开的争论，至今仍在进行。——我这里就杨妃的历史评价及其生死谜团归纳出来的"马嵬坡下的三场辩论"，便是鲜明的例证。

为了帮助读者掌握这几场辩论所依凭的历史背景，首先，简要地叙述一下以这位女主角为中心的"本事"：

杨贵妃，小字玉环，原籍山西蒲州，唐开元七年（公元719年）出生在四川的蜀州。史书上说她：自幼养于叔父家，善歌舞，通音律，身材丰艳，姿色超群。她原本是唐玄宗的第十八子寿王李瑁的妻子，嫁过来当时只有十七岁。后来，玄宗因心爱的武惠妃谢世，深情怀念，哀痛不已，后宫虽有几千美女，却没有一个人中他意的。有人报告称，寿王李瑁的妻子玉环杨氏，美貌惊人，绝世无双。皇帝一看，果然是名下无虚，当即神魂颠倒，意注心驰。于是，授意她自愿申请出家，去当道士，当即获得一个"太真"的道号。这边，又重新给寿王李瑁另娶了一个王妃。一切安排停当，便把玉环秘密接到皇宫里。这一年，玄宗六十一岁，玉环二十七岁。

由于玉环肌肤丰满，体态艳丽，气质高华，而且精通音乐，又兼生性聪明机警，善于迎合皇帝的旨意，进宫不到一年，就得到了玄宗的极度宠爱，视同掌上明珠，一切礼仪都和皇后一样，宫中都称她为"娘子"。天宝四载（公元745年），玄宗册封杨玉环为贵妃，封赠她的父亲杨玄琰为兵部尚书，任命她的叔父为光禄卿，两个堂兄分别为殿中少监和驸马都尉；贵妃的三个姐姐，个个姿容艳丽，分别被封为韩国夫人、虢国夫人和秦国夫人，也都在京城赏赐住宅，每年还有千贯钱作为脂粉之资。其从祖兄国忠，受封为金吾兵曹参军，特准他可以随供奉官出入宫廷，后来步步登高，总揽大权，专擅朝政，势倾天下。杨氏一家，全都裂土分封，荣显盛于一时。

天宝年间，玄宗统治的后期，沉湎酒色，日益昏庸，荒怠政事，朝中实权先后由奸相李林甫、杨国忠把持，妒贤害能，任人唯亲，徇私舞弊，穷奢极侈，朝政腐败日亟。天宝十四载，兵权在握、身兼平卢、范阳、河东三镇节度使的安禄山发动叛乱，史称"安史之乱"。天宝十五载（公元756年）六月，玄宗带领杨妃及其家族和公主、皇孙，还有亲近的宦官，仓皇向西逃遁。

据《旧唐书》、《新唐书》和《资治通鉴·唐纪》记载，玄宗一行到了兴平县西部的马嵬驿，禁军哗变，以为祸起杨家，不肯前行，大将军陈玄礼杀了杨国忠，连同他的儿子和韩国夫人、秦国夫人。军中将士的怨恨仍未解除，宦官高力士奏以"祸本（指杨贵妃）尚在，军心不安"，要求玄宗忍痛割爱。玄宗犹豫不决，身旁大臣劝说："众怒难犯，安危在顷刻之间，请陛下迅速裁决。"出语沉痛，并且叩头流血。玄宗说："贵妃一直在深宫，怎么知道杨国忠阴谋？"高力士说："贵妃当然没有罪，可是，将士们已经杀了她的哥哥，而她仍然留在皇帝身边，大家怎能放心？将士不安定，陛下也不可能安定。"玄宗只好差遣高力士带贵妃到佛堂，用绸带将她勒死。贵妃时年三十八岁。

二

首场辩论的参加者，是历朝历代的诗人。辩论是从价值层面上展开的：如何评价杨贵妃这个历史人物？她是不是"安史之乱"的祸胎？

对此，自从杨贵妃在马嵬坡香消玉殒那天起，迄于今日，千余年来，一直是众说纷纭，莫衷一是。诗人们尤其予以特殊的关注。大体上，有批判、肯定、同情这样三种不同的意见：

第一类，持批评态度。以唐代著名诗人杜牧《过华清宫》（三首之二）为代表：

> 新丰绿树起黄埃，数骑渔阳探使回。
> 霓裳一曲千峰上，舞破中原始下来。

唐玄宗沉湎女色，不理朝政。在各方强烈的反应下，朝廷派出探使，前往渔阳，侦察安禄山的虚实。但是，由于探使接受了贿赂，回来虚报了军情，盛赞安禄山如何赤心报国，忠于皇上。这样，玄宗便与贵妃更加耽于享乐，日日沉醉在"霓裳羽衣"的轻歌曼舞之中，直舞到"千峰"之上，最后，把整个"中原"都舞破了。诗人运用生动的形象，以夸张的手法，寄托深刻的寓意。杨贵妃固然不能直接舞"破"中原，但中原之"破"，却实实在在由于唐玄宗无尽无休的酣歌醉舞，沉湎女色，不理政事所致。为此，杨贵妃是不能辞其咎的。

白居易的《长恨歌》，就其实质来说，也当属于这一类。从"汉皇重色思倾国"到"渔阳鼙鼓动地来，惊破霓裳羽衣舞"，开头的大段描写，反映了祸乱酿成的因果关系，集中渲染了玄宗自纳娶贵妃以后，在宫中如何纵欲、行乐，如何终日沉湎酒色之中。所有这些，都是酿成"安史之乱"的根源。

同时，白居易在新乐府《李夫人·鉴嬖惑也》中写道：

> 伤心不独汉武帝，自古及今皆若斯。
>
> 君不见穆王三日哭，重璧台前伤盛姬。
>
> 又不见泰陵一掬泪，马嵬坡下念杨妃。
>
> 纵令妍姿艳质化为土，此恨长在无销期。
>
> 生亦惑，死亦惑，尤物惑人忘不得。
>
> 人非木石皆有情，不如不遇倾城色。

诗中说，不独汉武帝嬖幸李夫人，古代还有周穆王嬖幸爱妃盛姬的事。他为美人盛姬筑台，状如重垒之璧。他在台上怀拥盛姬，共浴夕阳，伴她度过了人生的美好时光。后来盛姬病死，穆王依皇后之礼葬毕，大哭三日。白居易批评他"心轻王业如灰土""一人荒乐万人愁"。诗的最后，落脚在李、杨的爱情上。泰陵是唐玄宗的陵墓，这里代指玄宗。

而批评最为尖锐、严苛的，应数南宋时的商挺的《骊山怀古》：

> 女色迷人祸更长，千年烽火化温汤。
>
> 无情一片骊山月，照罢周家又到唐。

诗中以杨贵妃比于周幽王"烽火戏诸侯"的爱妃褒姒，认为她们都以女色祸国殃民，招致动乱。

明永乐年间进士薛瑄《马嵬》七律，有"号令风行遍九州，六军何事此淹留"；"路边三尺妖姬土，长带千秋万古羞"之句。"妖姬土""万古羞"，无异于指着鼻子破口骂詈。明末进士王思任的《马嵬歌》，持同样批评态度："夜半无人语未寒，大家好住魂先逸。不是三郎（唐玄宗）负玉环，玉环自引胡儿缢。"意思是，贵妃之死，咎由自取——由于她宠爱"胡儿"安禄山，最后，"胡儿"反叛，她便也跟着搭上了性命。

第二类，对杨妃持肯定态度。诗的数量很大，意见也比较集中。唐末至五代时的状元诗人徐夤题《马嵬》七绝一首：

> 二百年来事远闻，从龙谁解尽如云。

张均兄弟今何在？却是杨妃死报君。

诗人题诗时，上距"安史之乱"大约二百年。"从龙"，随从帝王创业，这里指跟着唐玄宗逃到四川的人，语含讽刺。宰相张说两个儿子张均、张垍，分别官至刑部尚书和九卿之一的太常，可是，却都接受了安禄山所授的伪职。诗中说，那些大臣们一个个都跑到哪里去了？只剩下个妃子，最后以死相报。

清嘉庆进士、山西赵城县知县杨延亮《题马嵬驿》：

孤负凭肩誓后身，六军相逼太无因。
肯拼一死延唐祚，再造功应属美人。

清代剧作家洪升《长生殿》写玄宗与贵妃"夜半凭肩（手搭肩上）私咒"。这里说，玄宗与杨妃当年无比亲昵，凭肩发誓他生也要相聚，一切一切都"孤（辜）负"了。

清代诗人李羲文《过杨太真墓》：

马嵬永诀六龙骖，匹练酬恩意自甘。
拼却红颜安反侧，美人于此胜奇男。

诗的大意是，杨妃"匹练（缢死时用的绸条）酬恩"，以安"反侧"（反叛）。美人于此，胜过奇男。

还有清代女诗人万叶丹的《书〈长恨歌〉后》七绝，也都是鲜明地站在杨贵妃一边，直接予以颂赞的：

翠羽西行唤奈何，六军兵谏逼金戈。
拼将一死纾君难，愧杀从行将士多。

第三类，对杨妃之死表示同情、惋惜，代替死者讲公道话。这类诗歌占的比例也比较大。

最早的是唐代诗人李益，"马嵬坡之变"时，他已经九岁了。许多事情，可说是亲历亲闻的。因而，尤其值得重视。他的《过马嵬》诗：

> 汉将如云不直言，寇来翻罪绮罗恩。
> 托君休洗莲花血，留记千年妾泪痕。

由于写的是本朝事，他在落笔时还是有些顾忌的。"汉将"其实就是唐将。诗的中心是代杨妃鸣不平：满朝文武，谁也不肯向皇帝直言相谏，等到贼寇到了，天下大乱，反而把罪愆推到一个女子身上，岂非咄咄怪事！

清代著名诗人袁枚在《随园诗话》中说，由于他对陈玄礼逼死杨贵妃持有异议，所以，在《再题马嵬驿》诗中，指责陈玄礼说：

> 万岁传呼蜀道东，鬻拳兵谏太匆匆。
> 将军手把黄金钺，不管三军管六宫。

"鬻拳"，人名，春秋时楚国宗室后裔。因事净谏楚文王，文王不从，乃以兵器威胁文王，强使改正错误。袁枚以鬻拳比喻陈玄礼。

晚唐时的著名诗人罗隐，在《帝幸蜀》一诗中，写得更巧妙，更尖锐，更具说服力：

> 马嵬烟柳正依依，又见銮舆幸蜀归。
> 地下阿蛮应有语，这回休更怨杨妃。

晚唐中和元年（公元 881 年），黄巢攻克长安，唐朝第十八任皇帝、终日嬉玩游乐的唐僖宗李儇，也跟踪当年唐玄宗，同样逃往四川避难，在那里躲避了四年之久。诗人借助这件事情，对指责杨贵妃的人予以回击——这回死去多年的"阿蛮"（唐玄宗的小名）可要站出来说话了："你看，李儇也跑到四川来了，看来，还是不要埋怨杨妃为好。"

无独有偶，唐末进士韦庄在《立春日作》一诗中，发表了同样的见解：

> 九重天子去蒙尘，御柳无情依旧春。
> 今日不关妃妾事，始知辜负马嵬人。

那么，究竟应该归罪于谁呢？清道光年间进士赵长龄的《马嵬》诗，做了直接而明确的回答：

> 不信曲江信禄山，渔阳鼙鼓震秦关。
> 祸端自是君王启，倾国何须怨玉环。

矛头所向，直指皇帝，而且，有理有据。"曲江"，唐开元年间的尚书丞相张九龄的别称。他是一位有胆识、有远见的著名政治家、文学家，当年曾向唐玄宗建议："禄山狼子野心，有逆相，宜即事诛之，以绝后患。"可是，玄宗听不进去，不仅没有杀他，反而倍加信任。

三

起死人于地下，把他们的三种不同的见解罗列出来，各抒己见，畅所欲言，确实可以看作是一场别开生面的辩论。这是第一场。

那么，第二场辩论的主题是什么呢？

绝大多数人根据历史记载，都承认杨贵妃在"马嵬坡之变"中，确实是被处死了。不过，对于她是怎么死的，死在了什么地方，却还存在着激烈的争议。对此，史家与诗人各有所见，各执一词。

关于杨妃的死，正史《旧唐书》、《新唐书》的本传和《资治通鉴·唐纪》，以及野史《杨太真外传》等，都明确地记载着是"缢死"。何谓"缢死"？词典上解释，"勒人之颈而使之死也"。既然是勒颈而死，自然就不会有血溅出了。可是，到了一些诗人笔下，却与史家持截然不同的见解。就中，尤以唐代许多诗人为甚。

且看有"诗史"之盛誉的杜甫。"马嵬坡之变"发生时，他已经四十四岁，可说是同时代人。恰巧，第二年春天，他又到了都城长安。他沿着流经城东南的曲江行走，一时，触景伤怀，感慨万千。《哀江头》一诗就是当时心路历程的写照。在写到"昭阳殿里第一人"时，下了这样两句断语："明眸皓齿今何在？血污游魂归不得。"前面引述的李益诗中，也有"托君休洗莲花血"的诗句。还有白居易的《长恨歌》，也写到了："君王掩面救不得，回看血泪相和流。"另外，杜牧《华清宫三十韵》中，亦有"喧呼马嵬血，零落羽林枪"之句。"血污游魂""休洗莲花血""血泪相和流""喧呼马嵬血"，血，血，血！显然，在这些诗人的心目中，杨妃绝非如正史所记，是被缢而死的。

既然不是被缢而死，那么，"佛堂前""梨树下"之类的记载，也就值得怀疑了。这又产生一个死的去处的争议。相当一部分论者，认为杨妃是死在乱军之中。且看《资治通鉴》（柏杨白话版）中关于这段乱象的记载：

> 吐蕃王国使节二十多人，正拦住杨国忠马头，诉苦说找不到饮食，杨国忠还没回答，士卒们就大声呼喊说："杨国忠联合胡人叛变！"有人一箭射出，射中杨国忠的马鞍。
>
> 杨国忠惊骇逃跑，逃到驿站西门里，士卒们一拥而上，把他乱刀砍死，并像杀猪一样，剁下他的四肢，用长枪挑起人头，竖在驿站门口；同时，诛杀他的儿子、国务院财政部副部长杨暄，及韩国夫人、秦国夫人。总监察官魏方进斥责说："你们怎么敢谋害宰相？"士卒又把他砍死。最高监督长韦见素得到混乱消息，出来察看，士卒扑上去，用铁器猛击他的头部，打得脑血齐流。……

已经失去理智控制的士卒，多年的积愤无处喷发，现在实在忍无可忍了，便进行了疯狂报复。

冤有头，债有主。在这种情况下，把罪魁祸首杨氏家族"一锅端"、剪草除根，是他们共同的意志。既然，随行的两个姐姐全都被杀掉了，贵妃也完全有可能死在乱军兵刃之下。

因此，诗人们所写的，未必都属无稽之谈。

其实，诗，是完全可以用来证史的。现代史家就颇为推崇所谓"以诗证史"的治史方法，也就是以"诗"为史料来证史、说史，解读历史。在这方面，史学大师陈寅恪先生的《元白诗笺证稿》，做出了楷模式的探索，达到了高妙的境界。关于为什么可以"以诗证史"，陈先生说得十分清楚："中国诗虽短，却包括时间、人事、地理三点。中国诗既有此三特点，故与历史发生关系。把所有分散的诗集合在一起，于时代人物之关系，地域之所在，按照一个观点去研究，连贯起来可以有以下的作用：说明一个时代之关系；纠正一件事之发生及经过；可以补充和纠正历史记载之不足。"

当然，有些史家对"以诗证史"的做法，也持有异议。认为，包括诗在内的文学创作，固然也需有真实的史实为原形素材，尤其像诗史性的作品，其纪实的成分很大；但是，文学作品毕竟有其特殊的品格——既可虚构，也可纪实，它对"史实"的处理方式远比史学来得自由，所以不能无条件地据此进行论证。

这场辩论的结果，即使不能"定于一"，但多一种认识就会多开辟一条解读的渠道，对学术研究终究是有所裨益的。而我，更加关注的问题是，为什么会发生诗人咏歌与史书记载互不一致甚至大相径庭的现象。我认为，这是一个更加有趣、也值得深思的研究课题。这里有三个环节：一是诗人咏歌与史书记载所据史实的渠道不尽一致。史书所记载的，来源于官方的正式文件（包括史官记载的种种资料）；而诗人记载的则是当地（有的还是当时，如杜甫、李益等）口耳相传的传说，也不排除军中将士、当地民众等某些亲历者的见闻。二是出于"为尊者讳"和其他某种考虑，官方史料存在着规范化、统一性、选择性的事后精心加工的特点；而诗人所听到的，当是杂沓的、错乱的"言人人殊"的信息，同样存在着整理、加工的性质。三是就史料的严谨性、规整性来说，或者就对待史料的态度来说，"正史"有其特殊的品格，因为史家强调"无征不信"；而诗人则相对要情感化一些，不可能、也不要求他们必须"出言有据"。

职是之故，把诗人列为承辩者的一方，是完全必要的、正当的。

四

如果说，第一场辩论的三方都是诗人；第二场辩论的双方是诗人与史家；那么，第三场辩论的双方，则是民间口头传播者及当代某些学者为一方，古代的史官与史家为一方。这场辩论的主题是："马嵬坡之变"中，杨贵妃究竟死没死？如果没有死，那么，她的下落何在？

史家认为，杨贵妃之死是凿凿有据的。《资治通鉴·唐纪》中，专门记载了这样一段：玄宗下令把贵妃尸体抬到驿站庭院，召唤陈玄礼等将领进去察看。陈玄礼看过后，叩头请求宽恕，玄宗慰劳嘉勉，命他们向士卒解释。这说明杨贵妃确实死了，并经陈玄礼等人确认。这还有疑问吗？

可是，民间传说认为，那场动乱中，杨贵妃并未死于马嵬驿，而是辗转流落到了民间。这在史学界，根本未予置信，甚至连考证与驳辩的兴趣也没有。他们分析认为，持"未死论"者大约出现在晚唐至元明之间，一些口头民间文学传播者，出于善良的愿望，觉得这样美丽的妃子不该让她死去。他们虽然同属底层人物，但与当事者（造反军民）不同，对于玄宗的淫逸、贵妃的骄奢没有切肤之痛，已经脱离了愤怒，一变而为对这位"牺牲品""替罪羊"的同情与怀念。

但出乎意料的是，现当代著名学者俞平伯先生在《长恨歌的质疑》和《从王渔洋讲到杨贵妃的墓》等文章中明确指出，杨贵妃是辗转到了日本定居。经过对白居易《长恨歌》和陈鸿《长恨歌传》的考证，他得出了杨贵妃并未死于马嵬驿的结论。归纳起来，论据大致有三：一是《长恨歌》中写贵妃马嵬之死闪闪烁烁，证明贵妃并未死于马嵬坡。而当时六军哗变、贵妃被劫、钗钿委地，诗中明言唐玄宗"救不得"，则正史所载"赐死"之诏旨，当时绝不会有；二是据陈鸿《长恨歌传》所言，"使人牵之而去"，显然，贵妃已被使者牵去，藏匿到远地了；三是《长恨歌》说，唐玄宗回銮后，要为杨贵妃改葬，可是，"马嵬坡下泥土中，不见玉颜空死处"，竟连尸骨都找不到，进一步证实贵妃未死于马嵬驿。

近日见到当代学者王菡一篇文章，其中有这样一段话：

> 关于杨贵妃之死，很成为前些时间的热门话题，而在数十年前，俞平伯就曾根据《长恨歌》及《长恨歌传》提出杨贵妃没有死在马嵬坡的观点，周作人自日本朋友处知道日本山口县有杨贵妃墓，及有关杨贵妃在日本的一些传说，便写信告知俞平伯先生。俞平伯复信中曰："传说虽异，证据亦足为鄙说张目，闻之欣然。不知能否由日本友人处复得较详尽之记叙乎？"如此往返讨论的几封信，今天尚可看到，亦是难能可贵了。

由此可知，俞先生的论点也是获得知堂老人的支持的。

说到杨贵妃日本有墓，我忽然想起了一件往事：2008 年三月中旬，我率领大陆作家代表团访问台湾，到日月潭观光，接待我们的是南投县文化局长，他是一位文学博士。在同我们交谈时，他说，有一次访问日本，见到了杨贵妃的墓，便问有关人士"根据何在"。

答复是："你们中国古代的白居易写得很清楚嘛！"

博士反诘："杨贵妃不是死在马嵬坡吗？《长恨歌》里分明讲：'六军不发无奈何，宛转娥眉马前死'。"

日本朋友的答复是："《长恨歌》里还讲：'忽闻海上有仙山，山在虚无缥缈间。楼阁玲珑五云起，其中绰约多仙子。中有一人字太真，雪肤花貌参差是。'海上仙山在哪里？就是日本嘛！"

博士说："这种颠倒迷离的仙境，原都出自当事人与诗人的想象。"

日本友人答复是："什么不是想象？'君王掩面'，死的是丫鬟还是贵妃，谁也没有看清楚，所以才说'马嵬坡下泥土中，不见玉颜空死处'。"

博士局长最后对我说，想一想，日本友人所说的也许有些道理。其实，李商隐的七律《马嵬》，更值得注意。它在一开头就说："海外徒闻更九州，他生未卜此生休。"这对杨贵妃逃亡到日本的传说，可说是进一步的佐证。

据网上提供的信息：日本民间和学术界有这样一种说法：当时，在马嵬坡被缢死的，乃是一个侍女。禁军将领陈玄礼爱惜贵妃貌美，不忍杀之，遂与高力士合谋，以一侍女代死。而杨贵妃则由陈玄礼的亲信护送南逃，行至现在上海附近，扬帆出海，飘至日本久谷町久津，并在日本终其天年。网上信息说：据日本学者渡边龙策在《杨贵妃复活秘史》一文中考证，杨贵妃逃出马嵬坡后，得到唐代舞女和乐师的帮助，辗转到了扬州，在那里见到了日本遣唐使团的藤原制雄，在藤原的协助下，杨贵妃搭乘日本使团的船，在日本的海边渔村久津登陆，时间为公元757年。到日本后，杨贵妃受到天皇孝谦的热诚接待。后来，杨贵妃以她的智谋帮助孝谦挫败了一次宫廷政变，从此名声大震，获得日本人民尤其是日本妇女的好感。至今，还有日本妇女说自己是杨贵妃的后代。1963年有一位日本姑娘，向电视观众展示了自己的一本家谱，说她就是杨贵妃的后人；日本著名影星山口百惠也自称是杨贵妃的后裔。

现在，日本本州岛西南端、与亚洲大陆隔海相望的山口县，有一个名为"久津"的海边渔村，那里有一座杨贵妃墓，已经被列为国家级保护文物。京都等古城还有杨贵妃的塑像。

作个才人真绝代

一

西方有一句格言，说"人生最奢侈的事，就是做你想做的事"。难道"做你想做的事"，竟是那么难能可贵，那么不易实现吗？是的。

徽宗赵佶本来是个非常出色的书法家、绘画大师和诗词作手，又是一位十分称职的宫廷画院院长，可是，命运老人在关键时刻搬了个道岔儿，结果，阴错阳差地当上了北宋的第八任皇帝。

你道这皇帝可是好干的？当日在宋哲宗赵煦龙驭宾天之后，皇太后就有意让赵佶接班，可是，执掌铨衡、善于识人的宰相却说他"轻佻，不可以君天下"。当然，"胳膊总拧不过大腿"，最后还是老太后一锤定音。这样，赵佶就被拥上了龙椅，开始了中国历史上出名的无道昏君的浪荡生涯，而他自己也就走上了充满悲剧色彩的人生道路。

赵佶继位之后，他的心思仍然是专注于书画的创作与欣赏，便将治国理政的一应大事，全都交付给了权奸蔡京和宦官童贯等一干人。而这，正是这班野心勃勃、权欲熏心的人所求之不得的。且听听蔡京父子是怎样劝说徽宗的："人主当以四海为家，太平为娱，岁月能几何？岂可徒自劳苦。"既然要以"太平为娱"，那就需要大把大把的银子作支撑啊，于是，他们就告诉徽宗了："今泉币所积赢五千万，和足以广乐，富足以备礼。"进而倡导"丰、亨、豫、大"之说，蛊惑徽宗纵情挥霍民脂民膏，尽情尽兴于声色狗马，大兴土木，恣意享乐。这对徽宗来说，可说是"仰体圣衷，正中宸怀"，乐得过着花天酒地的放荡生活，整天吃喝玩乐，尽享荣华富贵。

徽宗末年，发生了这样一件事：说起来也很蹊跷，你说徽宗皇帝不问政、不作为吧，偏偏又贸然决定，联金灭辽，以图收复燕云十六州。原来，这个主意是大阉童贯帮他出的。燕云十六州经后晋的"儿皇帝"石敬瑭之手奉献给契丹人，已经过去了一百八十年，现在要把它收回来，应该说，是一件名垂竹帛的千秋伟业。可惜，这在当时只是一场虚幻的梦想，根本不具备实现的条件。对此，许多朝臣都是一清二楚的。当听到朝廷将"兴燕云之役"，引金人夹攻契丹时，中书舍人宇文虚中立即上疏进谏：

> 用兵之策，必先计强弱，策虚实，知彼知己，当图万全。今边围无应敌之具，府库无数月之储，安危存亡，系兹一举，岂可轻议？且中国与契丹讲和，今逾百年，自遭女真侵削以来，向慕本朝，一切恭顺。今舍恭顺之契丹，不羁縻封殖，为我藩篱，而远逾海外，引强悍之女真以为邻域。女真藉百胜之势，虚喝骄矜，不可以礼义服，不可以言说诱，持卞庄"两斗"之计，引兵逾境，以百年怠惰之兵，当新锐难抗之敌；以寡谋安逸之将，角逐于血肉之林。臣恐中国之祸未有宁息之期也。

在这篇奏章中，通过精辟的论辩，揭示徽宗决策致命的弱点——犯了用兵的大忌：既不知己更不知彼。以当时的国力、兵力，北宋根本不具备出兵条件，实际上，已经到了"泥菩萨过河——自身难保"的尴尬地步。而徽宗却头脑发热，竟要轻启边衅，引狼入室。说明他不会分析形势，更不懂得如何因应时变，判断敌友。当此之际，辽朝已是强弩之末，而金人正处于"百胜"的强势，早有吞辽蚀宋之志，与它订盟，不啻与虎谋皮；而设想像古代勇士卞庄那样，让两虎相斗，然后坐收渔利，尤其是不现实的。到头来，必然是开门揖盗，祸在不测。

后来的实践完全验证了这一判断的正确性。出人意料的是，奉献高明、警策见解的宇文虚中，不但未能得到表彰与重用，反而遭到奸臣的倾陷，受到了降职处分。说到家，就是徽宗根本不具备政治运作的资质和条件，依靠他来运筹帷幄、决策千里，无异于"盲人骑瞎马，夜半临深池"，后果不问可知。何况，身旁还有那班成事不足、败事有余的阉宦大佬，就更是必然跌入覆亡深渊的。

这么说来，宋徽宗赵佶简直是一无是处了。你看他，在位二十六年，政治上信任奸臣，昏庸无道，边防废弛，民变于内，兵败于外；生活上，穷奢极侈，纵情挥霍，花天酒地，荒淫无度。要说经邦济世，治国泽民，他真正是个低能儿，在"靖康之变"的历史耻辱柱上，刻下了千秋万世永难湔雪的破国亡家之痛。不过，换个角度去看，他又是一位少有的艺术天才。作为多才多艺的书画家和诗人，他曾以其独具特殊审美意义的艺术才华，占据了中国以至世界文化艺术史上的一页辉煌。

赵佶原本就以"天纵才智"见称，有着超群的艺术天分和感悟能力，又兼自幼便与许多知名的大家交往，获得高人指点，更使他的艺术才能得以充分地施展。宋人蔡絛《铁围山丛谈》记载，未当皇帝之前，他就与驸马王晋卿、宗室赵大年往来。这两个人都"善文辞，妙图画"，又富于收藏。他还同内知客吴元瑜一起学画。这个吴元瑜本是著名花鸟画家崔白的弟子。赵佶年轻时经常与这些书画名家往来，耳濡目染，从中获取许多教益，锤炼了坚实的艺术功力，尔后，勤奋耕耘，数十年不辍，更加精益求精。

北宋艺学十分昌盛，内府收藏名人书画浩如烟海。《宣和画谱》记载，仅徽宗一朝收藏的花鸟画，即有两千七百八十六件，占全部藏品的百分之四十四。这使他大大地开阔了眼界，具有得天独厚的机会。面对如此珍贵的艺术遗产，通过朝夕展玩，并一一亲手临摹，转益多师，从而使他的创作水平日渐提高。加之，他在汴京的宫苑中，罗致了一切能够到手的各种珍禽异兽、名花美卉，为他提供了绝好的描形写生的现实条件。

绘画史名著、南宋邓椿的《画继》一书，对于宋徽宗的画作评价极高，说他"笔墨天成，妙体众形，兼备六法，艺极于神"。其艺术成就以花鸟画为最高。赵佶艺术的独创性和对后代的影响力，也主要体现在花鸟画中。他的花鸟画构图，匠心独运。如《鹦鹆图》轴，画幅下面靠左边以水墨写鹦鹆两只，奋翅相争，纠缠错结，一反一正，羽毛狼藉。上者处于优势，以利爪抓住对方的胸腹，张嘴怒视；而下者也不示弱，奋力挣扎，予以反击，回头猛啄对手的右足。描形拟态，惟妙惟肖，鹦鹆的心理感情，也刻画得细致入微。他画的《雪江归棹图》，形体谨严，风度凝重，气韵苍古，满幅充溢着一股荒寒之气，被誉为"直闯王右丞（王维）堂奥"。他画禽鸟，创造了"点睛多用黑漆，隐然豆许，高出缣素，几欲活动"的全新技法。

在历代擅长书法的帝王中，赵佶是最具创造性的。他初习黄庭坚，后又学褚遂良和薛稷、薛曜兄弟，并杂糅各家，既取众家所长，又能独出己意，最终创造出别具一格的"瘦金书"体。宋代书法以韵趣见长，赵佶的"瘦金书"即体现出这种时代审美趣味，所谓"天骨遒美，逸趣霭然"；又具有强烈的个性色彩，即"如屈铁断金"。其书结体严谨，骨骼纤瘦，笔画细挺，顿挫有节，外露锋芒，风流飘洒，在刚劲中透出秀丽的风姿，堪称书苑奇葩。这种书体，在前人的书法作品中，还未曾出现过。他的草书，信笔挥洒，一气呵成，狂放酣畅，可以看出张旭和怀素（特别是怀素）的门径。对于前辈和当代书家，他总是师其精髓而变其法度，达到自出新意，自成一家。

他即位以后，经常召见著名书画家、鉴赏家米芾，相与探讨书法艺术。《钱氏私志》云：

> 徽皇闻米芾有字学，一日于瑶林殿张绢图方广二丈许，设玛瑙砚、李廷珪墨、牙管笔、金砚匣、玉镇纸、水滴，召米书之。上映帘观赏，令梁守道相伴，赐酒果。米反系袍袖，跳跃便捷，落笔如云，龙蛇飞动，闻上在帘下，回顾抗声曰："奇绝陛下！"上大喜，即以御筵笔砚之属赐之，寻除书学博士。

由于北宋时期文学艺术昌盛的优良环境的熏陶，前代留存下来的丰富艺术遗产的借鉴，加之赵佶本人对艺术的倾心揣摩、勇于探索，使他终于成为一位诗词书画并精，山水、人物、花鸟、杂画兼善，具有全面艺术修养的"皇帝艺术家"。

赵佶诗词现存几十首，总体上看，质量是比较高的，尤其是后期作品，产生于变乱、屈辱的环境中，凄绝哀婉，感情深沉而真挚，颇有特色。他有一首《燕山亭·北行见杏花》词，艺术性很高，一向被推为千古杰作：

> 裁剪冰绡，轻叠数重，淡著胭脂匀注。新样靓妆，艳溢香融，羞杀蕊珠宫女。易得凋零，更多少无情风雨。愁苦！问院落凄凉，几番春暮？凭寄离恨重重，这双燕，何曾会人言语。天遥地远，万水千山，知他故宫何处？怎不思量，除梦里有时曾去。无据，和梦也新来不做。

赵佶在被金兵掳往东北苦寒之地的途中，忽然见到了盛开的杏花，一时百感交集，写下了这首刻画困顿生涯与凄苦心灵的泣血之作。开头描写凌寒怒放的杏花，运笔非常细腻，好似一幅淡淡的工笔画。接着，陡作变徵之音，从杏花的极盛写到"易得凋零"，难禁风雨，急转直下，仿佛一落千丈的凄惨人生。所有的文字都是痛感、悲情的释放。情绪低沉，音调哀伤，体现了"亡国之音哀以思"的特点。李后主词："梦里不知身是客，一晌贪欢。"至赵佶则曰：连梦也不做了，其情岂不更惨！

二

赵佶在文学艺术方面的贡献，不仅表现于自己具有卓绝的艺术天才，创作出大量传世的诗书画杰作；而且，由于他非常重视文艺事业的传承与发展，凭借其特殊地位和卓越才能，成功地改善、强化了画院制度，积极培养艺术人才，为繁荣北宋末年以至后世的艺术事业做出了突出贡献。历代都有一些帝王喜爱鉴藏书画，有的还参与创作，但像宋徽宗那样，以全副身心投入书画事业中去，并能把个人的爱好广泛而深入地推广到全社会的文化生活中去，使之成为一种社会文化现象，却是独一无二的。

这方面的建树，突出表现在他对宫廷画院的改革与建设上。有宋一代，继承前代西蜀和南唐的传统，在宫廷中建立了翰林书画院，组织画家进行艺术创作，并培养大批书画方面的人才，直接为宫廷服务。作为画院的直接的组织领导者，宋徽宗按照自己的艺术旨趣和鉴赏标准，实施了一系列颇具创造性的革新措施，为它订立了一套完整的制度，在画学、考试、课程设置和教学过程中，进行了大胆的探索与改革。

徽宗改画院征召体制为考试录取，正式列入科举考试之中，像遴选高级官员一样，开科取士。这是一项带有根本性的改革。前朝帝王仅仅是将画院看作一种服役机构，而徽宗则从长远建设出发，从人才培养、艺术发展的高度去建设画院。他采取了"旧人旧办法，新人新办法"的区别对待方针，除前代留下的已在院内供职的知名画家外，其余全部通过考试录取。由于徽宗本人深谙绘画艺术，他所招纳的人才自然也是高标准的。在国子监增设画学，共设佛道、人物、山水、鸟兽、花竹、屋木六科。又设"博士"衔，作为监考官。以"不仿前人，而物之情态形色俱若自然，笔韵高简"为评画标准。据说，当时四方考生源源而来，盛况不下于今天的美术院校联考，有幸中选者为百里挑一。

考试时，摘取古人诗句为题，令考生作画，用以测试学生对于诗画结合、诗情画意的理解能力。要求作画者能够先读懂直至深悟诗句的境界，然后再把它化为可视的画面。考题如"嫩绿枝头红一点，动人春色不须多""深山藏古寺""竹锁桥边卖酒家"等。在试绘"踏花归去马蹄香"诗意时，许多人只是着意于描写归马、落花，就题作画。有一位聪明的画家，却只画几只蝴蝶，在马蹄后面飞逐，便巧妙地暗示出抽象的花香。对于"野水无人渡，孤舟尽日横"的考题，许多人都是画一个空船，或者船头立着一只水鸟，以表示船上无人。但取得第一名的，却画了一个舟子在船尾酣然睡去，身边放置一根笛子，说明并非无人，只是"无人渡"而已。这样，就更加切题，而且意境深远。再如，画"深山藏古寺"一题，立意原在"藏"字上，不须颇费气力地去写丛林、古刹，只要画一个小和尚在溪边担水，就足以凸显画题了。要做好这种富有意境和情趣的试题，应试者必须具有高度的想象力和表现力，富于独创精神，否则难以夺魁、入选。正如《萤窗丛谈》所说的："夫以画学取人，取其意思超拔者为上。"所谓"超拔"，就是创意新颖，不蹈袭前人，观察能力、思想感情、技巧修养都须有过人之处。赵佶把它作为取舍的标准，颇具识见。

因为赵佶本人诗书画兼擅，有深厚的文学功底，所以，在教学中也并非单纯地传授艺术技法，而是全面讲授文化基础知识，课程中包括《说文》《尔雅》《释名》等学术研究。赵佶特别重视对于青年画家的培养。他看到画院学生王希孟很有天才，便亲自教授他笔法，使之迅速成长，终于创作出了《千里江山图》这样优秀的鸿篇巨制。他对学生的要求非常严格，经常亲自检查、指导。要求师法自然，把握对象的"情态形色"，符合物理，不倚傍前人。

龙德宫建成后，赵佶亲自前往验收壁画，看到有一枝月季花，画出了春天中午的形态，他表示满意，立即赐予作画的青年画家"服绯"。他告诉大家，月季开花"四时朝暮，花、蕊、叶皆不同"，对于"动植之物"，必须细致观察，以求"曲尽其性"。还有一次，他要一位画家画孔雀开屏，画了几次他都不满意，原因是，孔雀开屏升高时一定先要举左脚，而画家却都画成抬右脚了。赵佶不仅重视写生，还讲究物理法度。他曾画过鹤的二十种不同姿态。在这些方面，影响了当时画院以至整个时代的院画风格。

书画院中的学生身份各有等差，一般分为外舍、内舍、上舍三级。对学品兼优者依次晋升。画家被录取之后，根据其文化修养和出身的不同，分为"士流"（士大夫出身的）与"杂流"（从民间工匠选入的），"别其斋以居之"。"士流"可以转作其他的行政官员，而"杂流"不行。同时，按照成绩的高下，对每个学员分别授以不同的职称，其名目有画学生、供奉、祗侯、待诏、艺学、画学正等。经过每月的"私试"和每年的"公试"，随时进行遴选、拔升。

从前，宫廷画家的地位、待遇都是非常低的，即使是后来办了画院，情况有所改善，较之其他文化部门仍然差很大一截。这和前代帝王把那些画家只看成服务工具，"俳优蓄之"，有直接关系。到了宋徽宗手下，他们被作为艺术人才、创作力量来看待，这就有天壤之别了。政和、宣和年间，赵佶取消旧制，特意恩准书画两院的人员和其他文官一样，不但可以服绯紫，而且能够佩带鱼袋（一种代表身份、等级的金质或银质的鱼形装饰）；有的画家还授予官衔。在朝廷序班上，画院为首，书院次之，而后才是琴院、棋院、百工等。领取薪俸，画、书两院称为"俸直"，其他诸院叫作"食钱"。画院诸生习学，凡系籍者，每有过犯，止许罚值；其罪重者，亦听奏裁。由于待遇优厚，一般画家都把能够进入画院引为荣幸。

在皇帝的亲切关怀和不懈努力下，当时画院与画学在培养人才方面，已经具备一套比较系统完整的体制，对于以后的艺术人才培养和艺术教学、画艺研究产生了重要影响。说是画院，其实，与后世常见的那种单一的、松散的画家组合不同，而是一所由皇帝亲自领导、亲自执教，完全按照其旨意办学的名副其实的高等艺术学校。其办学成就是巨大的。

首先，培养了大批优秀画家，如：张希颜、费道宁、戴琬、王道亨、韩若拙、赵宣、富燮、刘益、黄宗道、田逸民、赵廉、和成忠、马贲、孟应之、宣亨、卢章、张戬、刘坚、李希成等人，都是宣和画院的名家。即如南渡后的代表性画家李唐、刘宗古、李端、李迪、苏汉臣、朱锐等，也都是宣和年间的画院待诏。

其次，由于画院采用了考试制度，不少来自民间的优秀画家，被录入画院，故而很多具有民间风格的作品，也在画院中出现，使民间风格在画院中占有相当地位。

其三，由于画院教学中重视学生的诗、书方面修养，从而开拓了绘画的新境地，使文人画日益繁荣，画院体制更加完备。

其四，在推进书画鉴藏和金石学研究方面，也取得了优异成绩。赵佶对于艺术珍品酷爱到极点，即位不久，即派心腹宦官去全国各地搜罗古器物和书画名迹。《画继》记载：

> 宣和殿御阁有展子虔《四载图》，最为高品，上每爱玩，或终日不舍，但恨止有三图，其水行一图，待补遗耳。一日中使至洛，忽闻洛中故家有之，亟告留守求观，既见，则愕曰："御阁正欠此一图。"登时进入。

在徽宗皇帝的刻意搜求下，秘府收藏之富百倍于先朝，同时，他还组织画院画家临摹了许多内府收藏的名迹，为保存与赓续中国文化的优良传统做出了颇多贡献。流传至今的传统绘画作品中，有相当一部分是依靠宋代的摹作才为后世所知闻的。尤其值得大书特书的，是《宣和博古图》《宣和书谱》《宣和画谱》的编著。这些具有画史与画学理论研究丰富内涵的著作，对于后世美术事业的发展，其作用是不可低估的。

上有所好，下必甚焉。北宋末年亲王、宗室、贵族、官宦学画之风蔚然兴起，并出现了赵伯驹、赵伯骕那样的皇族名家。加之，徽宗朝经常举办观赏御府所藏图画及临摹古画活动，使朝臣、贵胄眼界大开，逐渐提高了艺术修养，在一定程度上促进了两宋之交文化艺术的繁荣。

三

说到宋徽宗赵佶的文采风流，人们会联想到南唐后主李煜。他们许多方面是相像的：

他们都是文学艺术领域的佼佼者，是创造诗书画"三绝"的多面手。像徽宗一样，李后主艺术天分也非常高，从小就废寝忘食地浸淫于诗词、书法、绘画、音乐的广阔天地。书法初学柳公权，后来博采众长，匠心独运，创制出具有独特风格的"金错刀"体；他也善画，举凡人物山水、花木翎毛，无不涉猎，尤精墨竹；同时精于鉴赏，酷爱收藏。至于诗词，更是独步千古。因为有了李煜，词体完成了从应歌侑酒的"歌辞"向抒写个人情志的新型抒情诗词的转变，特别是在描写人生缺憾和表现哀婉之情方面，达到了文学史上新的巅峰。

他们同样都是悲剧的角色，人不能尽其才，才不能尽其用，硬是"赶鸭子上架"，不情愿地被按在龙墩之上，以致消极怠工，荒废政事，纵情声色，误国误民。

他们同样整天沉溺于宗教的虚幻世界，而不能自拔：徽宗执着地崇信道教；后主则一意佞佛，取号"莲峰居士"，头戴僧伽帽，身穿袈裟，礼佛诵经，跪拜稽首。最后，都同样导致了亡国。

他们同样信任奸佞，陷害忠良。对于李后主的荒政、乱政，当时许多朝臣都曾冒死进谏，言词最激烈的是内史舍人潘佑，连上八道奏章，并当面批评说：

> 陛下力蔽奸邪，曲容谄伪，遂使家国愔愔，如日将暮。古有桀、纣、孙皓者，破国亡家，自己而作，尚为千古所笑；今陛下纵容奸佞，败乱国家，不及桀、纣、孙皓远矣！

后主冥顽不灵，根本听不进去，潘佑反而因此被逼致死。

他们都是亡国之君，结局同样悲惨。巧还巧在，他们败降之后，又分别遇到了宋太宗和金太宗两个同样凶狠、毒辣、残忍的对手。当宋太宗用牵机药毒死李煜的时候，他绝对不会料到，一百五十七年之后，他的五世嫡孙赵佶竟瘐毙在金太宗设置的穷边绝塞的囚牢之中。

他们同样遭到无情的命运的作弄，先是不得其宜地登上帝王宝座，使他们阅尽"人间春色"，也出尽奇乖大丑，然后手掌一翻，"啪"的一下，再把他们从荣耀的巅峰打翻到灾难的谷底，让他们在残酷无比的炼狱里，饱遭心灵的折磨，充分体验人世间的大悲大苦大劫大难。

也许因为他们两个人的相似之处太多了，于是，有人就传说宋徽宗是南唐李后主托生的。据说，徽宗出世前，他的父亲宋哲宗赵煦曾经去秘书省观看李煜的画像，对这位风流才子的儒雅风标颇为心仪。随后，赵佶就降生了。有人写诗为赞：

> 闻说重光有后身，道君耽艺岂无根？
> 谁知百五余年后，也作降王拜女真。

李煜字重光；赵佶笃信道教，称"教主道君皇帝"。李煜死后一百五十二年，赵佶父子也作了金人的俘虏。有人说，这是宋太宗赵光义残酷虐杀李后主的因果报应。

这当然属于无稽之谈，但宋徽宗与李后主由于才非所用，最后导致灭国亡身的悲惨命运，却是千真万确的。关于这位南唐国主，宋太祖赵匡胤有个十分恰当的评价："李煜好个翰林学士，可惜无才作人主耳！"又说："李煜若以作诗工夫治国事，岂能为我虏乎？"清代诗人郭频伽也咏叹他："作个才人真绝代，可怜薄命作君王！"本来不是君王的材料，却偏偏被拥上"九五之尊"，结果，既逃脱不了亡国罪责，留下千秋的愧憾，又要终日以泪水洗面，断送残生，而且祸殃妻孥，真是所为何来？实在是一场历史的误会。

历史不容假设，但我也曾偶发痴想，假如宋徽宗、李后主，当初没有当上皇帝，而是从其所欲，专心致志于所擅长的专业，那又会怎样呢？

清代文人程羽文听到朋友聊天说：古今多少才子佳人，由于父母一手包办，或者从中作梗，不能和意中人畅怀适意地缔结鸳盟，以致郁郁终生，每番想起这些前人的憾事，都意气难平，看来，卓文君与司马相如那样私奔、偷情，真是上上策了。为这番话所打动，程羽文回去后，便作了一篇《鸳鸯牒》，充分发挥想象力，打通古今，漫游时空，让那些先辈的古人自择婚配，如愿以偿。

总共为三十六位才子佳人（包括文学人物）另择佳偶。比如朱淑真，旷世一怨女也，虽才气纵横却难免嫁作商人妇，"困此驽庸"，程羽文拉出宋代的苏子瞻、秦少游、晁无咎、陈季常、黄山谷、王晋卿、晏同叔、苏子美、柳耆卿等多位风流才俊，让她从中任选其一。再如，他把"灵心慧齿，辱迹穷庐"的蔡文姬配给弥正平，二人琴瑟相和，"以胡笳十八拍，佐渔阳三挝鼓，宫商迭奏，悲壮互陈"。他还想让"英华鲜颖，诏可催花"的武则天，"借配魏武帝，锁之铜雀台上"，或者"正配海陵王，两雄旗鼓，颇足相当"。让继承其兄余业、补作《汉书》的才女班昭，去匹配注《十三经》的郑玄。用程羽文的话说：这一家子是"六经为庖厨，百家为异馔"，堪称人间佳偶。

我想，如果我们顺着这种"如愿以偿"的思路做下去，分配赵佶去当宣和书画院的院长，李煜出任金陵的诗词学会会长。或者把权力再扩大一些，让他们分别担任北宋和南唐的文联主席或者文化部长，充分用其所长，那么，就不仅能够确保其个人才智充分发挥，为泱泱华夏以至整个人类留下更多的精神财富，而且，可以在更大的时空中扩展他们的积极影响，润育当时，泽流后世。而这两个国家，也会因为少了一个无道昏君，生灵免遭一些涂炭。

历史上类似的事例还有很多。南怀瑾老先生曾引述过他的塾师所做的一首七绝：

> 隋炀不幸为天子，安石可怜作相公。
> 若使二人穷到老，一为名士一文雄。

　　意思是说，隋炀帝运气不好，当了皇帝；而王安石很可怜，作了宰相。如果这两个人终生不得志，一贫到老死，那么，王安石将成为雄视古今的文豪，要比他现有的声誉高得多、重得多；而隋炀帝，若是作为一个名士、一个才子，也就不致留下千古骂名了。

　　还有唐朝的几个皇帝，比如那个具有卓绝的音乐、戏剧天才，创办过"梨园"戏校的唐玄宗，那个酷嗜象棋而且棋艺甚高的唐肃宗，那个马球技艺娴熟、自称如果"应考球进士，一定能考得头名状元"的唐僖宗，如果都能让他们从其所愿，能够在艺术、体育方面做出应有的贡献，那该多么理想啊？

　　至于另外一类同样富有文誉、才华横溢、风流倜傥的帝王，比如金代的海陵王完颜亮，则不应归入此列。因为他怀有强烈的权势欲、占有欲和磅礴的政治野心，其本色与初衷，原非献身于艺术，更不甘心只做一个诗人或者学者，而是要开创一番惊天伟业，成为秦始皇那样名垂青史的有作为的君主。这样的人，还是该做什么就让他去做什么，远离文艺圣殿为好。而李、赵等人则异于此。你看，赵佶对于画院竟然那么全身心地投入；李煜更是诗人第一，帝位第二，直到最后，也还表示无意于皇权的占有，他曾上表给宋太祖，说微臣乃先君的一个普通皇子，为人庸碌无能，自幼虽热心向学，但视功名利禄如浮云。原想恬淡逍遥，像巢父、许由、伯夷、叔齐那样归隐山林，只是形格势禁，身不由己，真是万般无奈的事。

　　"自是人生长恨水长东。"应该说，悲剧的意味也正在于此。德国悲观主义哲学家叔本华说过："人生是在痛苦与无聊之中像钟摆一样来回摆动"，而且"一个人的智力愈高，认识愈明确，就愈痛苦，具有天才的人则最痛苦"。单就赵佶与李煜说来，整个一生都处在想要做的与己无缘，而不想做的却又无力摆脱的"囚徒状态"，就必然会感受到加倍的痛苦与悲哀，这就使他们真正成为"可怜虫"了。

　　当然，也不妨作如是想：如果他们能够从心所欲，不是沦为阶下囚，不是"此中日夕，只以眼泪洗面"，跌进任人宰割的苦难深渊，而是在安富尊荣中尽享文园艺海之乐，那么，他们还能成为"以血书者"，写出令人心碎、传诵千古的《燕山亭》《虞美人》词吗？苦难造就了诗人。"欢愉之言难工，愁苦之言易好"（韩愈语），"国家不幸诗家幸，赋到沧桑句便工"（赵翼诗），如此而已，岂有他哉。

王国维在《人间词话》里写道："词至李后主而眼界始大，感慨遂深。"而李煜最有名的作品，当数他的绝命词《虞美人》，即使是千年后的我们读起来，仍为作者心中无边的愁云和悔恨所笼罩：忧愁是那样的深，那样的广，那样的无穷无尽。除了赞赏他的旷世奇才，我们又不能不充满憾恨地说上一句："南唐才子真无福，不作词臣作帝王！"

香　妃

一

我总觉得，她像一株冷艳的寒梅。

这也许是由于古人习惯以梅花来比拟心志高洁的佳人吧？再不就是受了唐人王建的诗句"天山路旁一株梅，年年花发黄云下"的感染……实在说不清楚。反正一想起她来，我的脑海里就浮现出"暗香浮动""疏影横斜"的意象，渐渐地，这种意象竟活灵活现，袅袅婷婷地走过来了，"想佩环月夜归来，化作此花幽独"（姜白石词）。

这已经是第三次访问北京的陶然亭了。没有风，空际云幕低沉，是一种酿雪的天气。果然，走着走着，丝丝、片片的雪花，就漫空飘舞起来。水木明瑟的平湖、高阜，还有那弯弯的柳径、淡雅的兰畦，脱尽了昔日的青青翠影，冷森森、白光光地默对着游人。平时，这里就不怎么嚣烦，此刻更是清空寂寥了。拾级步上高高的台地，在山门内檐瞧了瞧已经有三百余年历史的金字匾额"陶然"二字，又匆匆浏览了两边的对联，记得还有一副"十朝名士闲中老，一角西山恨有情"的联语，来不及寻看了，赶忙朝那北向的门窗纵目望去，立刻，前方雪影中闪现出几幅"素以为绚"的清妙的册页。

令我万分惊异的是，那满布着衰草寒枝的土坡上，分明挺立着一枝傲雪的寒梅。我知道，这肯定是一种错觉——在幽燕大地上，怎么可能见到那"惨淡江南白玉妃"的踪影呢？揉了揉眼睛，再定下神来，细看上去，原来竟是没有飘落的枝间红叶，闪烁在雪虐风饕里。我知道，这次所要寻访的"香冢"，就在它的下面。于是，我匆匆地走下亭台，沿着铺雪的石径，很快就来到银装素裹的土阜旁边，一盔三尺孤坟累然展现在眼前。

二

关于香冢，一如墓主的身世、遭际，有各种各样的说法，扑朔迷离，令人如堕五里雾中。我是相信这样的传说的：此间就是香妃的埋骨之地。披着满身的雪花，我静静地伫立在石碣前，一个字一个字地咀嚼着那没有留下作者姓名的哀感顽艳的铭文，并且依照流布已久的传闻轶话，凭着我的理解加以诠释、印证。

> 浩浩愁，茫茫劫；短歌终，明月缺。郁郁佳城，中有碧血。碧亦有时尽，血亦有时灭。一缕香魂无断绝。是耶？非耶？化为蝴蝶。

起首的四个短句、十二个字，形象地概括了香妃这位充满悲剧性、传奇性的女性凄苦、劫难的一生，堪称是以简驭繁、片言撷要的范例。古人驱遣文字的功夫着实了得。你看，唐代诗人杜牧在《阿房宫赋》的开头，也是用了同样的字数和短句，就把秦始皇并吞六国之后，大兴土木，修建阿房的过程，交代得一清二楚。

　　传说，香妃是一位出生在西域的貌美超群的人间绝色，回眸一笑，唇红齿白，能令人心醉神迷，而且，心地善良，性情温柔，天真活泼。由于她生来便体有异香，因而名为"伊帕尔罕"（维吾尔语：香姑娘）。她的童年时代，在亲人的爱抚下，整天过着无忧无虑的甜美的生活。可是，绮梦不长，这样一位貌似天仙、天真可爱的美人儿，长大了之后，偏偏赶上浓愁浩浩、劫难茫茫的动乱的年代，命运把她抛在一个动乱的地区、动乱的家族里，最后酿成一场"短歌终，明月缺"的悲惨结局。

　　她的丈夫霍集占是天山以南的维吾尔族地区当时称为"回部"的和卓木（教长或首领），当时参加了一场西部边疆的叛乱活动，把清朝派去的副都统、回部招抚使杀害了。乾隆皇帝派将军兆惠率兵讨伐。霍集占兵败逃亡，带着妻子、仆从三四百人遁入巴达克山，他本人被山民擒杀，香妃被清军劫获到大营里。

　　对于香妃的美艳绝伦，乾隆皇帝早有知闻，兆惠临行前，即有意暗示，在讨伐过程中，必须设法保护好香妃，并把她安全地带回京师。听到她已经被俘获的消息，皇帝又敕令沿途官吏悉心护视香妃的起居，万不可损蚀了她的玉颜姿色。进京"献俘"之日，乾隆皇帝一见倾心，惊为天人，立即下令，在宫内妥为安置。尔后，又几次去看她，觉得她神光高洁，有一种凛然不可犯的气概，因此，没敢伸出指尖去触她一触，只嗅得缕缕异香扑进鼻管来。心说，好一个绝代天仙，好一个香草美人！今得相见，也算是百世奇缘，三生厚福。当即赏赐了大量的珠宝衣饰，并嘱咐宫女、太监：只要香妃提出要求，一切都予以满足。

　　为了讨得美人的欢心，乾隆爷不惜破费巨量资财，在今天的新华门那里，专门给她修建了一座伊斯兰式的豪华住宅，名曰宝月楼，里面一切设施，包括浴池、壁砖、衣镜、装饰画，等等，以及生活起居、日常习惯，都和在西域的情形没有什么两样。还在宝月楼的对面，特意修建了一座清真寺；在皇城墙外，盖起"回部"市廛楼台，演奏体现"回部"风情的乐曲……使香妃有身在家园的感觉。但是，乾隆皇帝到底失算了，这种浓郁的环境氛围，不仅没能慰藉香妃的思乡之情，反而更加撩拨起心灵深处的背井离乡的痛楚。

三

自从入宫以来，香妃一直是冷若冰霜，对于皇上的种种垂顾，全然不加理睬。就是万岁爷的圣驾到了，她该着做什么还是做什么，旁若无人一般，一任皇帝在那里怔怔地望着，她只是噘着嘴巴，垂着眼角，木然没有半点反应。皇帝叹了一口气，自言自语地说，朕和香妃，怎么就这般无缘！难道真是天仙下凡，可望而不可即吗？

皇帝走后，宫女们赶忙过来相劝，说，后宫佳丽三千，哪个不翘首望幸！别说皇帝主动登门，就是有机会被瞧上一眼，也觉得无比荣幸。人活一世，草木一秋，女人一辈子图希着什么？还不是夫荣子贵，终身有个倚托！你若是肯于顺从皇上，说不定一年过后就生下一个王子，马上就会成为正式的皇帝后妃，风光一世，万古留名。你怎么就这么任性，这么倔强，这么想不开事呢？

限于所受到的封建道统的浸染，宫女们的思维脉络，大概也只能这么想、这么说、这么劝解，应该说也没有什么恶意。可是，在香妃听来，却比挨一顿臭骂还难受得多，觉得极不顺耳，极度反感，便冷冷地还了一句：各人有各人的追求，各人有各人的活法，我更看重的是个性的独立，人身的自由。话说到这个份儿上，她觉得胸间郁闷难舒，于是，便又"突突突"地冒出了一团烈火般的话语：人终究是人，两条腿是用来站立的，不能像牛马那样四脚着地爬行，不能听从人家任意摆布！我才不想窝窝囊囊、委委屈屈地享受什么"荣华富贵"呢！

香妃生长在所谓"化外之邦"，处在一个与内地截然不同的生活环境里，那里没有受到那么多的封建礼教的污染，男女之间地位是平等的，关系是开放的。在她看来，爱情是发自内在的情感，是最纯洁、最真诚的，掺不得假，勉强不得。她无论如何不能理解，三宫六院那么多如花似玉的女子，怎么全都泯灭了自己的意志，眼巴巴地盯着一个皇帝，得不到满足还哭哭啼啼。——她不懂得这是怎么回事儿。

是呀，男人女人，皇帝宫女，不都是人吗？为什么女人就不能有自己的意愿，自己的爱的选择和追求？霍集占犯了事，由他自己去承担，那叫自作自受，犯不上要把妻子搭上。香妃是清白无辜的，香妃的人身是自由的，人格是独立的，她有权利选定自己的出路，安排自己的情感取向。"三军可夺帅，匹夫不可夺志也。"为什么要像对待牲口似的，不吃草硬按脑袋？为什么硬要逼着去顺从皇帝？——皇帝又怎么样？

四

香妃的话语不多，却使宫女们听起来如雷震耳。个性？独立？自由？女人，特别是打入深宫的女人，同这些是根本不沾边的。虽然她们不能理解，也并不认同，但是，从此之后，对香妃却添了几分敬重，不能不另眼相看。几天过去，她们又来解劝香妃：皇帝可不是好惹的，"金口玉牙，说啥是啥"，万一龙威震怒，可就活不成了。就算是舍不得杀了你，哪一天，高兴了，忍耐不住了，硬把你弄过去，动了真格的，小胳膊还能拧过大腿吗？香妃听了，冷笑一声，说，人活百岁，终有一死，我早就做了这一手准备，一旦把我逼急了，我就……说着，"嗖"的一声，从衣服下摆里抽出一把雪亮的匕首。这可把宫女们吓傻了，天哪，自刎也好，刺人也好，后果都是不堪想象的。

她们慌忙跑到皇后富察氏那里，不敢隐瞒，把这种种见闻一五一十地交代清楚。皇后也觉得事态严重，但又想不出什么办法。自从香妃过来之后，皇帝早已把她冷冷地甩在一边，不闻不问，尽管恨满心头，嘴上却绝对不敢露出半个"不"字。最后，倒是乾隆的母亲——皇太后钮钴禄氏，一锤定了音：设法除掉她！因为她了解自己的儿子，极端任性，当面一定劝他不转，莫如下个狠心，干脆来个"釜底抽薪"，也就断了他想望的念头。于是，趁乾隆皇帝到天坛祭天之时，安排两个太监，悄悄地在宝月楼把香妃绞死了。"郁郁佳城，中有碧血"。哀哉！

因为一切都是太后策划的，乾隆皇帝也不便发作，只是，终日惨然寡欢，怔怔忡忡，失魂落魄一般。他现在唯一能做的，就是吩咐太监将香妃用上好棺木装殓起来，找个风景绝佳、环境幽静的地方埋葬下。于是，右安门内的南下洼，陶然亭北的土坡下，便有一座新坟掩映在荒烟蔓草里，给后世才人留下了无尽的遐思，缠夹不清的话题。"碧亦有时尽，血亦有时灭，一缕香魂无断绝。"如此而已。

依皇帝旨意，原本要在这里建一座规模宏丽的陵寝，设计方案已经定下，但未及开工就停下了。1933 年，清代著名工匠曹发达的后裔曹献瑞，迫于生计，将祖传下来的清朝各项工程图样转卖给北平图书馆与中法大学。整理图卷过程中，人们发现了一篇《香妃陵工图说》，详细记载了奉旨设计年月、工程图案、陵园地址，以及因太后干预，未能动工等情由。经核对，图样中所标示的地址正与香冢所在地点完全吻合。但是，"四十五言铭古冢，埋香瘞恨总模糊。"——那座短碣上的"瘞香铭"究竟刻在何时，是不是安葬当时就立下了？铭文出自谁人之手？如何索解？一切一切，都已为历史的烟尘所湮没，成了一个无人能够破解的谜团。"是耶？非耶？化为蝴蝶。"

五

雪已经停了，陶然亭公园内依旧见不到几个人影。我一时还无意离开，便在香冢周围随意地闲步，忽然联想起流传在域外的一桩故事。人世间的事情，往往是无独有偶，呈现意外的巧合，说来也是蛮有意味的。

十多年前，我在苏联的雅尔塔，参观过一处著名古迹巴赫奇萨拉伊，这里曾是古克里米亚汗国的首都。在始建于 16 世纪初的鞑靼王基列伊的宫殿的旁边，有一座非常显眼的用白色大理石镶嵌的喷泉，上面高悬着一钩金属锻造的弯弯新月，相传是基列伊国王为寄托他对痴情苦恋的一位波兰郡主的哀思而修建的。整整过去了三百年之后，伟大诗人普希金有克里米亚之行，从一位女友那里听到了这个动人的传说，于是，花费三年时间，把它写成一部题为《巴赫奇萨拉伊的喷泉》的著名长诗。后来，剧作家又把它改编成一台名叫《泪泉》的四幕芭蕾舞剧。

剧情是这样的：波兰郡主玛丽雅·波托茨卡娅聪明美丽，活泼可爱，有一个幸福的童年，不料灾祸突然降临——可汗基列伊率领鞑靼大军像河水一样涌进了波兰，父王惨遭杀害，郡主本人也成了俘虏，被关在巴赫奇萨拉伊的豪华宫殿里。后宫里有无数妖姬美妾，可是无论哪一个，可汗都没有动心，甚至连年轻美貌的皇后莎莱玛也抛在脑后了。唯一情有独钟的是那个外来的波兰郡主。但这只是一厢情愿，玛丽雅却对可汗冷峻得像一块铁石，一柄利剑。这天晚上，可汗又来到玛丽雅郡主身旁，摘掉了王冠，脱下了斗篷，显得殷勤备至，恭谨有礼，可是，玛丽雅却全然不理不睬，憎恨他剥夺了她的自由和欢乐，葬送了美妙的青春。可汗无奈，只好悻悻然离去。玛丽雅在无边的孤寂中静静地睡去。这时，王后莎莱玛像幽灵一样走过来了，她发现可汗的王冠和斗篷留在那里，又看到郡主梦中伊甸园天使般的幸福的笑容，顿时妒火高燃，再也控制不住自己了，抽出利刃，向郡主的胸膛刺去，一场惨痛的悲剧终于酿成了。可汗看到这种惨状，愤怒得简直要发疯了，当即命令卫士将王后抛入大海，予以最严厉的惩罚。为了寄托对玛丽雅郡主的无尽哀思，在王宫幽静的一角，修建了一座喷泉。

……

从"记忆之宫"里转悠出来，我朝陶然亭公园的大门走去，最后向香冢投去依依惜别的目光。这两个影像——香冢与泪泉，已经在我的脑海里叠合在一起：

两个同样的惊才绝艳又志高行洁的女郎；

她们同样被迫离开可爱的家园，被幽禁在皇宫深处；

她们面对的是两个同样贪婪好色的独裁者；

同样因为酷爱个性自由和人格独立而坚贞不屈；

最后又遭遇同样悲惨的下场——死在两个同样凶狠毒辣的女人手里；

特别是，一暝之后，同样没有身名俱亡，幸遇文坛知己，写下了各自的《瘗香铭》，使她们像两盏耀眼的明灯，闪烁在封建专制王朝幽暗的夜空里。

用破一生心

一

伴随着"皇帝热""辫子热"的蒸腾，曾国藩也被"炒"得不亦乐乎。其缘由未必都是市场的驱动，很可能还出自一种膜拜心理: 拜罢英明的"圣主"，再来追慕一番"中兴第一名臣"，也是满合乎逻辑的。只是我总觉得，这位曾公似乎并不像某些人说的那样可亲、可敬，倒是十足地可怜。他的生命乐章太不浏亮，在那显赫的身影后面，除了一具猥琐、畏缩的躯壳之外，看不到多少生命的活力、灵魂的光彩。——人们不禁要问：活得那么苦、那么累，值得吗？

关于苦，佛禅讲得最多，有所谓"人生八苦"的说法：生、老、病、死，与生俱来，可说是任人皆有的，只是程度不同而已；而求不得、厌憎聚、爱别离、五蕴盛，则是由欲而生，就因人各异了。古人说，人之有苦，为其有欲，如其无欲，苦从何来？曾国藩的苦，主要是来自过多、过强、过盛、过高的欲望，结果就心为形役，苦不堪言，最后不免活活地累死。

说到欲望，曾国藩原也无异于常人。经书上说："饮食男女，人之大欲存焉。"他出生在农村，少年时代也是生性活泼，情感丰富的。十多岁出外就读，浪漫不羁，风流倜傥。相传他曾狎妓，妓名春燕，于春末三月三十日病殁，他遂集句书联以悼之："未免有情，忆酒绿灯红，此日竟随春去了；似曾相识，怅梁空泥落，几时重见燕归来？"一时传为佳构。至于桎梏性灵，压抑情感，则是系统地接受了儒家思想，特别是程朱理学之后。其间自有一段改造、清洗的过程。

他原名子城，字伯涵，二十一岁肄业于湘乡书院，改号涤生，六年后中进士，更名国藩。"涤生"，取涤除旧污，以期进德修业之意；"国藩"，为国屏藩，显然是以"国之干城"相期许。合在一起，完整地勾画出儒家"修、齐、治、平"的成材之路，也恰切地表明了他的立德、立功、立言"三不朽"的终极追求。目标既定，剩下来的就是如何践履、如何操作的问题了。他在这条漫漫人生之路上，做出了明确的战略选择：一方面要超越平凡，通过登龙入仕，建立赫赫事功，达到出人头地；一方面要超越"此在"，通过内省功夫，跻身圣贤之域，"不忝于父母之所生，不愧为天地之完人"，达到名垂万世。

这种人生鹄的，无疑是至高、至上的。许多人拼搏终生，青灯皓发，碧血黄沙，直至赔上了那把老骨头，也终归不能望其项背。某些硕儒名流，德足为百世师，言可为天下法，却缺乏煌煌之业、赫赫之功；而一些建不世功、封万里侯的勋臣宿将，其道德文章又未足以副之，最后，都只能在徒唤奈何中咽下那死不甘心的一口气。求之于历代名臣，曾国藩可说是一个少见的例外。他居京十载，中进士，授翰林，拔擢内阁学士，遍兼礼部、兵部、刑部、工部、吏部侍郎，外放之后，办湘军，创洋务，兼署数省总督，权倾朝野，位列三公，成为清朝立国以来汉族大臣中功勋最大、权势最重、地位最高之人，应该说是超越了平凡；作为封建时代最后一位理学家，在思想、学术上造诣精深，当世及后人称之为"道德文章冠冕一代"，甚至被目为"今古完人"，也算得上是超越了"此在"吧？

可是，人们是否晓得，为了实现这"两个超越"，他竟耗费了多少心血，历经何等艰辛啊？只要翻开那部《曾文正公全集》浏览一过，你就不难得出结论，他是一个地地道道、不折不扣的悲剧人物，是一个终生置身炼狱，心灵备受熬煎，历经无边苦痛的可怜虫。

"功名两个字，用破一生心。"他自从背负上从儒家那里承袭下来的立功扬名的沉重包袱之后，便坠入了一张密密实实、巨细无遗的罗网，任凭你有孙悟空那样的冲天本领，也难以挣破网眼，逃逸出去，何况，他自己还要主动地参与结网，刻意去做那"缀网劳蛛"呢！随着读书渐多，理路渐明，那一套"立德、立功、立言"的终极追求，便像定海神针一般把他牢牢地锁定在无形的炼狱里。

歌德老人说，性格决定命运。那么，性格又是由什么决定的呢？这恐怕不是一个"遗传基因"所能了得，主要的还应从环境和教养方面查找原因。雄厚而沉重的历史文化积淀，已经为他做好了精巧的设计，给出了一切人生的答案，不可能再作别样的选择。他在读解历史、认知时代的过程中，一天天地被塑造、被结构了，最终成为历史和时代的制成品。于是，他本人也就像历史和时代那样复杂，那样诡谲，那样充满了悖论。这样一来，他也就作为父、祖辈道德观念的"人质"，作为封建祭坛上的牺牲，彻底地告别了自由，付出了自我，失去了自身固有的活力，再也无法摆脱其悲剧性的人生命运。

二

这种无形的炼狱，是由他自己一手铸成的。其中的奥蕴无穷，但一经勘破，却也十分简单：要实现"两个超越"，就必须跨越一系列的障碍，面对种种难以克服的矛盾，这也就是他进退维谷，跋前踬后，终生抑塞难舒，身后还要饱遭世人訾议的根本原因。

封建王朝一切建立奇功伟业者，都免不了要遭遇忠而见疑、功成身殒的危机，曾国藩自然也不例外，而且，由于他的汉员大臣身份，在民族界隔至为分明的清朝主子面前，这种危机更像一柄"达摩克利斯之剑"时时悬在头上。这是一种无法摆脱的两难选择：如果你能够甘于寂寞，终老林泉，倒可以避开一切风险，像庄子说的，山木"以不材得终其天年"，这一点是他所不取的，——圣人早就教诲了："君子疾没世而名不称焉"；而要立功名世，就会遭谗受忌，就要日夕思考如何保身、保位这个严峻的课题。明乎此，就不难理解曾国藩何以怀有那么强烈的危机感，几乎是惶惶不可终日。他对于古代盈虚、祸福的哲理，功高震主、树大招风的历史教训，实在是太熟悉、太留意了，因而时时处处都在防备着颠危之虞、杀身之祸。

他一生的主要功业在镇压太平军方面。但他率兵伊始，初出茅庐第一回，就在"靖港之役"中招致灭顶的惨败，眼看着积年的心血、升腾的指望毁于一旦，一时百忧交集，痛不欲生，他两番纵身投江，都被左右救起。回到省城之后，又备受官绅、同僚奚落与攻击，愤懑之下，他声称要自杀以谢湘人，并写下了遗嘱，还让人购置了棺材。心中惨苦万状，却又"哑子吃黄连"，有苦不能说，只好"打掉门牙肚里吞"。正如他所自述的："余庚戌、辛亥间，为京师权贵所唾骂，癸丑、甲寅为长沙所唾骂，乙卯、丙辰为江西所唾骂，以及岳州之败、靖港之败、湖口之败，盖打脱牙之时多矣，无一次不和血吞之。"

那么，获取胜利之后又怎样呢？扑灭太平天国，兵克金陵，是曾氏梦寐以求的胜业，也是他一生成就的辉煌顶点，一时间，声望、权位如日中天，达于极盛。按说，这时候应该一释愁怀，快然于心了。可是，他反而"郁郁不自得，愁肠九回"，城破之日，竟然终夜无眠。原来，他在花团锦簇的后面看到了重重的陷阱、不测的深渊。同是一种苦痛，却有不同层次：过去为求胜而不得，自是困心恒虑，但那种焦苦之情常常消融于不断追求之中，里面总还透露着希望的曙光；而现在的苦痛，是在历经千难万险终于实现了胜利目标之后，却发现等待着自己的竟是一场灾祸，而并非预期的福祉，这实在是最可悲，也最令人伤心绝望的。

到现在，情况已经非常清楚了，尽管他竭忠尽智，立下了汗马功劳，但因其用兵过久，兵权太重，地盘忒大，朝廷从长远利益考虑，不能不视之为致命威胁。过去所以委之以重任，乃因东南半壁江山危如累卵，对付太平军非他莫属。而今，席卷江南、飙飞电举的太平军已经灰飞烟灭，代之而起的、随时都能问鼎京师的，是以湘军为核心的精强剽悍的汉族地主政治、军事力量。在历史老人的拨弄下，他和洪秀全翻了一个"烧饼"，湘军和太平军调换了位置，成为最高统治者的心腹大患。

其实，早在天京陷落之前，清廷即已从中央与地方、集权与分权的总体战略出发，采取多种防范措施，一面调兵遣将，把守关津，防止湘军异动；一面蓄意扶植淮军，从内部进行瓦解，限制其势力的膨胀。破城后，清廷立即密令亲信以查阅旗营为名，探察湘军动静。当日咸丰帝曾有"克复金陵者王"的遗命，可是，庆功之日，曾氏兄弟仅分别获封一等侯、伯。尤其使他心惊胆战的是，湘军入城伊始，即有许多官员弹劾其纪律废弛，虏获无数，残民以逞。清廷下诏，令其从速呈报历年军费开支账目。打了十几年烂仗，军饷一毫不拨，七拼八凑，勉强维持到今日。现在，征袍上血渍未干，却拉下脸子来查账，实无异于颁下了十二道金牌。闻讯后，曾国藩义愤填膺，痛心如捣。"狡兔死，走狗烹，飞鸟尽，良弓藏，敌国破，谋臣亡"的血腥史影，立刻在眼前浮现。此时心迹，他已披露在日记中："古之得虚名而值时艰者，往往不克保其终。思此不胜大惧。"

对于清廷的转眼无恩，总有一天会"卸磨杀驴"，湘军众将领早已料得一清二楚，彷徨、困惑中，不免萌生"拥立"之念。据说，曾氏至为倚重的中兴名将胡林翼，几年前就曾专函探试："东南半壁无主，我公其有意乎？"曾国藩看后惶恐骇汗，悄悄地撕个粉碎。湘军集团第二号人物左宗棠也曾撰写一联，故意向他请教："神所凭依，将在德矣；鼎之轻重，似可问焉。"曾阅后，将下联的"似"改为"未"，原封送还。曾的幕僚王闿运在一次闲谈中向他表明了"取彼虏而代之"的意思，他竟吓得不敢开腔，只是手蘸茶汁，在几案上有所点画。曾起立更衣，王偷着看了一眼，乃是一连串的"妄"字。

其实，曾国藩对他的主子也未必就那么死心塌地地愚忠，只是，审时度势，不敢贸然孤掷，以免断了那条得天地正气、做今古完人的圣路。于是，为了保全功名，免遭疑忌，继续取得清廷的信任，他毅然采取"断臂全身"的策略，在剪除太平军之后，主动奏请将自己一手创办并赖以起家的湘军五万名主力裁撤过半，并劝说其弟国荃奏请朝廷因病开缺，回籍调养，以避开因功遭忌的锋芒。他说："处大位大权而震享大名，自古能有几人能善其末路者？总须设法将权位二字推让少许，灭去几成，则晚节渐可以收场耳。"这两项举措，正都是清廷亟欲施行却又有些碍口的，见他主动提出，当即予以批准。还赏赐曾国荃六两人参，却无一言以相慰，使曾氏兄弟伤心至极。

三

曾国藩的人生追求，是"内圣外王"，既建非凡的功业，又做天地间之完人，从内外两界实现全面的超越。那么，他的痛苦也就同样来源于内外两界：一方面是朝廷上下的威胁，用他自己的话说："处兹乱世，凡高位、大名、重权三者皆在忧危之中"，因而"畏祸之心刻刻不忘"；一方面是内在的心理压力，时时处处，一言一行，为树立高大而完美的形象，同样是如临深渊、如履薄冰般的惕惧。

去世前两年，他曾自撰一副对联："战战兢兢，即生时不忘地狱；坦坦荡荡，虽逆境亦畅天怀。"上联揭示内心的衷曲，还算写实；下联则仅仅是一种愿望而已，哪里有什么"坦坦荡荡"，恰恰相反，倒是"凄凄、惨惨、戚戚"，庶几近之。他完全明白，居官愈久，其阙失势必暴露得愈充分，被天下世人耻笑的把柄势必越积越多。而且，人都是有七情六欲的，种种视、听、言、动，未必都合乎圣训，中规中矩。在这么多的"心中的魔鬼"面前，他还能活得真实而自在吗？

他对自己的一切翰墨都看得很重，不要说函札之类本来就是写给他人看的，即使每天的日记，他也绝不马虎。他知道，日记既为内心的独白，就有揭示灵魂、敞开自我的作用，生前殁后，必然为亲友、僚属所知闻，甚至会广泛流布于世间，因此，下笔至为审慎，举凡对朝廷的看法，对他人的评骘，绝少涉及，为的是不致遭惹麻烦，甚至有辱清名。相反地，里面倒是记载了个人的一些过苛过细的自责。比如，当他与人谈话时，自己表示了太多的意见；或者看人下棋，从旁指点了几招，他都要痛自悔责，在日记上骂自己"好表现，简直不是人"。甚至在私房里与太太开开玩笑，过后也要自讼"房闱不敬"，觉得与自己的身份不合，有失体统。

他在日记里写道："近来焦虑过多，无一日游于坦荡之天，总由于名心太切，俗见太重二端"，"今欲去此二病，须在一'淡'字上着意。""凡人我之际，须看得平；功名之际，须看得淡。"脉把得很准，治疗也是对症的，应该承认，他的头脑非常清醒。只是，坐而言不能起而行，无异于放了一阵空枪，最后，依旧是找不到自我。他最欣赏苏东坡的一首诗："治生不求富，读书不求官。譬如饮不醉，陶然有余欢。"可是，也就是止于欣赏而已。假如真的照着苏东坡说的做，真的能在一个"淡"字上着意，那也就没有后来的曾国藩了，自然，也就再无苦恼之可言了。由于他整天忧惧不已，遂导致长期失眠。一位友人深知他的病根所在，为他开了一个药方，他打开一看，竟是十二个字："岐黄可医身病，黄老可医心病。"他一笑置之。他何尝不懂得黄老之学可疗心疾，可是，在那"三不朽"的人生目标的驱策下，他又要建不世之功，又要作万世师表，怎么可能淡泊无为呢？

世间的苦是多种多样的。曾国藩的苦，有别于古代诗人为了"一语惊人"，冥心孤诣、刳肚搜肠之苦。比如唐朝的李贺，他的母亲就曾说："是儿要呕出心乃已耳！"但这种苦吟中，常常含蕴着无穷的乐趣；曾国藩的苦，和那些终日持斋受戒、面壁枯坐的"苦行僧"也不同。"苦行僧"的宗教虔诚发自一种真正的信仰，由于确信来生幸福的光芒照临着前路，因而苦亦不觉其苦，反而甘之如饴。而"中堂大人"则不然，他的灵魂是破碎的，心理是矛盾的，他的忍辱包羞、屈心抑志，俯首甘为荒淫君主、阴险太后的忠顺奴才，并非源于什么衷心的信仰，也不是寄希望于来生，而是为了实现现实人生中的一种欲望。这是一种人性的扭曲，绝无丝毫乐趣可言。从一定意义来说，他的这种痛深创钜的苦难经验，倒与旧时的贞妇守节有些相似。贞妇为了挣得一座旌表节烈的牌坊，甘心忍受人间最沉重的痛苦，而曾国藩同样也是为着那块意念中的"功德碑"而万苦不辞。

他节欲、戒烟、制怒、限制饮食、起居有常、保真养气、日食青菜若干、行数千步、夜晚不出房门、防止精神耗损，可说是最为重视养生的。但是，他却疾病缠身，体质日见衰弱，终致心力交瘁，中风不语，勉强活了六十二岁。死，对于他来说，其实倒是一种彻底的解脱。什么"超越"，什么"不朽"，统统地由他去吧！当然，那种无边的痛苦，并没有随着他的溘然长逝而扫地以尽，而是通过那些家训呀、书札呀、文集呀、言行录呀，转到了亲属、后人身上，这是一种名副其实的痛苦的传承，媒体的链接。

前几年看到一本"语录体"文字，它从曾国藩的诗文、家书、函札、日记中摘录出有关治生、用世、立身、修业等内容的大量论述，名之曰《人生苦语》。一个"苦"字将曾公的全部行藏、心迹活灵活现地概括出来，堪称点睛之笔。

四

曾国藩以匡时济世为人生的旨归，以修身进德为立身之本，采取积极进取的人生态度，这无疑是承传了孔孟之道的衣钵，但他同时，也有意识地吸收了老庄哲学的营养。他是由儒、道两种不同的传统生命智慧煅冶而成，因而能够站在更高的层次上，可以说，他是中国历史上兼收孔老、杂糅儒道最为纯熟、最见功力的一个。

由于他机敏过人，巧于应付，一生仕途基本上顺遂，加之，立功求名之心极为热切，简直就是一个有进无退的"过河卒子"，因而未曾真正地退藏过。但是，出于明哲保身的机智和韬光养晦的策略上的需要，他也还是把"盛时常作衰时想，上场当念下场时"奉为终身的座右铭，把黄老之学看作是一个精神的遁逃薮，一种适生价值与自卫方式，准备随时蜷缩到这个乌龟壳里，一面咀嚼着那些"高下相生，死生相因"的哲理，以求得心灵上的抚慰；一面从"尺蠖之屈，以求伸也"的权谋中，把握其再生的策略。

同是道家，在他的眼里，老子与庄周的分量并不一样。别看他选定的奉为效法榜样的三十二位中国古代圣哲中，只有庄周而无老子，其实，这是一种"兴发于此而义归于彼"的障眼法。庄周力主发现自我，强调独立的人格，不仅无求于世，而且，还要遗身于世虑江山之外，不为世人所求。这一套浮云富贵、粪土王侯、旷达恣肆、彻悟人生的生命方式，对曾国藩来说，无异于南辕北辙，倒是作为权谋家、策略家、彻底的功利主义者的老子，更贴近他的需要，符合他的胃口，——儒家是很推崇知进退、识时务、见机而作的，孟子就说过嘛："孔子，圣之时者也。"

他平生笃信《淮南子》关于"功可强成，名可强立"的说法。"强"也者，勉强磨炼之谓也，就是在猎取功名上，要下一番"知其不可而为之"的强勉功夫。但他又有别于那种蛮干、硬拼的武勇之徒。他的胞弟曾国荃刚愎自用，好勇斗狠，有时不免意气用事，曾国藩怕他因倨傲招来祸患，总是费尽唇舌，劝诚他要"慎修以远罪"。听说其弟要弹劾一位大臣，当即力加劝止，他说，这种官司即使侥幸获胜，众人也会对你虎视眈眈，侧目相看，遭贬的本人也许无力报复，但其他人一定会蜂拥而起，寻隙启衅。须知，楼高易倒，树高易折，我们兄弟时时处身险境，不能不考虑后果。他告诫其弟：从此以后，只从波平浪静处安身，莫向掀天揭地处着想。这并不是萎靡不振，而是因为位高名重，不如此，那就处处都是危途。

清代道咸以降，世风柔靡、泄沓，盛行一种政治相对主义和圆融、混沌的处世方式。最典型的是道光朝的宰相曹振镛，晚年恩遇日隆，身名俱泰。门人向他请教，答曰："无他，但多磕头少说话耳。"有人赋《一剪梅》词来描画这种时弊："仕途钻刺要精工，京信常通，炭敬常丰；莫谈时事逞英雄，一味圆融，一味谦恭。大臣经济在从容，莫显奇功，莫说精忠；万般人事要朦胧，驳也无庸，议也无庸。八方无事岁年丰，国运方隆，官运方通；大家襄赞要和衷，好也弥缝，歹也弥缝。无灾无难到三公，妻受荣封，子荫郎中；流芳身后更无穷，不谥文忠，便谥文恭。"曾国藩由于深受儒学濡染，志在立功扬名，垂范万世，肩负着深重的责任感，尽管老于世故，明于趋避，但同这类"琉璃蛋""官混子"却是判然有别的。我们也许不以他的功业为然，也许鄙薄他的为人处世，但是，对于他的困知敏学，勤谨敬业，勇于用事的精神，还应该予以承认。

曾国藩是一个极为复杂的生命个体，是一部内容丰富的"大书"。在解读过程中，我们会发现，他的清醒、成熟、机敏之处实在令人心折，确是通体布满了灵窍，积淀着丰厚的传统文化精神，到处闪现着智者的辉芒。当然，这是从文化学、社会学、心理学的角度来研究，如果就人性批评意义上说，却又觉得多无足取。在他的身上，智谋呀，经验呀，知识呀，修养呀，可说应有尽有，唯一缺乏的是本色、天真。其实，一个人只要丧失了本我，也便失去了生命的出发点，迷失了存在的本源，充其量，只是一个头脑发达而灵魂猥琐、智性充盈而人性泯灭的有知觉的机器人。

五

对于阅世极深的曾国藩来说，我想，他不会看不出封建官僚政治下的人生不过是一场闹剧，而扮演角色的无非是一具具被人牵线的玩偶，原是无须那么较真的。他自己就曾说过，大凡人中君子，率常终身黯然退藏。难道是他们有什么特异的天性？不过是因为真正看到了大的方面，而悟解一般人所追逐的是不值得计较的。秦汉以来至于今日，达官贵人何可胜数？当其高踞权要之时，自以为才智高人万万，简直是不可一世，可是，等到他们死去以后再看，跟那些"营营而生，草草而死"的厮役贱卒，原没有什么区别。那么，今天的那些处高位而猎取浮名者，竟然泰然自若地以高明自居，不晓得自己和那些贱夫杂役一样都要同归于汩没，到头来并没有什么差异，——难道这还不值得悲哀吗？

我们发现，在曾国藩身上，存在一种异常现象，即所谓"分裂性格"。比如，上面那番话说得是多么动听啊，可是，做起来却恰恰相反，言论和行动形成了巨大的反差。加之，他以不同凡俗的"超人"自命，事事求全责备，处处追求圆满，般般都要"毫发无遗憾"，其结果，自是加倍地苦累，而且必然产生矫情与伪饰，以致不时露出破绽，被人识破其伪君子、假道学的真面目。明人有言："名心盛者必作伪。"对此，清廷已早有察觉，曾降谕于他，直白地加以指斥：总因"过于好名所致，甚至饰辞巧辩。好名之过尚小，违旨之罪甚大"。至于他身旁的人，那就更是洞若观火了。幕僚王闿运在《湘军志》一书中，对曾氏多有微词，主要是觉得他做人太坚忍、太矫情了；而与曾氏有"道义之交"的今文经学家邵懿辰则毫不客气，竟当面责之以虚伪，说他"对人能作几副面孔"；左宗棠更是专标一个"伪"字来戳穿他的画皮，逢人便说："曾国藩一切都是虚伪的。"

作为一位正统的理学家，曾国藩的"高明"之处在于，他在接受程朱理学巧伪、矫饰的同时，却能不为其迂腐与空疏所拘缚，表现出足够的成熟与圆融。也许正是因为这样，我总觉得，在他身上，透过礼教的层层甲胄，散发着一种浓重的表演意识。人们往往难以分辨他究竟是在正常地生活还是逢场作戏，究竟是出自真心去做还是虚应故事。而他自己，时日既久，也就自我认同于这种人格面具的遮蔽，以致忘记了人生毕竟不是舞台，卸妆之后还须进入真实的生活。

他尝以轻世离俗自许，实际上根本不是那回事。因为如果真的轻世离俗，就说明已经彻悟人生，必然生发出一种对人世的大悲悯，就会表现得最仁慈，最宽容，自己也会最轻松，最自在。而他何尝有一日的轻松自在，有一毫的宽容、悲悯呢？他那坚忍、强勉的秉性，期在必成、老而弥笃的强烈欲求，已经冻结了、硬化了全部的爱心，剩下来的只有漠然无动于衷的冷酷与残忍，而且，还要挂出神圣的幌子。他办团练时，以利国安民为号召，主张"捕人要多，杀人要快"，"不必拘守常例"。因此，每逢团绅捉来"人犯"，总是不问情由，立即处死。一次，曾国藩路过一村，遇卖桃人与买者争吵，卖者说没有付款，买者说已经付了。经过拘讯，证明是卖者撒谎，他当即下令将其斩杀。一时街市大哗，民众惊呼："钦差杀人了！"因而得名"曾屠户"。（事见《梵天庐丛录》）

他曾亲自为湘军撰写了一首《爱民歌》，让官兵们传唱："三军个个仔细听，行军先要爱百姓。贼匪害了百姓们，全靠官兵来救人。……官兵不抢贼匪抢，官兵不淫贼匪淫。若是官兵也淫抢，便同贼匪一条心。"实际执行情况又怎样呢？曾氏幕僚赵烈文记下了攻破天京后的亲眼所见："城破之日，全军掠夺，无一人顾大局"；"又见中军各勇留营者皆去搜刮，甚至各棚厮役皆去，担负相属于道。"湘军逢男人便杀，见妇女便掳，"其老弱本地人民不能挑担，又无窖可挖者，尽遭杀死，沿街死尸十之九皆老者，其幼孩未满二三岁者亦砍戮以为戏。""哀号之声，达于四远""尸骸塞路，臭不可闻。"湘军将领彭玉麟写过一首《攻克九江屠城》的七律，后四句云："九派涛红翻战血，一天雨黑洗征裘。直教殄灭无遗种，尸拥长江水不流。"对照这般般记述，再回过头来读一遍那堂而皇之的《爱民歌》，岂不恰成尖锐的讽刺！

省社会科学院的一位朋友来聊天，看了我写的这份初稿。他说，选取人性阅读这个角度颇有新意。临走前，还告诉我，从他外祖父手中传下来一幅曾国藩的照片，看一看也许有助于了解其人，因为相貌总是精神的一种外现，即使不是全部，起码也能部分地反映出一个人的内在性格。我赶忙跟他到家，拿过照片来细细地端详一番：宽敞的前额上横着几道很深很深的皱纹；脸庞是瘦长的，尖下颏，高颧骨；粗粗的扫帚眉下，长着长挑挑的三角眼，双眸里闪射出两道阴冷、凌厉的毫光；浓密的胡须间隐现着一张轻易不会嘻开的薄唇阔口。留给人的印象很深，有一种心事重重、渊深莫测的感觉。

是的，我心目中的曾国藩，就是这样。

寒夜早行人

一

"吾于近人，独服曾文正。"这是一位大人物年轻时说的一句话。这里的"近人"有特定时限，既非泛指古人，也并不涵盖时人。时间过去近百年了，如果依照这个时代范围，站在今天的角度，认定我所拳拳服膺者，倒是觉得略晚于曾公的张謇，堪当胜选。套用前面的句式，就是说："吾于近人，颇服张謇。"

其实，表述一己的观点，说"独服张謇"亦无不可。只是考虑到，知人论世，评价历史人物，有一个视角选择问题，亦即看问题的角度。角度不同，结论会随之而异。参天大树与发达的根系，九层之台与奠基的垒土，孰重孰轻，视其着眼于功用抑或着眼于基础而定。而且，评判标准往往因时移易。前人有言，品鉴人物不能脱离"一时代之透视线"。"一时代之透视线"变化了，则人物之价值亦会因之而变化。看来，涉及这类主观色彩甚浓的事，还是避免绝对化，留有余地为好。

既然说到曾国藩了，那么，我们就来研索一下：论者当时所"独服"的是什么。叩其主要依据，不外乎在近代中国他是唯一真正探得"大本大源"，达致超凡入圣的人物。"世之不朽者有办事之人，有传教之人"，曾公乃"办事而兼传教之人也"——也就是传统上说的立功而兼立德、立言，实质上，亦即曾公所毕生追求的"内圣外王"的人生境界。

在晚清浊世中，曾公诚然是一位不同凡俗的佼佼者，堪资令人叹服之处多多，仅其知人善任、识拔人才一端，并世当无出其右者。但也毋庸讳言，他的头上确也罩满声闻过实的炫目虚光，堪称是被后人"圣化"以至"神化"的一个典型。泛泛而言"道德文章冠冕一代"，固无不可，如果细加检索，就会发现，他的精神底蕴仍是恪守宋儒"义理之学"的型范，致力于正心诚意、修身养性，克己省复、困知勉行，以期达到自我完善，成为圣者、完人。说开了，就是塑造一尊中国封建社会夕晖残照中最后的精神偶像。志趣不可谓不高，期待视阈也十分宏阔。可是，即便是如愿以偿，终究是个人的事，到头来又何补于水深火热中的苍生？何益于命悬一线的艰危国运？至于功业，举其荦荦大端，当属"收拾洪杨一役，完满无缺"。这又怎样？无非是使大清王朝"延喘"一时，挽狂澜于既倒罢了。

再说张謇。观其抱负，实不甚高："天之生人也，与草木无异，若遗留一二有用事业，与草木同生，即不与草木同腐。"没有什么"为天地立心，为生民立命，为往圣继绝学，为万世开太平"的经天纬地、惊天动地之志，不过是"不与草木同腐"而已。当然，对于大多数人来说，做到这一点，也绝非易事。

张公活了七十三岁。前半生颠扑蹉跌于科举路上；状元及第之后，做出重大抉择——毅然舍弃翎顶辉煌、翰林清望，抛开传统仕途，转过身来创办实业。用他自己的话说："愿成一分一毫有用之事，不愿居八命九命可耻之官。"他确立了"父教育而母实业"的发展思路，先后创办了二十多个企业，涉及纺织、印染、印刷、造纸、火柴、肥皂、电力、盐业、垦牧、蚕桑、油料、面粉、电话、航运、码头、银行、房产、旅馆等多种行业，涵盖了轻重工业、银行金融、运输通讯、贸易服务等门类。看得出，他所说的"实业"，大体相当于今天的第一、二、三产业。在他所兴办的三百七十多所学校中，中小学之外，重点是师范教育、职业教育（包括师范、女子师范和农业、医务、纺织、铁路、商船、河海工程等），同时创建了工科大学、南洋大学，并积极支持同道创办复旦学院，将医、纺、农三个专科学校合并为以后的南通大学，还联合教育界一些知名人士，酝酿高师改为大学，东南大学因而正式成立。他的设想，是"师范启其塞，小学导其源，中学正其流，专门别其派，大学会其归"，从而创建了从学前教育的幼稚园到中小学直至高校，从普通教育到职业教育、特种教育、社会教育，形成一个门类齐全的完整的现代教育体系。

兴办规模如此宏阔的实业、教育，显示出他的远大抱负与惊人气魄；而在中国近代化进程中，筚路蓝缕，勇为人先，进行大量开创性的探索，则凸显了他的卓绝识见与超前意识。实业方面，他成功地摸索出"大生模式"，推进了中国近代企业股份制，最早创办了大型农垦公司和企业集团；教育文化建设中，他所兴办的博物馆、师范学校、女子师范学校、刺绣艺术馆、新式剧院、戏剧学校、盲哑学校以及气象台等，都是在全国首开先河。他在创建图书馆、伶人学会、更俗剧场和多处公园、体育场的同时，还将目光和精力投向弱势群体，兴办了养老院、育婴堂、残废院、盲哑学校、贫民工厂、栖流所、济良所等一大批慈善事业。而无论是办实业、兴文教、搞慈善，全都着眼于国计民生，为的是改造社会，提高国民素质。

思想理论建树，有所谓"照着说"与"接着说"的差别。前者体现传承关系，比之于建筑，就是在固有的楼台上添砖加瓦；后者既重视传统，更着眼于创新、发展，致力于重起楼台，另搭炉灶。张謇作为开创型的实践家，当属于后一类。两类人物，各有所长，缺一不可。但从历史学的角度，后人推崇某一个人，总是既考察其做了何等有益社会、造福群黎之事，更特别看重他比前人提供了哪些新的东西。我说"颇服张謇"，其因盖出于此。

二

如果说，曾公的言行举止，与其所遇时代、所处社会、所受教育完全统一、若合符契的话；那么，张公则在许多方面恰相背离，甚至截然相反。为此，人们总是觉得，这位"状元实业家"身上充满了谜团、悖论，从而提出大量疑难问题：

——张謇四岁至二十岁，从名师多人，读圣贤之书，习周孔之礼，可说是浑身上下，彻头彻尾，浸透了正统的儒家血脉。那么，就是这样一个由封建社会按照固有模式陶熔范铸的中坚分子，怎么竟会走上一条完全背离传统仕途的全新道路？岂不真的应了那句俗话："种下的是龙种，收获的是跳蚤！"

——明清两朝制度，非进士出身不得入翰林，非翰林出身不得做宰相。而历经千辛万苦终于攀上科举制金字塔顶尖、获授翰林院修撰的状元郎张謇，距离相府、天枢已经"近在咫尺"；可是，他却弃之如敝屣，意外转身，掉头不顾，追逐"末业"，从"四民"之首滑向"四民"之末，究竟是为了什么？

——传统士人的思维模式，是每在行动之前，必须为自己寻求某种道义上的依据。那么，张謇走上这条新路的道义依据是什么？或者说，是什么理想追求赋予他以超常的勇气和动力，使他突破"学而优则仕"的陈旧格局，摆脱重道义而轻功利的价值观？

——存在决定意识。在晚清封闭的社会里，他没有进过新学堂，没有出国留学过，一生大部时间偏处通海一隅，那么，他的新思想、新思路、新眼光，是怎么形成的？

——封建士人的文化心理结构，是老成持重，"不为天下先"，重性理而轻经济，尚虚文而不务实际，而张謇不仅勇开新路，并且脚踏实地，始终专注于经世致用，这又是怎么养成的？

那天，我们到海门市叠石桥参观，这里是中国最大的绣品市场。沈寿园里，绣女们在全神贯注地穿针引线。我惊喜地发现，一位女工正在绣着张謇的大幅肖像。在盛赞其精美绝伦的绣功的同时，我凝神静睇张公的眼睛。记得他曾说过："一个人办一县事，要有一省的眼光；办一省事，要有一国之眼光；办一国事，要有世界的眼光。"为此，我想透过绣品，寻索他的眼光，进而搜求某些答案。可是，看来看去，也并未发现有什么特异之处。原来，目光、眼力也好，视野也好，说到底，都是一个识见问题。有了超凡的识见，才会有超常的智慧、勇气与毅力。

世间种种看似神秘莫测的东西，其实，它的背后总是有规律可循的。即以人生道路抉择、人的种种作为来说，那个所谓的"冥冥之中看不见的手"，往往植根于自身素质、社会环境、文化教养、人生阅历诸多方面，并以气质、个性、文化心理结构形式，制约着一个人的进退行止，影响着人生的外在遭遇。

张謇出生于江海交汇的海门。这里天高地迥，望眼无边，视野极为开阔。而居民均为客籍，来自江南各地。江南为吴文化区域，是东西方文化汇接的前沿地带，尽得风气之先。这些移民原本就思想比较开放，具有一定的市场观念、商品意识；而移居到"江海门户"，沙洲江岸的时涨时坍，耕田方位的时北时南，生涯变换，祸福无常，更增强了忧患意识和顽强拼搏精神，练就了善于谋生、勇于自立的本领。这些特征，在张謇父亲的身上都有所体现。儿子四岁时，他就送进私塾，延聘名师调教，激励其刻苦向学，成材高就；但他又有别于一般世家长辈，十分通达世务，晓畅经营之道，看重经世致用，诫勉儿子注重接触实际，力戒空谈，经常参加一些农田劳作与建筑杂活，使"知稼穑之艰难"。人是环境的产物。张謇从小就浸染在这种社会环境中，又兼乃父的耳提面命，身教言传，为他日后养成开拓的意识、坚毅的性格、务实的精神，进而成为出色的实业家，打下了坚实基础。

张謇从小就坚强自信。一次随祖父外出，过小河时，不慎跌落桥下。祖父惊骇中要下水把他拉起，他却坚持自己爬上岸。说是"要自己救自己"。一天，塾师的老友来访，见天色转暗，便顺手燃起红烛。客人见张謇在侧，有意考考他的文才，遂以红烛为题，令他以最少的字作答。张謇随口说出："身居台角，光照四方。"还有一次，塾师正在给张謇讲书，见门外有骑白马者经过，便即兴出句："人骑白马门前过"，张謇对曰："我踏金鳌海上来。"看得出他自小就志存高远，吐属不凡。

在求知请益、读书进学方面，张謇也有其独特的悟性。他熟谙经史，却不肯迂腐地拘守章句，而是从中摄取有益养分，择善而从。传统文化价值体系中，有些合理内核是可以超越时代，成为现代精神资源的。比如，儒家所崇尚的以天下为己任、关心民族兴亡的强烈社会责任感，就在张謇身上深深扎下了根。在他看来，儒学本身，作为一种文化积淀，也在不断地进行自我调适以应世变之需。因而对于孔孟的"义利之辨"，他便加以扬弃与改造，提出"言商仍向儒"的新思路——从一开始，便着眼于国计民生，坚持诚信自律的伦理道德和取之于民用之于民的返本回馈思想，超越一般唯利是图的市井商贾，而成为追求社会整体效益的新型实业家的前驱。张謇特别鄙视传统士人脱离实际、徒尚空谈的积弊："日诵千言，终身不尽，人人骛此，谁与谋生？"主张"学必期于用，用必适于地"。在一次乡试答卷中，他援引圣人的实践以阐明自己的思想，说，"孔子抱经纶万物之才""裕覆育群生之量"，亦尝为委吏、乘田之猥琐贱事，而且，务求将会计、牛羊管好，"奉职惟称"，做"立人任事之楷模"。而这一切，都为他毅然勇闯新途提供了道义依据。

在人生道路抉择中，有三个重要关节点对张謇影响至大。概括起来，是敞开了一扇门——实力报国之门；堵塞了两条路——科举与仕进之路。

张謇走出国门，前后不过三次。有两次是分别参加日、美博览会，就中以光绪八年（1882年）随吴长庆赴朝参战，磨炼最多，获益最大。当时他二十九岁。起因是清朝的藩属朝鲜爆发了反抗封建势力和日本侵略者的"壬午兵变"，日驻韩公使馆被烧，日本借机出兵干预。吴长庆麾下的庆军，奉命援护朝鲜，张謇以幕僚身份随行，"画理前敌军事"。处此列强相互争夺的远东焦点，他在近四十天时间里，通过与朝鲜、日本众多官员、学者交流政见，切磋时局，增广了见闻，弥补了旧有知识的缺陷，形成了纳国事于世界全局的崭新视野。特别是了解到日本明治维新全面进行社会改革，"殖产兴业""富国强兵"的经验，在国内洋务派一意趋骛西方"利器""师敌长技"之外，找到一条全新的路径，使认识高度进入一个新的层次。

光绪二十年（1894年），对于张謇来说，是极不寻常的一年，可说是人生道路的分水岭。他从十六岁考中秀才，后经五次乡试，均名落孙山，直到三十三岁才有幸中举。但此后四次参加会试，尽遭失败。至此，他已心志全灰，绝意科场。这次，因慈禧太后六十寿辰设恩科会试，他本无意参加，但禁不住父亲和师友的劝进，才硬着头皮应试。状元及第，竟于意外得之。当师友们欢庆他"龙门鱼跃"时，他却无论如何也兴奋不起来。他没齿难忘：科举之路上二十六载的蹉跌颠踬；累计一百二十昼夜"场屋生涯"的痛苦煎熬——那时的考棚窄小不堪，日间弓身书写，夜里蜷伏而卧，炊茶煮饭，全在于此。"况复蚊蚋嚼肤，熏蒸烈日。巷尾有厕所，近厕号者臭气尤不可耐"。日夜寝馈其间，导致经常伤风、咳嗽、发烧以至咯血。且不说科举制、八股文如何摧残人才、禁锢思想，单是这令人不寒而栗的切身感受，已使他深恶痛绝，从而坚定了创办新式学堂、推广现代教育的信念。

几个月后，中日甲午战争爆发。在"蕞尔小国"面前，"泱泱华夏"竟然不堪一击，招致惨败，随后签订了丧权辱国的《马关条约》。深重的民族危机，使他惊悚、觉醒，改弦更张，走上了一条全新道路。他对晚清积贫积弱的根源作如下剖析：中国之病，"不在怯弱而在散暗。散则力不聚而弱见，暗则识不足而怯见。识不足由于教育未广，力不聚由于实业未充"；"国威丧削，有识蒙垢，乃知普及教育之不可以已"。于是，毅然决定抛开仕途，走实业、教育兴国之路。

第三个关节点，是"戊戌变法"伊始，在慈禧太后操控下，恩师翁同龢被黜，开缺回籍，永不叙用，交地方官严加管束。此事对张謇刺激极大。他们交谊三十年，"始于相互倾慕，继而成为师生，终于成为同党"，患难与共，至死不渝。对于两朝帝师、官居一品的资深宰相，作如此严厉处置，为有清一代所仅见。这使张謇预感到，"朝局自是将大变"，因而"忧心京京"，心灰意冷。生母临终前谆谆告诫的"慎勿为官"的遗言，仿佛又响在耳边。面对帝党、后党势同水火，凶险莫测的政局，"三十年科举之幻梦，于此了结"。

对于这一重大的人生道路抉择，张謇是慎重、清醒、谋定而动的。病逝前一年，他曾回顾说：经"反复推究，乃决定捐弃所恃，舍身喂虎。认定吾为中国大计而贬，不为个人私利而贬，謇愿可达而守不丧。自计所决，遂无反顾"。

三

关于张謇，胡适于 1929 年做过这样的评价："张季直先生在近代中国史上是一个很伟大的失败的英雄，这是谁都不能否认的。他独立开辟了无数新路，做了三十年的开路先锋，养活了几百万人，造福于一方，而影响及于全国。终于因为他开辟的路子太多，担负的事业过于伟大，他不能不抱着许多未完的志愿而死。这样的一个人，是值得一部以至于许多部详细传记的。"

"伟大英雄""开路先锋"，评价准确而充分，胡博士毕竟是明于知人。在暗夜如磐、鸡鸣风雨中，能够像张謇那样，"专利国家而不为身谋"，通过个人努力，开创难以计数的名山事业，取得如此广泛的成功，晚清名流中确是屈指可数。

张謇一生经历曲折复杂，活动范围广泛，身兼晚清状元、改革思想家、资本主义企业家、新式教育家、公益活动家和政府官员多种角色，"崛起于新旧两界线之中心"，而能"适于时代之用"。他把道德自觉、伦理规范建筑在现实生活的功利基础之上，直接同物质生产联系起来。就身份类型来分，他属于行者，而不是言者；但他的许多论述十分精当，而且富有实践理性。他善于融各种角色及其资源于一体，将中国古代士人以天下为己任，关心民族兴亡和黎民疾苦，崇尚经世致用的优良传统，同西方工业文明中的创新、进取精神结合起来，创造出一种新型的中国实业家精神，并娴熟地运用于各项事业之中。

论其功业，可以用三句话来概括：作为中国历史上最特殊的状元，他开创了一条由封建士子"学而优则仕"转化为近代知识分子通过实业教育救国的新路；作为中国近代化的早期开拓者，他是晚清社会中具有理想主义色彩的实业先驱的一个标本；作为出色的实业家，他摸索出一条以城市为龙头、农村为基地、农工商协调、产学研结合的南通模式。1922 年，在北京、上海报纸举办的民意测验中，投票选举"最景仰之成功人物"，张謇获得票数最高。而其成功要素，前人认为：一曰纯洁，二曰创造性，三曰远见，四曰毅力。

说到失败，张謇同任何成功人物一样，在其奋斗历程中总是难免的。而处于半封建半殖民地社会的特殊环境下的民族工业，面对外国资本的冲击，生存艰难甚至终被吞并，本属常事。其价值在于创辟了一条新路，提供了可贵的标本、模式，在于进行了成功的实验。尽管在当时的条件下有些事业遭受挫折，却仍可以"耀后世而垂无穷"。正如钱穆所言："人能在失败时代中有其成功，这才是大成功。在失败时代中有其成功，故能引起将来历史上之更成功。"

当然，张謇并非完人。我们肯定其事业之成功，绝不意味着他在各个方面都完美无缺。他勇立潮头，呼唤变革，却害怕民众革命；他为实现强国之梦而苦斗终生，但直到撒手红尘，对于这条新路究竟应该何所取径，也似明实暗。由于时代的局限性，他的思想、见地，并没有跳出近代民主主义的藩篱。在历史人物中，这种功业在前，而政见、主张相对滞后的现象，是常有的。

作为一个智者，张謇颇有自知之明。晚年，他在南通中等以上学校联合运动会上，作过一次演讲。他说："謇营南通实业教育二十余年，实业教育，大端初具"；"言乎稳固，言乎完备，言乎发展，言乎立足于千百余县而无惧，则未也。""实业教育，大端初具"，说得恰如其分。而"完备、发展"，就任何前进中的事物来说，都不能遽加肯定。这不等于承认失败，也并非谦卑自抑，恰恰反映出他的严谨的科学态度。与此相照应，他在生圹墓门上曾自撰一副对联："即此粗完一生事，会须身伴五山灵。"回首平生，他还是比较惬意的：一生事业已经大体完成，死无憾矣；现在到了回归自然、与秀美的五山长相依伴的时刻。

一位史学家曾经说过："张謇与南通这两个名字已经紧紧连接在一起。在中国近代史上，我们很难发现另外一个人在另外一个县办成这么多事业，产生这么深远的影响。"是呀，先生"五山归卧"已经过去八十五个年头了。可是，无论是走进工厂、车间，放眼当年围垦的粮田、草场，还是置身于他所创办的大中小学；无论是潜心浏览于博物苑、图书馆，赏艺于电影院、更俗剧场，还是在濠河岸边、五公园里悠然闲步，都会从亲炙前贤遗泽、享受他所创造的成果中，感受到张謇的永生长在。先生的事业立足于通海，而他的思想、抱负却是面向整个中国，他是整个中华民族的骄傲。借用古人的话："乃邦家之光，非闾里之荣也。"

近年来，我曾两入南通，一进海门，看到过张謇生前在各个场合的留影，还有数不胜数的画像、绣像、塑像。他那粗黑的浓眉，智慧的前额，饱含着忧患的深邃目光，留给我难以忘怀的印象。面对着书刊上、广场上、影视中张謇的形象，我喜欢作无尽的联翩遐想。这样，就有一幅饱含诗性的画面成形于脑际，浮现在眼前——

一个霜月凄寒的拂晓，在崎岖、曲折的径路上，一位年过古稀的老人，踽踽独行。看上去，既没有"踏遍青山人未老"的革命家的豪迈，也缺乏诗人"杖藜徐步过桥东"的闲适与潇洒，又不见一般年迈之人身躯伛偻、迟回难进的衰飒之气，而是挺着腰身，迈着稳健的步子，向着前方坚定地走去，身后留下了两行清晰的脚印。

既然叫一幅画，就总得起个名字，那就题作《寒夜早行人》吧。

人生几度秋凉

飘飘何所似

威基基海滩，初秋。

夕阳在金色霞晖中缓缓地滚动，一炉赤焰溅射着熠熠光华，染红了周边的天空、海面，又在高大的椰林间洒下斑驳的光影。沐着和煦的晚风，张学良将军坐着轮椅，从希尔顿公寓出来，穿过林木扶疏的甬路，向黄灿灿的海滨行进着。

他从大洋彼岸来到夏威夷，仅仅几个月，就被这绚丽的万顷金滩深深地吸引住了，几乎每天傍晚都要来消遣一段时间。

这里是世界著名的旅游胜地，聚集着五大洲各种肤色的游人。客路相逢，多的是礼貌、客气，少有特殊的关切。又兼老先生的传奇身世鲜为人知，而他的形象与装束也十分普通，不像世人想象中的体貌清奇、丰神潇洒，所以，即便是杂处当地居民之中，也没有成为人们注目的焦点。老人很喜欢这种红尘扰攘中的"渐远于人，渐近于神"的恬淡生活。

告别了刻着伤痕、连着脐带的关河丘陇，经过一番精神上的换血之后，他像一只挣脱网罟、藏身岩穴的龙虾，在这孤悬大洋深处的避风港湾隐遁下来。龙虾一生中多次脱壳，他也在人生舞台上不断地变换角色：先是扮演横冲直撞、冒险犯难的堂·吉诃德，后来化身为戴着紧箍咒、压在五行山下的行者悟空，收场时又成了脱离红尘紫陌、流寓孤岛的鲁滨孙。

初来海外，四顾苍茫，不免生发出一种飘零感。时间长了逐渐悟出，飘零，原本是人生的一种"根性"。古人早就说了："飘飘何所似？天地一沙鸥。"地球本身就是一粒太空中漂泊无依的弹丸嘛！

涨潮了，海面上翻滚着滔滔的白浪，涛声奏起拍节分明的永恒天籁，仿佛从岁月的彼端传来。原本有些重听的老将军，此刻，却别有会心地思忖着——这是海潮的叹息，人世间的一切宝藏、各种情感，海府龙宫中都是应有尽有啊！

还有那白山黑水间的风呼林啸吧？不然，他怎么会面对波涛起伏的青烟蓝水久久地发呆呢！看来，疲惫了的灵魂，要安顿也是暂时的，如同老树上的杈桠，一旦碰上春色的撩拨，便会萌生尖尖的新叶。这么说来，他也当能从奔涌的洪潮中听到昔日中原战马的嘶鸣，辽河岸边的乡音喁喁，而清醒的日子总要比糊涂的岁月难过得多，它是一剂沁人心脾的苦味汤，往往是七分伤恸掺和着三分自惩。

人到老年，生理和心理向着两极延伸，身体一天天地老化，而情怀与心境却时时紧扣着童年。少小观潮江海上，常常是壮怀激烈，遐想着未来，憧憬着天边；晚岁观潮，则大多回头谛视自己的七色人生，咀嚼着多歧而苦涩的命运。

反对内战，反对穷兵黩武，反对残民以逞，这是他一贯奉行的宗旨。他说：本来要当医生，治病救人，结果却当了军人。这样，钢浇铁铸的硬汉子，倒有着一副柔肠侠骨，饱蕴着菩萨般的悲悯情怀。张将军说，一辈子最见不得老百姓受苦落泪。那是1927年5月，他带兵从河南回来，在牧马集车站上，见到一个老妈妈趴在地下，饿得起不来了，鼻涕一把泪一把的，状态非常可怜。他就找来馒头送到她的跟前，老妈妈发疯似的连灰带土狼吞虎咽地吃了下去。

"老人家，你怎么饿得这样啊？"他诧异地问，"家里没人了吗？有儿子吗？他们都到哪疙瘩儿去了？"

老妈妈呜咽着说："我也不知道，反正都被抓去当兵了。年轻的子弟拉走的拉走，跑的跑，逃的逃，剩下我们这些'老天拔地'的，走不动，爬不动，只能受罪、挨饿。"

听了这话，他心如刀绞。心想，这不分明是一千多年前《石壕吏》《新安吏》场景的再现吗！是谁作的孽啊？哎！都是我们当兵的干的。今天跟你打，明天跟他打，后天又合起来打其他人。打死的都是一些佼佼者，最后剩下一些无能之辈前来邀功受赏。若是真有意义的战争还可以，可这种祸国殃民的南北混战，打起来有什么意思？这一切，究竟是为了谁呀？当下，他再也忍不住了，就"呜呜呜"地号啕大哭起来。在他，这还是有生以来第一次。

"涛似连山喷雪来。"太平洋上的晚风挟着滔滔白浪，一层一层地冲刷着金黄色的滩涂，像是留声机唱盘上的丝丝螺纹。记忆中的六十年前的那场事变，再次在老人的脑海中浮现出来。那是何等的惊心动魄呀！当时，他面对着炙手可热、气势汹汹的蒋介石，义正词严地进谏："若是再继续剿共、打内战，必然丧失民心，涣散士气，那样，将使整个国土沦于日寇之手，到那时，我们都将成为千古罪人！"蒋介石根本听不进去，怒不可遏地拍着桌子吼叫："什么千古罪人！我只知道剿灭共产党。现在，你就是拿枪打死我，我的剿共政策也不能变！"既然这样一意孤行，冥顽不灵，死硬到底，"兵谏"就成为必不可免的了。而张学良将军，也因此成了20世纪最伟大的人物之一。

他的成功，不仅基于对国家、对民族的绝对忠诚，如他自己所说的，是一个"苟利国家生死以"的"爱国狂"；而且，基于他的惊人胆魄和超群的识见。组织策划之精严、周密，使此番举事旗开得胜，未出现什么纰漏，充分展现了他的指挥才能。但是，事情毕竟是太突然、太复杂、太重大了。捉拿"刺猬"可说是得心应手；那么，当"刺猬"捧在手上，又将如何消放呢？这可就大费周章了。

当时，他承受着来自多方面的强大压力。除了事先毫不知情的中共中央表示全力支持，并应邀派出周恩来协助处理善后事宜外，其他尽是责骂、讨伐的声浪。南京方面的亲日派以立即举兵进犯西安相威胁；一些大国同声谴责，日本斥之为"赤化阴谋"，是"莫斯科魔手"导演的，而苏联政府和共产国际，却反诬他受了亲日分子的挑动，骂他是"汉奸""叛徒"。待到逼蒋成功，达成团结抗战协议，决定放还时，又遭到部下的强烈反对。尤其是他要亲自送蒋回宁，更为绝大多数人所不理解。戛戛乎其难哉！

在那强过眼前太平洋上的狂涛怒浪千百倍的压力面前，这个"天不怕地不怕"的东北硬汉子，终于在周恩来的帮助下，以昂藏七尺之躯坚强地撑持下去。沧海横流，显现出英雄本色。

后来，他在"口述历史"中说："我亲自送他（蒋介石）回去，也有讨债的意思，使他答应我们的事不能反悔。此外，也可以压一压南京亲日派的气焰，使他们不好讲什么乖话。"至于只身闯入龙潭虎穴，会给个人的身家性命、成败得失带来什么样的后果，他则全部置之度外，一切都在所不计。连蒋夫人宋美龄都承认："西安事变，他（张学良）不要金钱，也不要地盘，他要什么？他要的是牺牲。"

从尔后的实际效果看，张将军此行的"讨债"目的是达到了：它不仅加重了蒋氏对既成协议的反悔难度，提升了宋氏兄妹作为证人良心上的压力；而且，由于他一身包揽了全部责任，也消弭了内战爆发的种种借口。否则，和平解决断无可能，兵连祸结，不知要弄到何种地步。

这一年的岁尾，中国大地上接连着出现了一系列的爆炸式新闻：12·12，华清池"捉蒋"，震惊世界；12·25，张学良送蒋回宁，世界再次震惊。岁序迭更，时间老人换岗，中国政治舞台上两大主角也互换了角色：先是蒋介石在西安成了阶下囚，后是张学良在南京陷身囹圄；先是张扣蒋十四天，后是蒋扣张五十四年。一个人进了囚笼，四亿五千万人投入了抗日洪潮，挽救中华民族命运于折冲樽俎之间。当然，为做出这一重大抉择，将军本身付出了惨痛的代价，确是令万民垂涕而千秋怅惋的。

美籍华裔学者、著名历史学家唐德刚有言：

> 所以，我们如以"春秋大义"来观察张学良将军，他实在是一位动机纯正、心际光明、敢作敢为、拿得起放得下而永不失其赤子之心的爱国将领。就凭这一点，当年假抗日之名行营私之实、其功未必不可没而其心实可诛的军人、政客、党人、学者，在中国近代史上，就不能跟张学良这样的老英雄平起平坐了。

前尘隔海

在平平淡淡、无声无臭的幽静生活中，张学良将军在夏威夷已经定居几年了。他把一身托付给海上摇篮，一如陆上无家的鸥鸟，日落后便收敛起锋棱峻峭的双翼，在茫茫烟水间怆然入梦。

这天，他参加过亲友们为他举办的祝寿会，黄昏时刻，照例以轮椅代步来到了威基基海滩，护理人员在后面推扶着，坐在另一副轮椅上的一荻夫人陪侍在身旁。

海面上，风轻浪软，粼粼碧波铺展开万顷蓝田，辽远的翠微似有若无。老将军怀着从容而飞扬的快感，沉浸在黄昏的诗性缠绵和温情萦绕里。不经意间，夕阳——晚景戏里的悲壮主角便下了场，天宇的标靶上抹去了滚烫的红心，余霞散绮，幻化成一条琥珀色的桥梁。

老将军深情凝视着这一场景，过了许久，忽然含混地说了一句："我们到那边去。"护理人员以为他要去对面的草坪，便推着轮椅前往，却被一荻夫人摇手制止了。她理解"那边"的特定含义——在日轮隐没的方向有家乡和祖国呀！老将军颔首致意，微笑着向夫人招了招手。

故国，已经远哉遥遥了。别来容易，可再要见她，除去梦幻，大约只能到京戏的悠扬韵调和"米家山水"、唐人诗句中去品味了。世路茫茫，前尘隔海，一切都暗转到苍黄的背景之中。人生几度秋凉，一眨眼间，五陵年少的光亮额头，就已水成岩般刻上了道道辙痕，条条沟壑。

此刻，老将军的心灵向度就被洪波涌浪推向了将近六十年之前。那是1938年吧？南京陷落之后，野蛮的日寇实施残酷的大屠杀，苏、皖一线，散兵败将拥塞道途。张学良以"刑徒"身份被押解着，车辆混杂于流离颠沛、一夕数惊的逃难人群之中。由于被认作从前线败退下来的长官，整天遭人唾骂，哭诉之声不绝于耳。使命感、同情心、愧疚情交织在一起，憋得他两眼通红，嗓子冒烟，眼看胸膛就要炸裂开来。

有道是：大辱过于死。由统领千军万马，叱咤风云的陆海空军副总司令，国民革命军中最年轻的一级上将，转眼之间，就沦为失去人身自由，甚至随时可能被杀头的刑事犯、阶下囚，任谁能够忍受得了！更哪堪，日夜渴望着在旌旗猎猎、杀声如吼的战场上冲锋陷阵，现在，却像地老鼠一般，遮掩着行迹，穿行于烟尘弥漫、层峦叠嶂之间，报国无门，壮志难酬，英雄没有用武之地。不难想见，郁积在他胸中的激愤，该是多深、多重、多强、多久啊！

据张学良研究专家窦应泰著作中记载，这天，张学良站在郴州城外的苏仙岭上，望着天际的滚滚浮云和山下滔滔东去的郴江，蓦地想起八百四十年前，北宋词人秦观也是削官遭贬，远徙郴州，万般愁苦中，写下了那首凄绝千古的《踏莎行》词：

> 雾失楼台，月迷津渡，桃源望断无寻处。可堪孤馆闭春寒，杜鹃声里斜阳暮。驿寄梅花，鱼传尺素，砌成此恨无重数。郴江幸自绕郴山，为谁流下潇湘去？

问得好啊——郴江本来是环绕着郴山流的，为什么要灌注到潇、湘二水中去呢？原来，它耐不住山城的寂寞，便悻悻然流走了。可是，词人自己却没有这份自由，只好抱着重重苦恨待在这里。一种沟通今古、穿越时空的心灵感应，引发了将军的无边浩叹，"人生忧患，千古同此啊！"

颇像一座蓄势待发、隆隆作响的火山，却一时半刻找不到一个喷泻口，结果是更加剧烈的痛苦与绝望。那种情态让人联想到，威震山林的猛虎突然被圈在铁笼子里，咆哮啊，暴跳啊，疯狂啊，直至力竭声嘶，破头流血，当一切拼搏都属枉然，最后只好颓然卧下，凄凉地滴下两行清泪。

赴台伊始，张学良被押解在新竹井上温泉，后来，蒋家父子为了缓解人们对其"苛待少帅"的非议，确定在台北地区安排他的羁押场所。我从网上《蒋经国为张学良两选宅址》一文中得知，当时，蒋后主曾特地邀请张学良到阳明山一带勘访。望着满山葱郁的树木和点缀其间的亭台楼阁，张学良当即表示满意，认为在此生活对修身养性、研读学问大有好处。但是，在商议住所地点时，他竟出人意料地选择了半山腰阳明公墓边上的几间平房。他说：

我这个人，这些年寂寞惯了，在热闹的地方待着，反而不舒服。明朝末年有一个人，他的名字我记不清了，他就住在墓地里。我很喜欢他作的一副对联："妻何聪明夫何贵，人何寥落鬼何多。"既然人人都要死去，谁也跑不了这一关，我在公墓居住又有何妨。而且，墓地里的许多人我都认识，有的还是朋友，以后还会有新的朋友补充进来，我可以经常拜访他们，谈心叙旧。

张学良所说的"明朝末年那个人"，名叫归庄，是一位终身野服闲处，誓不仕清的遗民。清代文人钮琇在所著《觚賸·续编》中，记载了他的轶闻逸事：结庐于墟墓之间，萧然数椽，与孺人（妻子）相酬对。尝自题一联于其草堂：

两口寄安乐之窝妻太聪明夫太怪
四邻接幽冥之宅人何寥落鬼何多

张学良巧借明人归庄"结庐墓侧"的故实，来排拒蒋家父子为其"改善"居住环境的深心，绵里藏针，蕴涵着浓重的嘲讽意味，令人哭笑不得。这里也许还有另一层考虑，住在墓地边上，那些牢头狱吏，出于忌讳，不致像尾巴一样从早到晚寸步不离，是否有望减轻一些管束力度呢？

长期以来，老将军一直成为海峡两岸的热门话题。有一部纪录片题为《闲云野鹤》，用这四个字来概括他在海外这段闲居岁月，倒也贴切。一般地说，百岁光阴如梦蝶，椰风吹白了鬓发，沧波荡涤着尘襟，醒来明月，醉后清风，沧桑阅尽，顿悟前尘，认同"放下即解脱"的哲理，所谓"英雄回首即神仙"，"百炼钢"成"绕指柔"，也是人情之常。不过，细加玩味，就会发现，对于这位世纪老人来说，问题未必如此简单。

"神仙"也者，实际上代表了一种超乎形骸物欲之上的向往，是生命的升华，精神的超越，或者说，是人的灵性净除尘垢之后，超拔于俗情系累所获得的一种"果证"。在中国，英雄与神仙原是靠得很近的。豪杰的过人之处，在于他的胸襟有如长天碧海，任何俗世功利放在它的背景之下都会缩微变小，看轻看淡；他能把石破天惊的变故以云淡风轻的姿态处之，而并非纯然割弃世情，一无挂虑。

其实，老将军的笑谑、滑稽，乃是兴于幽默而终于智慧，里面饱蕴着郁勃难舒之气和苍凉、凄苦的人生况味。养花莳草，信教读经，固然为了消遣余生，颐养天年，其间又何尝没有刘备灌园种菜的韬晦深心！"虎老雄心在"，炽烈的熔焰包上一层厚厚的硬壳，照样在地底下放纵奔流，呼呼作响。较之从前，无非是形式变换而已。

倒是清代诗人赵翼那句"英雄大抵是痴人"，深得个中三昧。"痴人"者，不失其赤子之心者也。没有满腔痴情，没有成败在我、毁誉由人的拗劲儿，不要说创建张学良那样的盖世勋劳，恐怕任何事业也难以完成。与痴情相对应的，是狡黠、世故、聪明。其表现，清者远祸全身，逃避现实，"跳出三界外，不在五行中"；浊者见风转舵，左右逢源。总之，都不会去干那"专利国家而不为身谋"的"舍身饲虎"之事。

十年一觉"洋"州梦

威基基海滩上，又一个秋日的黄昏。

"无限好"的夕晖霞彩，依旧吸引着过往游人，但遮阳伞下纵情谈笑、泳装赤足的姑娘们已经寥若晨星。晚风透出丝丝的凉意，飘送过来吉他的《蓝色夏威夷》悠扬乐曲，人们沉醉在清爽、安谧的氛围之中。多日不见的百岁老人张学良将军，此刻正坐着轮椅在海滨金滩上踽踽独行。一袭灰褐色的便装，衬着浅褐色的墨镜，深褐色的便帽，加上布满脸上的黑褐色老人斑，闪现着一种沧桑感、苍凉感。

轮辙辗着落叶，缓缓地，闲闲地。没有人猜得出，老人是漫不经心地遛弯儿，还是在寻寻觅觅，忆往追怀，抑或是履行一种凄清而凝重的告别仪式。只是偶尔听见他下意识地咕哝着："太太已经走了。"随之，干涩的老眼里便溢出滴滴泪水。

"十年一觉'洋'州梦"，醒来时，竟是形影相吊，孤鹤独栖。两个月前，一袭夫人大行，一部撼人心弦的爱情交响曲最终画上了休止符。

20世纪90年代，老将军的亲人像经霜的败叶一样纷纷陨落，只留得他这棵参天老树，镇日间，孤零零地耸峙在那里，痛遣悲怀。先是原配夫人于凤至魂飘域外，紧接着，相继传来妹妹怀英、怀卿，弟弟学森、学铨病逝的噩耗，不久，又送走了女婿陶鹏飞，而最为伤恸、令他痛不欲生的，是百岁生日过后，同"小妹"一荻的惨然长别。

作为饱经病苦折磨的往生者，死亡未始不是一种惬意的解脱；可是，留给未亡人的，却只能是撕心裂肺的伤痛，生不如死的熬煎。过去无时无刻都能感受到的海洋深情，竟以如此难以承受的方式，在异国他乡戛然中断，这对于风烛残年的老人，真是再残酷不过了。一种地老天荒的苍凉，一种茫茫无际、深不见底的悲怆，掀天巨浪般地兜头涌来，说不定哪一刻就会把他轰然摧垮。

"英雄无奈是多情"，对于清代诗人吴伟业的这一慨叹，老将军引为同调。所不同的是许多英雄好汉并没有他那份艳福，那种缘分。楚霸王算是一个幸运儿，乌江刎颈时，还有虞姬舍身相伴。后人有诗赞曰："赢得美人心肯死，项王毕竟是英雄。"而张学良将军在这方面，该是古往今来最为圆满，最为出色当行的了。

他八岁丧母，二十八岁丧父，三十一岁离开家园，三十七岁进了牢笼，家园不能回，国仇不能报，有兄弟姐妹不能团聚，有子女孙儿不能教养。抱憾终天，痛苦难堪。一个人当情感神经滴血的时候，爱情的温馨是最好的疗伤止痛的灵丹妙药。八十多年间，大姐于凤至、小妹赵一荻，两位知己双星拱月一般，由倾心崇拜而竭诚相爱，而万里长随，而相濡以沫，生死不渝。她们以似水柔情疏解他的千钧重负，慰藉着惨淡人生，以爱的甘露滋润着他的生命之树百岁常青。

写到这里，我想起老将军去世后报纸上刊载的一篇文字。字数不多，照录如下：

　　一个秋天的午后，张学良来到上帝面前报到。上帝见他眉头紧锁着，一改平日常见的开朗笑容，便问："怎么回事？"

　　他说："我和赵四是同命鸟，比目鱼。本想跟她一块走，你偏偏扣住我不放；也罢，那就再活上几年，好抽空儿回东北那疙瘩儿，会会老少爷们儿，可你又猴急猴急地忙着把我招呼来。总是不如意，'瘸子屁股——两拧着'。"

一席话逗得上帝扑哧笑了，说："你还不知足啊？得到的够多了：爱情、功业、寿命，要啥有啥，称得上'英雄儿女各千秋'啊！"

"可是，"张学良大声吼叫起来，"我一辈子缺乏自由！"

很形象，又很概括。确确实实，爱情、功业、寿命集中在一个人身上，中外古今，无人能够与之媲美。当然，就其失去自由这一终生憾恨来说，也是少有其匹的。这使人想起那个古老的故事《光荣的荆棘路》：一个叫作布鲁德的猎人，获得了无上的荣誉与尊严，可是，却长时期遭遇难堪的厄运与生命的危险。张学良将军一生的际遇，正是这个域外故事的中国版。

一般讲，传世、不朽要借助掀天事业或者道德、文章，即所谓立功、立德、立言。可是，张学良靠的是什么呢？他离所谓"圣贤的宝座"何止千里万里，而且也不以著书立说名世，所以立德、立言谈不到；至于立功，他的政治生命很短，满打满算不过十七八年，到了三十六岁就戛然而止了，以后足足沉寂了六十五年。在这种情况下，沉埋于岁月尘沙之中，完全被世人遗忘，当是情理中事。可是，在他来说，却是一个异数，一种少有的特例。不独在中国大陆，包括海峡对岸，直到世界范围内，张学良都是一位备受世人关注的人物，甚至可以说是一个明星级的当红角色，他极具传奇色彩和人格魅力，有着无限的可言说性。

《徐霞客游记》中有一段记述华山的文字："未入关，百里外即见太华屹出云表；及入关，反为冈陇所蔽。"有些人物就是这样，需要在足够远的距离、相当长的时段里去考究，方能窥其堂奥。张学良将军大概就属于这种类型吧。至于这种超越价值判断与意识形态的奇特现象究竟是怎么形成的，简单几句话恐怕很难说清楚。

一般地说，剧烈的颠簸，精神的磨难，压抑的环境，都将像致命的强酸终朝每日地蚀损着当事者的心灵，摧残着他们的健康。因此，几十年来，人们都担心张学良将军会承受不住重重心理压力，以致过早地摧折。可是，他却奇迹般地活了一百零一岁，成了一部名副其实的可圈可点的世纪大典。

寿命长，阅历就丰富，在一个多世纪的生命历程中，他既有鲜花着锦、烈火烹油般的峥嵘岁月，也苦捱过长达两万日夜的铁窗生涯，在神州大陆和孤岛台湾，光是囚禁地就换了二十来处。他虽然未曾把牢底坐穿，却目送了许许多多政治人物走进坟墓，就中也包括那个囚禁他的独裁者及其两代儿孙。

当然，对于政治人物来说，长寿也并非都是幸事，套用一句人们常说的话：它既是一种机缘，也是严峻的挑战。历史上，许多人都没能过好这一关。八百多年前，白居易就写过这样的诗句："周公恐惧流言日，王莽谦恭未篡时。假使当年身便死，一生真伪有谁知！"早年的汪精卫，头上也曾罩过"革命志士"的光环，如果他在刺杀摄政王载沣时侥幸而死，也就不会有后来成为"大汉奸"的那段可耻的历史而遗臭万年了。当时他的《被逮口占》诗句"慷慨歌燕市，从容作楚囚。引刀成一快，不负少年头"，不是也曾倾倒过许多热血青年吗！

为此，我们不妨设想——

如果二十岁之前，张学良就溘然早逝，那他不过是一个"潇洒美少年"，挥金如土、纸醉金迷的纨绔子弟；可是，造物主偏向了他，使他拥有足够的时间，得以励志图新，从而获得了多次建功立业的机会。

如果三十岁之前，他不是顾全大局，坚持东北"易帜"，服从中央统一指挥；而是野心膨胀，迷恋名位，被日本人收买，甘当傀儡"东北王"，或者像他父亲张作霖所期待的，成为现代的"李世民"，那么，在大红大紫、风光旖旎的背后，正有一顶特大号的"汉奸"帽子等待着他。

如果四十岁之前，他没有毅然决然发动西安事变，而是甘当蒋介石"剿共""安内"的阵前鹰犬，肯定不会有任何功业可言，即便侥幸得手，最终也难逃"烹狗""藏弓"的可悲下场。

如果五十岁之前，他在羁押途中遭遇战乱风险，被特务、看守干掉，或者在台湾"二·二八"事件中，死于营救与劫持的双方"拉锯战"，国人自然不会忘记这位彪炳千秋的杨虎城一样的烈士，但却少了世纪老人那份绝古空今的炫目异彩和生命张力。

如果百岁之前，他在解除监禁、能够向世人昭示心迹的当儿，通过"口述历史"或者"答记者问"，幡然失悔，否定过去，那么，"金刚倒地一摊泥"，他的种种作为也就成了一场闹剧。事实上，出于各种心态与需求，当时正有不少"看客"静候在那里，等着"看戏"，看他在新的时空中邂逅自己的过去时，会以何种方式、何种态度、何种内涵作人生最后的交代。人们欣慰地看到，面对记者的问询，老将军一如既往，镇定而平静地回答："如果再走一遍人生路，还会做西安事变之事。"英雄无悔，终始如一，从而进一步成就了张学良的伟大，使他为自己的壮丽一生画上了圆满的句号。

当然，我们也可以设想：如果他能活到今天，看到两岸的现状，他会怎么想？作为"中国统一的象征"（索尔伯兹里语），作为一个堂堂正正的中国人，他会怎么做？"死去原知万事空，但悲不见九州同。"这是他最喜欢也最伤情的两句古诗。在接受《美国之音》访谈时，老将军曾经斩钉截铁地宣布："两岸和平统一，这是我最大的愿望。"

伴着海雨天风，太平洋的潮汐终古奔腾喧啸，斜晖朗照下，威基基海滩也照样人影幢幢，只是，那位世纪老人的身影却再也不见了，他已经走进了永恒的历史。

作为既渡的行人，前尘回首，他早已习惯于不矜不躁，但也不会有任何赧愧，立身天地之间，可说是"俯仰无惭"。他曾以做一个中国人而感到无上荣光，并为之献出一切；他的祖国，也为拥有这个伟大的儿郎而无比自豪。他的生命，如同西塞罗所说，将长存于生者的记忆中。

失去对手的悲凉

一

　　庄子思想深邃，才气纵横，视野开阔，且又浮云富贵，粪土王侯，无论在精神追求、生命格调、生活情趣哪个方面，都超离于凡尘浊世。这样一来，就面临着一个知音难觅、曲高和寡的问题。"堪怜举世嫌疏阔，谁与斯人慰寂寥？"所幸他的同乡中还有一位学富五车、辩才无碍的惠施，不仅博学多闻，而且，对于探索知识、追求真谛，也有着同样浓厚的兴趣。于是，他们就结为真诚的朋友，同时又是旗鼓相当、各擅胜场的论辩对手。在先秦时期，这两位分别在哲学与科学领域同时攀上巅峰的顶尖人物，攒集在一起，有如双星聚耀、奇峰对峙，相映生辉。这在中外思想文化发展史上，都成了动人的佳话。

　　两个理想的论辩搭档，同时又是一对"欢喜冤家"。他们虽然具有相同的历史文化渊源、理论观念背景和相对自由的心态，但在个性、取向、情趣、品格方面，却判然有别，甚至大相径庭。对于惠子，庄子一方面欣赏其知识渊博、"学富五车"；另一方面，又为他的诡辩、偏执而深感惋惜，不时地加以劝诫。

不过，他们之间的显著差异，恰恰为其学术论辩、思想交锋提供了必要的张力。两人只要见面，便都开启灵府的闸门，展开滔滔的雄辩，尽管很少出现某一方拳拳服膺、由衷信服的结局，但那种相互驳诘、相互激活、相互吸引、相互砥砺的场景，总还是令人心动神驰的。应该说，正是由于有了惠子的批判、问难与叩击，才使庄子获得了展示思想、阐释见解、激发活力、调整知识结构的场所与机会。以致有的学者认为，《庄子》的"内七篇"，正是为惠子而作的。

智慧的火花只有在碰撞、敲击中才能闪现。学术发展进程中，如果没有对立面，也就失去了激活的动力，无法使各自的论说更趋充分、缜密和完善，直至促进思辨的深化。从这个意义上说，庄、惠的结成"对子"、成为朋友，不是由于相同而是由于不同。越是不同，便越能在论辩中，奇峰迭起，波澜涌荡，异趣横生。

关于惠施的生年，学术界大体有两种意见：历史学家侯外庐先生在其所作《惠施行年略表》中讲：公元前334年，惠施三十六岁，为魏相；公元前322年，惠施四十八岁，被张仪逐至楚，转入宋。这就是说，惠子出生于公元前370年，长庄子一岁。另一种意见则认为，早在公元前390年，惠子就出世了。不管如何判定，有一点是绝无疑义的，那就是惠施死在庄子之前。

惠子因病辞世，大约在公元前310年。这一年，庄子刚好六十周岁。

对于惠子的病逝，庄子是怅憾重重、深情悼惜的。《徐无鬼》篇记载：

　　那天，庄子给一位亲友送葬，路过已经作古的老朋友惠施的墓地。忆起往昔两人的亲密交往，不禁感慨丛生。他回过头来，对跟随在后面的弟子说：

　　"楚国首都郢城有个泥画工，用白垩土在墙上作画，不小心，将一块白土滴在了自己的鼻尖上，很小，像蝇子翅膀一样。他就请匠石师傅替他削掉。匠石站在他的面前，看了看，便挥起了斧子，照准鼻尖砍去。伴随着斧头带起的呼呼风声，那小块的白垩土已经干干净净地削除了，鼻尖却没有受到丝毫损伤。期间，无论匠石怎么'运斤成风'，郢城那个泥画工，镇定地站在那里，面不改色。

"后来，这件神妙无比的事，被宋元君听到了。他便把匠石请过去。说：'你干得真漂亮。那就麻烦你，再给我表演一次吧。'

"匠石说：'要论我的功夫，确实能做得到。只是，这并非个人所能完成的，需要有个镇静不动的人予以配合。而我的那个搭档——郢城的泥画工，已经死去多年了。'"

说到这里，庄子停顿了一下，然后接着讲：

自从惠施先生去世，我就再也没有够资格的对手了，再也没有能够交谈的对象了。

原话是："自夫子之死也，吾无以为质矣，吾无与言之矣！"汉代的刘向在《说苑》中也有类似的记载："惠子卒，而庄子深瞑不言（闭着眼睛长时间不发一言），见世莫可与语也。"

"无以为质"也好，"莫可与语"也好，说的都是失去对手的旷世悲凉。言下流露出一种知音难觅的伤感。

《淮南子》记载："钟子期死，而伯牙绝弦破琴，知世莫赏也；惠施死，而庄子寝（停止）说言，见世莫可为语者也。"说的是，春秋时代楚国郢都的伯牙，善鼓琴，而钟子期善听辨。伯牙鼓琴，志在高山，钟子期曰："善哉，峨峨兮若泰山！"志在流水，钟子期曰："善哉，洋洋兮若江河！"伯牙所动意念，钟子期均能得之。子期死，伯牙谓世上再无知音，乃破琴绝弦，终身不复鼓琴。到了明代，小说家冯梦龙又踵事增华、添枝加叶，编成了话本，并附上诗句：

摔破瑶琴凤尾寒，子期不在对谁弹？
春风满面皆朋友，欲觅知音难上难。

感时追昔，寄慨遥深，看了令人欷歔久之。

这种情况，不独发生于古时，现代也仍然存在。我的案头资料里，就有一个实例：

著名历史学家傅斯年先生当过北京大学代理校长，1949 年后，曾出任台湾大学校长。他眼空四海，傲睨一切，对于周围的人少所许可，整天里"炮声隆隆"，批评这个，轰击那个，曾骂倒两任行政院长，因而得了个"傅大炮"和"大老虎"的绰号。

对于亦师亦友的胡适先生，傅斯年同样毫不客气，曾多次公开地轰击。然而，当听到他去世的噩耗时，胡适却慨叹说："过去，只有一个人有资格骂我，他就是傅孟真（傅斯年字孟真）。现在他走了，我连骂声也听不到了。"

胡适还深情地回忆："我们见面时，也常'抬杠子'，也常辩论，但若有人攻击我，孟真一定挺身而出，替我辩护。他常说：'你们不配骂适之先生！'意思是说，只有他自己配骂我。可怜我现在失掉我的'质'了。"

二

"战国从（纵）横，真伪纷争，诸子之言纷然淆乱。"（《汉书·艺文志》）那些奋逞口舌的辩士，为了"播其声""扬其道""释其理"，以打动"时君世主"、击败对方，创造、发展了一种思想直接交锋的话语方式，即后世所说的"辩对文化"。其功能至强，作用至大，所谓"一人之辩，重于九鼎之宝；三寸之舌，强于百万之师"。而形式则多种多样，或论证，或驳诘；或设喻取譬，或引经据典；或从个别事物推演普遍性的结论，或通过阐释普遍原理而引发新知。不管采取何种形式，运用逻辑思维、通晓世事人情、娴熟语言技巧，都是必不可少的。

阅览先秦诸子著作，有关论辩的章节随处可见，而在《庄子》一书中，更是奇思迭现，异彩纷呈。治庄学者指出，三十三篇中，除《骈指》《马蹄》《胠箧》《刻意》《缮性》《天下》六篇没有辩对外，其他普遍应用了这种形式。当代学者张洪兴在《〈庄子〉"三言"研究》中指出，为了增强说服力和感染力，庄子在言说、辩对过程中，采用了多种方式方法：

直陈法——两人在辩对中，直接就问题展开陈述。或者以地位较低、年龄较小的人向位高年长者请教的方式提出问题，并就此展开论述；或者是持不同观点的人就有关问题展开辩论。这种方法是庄子最常用的辩对方法。

迂回法——不直接陈述道理，而是通过先否定再肯定、讲故事等方法间接论述，可分为否定迂回法和故事迂回法两种类型。

譬喻法——用各式各样的比喻进行论证，明喻、暗喻、借喻、象征，不一而足。

铺陈法——在辩对过程中，使用各种修辞方法，从不同角度、不同侧面对同一问题进行反复论证。

当然，最丰富、最繁复、最精彩的，当以庄子同惠子的思想交锋为最，可说是集"辩对文化"之大成，而且贯穿了庄、惠几十年的整个生命历程。《庄子》一书中，记载二人论辩的寓言故事有十一则，论辩内容十分广泛，涉及自然哲学、人生哲学、认识论、审美观、价值观等诸多哲学命题，从辩证关系与认识误区的角度，讨论了有用与无用、有情与无情、益生与不益生、"知鱼之乐"与"不知鱼之乐"、"公是"与"各是其所是"等充满机趣的问题。

作为出色的政治家，惠施的从政生涯很早就开始了，但其声名远播，则是在"马陵战役"之后，他为困境中的魏惠王出了高明的主意。《战国策·魏策》记载，齐、魏两国战于马陵，魏国惨败，公子申被杀，十万大军覆灭。惠子向魏惠王献策：欲报此仇，与其出兵伐齐，不如折节向其朝拜，然后使人离间齐、楚关系。惠王依计而行。果然，"楚王怒，自将而伐齐，赵（国）应之，大败齐于徐州"。惠施出仕魏国，长达二十年时间，其间十多年担任宰相要职。

庄子与惠子初次相见，据钱穆先生考定，应在魏惠王二十七八年，也就是"马陵战役"之前。庄子出生于魏惠王元年，就此推测，初见惠子时，大约是二十七八岁。

从庄子这面看，也许是年轻气盛的心性使然，也许是对于接谈的长者抱有过高的期望值，总之，两人初次见面，并未获得理想效果，惠子留给他的印象并不好，说是失望、沮丧也可。古籍《太平御览》引述《庄子》佚文："惠子始与庄子相见而问焉。庄子曰：'今日自以为见凤凰，而徒遭（遇）燕雀耳。'

坐者皆笑。"寥寥数语，表现出青年庄子的"书生意气，挥斥方遒"。

几年过后，惠施当上了魏国的宰相，庄子前往大梁（今河南开封），去拜访这位乡邦长者。这个信息，不知是怎样传播开来的，结果有人就凭着臆想，说：庄子此行，来者不善，想必是要夺取魏国的相位。说者也许无心，可是，听者却在意了，惠子闻讯，极度惶恐不安。显然，惠施对于庄子的志趣、禀赋，还缺乏足够的了解，尽管此前有过短暂的接触，但毕竟知之不深，因而轻信了他人放出的谣言。于是，在城中搜查了三日三夜。庄子却主动出来相见，对惠施说：

　　南方有一种鸟，叫作鹓鶵，你知道吗？它从南海出发，飞往北海，不是梧桐树它不停下休息，不是竹子的果实它不吃，不是甘甜的泉水它不饮。这时，有一只猫头鹰得到一只腐烂的死老鼠，看到鹓鶵从上面飞过，便仰起头来，惊叫一声："吓！"
　　现在，你也"吓"了起来，是惊怕我来抢夺你在魏国的相位吗？
　　　　　　　　　　　　　　　　　　　　　　（《秋水》篇）

惠子是怎样答复的，文中没有交代。想来，他一定是很尴尬的。
据《说苑·杂言》篇记载：

　　那年，魏国的宰相死了，惠施闻讯，日夜兼程，赶赴魏都大梁。途中，一条大河挡住了去路。惠施心急如焚，来不及等待渡船，便涉水而过，险些被激流卷走，幸亏有个船夫赶来，将他从水中救起。问道：
　　"既然你不会水，为什么不等待渡船呢？"
　　惠施说："时间紧迫，我要紧急赶往大梁，去谋取相位啊！"

另据《吕氏春秋·不屈》篇载，惠施初至魏，见魏国积贫积弱，当即向时任宰相的白圭，献上了使魏国富强兴盛之策。白圭却以"新娶妇"不该指责夫家的弊端陋习而责怪之。说明惠施初到魏国，在旧有卿相眼中，地位与声望还是比较低微的。

《韩非子·说林》篇亦曾记载，惠施对陈轸说：你虽然在君王面前，善于树立自己的威信，但是，朝廷内部想要铲除你的人太多了，你必然面临严重的危险。这番话当是出自他对魏国官场相互倾轧的切身体验，难怪他满怀着地位不稳、岌岌可危的忧惧感。

三

庄子在大梁期间，曾多次与惠子见面。

惠子告诉庄子："魏王送给我一种大葫芦的种子，我把它种下了，后来结出果实，大到足有五石的容量。做什么用呢？用它来装水吧，它又不够坚固，无法负荷那么大的重量；把它剖开做瓢用吧，它又大得没有水缸能够容得下。这葫芦，不能说不够大，可是，丝毫没有用处，我只好把它打碎了。"

庄子听得出来，这是在影射他的学问大而无当，无所可用，但他并不直接戳破、加以反驳，而是从容地说：

"先生，你真是不善于使用大的东西啊！咱们宋国有一个人，擅长调制一种可使手不皲裂的药物，他家世世代代都以漂洗丝絮为职业，这药还是派上了用处。有一个客人听说了这个药方，想要用一百金的高价来收买。这个宋人便召开家庭会议进行商量，说：'咱们家，世世代代漂洗丝絮，所得不过数金而已；现在遇到这个买主，药方出售给他，一下子就能得到百金。那么，咱们还是卖出吧。'

"客人拿到了药方之后，便去游说吴王。适值越国兴兵来犯，吴王就派他担任将领。他率领军队，趁着寒冷的冬天，去和越国人打仗。由于他有不皲手的药，得以占据优势，大败越人。吴王高兴地割地予以封赏。

"你看，同样一个不皲手的药方，有人因之得到割地封赏，有人却只是应用于漂洗丝絮。这就是使用方法的差异。现在，你拥有五石容量的大葫芦，却发愁它派不上用场，大而无用。你为什么不把它绑在身上，当作腰舟，浮游于江湖之上，却顾自担心水缸容不下它呢？可见，你的心还是茅塞不通，没有开窍啊！"

（《逍遥游》篇）

几天过后，惠子公务处理完了，又来到庄子下榻之处，两人漫无边际地闲谈起来。

惠子说："我住的宅邸前面，有一棵大树，人们都叫它'樗'——也就是臭椿。树干臃肿不堪，疙疙瘩瘩，长满了树瘤子，根本不合绳墨；上面的枝丫，也弯弯曲曲，不中规矩。高高地矗立在大道边上，多少木匠师傅走过，连正眼也不瞧。我联想到你的言论，正好像这棵臭椿，内容广博而毫无用处，大家自然都会弃置不顾的。"

庄子说："难道你没有见到过野猫和黄鼠狼吗？它们平常总是卑伏着身子，隐蔽在暗处，静候着出游的小动物。待到小鼠之类的猎物一出来，它们便上下跳踉，左奔右窜，肆意地追捕，根本没有顾及自身的危险。结果，踩上了捕鼠的机具，陷身罗网之中，死得很惨。还有那牛，身躯庞大无比，望去有如垂落天边的云朵。尽管它不能捕捉老鼠，可是，它的功用却是够大的了。

"现在，你拥有那么一棵大树，却担心它无所可用。你为什么不把它移植到虚无之乡、广漠之野，在它的浓荫密布之下，畅怀适意地徘徊闲步，逍遥自在地静卧安眠呢？那样，你将会同它一样，既无斧斤砍伐之虞，也没有受害遭灾之患。无所可用，这样就会自由自在，免除忌恨倾轧之苦了。"

（《逍遥游》篇）

后来，他们又见面了，惠子再次就"有用与无用"这个话题，同庄子展开了辩论。据《外物》篇记载：

惠子一上来，劈头就讲："不管你怎么辩解，反正你谈的东西没有用。"

庄子说："晓得无用了，才能和你来谈有用。大地，该是多么广阔博大呀，然而，人所用的只是立足之地，也不过是一尺见方吧？其他，似乎都与你无关。可是，你却不能把你立足以外的其他地方，都挖除掉，一直掘至黄泉。如果那样，你所站的那一小块地方还能用吗？"

惠子说："那就确实无法用了。"

庄子说："可见，无用之用，是再明显不过了。"

即此，足见庄子的远见卓识。是呀，一般的都以为，眼前可以把握的东西，对自己才是有用的，殊不知，有用与无用，是相对应而言的，不应该把它绝对化。所谓"有用"，有赖于周围大量看似"无用"的东西作支撑。

庄子与惠子，在思想观念、价值取向、生活态度上，确实存在着很大的距离。惠子长期处于统治阶层，免不了染上摆架子、讲气派的官僚气息，而这，在"不为轩冕肆志，不为穷约趋俗"的庄子眼中，当然会极度鄙视的。《淮南子·齐俗训》中记载了这样一件事：

惠子路过孟诸，身后从车百乘，声势煊赫。

正在持竿垂钓的庄子，远远地见到了，感到一阵恶心。心想：你搞那么大的声势，弄那么多的车队，有什么必要呢？

这样一来，竟连自己所钓到的鱼也嫌多了，于是，把它们全部抛回水里，用以表示对凭借威权以张扬声势的惠施之不屑。

关于惠子在官场上的作威作福，讲究派头，《吕氏春秋》中的一段记载，可资作证：

匡章当着魏王的面，责问惠子："地里的蝗螟，农夫都痛恨无比，见着了立刻捕杀。什么缘故呢？就是因为它们祸害庄稼呀！你现在出行，车辆多达数百乘，跟随步行的还有几百人；少的时候，也有几十辆车，跟随步行的数十人。你和那些狐假虎威的帮凶们，都是不耕不耘，专吃闲饭的，其危害禾稼、鱼肉平民，不是更甚吗！"

可见，《淮南子》所记，并非空穴来风。

四

后来，庄子有皖北之行。期间，惠施恰好也在楚国，两人便结伴出游，来到了濠水边上，其地在今安徽省凤阳县东北二十里外的临淮关附近。濠水流到这里，成南北走向，水流比较开阔，而水质极好，碧水澄清，映出楚天的晴光云影。前面正好有一座渡桥，二人便站在桥上，随便谈论一些感兴趣的事儿。

这时，水中正好有一队白鱼晃着尾巴游了过来。

庄子说："你看，这些白鱼结队而出，从从容容地游水，这是鱼之乐呀！"

惠施并没有那么多的闲情逸致，一听庄子这么讲，反倒叫起真来。当下问道："你并不是鱼，安知鱼之乐也？"

庄子立刻回问一句："若是这么说，那你也不是我呀，你怎么会知道我不晓得鱼之乐呢？"

惠施说："我不是你，当然不会知道你了；你本来就不是鱼，那你不会知道鱼之乐，是肯定的了。"

庄子说："那我们就要把话题从头梳理一下（'请循其本'）——既然你问：'你安知鱼之乐？'说明你已经承认我晓得了它们，只是问我从哪里知道的。从哪里知道的呢？我是从濠水之上知道的。"

（《秋水》篇）

　　这里揭示了论辩的一种技巧："庄子的'请循其本'，显然是利用'安知'二字可作'怎么可能知道'（惠子所用原义）和'是怎样知道的'（庄子选取义）两种解读法，来为自己辩解。"（涂光社语）

　　在濠上，庄子与惠子分别以两种不同的身份、不同的眼光、不同的心境来看出游的鱼群。惠子是以智者的身份，用理性的、科学的眼光来看，在没有客观依据的情况下，他不肯臆断鱼之快乐与否；而庄子则是以具有浪漫色彩的诗人身份，从鱼群的从容出游，"相忘于江湖"，想到自己的逍遥游世，"相忘乎道术"，他从艺术的视角去观察，把自己从容、悠闲的心情移植到了游鱼的身上，从而超越了鱼与"我"的限隔，达到了物我两忘、主客冥合的境界。

　　物我两忘的结果，是客体与主体的合而为一。从美学的角度来剖析，观赏者在兴高采烈之际，无暇区别物"我"，于是，"我"的生命和物的生命往复交流，在无意之中"我"以"我"的个性传输到物，同时也把物的姿态传承给"我"，这样，"我"和物的界线便完全消失，"我"没入大自然，大自然也没入"我"，"我"和大自然连成一气，在一块生展，在一块震颤。（朱光潜语）

　　情趣的产生，原是物我交感、共鸣的结果。在庄子那里，实现了人生艺术化，从而心境悠然自得，一无挂碍，目之所接，意之所想，无不充满情趣，内则孕育着一己的怡然心态，外则映现着自然的无穷逸趣，于是，流水、游鱼虚灵化了，也情致化了。这样，庄子就能够以闲适、恬淡的情怀与知觉，对客体作美的观照、美的欣赏，或如德国大哲学家康德所说，进行"趣味判断"。而惠子则异于是，他以科学化的思维方式和求实的认知态度，进行着理性的解析，以他的认识判断来观察庄子的趣味判断，所以，就显得扞格不入，有如圆枘方凿。

　　在这里，艺术创造工程中的通感与移情两种心理作用，是必不可少的。有了通感，人与人之间的心灵沟通，人与物之间的冥然契合，才会成为可能；而通过移情，艺术家亦可借助于感应、经验来认知外物，同时又把自己的情感移植到外物身上，使外物也仿佛具备同样的情感。

　　惠施这种"无征不信""有一说一，有二说二"的求实精神与认真态度，并非不可取，在科学研究中，应该说是难能可贵，甚至是必不可少的。可是，后世的文人却都把欣赏的目光投向了庄子，并把他的那种怡然情趣概括为"濠梁之思"。到了崇尚超拔的意趣、虚灵的胸襟的魏晋南北朝文人的笔下，还有个更为雅致的说法，叫作"濠濮间想"。

南朝宋·刘义庆的《世说新语》记载：

> 晋简文帝到御花园华林园游玩，对左右侍从说："令人领悟、使人动心之处，不一定都在很远的地方，你们看眼前这葱葱郁郁的长林和鲜活流动的清溪，就自然会联想到濠梁、濮水，产生一种闲适、恬淡的思绪，觉得那些飞鸟、走兽、鸣禽、游鱼，都是要主动地前来与人亲近。"

东坡居士曾有"乐莫乐于濠上"的说法，可见，他对这种体现悠闲、恬淡的"濠濮间想"，是极力加以称许，并不懈追求的。只是，后人在读解"乐在濠上"和"濠濮间想"时，往往只着意于人的从容、恬淡的心情，而忽略了"翳然林水"和"鸟兽禽鱼自来亲人"这种物我和谐、天人合一的自然生态环境。

五

转眼间，十年过去了。

惠子政务操劳，形倦神疲，身体一直不太好，终于在临近花甲之年，赋闲回到了宋国。这样，庄子与惠子在故乡见面的机会，就相对增多了。

前此，惠子大部分时间都在魏国，勤劳王事，南北驰驱。他在皖北与庄子濠上一别，不久，就被并不怎么看重他的楚国王室"礼貌地"送回到老家，但很快，他就又从宋国去了魏国。大约两三年后，又有一次荆楚之行，那是为外交事务，奉魏王之命，南下郢都，出使楚国，尔后，又曾北上邯郸，赴赵国访问。

惠子还乡后，就赶上了庄子家的丧事。那天，他听到庄周妻子因病去世的消息，便带上一份礼金作为奠仪，匆匆赶到丧家来吊唁。路上，心里还盘算着如何劝慰老朋友，节哀顺变，注重身体。可是，进门一看，不禁瞠目结舌，只见庄子两腿八字张开，坐在棺材旁边，正敲着瓦盆唱歌呢。

惠子看了，当下加以责问："妻子和你相处几十年，为你生儿养女，现在老病而死，你不悲伤哭泣也就罢了，怎么还要敲着盆子来唱歌呢？你不觉得这实在是太过分了吗？"

庄子说："不是这样。在她刚弃世的时刻，回想过去的情分，我确是十分悲戚、非常感伤，可是，转而一想：起初，我们本来都是没有生命的。岂但没有生命，而且，连形体也没有啊！岂但没有形体，连魂魄、气息也没有啊！正是在恍惚茫昧之间，魂魄、气息悠悠出现了，然后，气变而成形，形变而为生命。现在，反转过来，一切都丧失了，变而为死亡。这样，生死循回，交相变换，犹如春秋冬夏四时运行那样。"

"人家劳累了一辈子，从我这斗室里迁徙到了天地的大屋中，安息静卧，而我却要在旁边嗷嗷不休地号丧，我总觉得这不符合达生之道，有违于顺乎生命自然之理。所以，我就止住了哭泣，敲打起瓦盆来。"

惠施听了，无言以应，放下礼金，拔腿就走了。

（《至乐》篇）

据方志记载，中原以至楚地，古时民间丧事，确有"鼓盆而歌"（俗称"丧鼓"）的习俗，一直延续到宋、元、明、清各代。文学作品中，亦有关于"鼓盆歌""鼓盆悲""鼓盆之戚"的记述。可见，《庄子》书中所记，当属纪实之笔。

且说，惠子那天听过庄子的一席话，考虑到治丧这种特殊场合，没有当面驳诘，但心里却老是觉得郁塞不舒，如鲠在喉，不吐不快。几天过后，遇到了庄子，便又就着相关话题，展开论辩。显然是"达生之道"辩说的延续。

惠子发问："人本来就无情吗？"

庄子说："是的。"

惠子接着诘问："人如果无情，那他怎么能称为人呢？"

庄子说："天道赋予人形貌，自然赋予人形体，怎么就不能称为人呢？"

惠子反问："既然称之为人，怎么会无情呢？"

庄子说："你这个'情'，并非出自天性，而是世俗好恶影响下产生的。我所说的'无情'，是说不要放纵自己的好恶，以免内伤其身、戕害本性，应该顺应自然，无须进行人为的增益，以免给生命造成多余的负担。"

惠子问："不益生、资培，如何保养自己的身体？"

庄子说："道与之貌，天与之形，赋予人以一切，我们应该随任自然，不能因为自己的好恶之情而内伤其身。现在，你驰骛于外物而不知内守，伤害心神，损耗精力，疲怠之极，便倚树而吟，据琴而睡。我们的形体，原本是自然授予的，可是，你却恣意损耗，不知爱惜，整天以'坚白之论'去争鸣、论辩！"

（《德充符》篇）

看得出来，对于惠子的劳形苦心，恃智争辩，庄子是很不以为然的。这天，他又对惠子说：

"孔子生年六十，而六十年中总是与时俱化——起初他所认为对的，最后又加以否定了。其实，今天所认定的'是'的，完全可能正是五十九年来所批判的'非'。"

惠子说："这是孔子勉力用智的结果。"

庄子说："你说的也许是孔子年轻时的情况，他到后来已经放弃用智了，因而未曾多言。孔子说：'人从大道自然中禀受才智，在天赋中含伏灵性，不是靠后天勤奋而获得的。那种发出声音都必须合乎韵律，说起话来都不离法度，利也好，义也好，是非好恶的辨别，一切都摆得清清楚楚的，都不过是服人之口罢了。只有使人从心底里服气，而不产生抵牾，这样，社会才能底定、安稳。'

"算了，算了，不多说了，比起孔子来，我们哪里赶得上呢！"

（《寓言》篇）

六

过了一阵子，庄子和惠子又聚到一起了，他们的话题是时下各派的学术争论。这当是两位老朋友的最后一次辩论。

庄子先挑出一个话头：

"就比如说射箭吧：一个射手没有依照事先预定的目标来发射，结果却误中了，他便自诩为神箭手。照此下去，那么，举世的射箭之人，岂不都成了后羿了。你说，这样可以吗？"

惠子一反辩才无碍的常态，只是漫应了一句："可以。"

庄子又问了："世间不存在共同的、统一的认可（'非有公是'），都是把自己的认识说成是唯一正确的结论（'各是其所是'）。结果，天下人就都成为帝尧了。你说，这样可以吗？"

惠子依旧是回答一个词："可以。"

庄子这才导入了正题，接着说："那么，儒家、墨家、杨朱、公孙龙（秉）四家，加上先生你，总共五大家，都是各执一词，究竟谁说的正确呢？或者像从前的鲁遽一样吗？

"鲁遽的弟子说：'老师的道理我学到了。我有本事能够做到冬天烧开鼎釜，夏天造出冰凌。'鲁遽说：'这算什么本事？不过是冬至一阳生，以阳气引发阳气而为火，夏至一阴生，以阴气引发阴气而为冰罢了——这并不是我所说的道理。现在，就把我的道理演示给你们看。'说着，他就调整两张弦瑟，一张放在厅堂上，另一张放在厅堂后的寝室里。结果，弹拨这张瑟的宫音，另一张瑟也跟着动起了宫音，弹拨这张瑟的角音，另一张瑟也应之以角音。其机理在于两张瑟的音律是相互协同的。如果把其中一张瑟上的某一条弦调整了，这就跟原定的五音不合了，若是再弹拨它，那么，二十五条弦就都跟着变动了。调整后的五音并没有什么差别，只是随着这条弦上变调的主音而改变。你们这五家，不也都是像这样吗？"

惠子说："现在，儒、墨、杨、秉四家，正和我辩论着。互相以言语相抗衡，以声音相压制，各都自以为是，谁也不承认自己错了。这怎么说呢？"

庄子说："齐国有人把儿子放在宋国，做个守门的阍者。因为守门人都是选择肢体残缺的，便砍断了儿子的腿，使他不健全，而他自己，却对一个长颈的小钟无比珍视，层层包裹起来，珍藏在身边，爱惜器物竟然胜过爱惜儿子。寻找失散了的儿子，他并不出城，只在家门口转悠。这都是丧失伦常、违背公理的。"

"还有一个楚国人，蛮不讲理，借住在别人家里，却辱骂这家的守门人。渡河乘船，更深夜半时节，和船家打架，结果，船还没有靠岸，就同人家结成仇怨了。"

（《徐无鬼》篇）

庄子列举出愚蠢的齐人爱器物胜过爱亲子，鲁莽的楚人不顾艰危的处境而结仇招怨、造作是非的事例，意在批评惠子之流的辩士，迷失本我，轻其性命之情而不知自保，只是留意于词辩、名物之间，徒逞一时口舌之快，颠倒重轻，混淆本末，完全不得要领。

我们不妨重新解读一下《天下》篇收尾处那段评述惠子的话："散于万物而不厌（满足、厌倦），卒以善辩为名。惜乎！惠施之才，骀荡而不得（才气横溢而不得正道），逐万物而不反（不知回头），是穷响以声（用声音制止回声），形与影竞走也。悲夫！"

有赞许，有惋惜，有讽喻，有悲叹。语重情长，寄慨遥深。

孤枕梦寻

一

自由飞翔的愿望和现实的种种羁绊之间，仿佛永远有一道无形的穿不透的墙。古人喜欢用"心游万仞"、"精骛八极"之类的话语来状写人的心志的放纵无羁。可是，实际上却是，或则被弃置在灵魂的废墟上，徒唤奈何；或则被拘禁在自己设置的各种世俗陈规的樊篱里，不能任情驰骋，像一只笼鸟那样，即使开笼放飞，也不敢振翮云天。

倒是酣然坠入了黑甜乡之后，神魂在梦境中，可以凭借大脑壳里的方寸之地，展开它那重重叠叠的屏幕，放映出光怪陆离、千奇百怪的画面。既不受外界的约束，自己也无法按照计划加以规范，完全处于一种自在自如的状态。而由于任何人在梦中都会撤下包装，去掉涂饰，从而显露出各自的本来面目，因此，梦境中的那个自我，往往比清醒状态下的更真实，更本色。梦境是一部映射心灵底片的透视机，可以随时揭示人的灵魂深处的秘密。

说来，梦境也真是奇妙无比。哪怕是天涯万里，上下千年，幽冥异路，人天永隔，也可以说来就来，要见就见。梦中似乎不存在时间与空间的概念，也不大考虑基础和条件。清人胡大川《幻想诗》中，有"千里离人思便见，九泉眷属死还生""天下诸缘如愿想，人间万事总先知"之句，现实生活中根本做不到，可是，梦境中却能够实现。

当然，梦境也并不总是尽如人意。甜美的固然不少，但凄苦、忧伤的梦也常常碰到，有的还会使人震怖，遑遽。而且，经常是幻影婆娑，扑朔迷离，像日光照射下的枝间碎影，像勉强连缀起来的残破的网片，又像是迸落在岩石上飞流四溅的浪花，不仅错乱复杂，不易解读；而且，有的竟如电光石火，稍纵即逝。更主要的是，现实中得不到的，梦境中也未必就能如愿以偿，所谓"绮梦难圆"者也。

林黛玉魂归离恨天，贾宝玉到了潇湘馆号啕大哭一场，意犹未尽，还想在梦中见上一面，细话衷肠，于是，诚心诚意地独自睡在外间，暗暗祷告神灵，希望得以一亲脂泽，孰料"却倒一夜安眠，并无有梦"。大失所望中，只能颓然慨叹："悠悠生死别经年，魂魄不曾来入梦。"第一次愿望没有达成，又寄希望于第二次，结果，照样是一无所获。

大抵人们做梦，不外乎由内在与外在双重因素促成。所谓内在，是指精神上、心理上的想望，也就是人们常说的："梦是心头想""昼有所思，夜有所梦"；而外在因素，即是指身体上、生理上的物质原因，比如：心火盛即往往夜梦焦灼，四体寒凉则梦见风雨交袭。古人把前者叫作"想"，把后者叫作"因"。二者结合起来，决定了一个人在什么情况下会做什么梦。

现代人说，梦是现实生活中某些缺憾的一种补偿，是一种愿望的达成，是生活中某种想望与追求的反映。歌德说过："人性拥有最佳的能力，随时可在失望时获得支持。"他说，在他一生中有好几次是在含泪上床以后，梦境用各种引人入胜的方式安慰他，使他从悲伤中超脱出来，从而得以换来隔天清晨的轻松愉快。看来，德国的这位大诗人是善于做梦的了。

无独有偶，在中国，也有一位大诗人最懂得在梦境里讨生活。我敢说，古今中外的诗人中，南宋的陆游堪称是最善于做梦的一个，而且，许多梦中情境又能通过诗篇记叙下来。在现存的八十五卷《剑南诗稿》中，专门记述梦境的诗达九十九首之多，里面记叙了许许多多现实中未能实现而在梦境中得到补偿的快事。当然，这仅仅是他的纪梦诗的一部分。他在一篇文章中谈到，四十二岁之前，他大约作诗一万八千多首，经过自己两次删定，只留下了九十四首，其中纪梦诗只有一首。料想在人生多梦的青年时期，他一定会做过更多的梦，写过更多的纪梦诗，可惜，绝大多数都已删除，后人已经无缘得见了。

二

读过了陆游的《剑南诗稿》《渭南文集》和关于他的几部传记，仿佛觉得这位老诗翁就在我的身旁，倾吐着他的"忧国复忧民"的积愫，愤切慷慨地朗吟着他那豪情似火的诗章。凌晨起来散步，耳边也似乎回响着老先生情深意挚的娓娓倾谈。但诗翁的形象却并不十分鲜明。虽然他的诗里有"团扇家家画放翁"之句，但我却没有见过几幅他的画像。按照明人黄道周对他的形象的描述："供之千佛经前，又增得一幅阿罗汉像也"，我想象他的个头不会太高，面相是和善的，甚至看起来有些憨态可掬，没有诗仙李太白那种丰神俊逸、潇洒出尘之慨。但是，应该说，两人的"虽长不满七尺，而心雄万夫"却是一致的。

从接受美学的角度，在欣赏陆游诗作过程中，我习惯于凭借自己的生活经验和审美情趣，进行艺术的再创造。透过那些炽烈喷薄的诗章，看到了诗翁的盘马弯弓之姿、气吞残虏之势，感受到的是诗人的雄豪雅健，可是，同时却也体味到了他的英雄失路、托足无门、壮士凄凉、宝刀空老的悲哀。就中，给我印象最深的是他那对祖国、对爱情的执着坚定、之死靡他的精神，简直可以说是感天地而泣鬼神。

恰如钱锺书先生所说，爱国情绪饱和在陆游的整个生命里，看到一幅画马，碰见几朵鲜花，听了一声雁唳，喝几杯酒，写几行草书，他都会惹起报国仇、雪国耻的心事，这股热潮有时甚至泛滥到梦境里去。即使是残年老病，政治上遭受重重打击，处境十分艰难的情况下，诗翁也从不叹老嗟卑，仍旧期待着勇跨征鞍，披坚执锐，奔赴杀敌的前线。正如他在一首诗中所描述的：

> 僵卧孤村不自哀，尚思为国戍轮台。
>
> 夜阑卧听风吹雨，铁马冰河入梦来。

　　但是，命运对于他实在过于苛刻，终其一生，也难得一遇大展长才以酬宿志的机会。他的仕途十分坎坷，直到三十四岁，才谋取一个福州宁德县主簿的职位，后来又担任过镇江府、隆兴府的通判，却又屡遭弹劾。许多愿望只能靠梦中结想，梦中追忆。他在七十七岁时，回思征西幕中旧事，有"不如意事常千万，空想先锋宿渭桥"之句，可说是很好的概括。

　　四十九岁这年秋天，他在嘉州以权摄州事身份，成功地主持过一次军队的秋操检阅。整齐的队伍，赫赫的军威，使他联想到，国家并不是没有抵抗侵略的武装力量，自己也不是不能用武的文弱书生，只是没有很好地组织，也没有这个机会。否则，"草间鼠辈何劳磔，要挽天河洗洛嵩"，那是毫无问题的。凭借这个"想"和"因"，半个月后，他做了一个梦：大军驻扎河东，抗击入侵之敌，声威所至，望风披靡，当即派出使者，招降敌人占领下的边郡诸城，"昼飞羽檄下列城，夜脱貂裘抚降将"，"腥臊窟穴一洗空，太行北岳元无恙"。尽管不过是黄粱一梦，但是，当时那种称心快意的劲头，实在不是笔墨所能够形容的："更呼斗酒作长歌，要遣天山健儿唱。"

　　这类令他快然于心的梦，后来还做过。一次，梦中随从皇帝车驾出征，全部收复所失故地。"驾前六军错锦绣，秋风鼓角声满天""凉州女儿满高楼，梳头已学京都样"，沦陷区人民兴高采烈投入祖国的怀抱，不仅重睹"汉家威仪"，而且，连梳妆打扮都与京城趋同了。

　　陆游一生中最称心的岁月，是从军南郑那段时间。当时，抗战派首领王炎任四川宣抚使，驻节南郑，掌握着西北一带的兵权和财权。陆游此时正好在他的幕下。过去，虽然他也喜欢谈兵论战，筹谋划策，但毕竟都是纸上空谈；这次，亲临前线，而且深得主帅的信任，正是一展长才的机会。除了建言献策，帮助首长处理一些日常事务，他还经常巡视各方，传达指令，并且到过大散关下的鬼迷店和仙人原上的仙人关，这两处都是宋、金对峙的最前线。他有时身披铁甲、骑着骏马去追击敌人，有时还行围打猎。一次，正在催马扬鞭，纵横驰骋，突然一阵风起，一只猛虎蹿出，陆游挺起长矛戳去，正中老虎的喉管，"奋戈直前虎人立，吼裂苍崖血如注"。一场令人惊怖的搏斗，就这样胜利地结束了。

可惜，这样的战斗生涯只过了半年，随着王炎的调回临安，他的欢快生活亦告终结。虽然像一场短梦那样，还没来得及仔细地玩味就惊醒了，但却刀刻斧削一般，在他的心中留下了永生难以忘怀的印象。九年后，他已经回到故乡山阴赋闲，当忆起这段生活时，曾经写道："骏马宝刀俱一梦，夕阳闲和饭牛歌。"又过了十年，他已经六十七岁了，在一首《怀南郑旧游》的七律中，再次惋叹："惆怅壮游成昨梦，戴公亭下伴渔翁。"

反复慨叹往事如烟，旧游成梦，一方面说明这段生活的短暂，一方面也可以看出他对这段美好经历是何等的珍视。西线陈兵，简直成了陆游的一个永生不解的情结，因而不但反复忆起，更是多次结想成梦。他自己曾说过："客枕梦游何处所？梁州西北上危台""慨然此夕江湖梦，犹绕天山古战场。"一部《剑南诗稿》中，记载这方面内容的梦中之作不胜枚举，有的在题目上还直接标明"梦行南郑道中""梦游散关渭水之间"。如果说，往事如梦如烟，那么，这段往事再进入梦境之中，并且把它形诸笔墨，那就真正是梦中说梦了。

三

陆游胸中的另一个情结，就是同爱妻唐婉的那段短暂的情缘。这使他梦绕魂牵，终生不能去怀。

二十岁这年，陆游和舅舅的女儿唐婉结婚了。唐婉是一个美貌多情的才女，对于诗词有很好的修养，和陆游兴趣相投，因此，他们婚后的生活十分美满，情深意笃，以白头偕老相期，又兼亲上加亲，按说家庭关系也应该处理得很好。谁料，陆游的母亲竟然对自己的内侄女很不喜欢，最后甚至蛮不讲理地硬逼着儿子和她仳离。如果处在今天，夫妇完全可以不去管它，至多离家另过就是了。可是，在那个理学盛行的时代，在吃人的封建礼教的威压下，陆游是无论如何也不敢违抗"慈命"的，他只能向母亲婉言解劝，百般恳求，而当这一切努力都毫无效果之后，就只好含悲忍痛，违心地写下了一纸休书。一对倾心相与的爱侣，就这样生生地被拆散了。后来，陆游奉父母之命另娶了王氏，忍辱含垢的唐婉也在叩告无门的苦境中，改嫁给同郡士人赵士程了。

光阴易逝，转眼间十年过去了。在一个柳暗花明的春天，陆游百无聊赖中，信步闲游于禹迹寺南的沈家花园，偶然与唐婉及其后夫相遇。尽管悠悠岁月已经逝去了三千多个日夜，但唐婉始终未能忘情于陆游。此时，见他一个人在那里踽踽独行，情怀抑郁，唐婉心中真像打翻了五味瓶，说不出是酸是苦，分外难受。赵士程为人还算豁达洒脱，当下已经觉察了妻子痛苦的心迹，便以唐婉的名义，叫家僮给陆游送过去一份酒肴。

陆游坐在假山上的石亭里，呆呆地望着伊人的"惊鸿一瞥"，转眼已不见了踪影。温过的酒已经变冷，肴馔也都凉了。他眼含清泪，一口口地吞咽着闷酒，体味着唐婉深藏在心底的脉脉深情，心中霎时涌起一丝丝的愧怍，想到人世间彩云易散，离聚匆匆，不禁百感交集，顺手在粉墙上题下了一首凄绝千古的《钗头凤》词：

> 红酥手，黄縢酒，满城春色宫墙柳。东风恶，欢情薄。一怀愁绪，
> 几年离索。错！错！错！
> 春如旧，人空瘦，泪痕红浥鲛绡透。桃花落，闲池阁。山盟虽在，
> 锦书难托。莫！莫！莫！

上阕透过眼前的实景，忆述当日美满姻缘的破坏经过及其沉痛教训；下阕写春光依旧而人事已非，昔日温存仅留梦忆。

原来，古代诗文有口头与书面两种传播形式，题壁属于后者。当诗人意兴淋漓、沛然发作之时，往往借助题壁的方式，来发抒磅礴的逸气，浇洗胸中的块垒。这种"兴来索笔漫题诗"，就古代文人自身来说，自不失为一种富有艺术情趣的生活内容和抒怀寄兴的方式，其间总是蕴含着层次不一的非语言的信息；而对于普通读者或观众，则是一种近乎大众化的免费的精神享受，包括对于诗人襟怀的解读以及诗情、书艺的欣赏。

有人考证，题壁始于汉代，《史记》中已见记载；到了唐、宋时期，便成为骚人墨客惯用的一种写作方式，几乎达到无人不题、无处不题的程度。陆游是题得最多的诗人之一，正如他自己所说："老去有文无卖处，等闲题遍蜀东西""酒楼僧壁留诗遍，八十年来自在身。"

相传，唐婉后来重游沈园，看到了陆游的题壁词，不胜伤感，当即和了一首：

> 世情薄，人情恶，雨送黄昏花易落。晓风干，泪痕残，欲笺心事，独语斜阑。难！难！难！
>
> 人成各，今非昨，病魂常似秋千索。角声寒，夜阑珊，怕人寻问，咽泪装欢，瞒！瞒！瞒！

不久，唐婉便悒郁而终。

清代诗人舒位游观沈氏园亭时，曾就陆游、唐婉的这场爱情悲剧写过一首七绝：

> 谁遣鸳鸯化杜鹃？伤心"姑恶"五禽言！
> 重来欲唱《钗头凤》，梦雨潇潇沈氏园。

寥寥四句，下笔如刀，无情地鞭挞着以"恶姑"为代表的封建宗法势力，揭露了造成这场人为悲剧的社会原因。

四

纯真的爱，作为人类一种自愿的发自内心的行为，作为自由意志的必然表现，是不能加以强制命令的。外力再大，无法强令人产生情爱；同样，已经产生的情爱，也不会因为外在压力的强大而被迫消失。陆游，这个生当理学昌盛时期的封建知识分子，没有、也不可能以足够的觉悟和勇气，去奋力抗击以母亲为代表的封建宗法势力，但在他的内心世界，却始终不停地翻腾着感情的潮水，而且，一有机会就冲破封建礼法的约束，作直接、率真的宣泄。诚如他自己说的："放翁老去未忘情。"他年复一年地从鉴湖的三山来到城南的沈园，在愁痕恨缕般的柳丝下，在一抹斜阳的返照中，愁肠百结，踽踽独行。旧事填膺，思之凄哽，触景伤情，发而为诗。这种情怀，愈到老年愈是强烈。

陆游五十九岁这年，正隐居于故里山阴。一次夏夜乘舟中，他听到岸边水鸟鸣声哀苦，像是叫着"姑恶，姑恶"，当即联想到他和唐婉的爱情的悲剧结局，随手写下了一首五言古诗，最后四句是："古路傍陂泽，微雨鬼火昏。君听'姑恶'声，无乃遣妇魂？"

九年之后的一个深秋，陆游重游沈园，看到蛛网尘封中当年的题词尚在，而伊人已杳，林园易主，流风消歇，不禁怅然久之。于是写下一首感旧怀人的七律：

> 枫叶初丹槲叶黄，河阳愁鬓怯新霜。
> 林亭感旧空回首，泉路凭谁说断肠？
> 坏壁醉题尘漠漠，断云幽梦事茫茫。
> 年来妄念消除尽，回向禅龛一炷香。

晋朝的潘岳曾任河阳县令，后人遂以"河阳"来指称他。潘岳写过三首悼念亡妻的诗，在文学史上很有名。陆游的这首诗，寄托了对已故去多年的唐婉的深切怀念，同样属于悼亡性质，因而便以"河阳"自喻。诗翁满怀深情地说，林亭回首，泉路无人，如今幽冥异路，重见难期，只能心香一炷，遥遥默祷了。

陆游七十五岁这年春天，再一次来到沈园，目睹非复旧观的园亭景色，感叹好梦难寻，韶光不再，四十载倏忽飞逝，回思既往，益增唏嘘。于是，怀着更加沉痛的心情，为这位无辜被弃、郁郁早逝的妻子，写下了两首七绝：

> 城上斜阳画角哀，沈园非复旧池台。
> 伤心桥下春波绿，曾是惊鸿照影来。

> 梦断香消四十年，沈园柳老不吹绵。

此身行作稽山土，犹吊遗踪一泫然。

　　光阴易逝，诗人已届八十一岁高龄。而爱侣仳离，劳燕分飞，已经整整过去了一个甲子，连他们的最后一面，也是五十年前的旧事了。但是，唐婉的音容笑貌以及寄托着他们无限深情的沈园，却时萦梦寐。这天夜里，诗翁梦中重游了沈氏园亭，醒后写下两首纪实七绝：

　　　　路近城南已怕行，沈家园里更伤情。
　　　　香穿客袖梅花在，绿蘸寺桥春水生。

　　　　城南小陌又逢春，只见梅花不见人。
　　　　玉骨久成泉下土，墨痕犹锁壁间尘。

　　对于美好的事物，人们总是无限追恋的。当残酷的现实扯碎了希望之网时，痛苦的回忆便成了最好的慰藉。一年过后，一个暗淡的秋日，他写下了一首忆旧的七绝：

　　　　城南亭榭锁闲房，孤鹤归飞只自伤。
　　　　尘渍苔侵数行墨，尔来谁为拂颓墙？

　　直到八十四岁高龄，他在《春游》诗中还写道：

　　　　沈家园里花如锦，半是当年识放翁。
　　　　也信美人终作土，不堪幽梦太匆匆。

　　在恋人的眼里，唐婉永远是美目流盼的丽人。诗中的"幽梦匆匆"，乃是追叹他们夫妇美满生活的过于短暂；"美人作土"云云，似是哀婉世间一切美好的事物总逃不脱陨灭的厄运。
　　犹如春蚕作茧，千丈万丈游丝全都环绕着一个主体；犹如峡谷飞泉，千年万年永不停歇地向外喷流。爱情竟有如此巨大的魅力，历数十年不变，着实令人感动。此刻的诗翁已经临近生命的终点，死神随时都在向他叩门；但是，他那深沉、炽烈、情志专一的爱的火焰，却伴随着生命之光，始终都在熠熠地燃烧着。一年过后诗翁也辞别了人世。

"尚余一恨无人会""但悲不见九州同"。晚岁的诗翁念念不忘沦陷的中原，念念不忘地下的唐婉。正是这两个情结，为我们留下了一个感情完整、境界高远的诗翁形象。

一场虚拟的叩访

一

您对我很陌生，先自我介绍两句——耍笔杆的，记者出身，从 20 世纪 60 年代初开始，访问过许许多多文化名人。访问的形式多种多样，有的是对话，有的是问答，有的是纯粹的纪闻——他说我记。唯独这一次例外，变成了记者的独白。

作为访问对象，您原本应该坐在记者的对面，然而，此刻您却没有到场。我的身旁只有这本《断肠集》，封面上印着您的名字：朱淑真。这倒真的用得上老杜的两句诗了："怅望千秋一洒泪，萧条异代不同时！"

二十多年前，我第一次到杭州，正值梅子黄时。当时撑着一把布伞，漫步在丝丝细雨之中。这里靠近"绿水逶迤，芳草长堤"的西子湖，是古临安的著名街巷，据说当年您就曾居住在这一带。地面上的楼台、屋宇，不晓得已经是几番倾圮、几番矗起了。一般的景观我无心过问，只是关注着那些被您写进《断肠集》的"东园""西楼""桂堂""水阁""迎月馆""依绿亭"，想从中寻觅到诗人的哪怕是一丝一毫的心痕足迹。

您的诗集里有"东风作雨浅寒生，梅子传黄未肯晴"的锦句，今天看来，物候大致不差。只是，毕竟八百年过去了，一切一切，都已经满目皆非！由于多年来一直惦记着您的旧游之地，现在得便身临其境，也就执着地向往着此间的一切。结果呢，除了失望，还是失望。

当然，最令我愤懑不平、恨填胸臆的，倒不是因为地面上的遗存没有了，这完全可以理解，而是关于您——这位了不起的文学精灵的兰因絮果，竟然片言只字不见于史册，一切都统付阙如。我们的现存古籍，号称十万种之多，单是南宋以降的史书、笔记，也足以"处则充栋宇，出则汗牛马"了。可是，翻检开来，看看那些连篇累牍、不厌其详地记载的究竟都是些什么物事？怎么就偏偏悭吝于这样一位传世诗词达三四百首的才女！操纵在男性手中的史笔，那些专门为帝王编撰家谱的御用文人们，他们的心全都偏在腋下，竟把您的芳名，连同血肉、带着诗情，一股脑地轻轻抹掉了。

对于您，早在童稚时期，我就萌生了一种美好的印象。那是在读过蒙学课本《千家诗》之后。这部古书收了五七言律绝二百二十六首，除了两首偶然杂进的明人诗外，均为唐宋名家作品，其中您入选了两首，而大名鼎鼎的李清照竟然一首也无。小时候的我，由于记熟了您的《落花》《即景》两诗，便穿越时空，遥接百代，想望风彩。特别是每当春困难挨之时，脑子里总会出现那句"谢却海棠飞尽絮，困人天气日初长"来。

有一次，我在雨中贪玩，捕鱼捉虾，竟然忘记了吃饭，耽搁了上课，老塾师带着愠色，让我背诵《千家诗》中咏雨的诗篇。当我吟过"天街小雨润如酥，草色遥看近却无""绿遍山原白满川，子规声里雨如烟"等令人赏心悦目的清丽诗章之后，塾师轻轻点了一句："朱淑真的诗，你可记得？"我猜想指的是那首《落花》："连理枝头花正开，妒花风雨便相摧。愿教青帝常为主，莫遣纷纷点翠苔。"我当然记得，早已倒背如流了。但因觉得有些伤怀、痛心，便摇了摇头。老师也不勉强，只是轻叹一声："还是一片童真啊，待你到了我这个年纪，就会懂得人生多艰、世事无常了。"当晚回家，当我把这番话说给父亲时，父亲告诉我：老先生的爱侣，十年前在警察署长家充任家庭教师，因为遭到东家的奸污，不堪羞辱，便在一个漆黑的雨夜，含愤跳进了辽河。

那天，老先生专门讲了您的诗词风致之佳、用情之深、体悟之妙，说是"韵味与诗境可以概括为'凄美'两个字"，还扼要地介绍了您的凄凉身世。这样一来，您在我那小小的童心中，除了赢得喜欢，赢得仰慕，又平添了几分怜惜、几丝叹惋、几许同情。

后来，有幸通览了您的《断肠集》，更印证了老师的说法。

> 哭损双眸断尽肠，怕黄昏后到昏黄。
> 更堪细雨新秋夜，一点残灯伴夜长。
>
> 秋雨沉沉滴夜长，梦难成处转凄凉。
> 芭蕉叶上梧桐里，点点声声有断肠。

断肠，断肠，断尽愁肠，道尽了人世间椎心泣血的透骨寒凉。记得为《断肠集》作序的魏仲恭对您下过这样的断语：

> 一生抑郁不得志，故诗中多有忧愁怨恨之语。每临风对月，触目伤怀，皆寓于诗，以写其胸中不平之气。竟无知音，悒悒抱恨而终。自古佳人多命薄，岂止颜色如花命如叶耶！

您的生命结局，说来也是够凄怆惨痛的。一种说法是，辞世之后，"残躯归火"，其根据得之于"魏序"："其死也，不能葬骨于地下，如青冢之可吊；并其诗为父母一火焚之"；另有一说，"投身入水"，毕命于波光潋滟的西子湖，传说，您入水之前曾向着情人远去的方向大喊三声。不仅人死于非命，而且，诗词文稿又被父母付之一炬，因此，传诵而遗留者不过十之一。真乃"重不幸也。呜呼冤哉"！

二

按照学术界的考证，也包括您的诗词所透露的，大略可知，您的少女时代的闺中生活是无忧无虑的，并且有一个情志相通的如意情人。随着年龄的增长，封建道德文化加于女性的桎梏，同您的渴望爱情、张扬个性的矛盾，日益凸显，渐趋激烈。这在您的诗词作品中，得到充分的反映。在您刚刚步入豆蔻年华时，萌动的春心就高燃起爱情的火焰，虽是少女情怀，却也铭心刻骨。且看那首《秋日偶成》：

初合双鬟学画眉，未知心事属他谁。
待将满抱中秋月，分付萧郎万首诗。

"萧郎"，常见于唐诗，大概即是泛指情郎吧。看得出，在您出嫁之前，就已经意有所属了。未来情境，般般设想，诸如诗词唱和、一门风雅，等等，您大概都想到了。正由于心中存贮着这样一位俊逸少年，一位难得的知音，因而点燃起您对未来生活的磅礴的热情和殷殷的向往。那首《清平乐》词，就把这种少年儿女的憨情痴态，描绘得惟妙惟肖。

恼烟撩露，留我须臾住。携手藕花湖上路，一霎黄梅细雨。娇
痴不怕人猜，和衣睡倒人怀。最是分携时候，归来懒傍妆台。

在含烟带露的黄梅季节，您来到湖上与恋人相见，一块游玩。淋着蒙蒙细雨，两人携手漫步欣赏着湖中的荷花，后来觅得一处极其僻静的去处，坐下来，窃窃私语，相亲相爱，如胶似漆。娇柔妩媚的您，再也按捺不住内心的爱火撩拨，索性不顾一切地倒入恋人的怀里，任他拥抱着，爱抚着，旁若无人，无所顾忌，在默默不语中，如痴如醉地畅饮着人间美好恋情的甘甜蜜液。

可是，后来的结局却十分凄惨——由于"父母失审，不能择伉俪"，这场

自由恋爱的情缘被生生地斩断了，硬把您嫁给了一个根本没有感情、在未来的岁月中也无法培植爱的种芽的庸俗不堪的官吏。

就一定意义来说，爱情同人生一样，也是一次性的。人的真诚的爱恋行为一旦发生，就是说，如果心中早已有了意中人，就会在心灵深处贮存下历久不磨的痕迹。这种唯一性的爱的破坏，很可能使尔后多次的爱恋相应地贬值。在这里，"一"大于"多"。对于这种现象，我们应该提到爱的哲学高度加以反思，而不应用封建伦理观念进行解释。

当然，开始时您也曾试图与丈夫加强沟通，培养感情，并且随同他出去一段时间，但是，"从宦东西不自由"，终因志趣不投，而裂痕日深。及至丈夫另觅新欢，您就更加难以忍受了，抗争过，努力过，据理力争过，都毫无效果，最后陷入极端的苦痛之中。于是，您以牙还牙，重新投入情人的怀抱。那般般情态与心境，都写进了七律《元夜》：

火烛银花触目红，揭天鼓吹闹春风。
新欢入手愁忙里，旧事惊心忆梦中。
但愿暂成人缱绻，不妨常任月朦胧。
赏灯那得工夫醉，未必明年此会同。

当时，南宋小朝廷偏安一隅，过着荒淫奢侈的腐朽生活，元宵节盛况不减北宋当年。您曾有诗记载："十里绮罗春富贵，千门灯火夜婵娟。"就在这歌舞升平的上元之夜，您和昔日的恋人别后重逢，互相倾诉着赤诚相爱的隐衷，重温初恋时的甘甜与温馨。正是由于珍惜这难得一遇的销魂时刻，也就顾不上赏灯、饮酒了。明年不知又会有什么情况，能不能同游共乐，尚未可知哩！似乎您在欢情中已经预感到一种隐忧。

一年过去，转眼间又到了元宵佳节。可是，风光依旧，而人事已非。对景伤怀，感而赋《生查子·元夕》词：

去年元夜时，花市灯如昼。月上柳梢头，人约黄昏后。
今年元夜时，月与灯依旧。不见去年人，泪湿春衫袖！

这首词是很有名的，因为其中的感情是那样的真挚，让局外人也不由得不感慨伤情。此时的元夜，虽然依旧热闹，依旧繁华，但是"揭天鼓吹暖春风"的热意却不见了，留给您的只是泪痕湿透的春衫双袖。这种无望的煎熬，直叫人柔肠寸断。我们有理由推测，与您热恋过的那位青年，许是面对社会舆论的压力和家长的阻挠，由于软弱而退缩，此后再不敢或不愿露面了。从此，您从日日夜夜的热切企盼中，转向消沉，深感失望："欲寄相思满纸愁，鱼沉雁杳又还休。"

这样，忆昔追怀，便成了无可选择的唯一的方式了。旧梦重温——对于往日恋情和心上人的思念，无疑是疗治眼前伤痛的并无实效的药方。且看《江城子》词：

> 斜风细雨作春寒。对尊前，忆前欢。曾把梨花、寂寞泪阑干。
> 芳草断烟南浦路，和别泪，看青山。
> 昨宵结得梦夤缘。水云间，悄无言。争奈醒来，愁恨又依然。
> 展转衾裯空懊恼，天易见，见伊难。

"对尊前，忆前欢。"从眼前的孤苦忆及昔日与情人两情相悦、恩爱绸缪的情景，再写到离别时的悲伤；最后，因相思至极而夤缘相会，醒来却是南柯一梦，又由喜而悲，宛转缠绵，缱绻无尽。这样一来，结局必然是绝望，是怨恨：

> 鸥鹭鸳鸯作一池，须知羽翼不相宜。
> 东君不与花为主，何似休生连理枝。

将矛头直指不合理的婚姻制度，责问它为什么要把不相配的人强扭在一起？在《黄花》一诗中，您借菊花以言志，表达了自己绝不苟且求全的态度："宁可抱香枝上老，不随黄叶舞秋风"，说自己宁愿独守终身，也不再随便凑合。这在封建礼教森严的时代，同样是一种绝不妥协的叛逆行为。您日益感到世事的无常和情感的空虚。那种情态，正如当时人所记载的："每到春时，下帏跌坐，人询之，则云：'我不忍见春光也。'盖断肠人也。"

您在《减字木兰花·春怨》中，也曾写道：

> 独行独坐，独唱独酌还独卧。伫立伤神，无奈春寒著摸人。此情谁见，泪洗残妆无一半。愁病相仍，剔尽寒灯梦不成。

三

文人的心，是相通的。在我由少而壮，世事渐明之后，我的感知又出现了变化，也可以说获致一种升华。由童年时对您的才情钦慕、无尽哀怜，转而为由衷地敬佩，激烈地赞赏。您可能会问：敬佩什么？赞赏什么？答复是：敬佩您的胆气、勇气、豪气，赞赏您的凛然无畏、冲决一切的叛逆精神。

如果说，男人生命中离不开爱情的滋润；那么，对于女人来说，爱情简直就是生命的存在方式。一位西方哲人说过，爱情在女子身上显得特别美。因为女子把全部精神生活和现实生活都集中在爱情里和推广为爱情。古代女子，尽管受着政权、族权、神权、夫权的压榨，脖子上套着封建礼教的重重枷锁，但她们从来也没有止息过对于爱情的向往、追求，只是表现形式有所不同。

在旧时代，当命运搬错了道岔儿，"所如非偶"，爱情的理想付诸东流的时节，大多数女性是把爱情的火种深深埋在心里，违心地听从父母之命，委屈窝囊地遣送流年，直到断尽残生。再进一层的，抱着抗争的态度，不甘心做单纯供人享乐的工具，更不认同"嫁鸡随鸡，嫁狗随狗"的混账逻辑，于是，偷偷地、默默地爱其所爱，"红杏"悄悄地探出"墙外"。更高的层次是勇敢地冲出藩篱，私奔出走，比如西汉年间的卓文君。

在几千年的中国封建社会里，私奔，一向是被视为奇耻大辱，甚至大逆不道的。而卓文君居然敢于冒天下之大不韪，跟着心爱的人司马相如毅然逃出家门，大胆冲破封建礼教的约束，勇敢地追求自由、追求爱情的幸福，不惜抛弃优裕的家庭环境，去过当垆卖酒的贫贱生活。做到这一点十分不易，那要终生承受着周围舆论的巨大压力。不具备足够的勇气，是下不了这个决心的。当然，较之她的同类，卓文君属于幸运之辈。由于汉初的社会人文环境比较宽松，不像后世的礼教罗网般的阴森密布，她所遭遇的压力并不算大；再者，不同于其他女性，有幸投靠了一个著名的文人，结果不仅没有遭到鞭笞，反而留下一段千古风流佳话。

应该承认，从越轨的角度说，您同卓文君居于同等的层次，可说是登上了爱情圣殿的九重天。这里说的不是际遇，不是命运，而是风致、豪情和勇气。您，作为一位出色的诗人，不仅肆无忌惮地爱了，而且，还敢于把这神圣不可侵犯的权利张扬在飘展的旗帜上，写进诗词，形诸文字。这样，您的挑战对象就不仅是身边的、并世的亲人、仇人，或各种不相干者，而且要冲击森严的道统和礼教，面对千秋万世的口碑与历史。就这一点来说，您的勇气，您的叛逆精神，较之卓文君有过之而无不及。何况，您所处的时代条件的恶劣、社会环境的严酷，那要几倍于卓文君的。

爱情永远同人的本性融合在一起，它的源泉在于心灵，从来都不借助于外力，只从心灵深处获得滋养。这种崇高的感情，只有开始而没有结束。爱情消灭了时间、空间的限制，是永恒的。在这里，叛逆诗人以其豪迈的激情、悲壮的歌吟，向封建礼教勇敢地宣战，无论其为胜利，或者招致失败，都同样不朽。

有宋一代，理学昌行，"三从四德"的封建伦理，"饿死事小，失节事大"的残酷教条禁锢极深，社会舆论对于妇女思想生活的钳制越来越紧。当时，名门闺秀所受到的限制尤为严苛，"有女在堂，莫出闺庭。有客在户，莫出厅堂"，"莫窥外壁，莫出外庭。窥必掩面，出必藏形"。对于闺中女子来说，是一种完全封闭的状态。

令人难以理解的是，在那些无耻的男人身上，无论你把形形色色的淫猥秽乱描写得多么不堪入目，依然难以穷尽他们的丑恶，可是就算这样，也没有人去谴责，去唾骂；而完全属于人情之常的妇女再嫁，却会招人诅咒，更不要说"偷情""婚外恋"了。什么"桑间濮上之行"，什么"淫娃荡妇"，一切想得出来的恶词贬语，都会像一盆盆脏水全部泼在头上。

而您，那位儒家的大管家、宋代理学集大成者朱熹老夫子的族侄女，居然造反造到他老先生的头顶上。作为一个爱恨激烈、自由奔放、浪漫娇痴的奇女子，作为一个不满于封建婚姻、对抗传统道德、热烈追求个人情爱、自我觉醒的勇敢女性，全不把传统社会的一切规章礼法放在眼里，并以诗词形式进行大胆的描写，质疑妇女的传统生活方式，向往闺阁庭院以外的世界，再现了个人理想的挣扎，执着地追求生命中美好的情感、精神。由于您的思想、行为与世俗成规和周遭环境格格不入，所以长期以来被视为"另类"，牵累到您的诗词也长期受到不公平的评价。

那首《生查子·元夕》词，竟至聚讼纷纭，从南宋一直闹到晚清。有的把它作为"不贞"的罪证加以鞭挞，承认"词则佳矣"，但"岂良人家妇所宜邪"？有的则出于善意，为了维护您的"贞节"之名，说成是误收，于是把它裁到大文豪欧阳修头上。具有讽刺意味的是，在纳妾、嫖妓风行的男权社会中，尽管欧阳修以道德文章命世，却没有任何人加以责怪，偏偏在一个女子身上就成了大逆不道，岂非咄咄怪事！

其实，说到家，也无非是这么一点春心缭乱，根本谈不上什么"淫乱"。试问，那时节哪个文人没有这种出轨意识？所不同的只是您把它写进了诗词，却又写得十分娴雅、优美，完全不同于那些淫媒污秽、不堪入目的货色。但在那些道学先生眼中，却通通都成了罪证，他们一色的道貌岸然，却一肚子男盗女娼，"一见短袖子，立刻想到白胳膊，立刻想到裸体，立刻想到生殖器，立刻想到性交，立刻想到杂交，立刻想到了私生子。中国人的想象，惟在这一层能够如此跃进"。（鲁迅先生语）大约也正是基于此吧，您才写了那首反讽的诗，以"自责"的形式，谴责道学对女性的束缚，抒发对封建礼教的愤慨之情：

> 女子弄文诚可罪，那堪咏月更吟风。
> 磨穿铁砚非吾事，绣折金针却有功。

"咏月吟风"的结果，是一个天真无邪的旷代才女，被活活地逼死了。

在您身后几百年，清代文人吴敬梓在《儒林外史》中塑造了"自古及今难得的一个奇男子"形象——杜少卿。他"奇"在哪里呢？一是鄙弃八股举业，粪土世俗功名，说"秀才未见得好似奴才"；二是敢于向封建权威大胆地提出挑战，在"文字狱"盛行之时，竟敢公然反驳钦定的理论标准——"四书"的朱注；三是敢于依据自己的人生哲学，说《诗经·溱洧》一章讲的只是夫妇同游，并非属于淫乱；四是他不仅是勇敢的言者，而且还能身体力行，在游览姚园时，竟坦然地携着娘子的手，当着两边看得目眩神摇的人，大笑着，情驰神纵，惊世骇俗地走了一里多路。那些真假道学先生为之痛心疾首，却又无可奈何。

那么，若是将这位"奇男子"同数百年前理学盛炽的南宋时期的这位"奇女子"比一比呢？无论是勇气、豪情，还是冲决一切、无所顾忌的叛逆精神，简直就是小巫见大巫了。

正是出于一种由衷的敬意，于是，我有了这次虚拟的叩访。

风波中的彻悟

一

那年夏天，我在大连白云书院文学讲座上，说到"诗言志""言为心声"时，曾引用明代学者杨升庵的一首《临江仙》词作为例证。课后，一位听众提问：这首词写进了长篇小说《三国演义》，现在正在热播的同名电视剧，主题曲也是这首《临江仙》词。人们都知道，《三国演义》的作者是罗贯中，他是元末明初的著名小说家。而您刚才说这首词是杨升庵的作品，又说他是明代中晚期人。这就出现了矛盾：一个明代中晚期人的作品，怎么会被元末明初的罗贯中收进小说里去呢？

这个问题很有意思；可是，说开了却又十分简单。原来，《三国演义》经过了清代顺治初年长洲士人毛纶、毛宗岗父子的整理加工，在进行评点的过程中，把杨升庵这首词置于卷首，以托寓其人生态度和价值取向。就是说，与原初作者罗贯中没有干系。

至于杨升庵之所以要写作这种格调、这种思想倾向的词，那说起来可就绝非三言两语所能奏效的了。

古往今来，每一个人，每一件事，都存在于时间和空间的一个交叉点上，无论人们怎样冀求长久，渴望永恒，但相对于历史长河来说，却只能是电光石火一般的瞬息、须臾。生命的暂住性，事物的有限性，往往使人堕入一种莫名的失望和悲凉。当然，这又是无法避免的，因为只要生活在具体的时空里，每一个个体的人与事，就总会显现出它真正的渺小和空幻。

为了摆脱这一根本的局限性，超出生命长度，得到更多更多，无数英雄豪杰费煞移山气力，耗尽无涯岁月，到头来总不能如愿以偿，最后只好悻悻然而去。大约只有在宗教和艺术的幻想中，才可能侈谈所谓"绝对的超越"。一切历史只能复活在记忆与叙述之中，一切"绝对的超越"，一切永恒只能存在于想望之中。

人生的历程是不可逆的。任何人生命的时空，在现实生活中都是一次性的。正是这生命的一次性，使我们从出生的一刻起，就面临着死亡，面临着结束。因此，作为个体的生命，暂居性便成了无可改变的状态。在历史的长河中，我们所能亲历的只是时间中的瞬间。盖世英杰也好，村野凡夫也好，无论是谁，分享的都只是这个永恒世界中的短暂的现在。归根结底，还是李太白说得透彻："今人不见古时月，今月曾经照古人。古人今人若流水，共看明月皆如此。"

明代著名学者杨升庵，正是基于这一点，才在晚年创作的《历代史略十段锦词话》（亦称《二十一史弹词》）中，抒发了这番感慨。这部词话上起鸿蒙初辟之时，下至元代，共分十部分。其中第三段的开场词，就是这首《临江仙》，上阕是：

> 滚滚长江东逝水，浪花淘尽英雄，是非成败转头空。青山依旧在，
> 几度夕阳红。

词意十分鲜明，无非是览史兴怀，抒写由沧桑迭变所引发的人生感悟。这

里化用苏轼《赤壁怀古》的成句，巧妙地把长江东逝与人物迁流联系起来。江水滔滔，今古无异，而历史上匆匆来去的"千古风流人物"，却如巨浪淘沙，消逝净尽。

诗人纵观历史，思量世事，发现了一个令人嗒然无奈的事实："是非成败转头空。"万千成败是非，转瞬间烟消云散，与历史长河相比，实在显得非常的渺小与短暂。杨升庵对历代盛衰兴亡、千古英雄成败的彻悟，并不是无谓而发的，里面渗透着他从自身的颠折遭际中所获得的真切、实际的生命体验。

二

杨升庵，名慎，四川新都人，出身于中国封建社会后期一个典型的官僚地主家庭，从小就受到良好的家庭教育。父亲杨廷和是吏部尚书、武英殿大学士，一朝宰辅，元老重臣，而祖父、叔叔、弟弟、儿子，也都是进士及第，因此，有"一门科第甲全川"之誉。他二十一岁时，参加会试，主考官已将他的文章列为卷首。不料烛花竟落到试卷上，烧出了一个窟窿，结果名落孙山。三年之后，他在二十四岁时，殿试第一，考中状元，任翰林院修撰和经筵讲官达十二年之久。早期的仕途上，飞黄腾达，春风得意。他也以直言敢谏驰名朝野。当时，武宗正德皇帝不务朝政，荒淫无度，专门寻花问柳，设置"豹房"，还带着宦官化装外出，到处奸淫民女。杨升庵呈上奏章，指责皇帝"轻举妄动，非事而游"，犯颜直谏，但皇帝未予理睬。后来，武宗纵欲亡身，没有子嗣，也无兄弟，经内阁首辅杨廷和与皇太后张氏商定，依照《皇明祖训》"兄终弟及"的规定，由其同辈庶出的近支堂弟朱厚熜继承大统，是为世宗嘉靖皇帝。

世宗即位第六天，就下诏礼部，命廷臣集议自己生父兴献王的主祀和尊号。以首辅杨廷和为首的府部群臣一致认为，本着帝系继统制度，应该以国为重，"继统继嗣"，这就要称武宗之父、兴献王之兄孝宗为"皇考"，而称兴献王为"本生父"或"叔父"。可是，年仅十六岁的少年天子，为了提高本家宗族的地位，决意打破这个规定，以其生父兴献王为"皇考"，奉祀以皇帝尊号。从宗族承嗣上看，这就意味着脱离了孝宗、武宗支派，从而在朝廷中引发了一场承认皇统还是尊奉家系的所谓"大礼议"的激烈论争。当时内阁大臣中分为两派，新科进士张璁等主张遵从上意，称孝宗为皇伯，并提供了许多理论依据；而内阁派杨廷和父子和众大臣都坚决反对。嘉靖皇帝为了维护其本宗权益，保持他的绝对权威，并防止相权借此膨胀，断然固持已见。杨廷和愤然以辞官归里相要挟，皇帝并不予以挽留。

于是，皇帝正式下诏改称生父为恭穆献皇帝，杨升庵便纠集一些人上疏切谏，没得到答复，他又和廷臣们跪伏左顺门外请愿。皇帝更加震怒，下令将带头抗命的八个人逮捕下狱。这就更加激起了群臣的愤慨，杨升庵年轻气盛，激动万分，高喊："国家养士一百五十年，仗节死义，正在今日！"当日有二百多名廷臣在金水桥畔、左顺门前跪伏痛哭，抗议非法逮捕朝臣，高呼"太祖高皇帝""孝宗皇帝"，声震云天，响彻宫廷。皇帝下令逮捕哭声最大的一百三十四人，投入锦衣卫诏狱，全部廷杖。杨升庵被杖击后，死而复苏；十日后，再次廷杖，几乎死去，最后，谪戍云南永昌（今保山县），"永远充军"。这一年，他三十七岁。

左顺门事件被弹压下去之后，除个别人外，基本上没有人公开持反对意见。嘉靖皇帝遂把他父亲的神主，从湖北安陆迎奉入京，尊号为"皇考恭穆献皇帝"。

关于这场轰天动地的宫廷大案的是非曲直，后世意见不尽一致。《明史》对嘉靖帝是持批评态度的，说将他生父"升祔太庙，而跻于武宗之上"，实在过分，这无异于肯定杨升庵等人行为的正义性。当代学者王文才认为，"在这次激辩中，杨慎奋抗暴君，痛击邪曲，表现其'见义不敢后身'的政治品质"。（见《杨慎诗选序》）而台湾学者柏杨则对杨升庵予以激烈抨击，鉴于他所坚持的是宋代程朱理学，斥之为"卫道之士"的"奴性狂热""恬不知耻""颠倒是非"。（见《中国人史纲》）其实，这两方面的是是非非，恐怕未必存在太大的实际意义。如果说，在皇帝那边还有个切身利益与宗族地位的考量；那么，对于杨升庵来说，无非是头脑里的"礼制"作怪，那么拼命奋争，直至付出几十年的惨痛代价去较这个死劲，既不能说"奴性狂热""恬不知耻"，大概也谈不上什么"义所当为"。

当然，这是后人的评说，作为当事人，杨升庵的彻悟绝对需要时间，需要实践，其间不仅有出生入死的生命体验，还离不开数十载穷边绝塞谪戍岁月的苦难生涯。

嘉靖皇帝登极后，二十余年置朝政于不顾，整天躲进西苑，炼丹修道；可是，却时刻记着杨氏父子的"仇口"。他曾咬牙切齿地说，他在位一天，就不让杨升庵有出头之日，真是结下了永远解不开的死疙瘩。而偏偏这个昏庸君主在位时间又特别长，足足四十五年，致使杨升庵不要说回朝任职，即便普通的罪犯年老多病之后返回故里的"优渥"，他也享受不到。父亲去世，他曾奔丧归里，但很快即返还戍所。后来，已经年满七十，他从云南偷偷溜回四川，巡抚察知之后，立刻派遣"四指挥逮之还"。

三

生活是一部教科书。当日的鲜花着锦、烈火烹油般的荣华富贵，转瞬间化为乌有，由权力的峰巅跌入幽暗的谷底，这惨痛的遭遇，特别是政治上大起大落的浮沉跌宕，在给予他以沉重打击的同时，更使他在精神上获得了升华。作为一代哲人，他从庄子那里悟解了达生之道，认识到在人生的道路上，不如意事常八九，尽可奉行"模糊哲学"，等同地看待那些荣辱、穷通，是非、得失。只要自己能够克服心理上的诸般障碍，则对人间万事尽可弛张莫拘，舒卷无碍。恰如他在《临江仙》词的下阕中说的：

> 白发渔樵江渚上，惯看秋月春风。一壶浊酒喜相逢，古今多少事，
> 都付笑谈中。

不要说后世的论者，即使他自己，数十年后，作为一个远戍蛮荒的平头百姓，徜徉于山坳水曲之间，以淡泊的心境回思往事，料也能够感到，当年拼死相争的所谓"悠悠万事，唯此为大"的皇上称父亲为皇考还是为皇叔的所谓"大礼议"，不过是"相争两蜗角，所得一牛毛"。真个是"古今多少事，都付笑谈中"了。

实际上，这种彻悟与觉醒，不只是反映在这首《临江仙》词里。综观其后

期的大部诗作，特别是《历代史略十段锦词话》，可以说，里面贯穿了这种淡泊功名、脱略世事的蕴涵。且看词话《总说》中的《西江月》：

> 天上乌飞兔走，人间古往今来。沉吟屈指数英才，多少是非成败。富贵歌楼舞榭，凄凉废冢荒台。万般回首化尘埃，只有青山不改。

《说三代》里的《南乡子》：

> 携酒上吟亭，满目江山列画屏。赚得英雄头似雪，功名。虎啸龙吟几战争。
> 一枕梦魂惊，落叶西风别换声。谁弱谁强都罢手，伤情。打入渔樵话里听。

《说宋辽金夏》中的《蝶恋花》：

> 简尽残编并断简，细数兴亡。总是英雄汉，物有无常人有限。到头落得空长叹。富贵荣华春过眼，汉主长陵，霸王乌江岸。早悟夜筵终有散，当初赌甚英雄汉！

看得出来，这些词作既是他多年谪戍生涯、惨淡心境的真实写照，刻画出他以秋月春风、青山碧水为伴，寄情渔樵江渚的闲情逸趣，也是诗人赖以求得自我解脱，从一个方面放弃自己，又从另一方面获得自己的一种价值取向。正是这种超然物外，摒弃种种世俗烦恼，对个人的一切遭际表现出旷怀达观的人生态度，帮助他度过了漫长、孤苦的凄清岁月，最后得以七十二岁的上寿，终其天年。

四

杨升庵差堪自慰的是，他有一位爱情甚笃且擅诗词散曲、多才多艺的夫人黄娥。在这对贤伉俪的生命旅途中，相依相伴、鹣鲽情深的岁月极为短暂，而"执手相看泪眼"，生离甚至死别的时日，却无比漫长。在杨升庵遣戍滇南途中，黄娥以羸弱之躯，不惮跋涉之苦，对丈夫殷勤照护。她不放心丈夫的病体和疮痛，执意要亲自护送到蛮烟瘴雾之地。但升庵看到妻子面黄肌瘦、弱不禁风的状态，再也不忍心让她同受折磨了，而且家里还有老人需要照顾，行至江陵驿站，便力劝她返回四川新都老家，并填写一首《临江仙》词送别：

> 楚塞巴山横渡口，行人莫上江楼。征骖去棹两悠悠，相看临远水，独自上孤舟。却羡多情沙上鸟，双飞双宿河洲。今宵明月为谁留？团团清影好，偏照别离愁。

"楚塞"指江陵西面的南津关，由此溯江而上，妻子即可入蜀还乡。两人不忍分开，又不得不分开。正在离人饱尝生别之苦时，偏偏此刻又有圆月当头，更令人苦痛加倍，难以为情。

升庵行至金沙江畔，回思夫妇当时泣别的情景，又以一首七绝状写其填胸塞臆的苦情：

> 岂意飘零瘴海头，嘉陵回首转悠悠。
> 江声月色那堪说，肠断金沙万里楼。

黄娥回到新都，看到桂湖风物依旧，而人事全非，含泪写下怀念丈夫的七律《寄外》：

> 雁飞曾不度衡阳，锦字何由寄永昌。
> 三春花柳妾薄命，六诏风烟君断肠。
> 日归日归愁岁暮，其雨其雨怨朝阳。
> 相闻空有刀环约，何日金鸡下夜郎。

据清代学者王昶《滇行日录》记载："访升庵谪居故址，今为甲杖库，入视之，有楼三楹，颓废不可憩矣。楼下有人书黄夫人'三春花柳'律句。"可见，此诗当时流传甚广。黄娥后来还曾写《又寄升庵》：

> 懒把音书寄日边，别离经岁又经年。
> 郎君自是无归计，何处青山无杜鹃。

一个"懒"字，既刻画了寄信人慵懒不爽、了无情绪的心理状态，又反映了长期思念丈夫，经岁经年不得相见的精神痛楚。既然归来无日，那就特请无处不在的泣血杜鹃来传送心曲吧。杜鹃的"不如归去，不如归去"的阵阵凄苦哀号，恰似女诗人的声声呼唤。

升庵谪戍初期，黄娥曾去云南永昌探望，夫妻同住两年多时间。后来老父去世，升庵赶回新都治丧，夫妇得以再次短暂会面。此后，就山长水远，劳燕分飞，只能在梦中相见了。

五

杨升庵谪戍生涯中，"壮心不堪牢落"，投荒多暇，于书无所不读，至为刻苦、勤奋，著述达四百余种，诗词传世两千余首。清人李调元在《函海》序中，称他为"古来著书最富第一人"。《四库全书总目提要》对于他的诗词评价很高：升庵"以博洽冠一时，其诗含吐六朝，于明代独立门户"。此外，他在天文、地理、语言、戏曲、书画、医学、金石、博物等方面，均有建树。特别是在哲学、文学、史学方面，"拔戟自成一队"，取得了突出的成就。因此，从一定意义上说，他的失败促成了他的成功——他在仕途上的惨痛失败，为他在学术、创作上的巨大成功提供了必要的条件；而他在物质生活上的损耗，恰恰增益了他在精神世界中的获取。他以摒弃后半生的荣华富贵为代价，博取了传之久远的学术地位。

他在晚年，对于年轻时所拳拳服膺并为之奔走呼号的程朱理学，作了深刻反省。他从学术、思想诸多方面批评朱熹，指责他"违公是远情"，用自己的理学思想来诠释儒家经典，否定汉唐诸儒经说，以确立自己的思想权威，而后儒不察，盲目地仰承他的鼻息，为害至大。

尤其值得称颂的是，他在永昌"化育多士"，堪与谪居儋州的苏东坡媲美。在久居边徼的流人中，就其敷扬文教、文化交流的善行来说，有明一代，应首推杨升庵。他的足迹遍布滇云大地，讲学、结社、觞饮、留题，当地士人，无论识与不识，都载酒从游。一时，就学问道者塞满山麓，肩摩踵接。（见《蒙化府志》）杨升庵所到之处，操觚题诗，撰书刻石，在云南各地留下了大量碑碣。时人李元阳在《送升庵先生还螳川客寓诗序》中说："先生尝读书点苍山中，著《转注古音略》以补字学之缺。一时问字者摩肩山麓。先生今日复至，则曩昔问字之士，皆崭然露头角为闻人矣。识者谓先生所至，人皆薰其德而文学用昌，有不及门而兴起矣，况亲炙之者乎！"

对于杨升庵晚年纵情声色，流连歌妓，几至颓废的程度，论者颇有微词。明人王世贞《艺苑卮言》中说：升庵贬谪滇中，有东山携妓之癖。当地一些部落的首领，为了得到他的诗文翰墨，常常遣使一些歌妓身裹白绫，当筵侑酒，就便乞书，升庵即欣然命笔，醉墨淋漓裙袖。其在泸州，醉中以胡粉扑面，作双丫髻插花，由门生抬着，诸妓捧觞侍侧，游行城中，了无愧怍之感。明代画家陈洪绶绘有《升庵簪花图》，更是形象地刻画出这种情态。

我们没有必要"为贤者讳"，这种佯狂作态，放浪形骸，无疑昭示了杨升庵晚年落拓无聊，放荡不羁的心境。但在我看来，也在一定程度上反映了他的愤世嫉俗、玩世不恭的心理，是对其终身流谪徼外这种过苛的处罚的消极反抗；同时，也是他全身远祸、韬光养晦的一种方式。因为嘉靖皇帝出于对杨氏父子的愤恨，时时欲置之于死地。史载："世宗以议礼故，恶其父子特甚。每问慎作何状，阁臣以老病对，乃稍解。慎闻之，益纵酒自放。"从这一点看，升庵的"故自贬损，以污其迹"，实在也有其迫不得已的苦衷。

纳兰心事几曾知

一

纳兰性德的挚友曹寅写过这样两句诗：

家家争唱《饮水词》，纳兰心事几人知。

性德满洲正黄旗人，出身名门贵族，他的父亲明珠是权倾朝野的宰相，官阶从一品，位列文官之首。他本人更是一路春风得意，十八岁中举，二十二岁成了二甲进士，后来被授为皇帝的一等侍卫，出入扈从，显赫无比，直到三十一岁去世，一直得到康熙帝的青睐和倚重。他天资早慧，英才艳发，是清代成就卓异的词人，曾被王国维誉为"北宋以来，一人而已"。纳兰词在他生前就有刻本问世，产生过"家家争唱""传写遍于村校邮壁"的轰动效应。

纳兰公子是一个长于思索，心事很重的人。他的师友回忆说，年少时，由于未经世事的磨炼，他闲谈天下事常常是无所避忌的；及长，阅历增多，沧海惯经，就逐渐地成熟、老练了，"料事屡中，不肯轻为人谋""或问其世事，则不答，间杂以他语。人谓其慎密，不知其襟怀雅旷固如是也"。他酷爱诗词，日常行止交游，每有所感，总要通过吟诗填词来抒怀寄兴，习惯于运用文学形式以尽倾积愫，吐露衷曲。这应是《饮水词》的一大特点。但是，正如曹寅所慨叹的，恐怕没有多少人能够透过那些清词丽句来洞见作者的深心，深刻悟解其背后的底蕴。

当然，他的一些知心朋友、莫逆之交，对此还是早有洞察的。纳兰的挚友，长他三十二岁的严绳孙说，公子辞世前一个多月，为他返回江南无锡饯行，座上并无他人，相与议论生平之聚散，人事之终始，备极恳恳；语有所及，往往怆然伤怀。两人执手握别之际，看当时纳兰的神情，似乎有所不能释然于怀者，却又没有迳情直述，梗塞着一种难言之隐。他还谈到，在日常生活中，纳兰公子总是惴惴然，存在着临深履薄般的忧惧。

其实，这种心曲，只要认真研索他的诗词作品，不难看得一清二楚。有人统计，在现存三百多首词中，"愁"字用了近百次，"泪"字、"恨"字也都出现过几十次；此外像"断肠""无奈""伤心""怆怀""无意绪""可怜生""冰霜摧折""芳菲寂寥"等，几乎是开卷可见，字里行间渗透着深挚而哀怨的情思，宛若杜鹃啼血，声声凄切；即便是一些情辞慷慨、奋袖激昂之作，也间杂着变徵之音，流露出沉痛的人生空幻之感。

　　　　我是人间惆怅客，知君何事泪纵横，断肠声里忆平生。
　　　　强把心情付浊醪，读《离骚》，愁似湘江日夜潮。
　　　　君不信，向西风回首，百事堪哀！
　　　　自然肠欲断，何必更秋风！
　　　　余生未三十，忧愁居其半。心事如落花，春风吹已断。
　　　　长漂泊，多愁多病心情恶。心情恶，模糊一片，强分哀乐。
　　　　残阳影里，问归鸿、归来也未？且随缘、去住无心，冷眼华亭鹤唳。

一般地说，这种悲观厌世、空虚苦闷的心理状态，应该属于那种孤臣羁旅、迁客流人。没有经历过坎坷崎岖的颠折，危身灭门、破国亡家的奇祸的，很难获得这种生命体验和心灵体验。而纳兰性德，当然是与此毫不沾边的。

他的祖辈跨着野性难驯的征骑，冲出丛林莽原，驰驱南北，他的躯体里流淌着一个勇武剽悍、劲健雄强的游猎民族的血液；

他出身于钟鸣鼎食、裘马轻肥的天潢贵胄之家，自幼生长在温柔富贵乡、烟柳繁华地，熏沐在绮靡金粉的环境里，到处都是花团锦簇，紫舞红翻；

他是八旗子弟中的凤毛麟角，中华大地上新一代的佼佼者，在飞黄腾达的锦路鹏程上，受到时人的敬重，父母的珍爱，天子的赏识；

他在世人眼中是典型的幸运儿，可以说是要风得风，要雨得雨。功名冠冕，安富尊荣，举凡常人所向往、所企盼、所追求的，他几乎全部都拥有了。

而就是这样一个人，竟然富有戏剧性地产生颓唐的心态，发出哀婉凄切的心灵悲歌，词作以长愁伤感闻名，声泪俱随，令人不能卒读。这种奇异的生命现象，实在是令人诧异，难于索解。

清代学人杨芳灿在《纳兰词序》中分析：

> 先生貂珥朱轮，生长华腴，其词则哀怨骚屑，类憔悴失职者之所为。盖其三生慧业，不耐浮尘，寄思无端，抑郁不释，韵淡疑仙，思幽近鬼。年之不永，即兆于斯。

词人芑川对此也曾发出过疑问，并试图加以诠释：

> 为何麟阁佳儿，虎门贵客，遁入愁城里？此事不关穷达也，生就肝肠尔尔。

其然，岂其然乎？

二

西人有所谓"性格决定命运"的说法。如果我们把"生就肝肠尔尔"理解为性格特征的话，那么，可以说，正是纳兰性德所处的特殊的社会历史环境，他的独特的个性及其内在思想冲突这内外两方面，造就了他的凄婉的悲剧品格。

纳兰公子是吸吮汉文化的乳汁长大的，自幼深受儒家学说的浸染，抱定了立德立功、显亲扬名的宏图远志。他同中国历代的读书士子一样，沉酣在"学而优则仕"的迷梦里，在"闲庭照白日，一室罗古今。偶然此楼栖，抱膝悠然吟"的环境和心态下，俨然以诸葛孔明自居，留心当世之务，不屑以文字名世，只待知音举荐、圣主赏识，然后一展鸿才，"竟须将、银河亲挽，普天一洗。麟阁才教留粉本，大笑拂衣归矣"。他想干一番经天纬地的事业，然后功成不居，解佩出朝，退居林下，彻底实现一个政治家的人生之旅。

为了使凤愿得偿，他清介自持，刻苦向上，虽然身处贵盛之家，而闲斋萧索，庭院寂然，户外没有登门进谒的趋奉之勤，内庭没有裙妓、丝管、呼卢、秉烛之游。每当凤夜寒暑，晨昏定省之余，他总要抓住片刻闲暇，游心于翰墨，寄情于艺林，并能撷其英华，匠心独至，表现出高雅的襟怀和强烈的使命感，也充分揭示了处于上升阶段的阶级成员所特有的勤奋精神和进取心态。

但是，实际上却是事与愿违，他所面对的现实，完全是另外一种状态。如同他的最知心的朋友顾贞观所说："所欲施之才百不一展，所欲建之业百不一副，所欲遂之意百不一酬，所欲言之情百不一吐"。纳兰自己在诗词中也是这样说的：

> 我今落拓何所止，一事无成已如此。
> 平生纵有英雄血，无由一溅荆江水！

> 马齿加长矣，枉碌碌乾坤，问汝何事，浮名总如水，判樽前杯酒，
> 一生长醉。

　　那么，这种状态又是怎么造成的呢？

　　原来，康熙皇帝出于对纳兰公子的赏识，以其出身于勋戚之家，又有超人的姿质，一照面便对他倍垂青盼，把他留在自己身旁，视作心腹，擢为侍卫。而且，一任就是十年，直至公子病逝。对一般人来说，有幸成为天子宠臣，目睹龙颜之近，时亲天语之温，真是无比荣耀，无上尊贵，求之不得，可是，纳兰却大大不以为然。他十分清楚这种职务的实质：努尔哈赤崛起之初，大汗的侍卫由其家丁或奴仆充任，担负保安、警卫事务，后来虽然改由宗室、勋戚子弟担任，但其性质仍是司隶般的听差，在皇帝左右随时听候调遣，直接供皇帝驱使，具体负责宫廷宿卫，随驾扈从。

　　在纳兰心目中，当侍卫，入禁庭，实无异于囚禁雕笼，陷身网罟。他在《咏笼莺》的五言律诗中，借咏物以抒怀，可谓凄怆怅惋，寄慨遥深。

何处金衣客，栖栖翠幕中。
有心惊晓梦，无计啭春风。
漫逐梁间燕，谁巢井上桐。
空将云路翼，缄恨在雕笼。

　　黄莺别号"金衣公子"。享用着锦衣玉食，却戴着金枷银锁的纳兰公子，引"笼莺"以自况，真是最恰当不过了。你看这个莺儿，遍身绮羽，食以香谷，罩以雕笼，整天蹦蹦跳跳，被人玩弄于股掌之上，既无冻馁之虞，又不愁惨遭弹丸的袭击，表面上看去，真是富贵安逸，令人艳羡。它什么都有了，唯一缺少的是身心自由，——它不能像其他同类那样任意地飞翔，自在地鸣啭。

　　因此，它的内心是十分苦闷的，"栖栖"二字，透出了端倪，可见那种蹦跳不停的举动，并非由于心情振奋，而是栖栖惶惶、焦躁不安的表现。"何处"一词，是说它原本不在这里，并非笼中固有之物。颔联中的"有心""无计"，写黄莺凄惶、焦躁的缘由，表明矛盾的所在，里面透露着一种蓄势，一种期望，一种新的觉醒：要冲破梦幻，面对现实，要勇于抗衡，争取自由。颈联写黄莺心灵的跃动，写它想望、向往着"翠幕"外的广阔天地，歆慕初春时节上下翻飞、呢喃细语梁间的紫燕，艳羡筑巢、饮露于高梧之上的桐花凤。而这一切，在它都成了难以实现的幻想。尾联以冷语作结：空有同样的羽翼，空对浩渺的苍冥，最后只能在雕笼中默默地吞声饮恨，郁郁以终。

如果说，这还只是情辞委婉的拟托，那么，他的《拟古诗》则是愤懑直陈了：

> 我本落拓人，无为自拘束。
> 倜傥寄天地，樊笼非所欲。
> 嗟哉华亭鹤，荣名反以辱！

一开板就毫不隐讳地申明：我本是散淡、落拓的人，寄倜傥于天地，不想受到任何形式的拘束，因此，对于樊笼厌恶极了。可是，时乖命蹇，造化欺人，最后还是变成了"华亭鹤"，反因荣名羁绊而受尽拘辱。古人有"人生在世间，贵乎得所图。问渠华亭鹤，何似松江鲈"的诗句，"华亭鹤"与"松江鲈"，都出在上海的松江，这里面各有一个故典：晋代陆机为奸人所谗，临刑前叹曰：再想听听华亭鹤的叫声，做不到了！而同时代的张翰则知机在先，他以想念故乡的鲈鱼味美为由，毅然挂冠，归隐吴中，从而避开残酷政治的风险，得全性命于乱世。从纳兰所引据的故典中，不难窥见其悔涉仕路、误陷牢笼的隐衷。

悔也罢，误也罢，其实都是无能为力、无可奈何的。像不能拔着自己的头发离开地球一样，纳兰所面对的同样是无法扭转的命运，在皇帝的长拳利爪之下，他的人生道路是不属于自己的。

再联系到远处穷荒绝塞的吴兆骞和身边的顾贞观、陈其年、严绳孙、姜宸英等一时佳隽的凄苦处境，更令他感到失望与伤感。他对现实中英才不被赏识而庸才、蠢材却能飞黄腾达，且又"一人得道，鸡犬升天"的极端悖理的世象，感到由衷的愤慨。在写给顾贞观的《虞美人》词中，发泄了他的强烈不满：

> 凭君料理花间课，莫负当初我。眼看鸡犬上天梯，黄九自招秦七共泥犁。
> 瘦狂那似痴肥好，判任痴肥笑，笑他多病与长贫，不及诸公衮衮向风尘。

"黄九""秦七"即宋代的著名词人黄庭坚和秦少游,这里代指作者与顾贞观。眼看着一群鸡犬飞升天界,而他与顾贞观这样的旷代奇才却自甘坠入地狱(泥犁)。"瘦狂"与"痴肥",比喻仕途上失意与得意。"诸公衮衮向风尘",意谓那些得志者登高位,握重权。杜甫有"诸公衮衮登台省,广文先生官独冷"之句。这里对"黄钟毁弃,瓦釜雷鸣"的不合理现象进行了嘲笑与抨击,对那般禄蠹官迷则投以极端轻蔑的目光。

由于他的现实处境与心灵追求存在着不可调和的矛盾,致使身心两造经受着双重的压力:一方面是现实与理想的背离,他有理想,有憧憬,有追求,无时无刻不在试图对于人生道路做出自己的选择,却又百不偿一,一切都不能尽如人意,好像命运专门与他作对,最后因难堪命运的残酷摆布而灰心绝望;另一方面,就是所谓"生就肝肠"亦即人性、个性同所处的社会环境的冲突,他天性萧疏散淡,渴望过着无拘无束的生活,个性十分鲜明,结果却是不但活动的范围和时间的支配受到严格的限制,而且,必须极力掩饰自己的七情六欲、至情至性,一言一行都要惟皇帝之旨意是从,不允许有半点含糊、半点疏漏,否则后果就不堪设想。这种苦况,在他写给知心朋友张纯修的信函里作了露骨的披露:

> 鄙性爱闲,近苦鹿鹿。东华软红尘,只应埋没慧男子锦心绣肠。仆本疏庸,那能堪此!

在写给"忘年交"严绳孙的书简里,谈得更加充分:

> 兹于廿八日又扈东封之驾,锦帆南下,尚未知到天涯何处,如何言归期耶!汉兄(指吴汉槎)病甚笃,未知尚得一见否?言之涕下。弟比来从事鞍马间,益觉疲顿,发已种种,而执殳如昔,从前壮志,都已灰尽。昔人言,身后名不如生前一杯酒,此言大是。

把这些发自肺腑的倾吐内心衷曲的私人信函,同他那些或宛转其辞或直抒胸臆的诗词作品结合起来读,纳兰心事就不难窥见了。

三

李后主早就说过了："往事只堪哀，对景难排。"身为皇帝的侍从，纳兰在随辇出巡、宦游南北中，少不了要旧迹寻踪，追怀往古，这同样为他带来了诸多的感慨。

康熙二十一年，纳兰性德随驾抵达吉林，来到了松花江（旧称混同江）畔，当年这里原是一片古战场。入关之前，女真族在统一过程中，建州、海西、野人诸部互相残杀，彼此并吞，拼命争夺，给后世留下了无尽的心灵创伤。诗人触景伤情，一时百感丛生，情怀怆楚，写下了一首《满庭芳》词：

> 堠雪翻鸦，河冰跃马，惊风吹度龙堆。阴磷夜泣，此景总堪悲。
> 待向中宵起舞，无人处、那有村鸡。只应是，金笳暗拍，一样泪沾衣。
> 须知今古事，棋枰胜负，翻覆如斯。叹纷纷蛮触，回首成非。
> 剩得几行青史，斜阳下、断碣残碑。年华共，混同江水，流去几时回。

词的上阕开头五句写景，把象征性的古战场——龙堆展现在读者眼前：鸦飞雪上，马跃冰河，惊风掠地，亡灵夜泣，"一将功成万骨枯"，极写其萧索、肃杀之惨象。"堠"指战争中留下来的瞭望敌情的土堡或古代记里程的土堆。"龙堆"原在西域，这里泛指边地的古战场。磷火俗称鬼火，"阴磷"喻战死的鬼魂，唐诗中有"战鬼聚阴磷"的诗句。诗人接着抒发感慨：本要效法东晋的祖逖，中夜闻鸡起舞，可是，这里悄无人迹，根本就听不到荒鸡乱鸣。言下之意是纵有一片报国情怀，也无由实现，徒增感喟。只好暗暗吹起金笳，同样令人悲不自胜，涕泪沾衣。

下阕全是议论，从兴亡的梦幻中体现人生之悲慨。语调低沉抑郁，寄怀深远。诗人喟叹古今兴亡，有如棋枰翻覆、蛮触争雄，无论为胜为负，都是转眼成空，体现了历史的虚无，人生的空幻。"蛮触"，蜗角中的两个小国，为争地而兴战，语出《庄子》。意谓双方所争者小，原无实际意义。留下来的不过是断碑残碣上几行记载，掩映于斜阳之下，而悠悠岁月已经随着混同江水流逝，再也不能复回了。

这次出塞巡行，曾经到过松花江畔的大小兀喇，在返回的路上，还凭吊了辽宁开原的战略要冲龙潭口。这两处距离纳兰的祖居地都不太远。他的先世为海西女真叶赫部。后来，海西各部陆续被努尔哈赤统率的建州女真所剿灭。纳兰的曾祖父金台什是叶赫部的首领，老城陷落后拒绝投降，纵火自焚未果，努尔哈赤下令将他绞死。六十几年过去了，现在，金台什的当侍卫的曾孙，正扈从努尔哈赤的当了皇帝的曾孙来到当年海西女真故地，为兴为废，为主为奴，心中自然不胜沧桑变幻之感。且看他的《浣溪沙·小兀喇》和《忆秦娥·龙潭口》：

桦屋鱼衣柳作城，蛟龙鳞动浪花腥，飞扬应逐海东青。犹记当年军垒迹，不知何处梵钟声，莫将兴废话分明。

山重叠，悬崖一线天疑裂。天疑裂，断碑题字，古苔横啮。风声雷动鸣金铁，阴森潭底蛟龙窟。蛟龙窟，兴亡满眼，旧时明月。

词中寄寓了无边的感慨。山下追奔，城头喋血，最后胜利究竟属于谁呢？还是"莫将兴废话分明"吧。"兴亡满眼，旧时明月"，绝非泛泛之言，它使人想到刘禹锡的"淮水东边旧时月"照临的"故国"、"空城"。早年恩怨，记忆犹新，其间自有一番心折骨惊的沉痛。只是为妨触忌，未便直言，不得不寄幽思于隐掩之间。

看得越多，也就会想得越多，不能不令纳兰公子感悟人生的多故，世事的无常。退一步说，纵使往昔的部族间的兴亡之恨已经淡漠了，那伴着刀光剑影，充满血腥气味，为争权夺位相互残杀的残酷的家族史，总该深深地留存在纳兰的记忆里，像团团乌云一样，遮蔽着他的心扉，令他触目惊心，不寒而栗。

他永远也不会忘记外祖家的朝荣夕悴，盛衰相循。外祖父英亲王阿济格，是努尔哈赤的第十二子，从十五岁开始即随父出征，出生入死，屡建勋劳，战功卓著，成为后金统治集团中权位极高的主旗贝勒之一，拥有显赫的地位。但是，由于他缺乏政治谋略，一味恃功自傲，暴戾蛮横，后来，被顺治皇帝敕令自尽，子孙夺去爵位，削除宗籍。一番腥风血雨，刮得月暗星沉，转眼间，富贵就成了梦幻。如同孔尚任在《桃花扇》里所写的：

　　俺曾见金陵玉殿莺啼晓，秦淮水榭花开早。谁知道容易冰消。
　　眼看他起朱楼，眼看他宴宾客，眼看他楼塌了。

　　如果说，这些都是陈年旧账了，"老皇历翻不得"，那么，眼前的又怎样呢？更是令他心惊肉跳。他时刻为其父亲的险恶处境而忧心忡忡。纳兰性德最清楚不过了，康熙皇帝驾驭权臣的一贯策略，是当某一派系势力过于强大时，就立刻蓄意扶植与之对立的派系，以保持朝廷权力的均衡，便于自己操纵控制。权臣鳌拜炙手可热，飞扬跋扈，他就扶植索额图；待到索额图恃功自傲，尾大不掉，他又转而扶持明珠；而当明珠权势陡增，朝臣竞相趋附时，他又去扶植台下的僚属予以牵制。明珠的最盛时期，是在平定三藩之乱过程中，当时被康熙皇帝倚为股肱重臣，但随着变乱平息，他的辅佐作用已经逐渐弱化。特别是因他位高权重，日渐为天子与群臣所忌，眼睁睁地看着已经陷进"烹狗藏弓"的魔圈里。而明珠自己，却欲令智昏，全然不知收敛，依然货贿山积，宾客盈门，结果激起政敌不停地攻讦，有的甚至奏请皇帝，立刻将他处斩。
　　"荣华及三春，常恐秋节至。"这使得纳兰公子忧心如焚，夜不成寐。果然，公子殁后不出三年，他的父亲就在激烈党争中塌了台。

四

　　纳兰性德绝顶聪明，而且极度敏感，极度清醒，这使得他时刻处在生命的煎熬之中，心境没有片刻的宁静。他惶悚惕惧，谨言慎行，每根神经都绷得紧紧的。俗话说，"伴君如伴虎"，"天威难测"，说不定什么时候就会招致灭顶之灾。
　　对于中国古籍《韩非子》，他了如指掌。大政治家、思想家韩非，根据切身体察和总结他人的经验，得出了君王最难相处的结论。在《说难》中他列举了七种足以造成"身危"——杀身之祸的情况：

事情总是由于保密而成功，因为语言的泄漏而失败。未必是说者自己泄漏了什么，只是说者无意中道破了君王隐秘的心事；

君王表面上做出了一件事，实际上是利用它作幌子来达成另一个目的，说者不仅知道他表面上做的事，还洞悉他这样做的真实目的；

说者成功地替君王筹划了一件异常的事情，而另外一个人并未参与其事，却私下里猜测到了，致使事情泄漏了底细，君王一定认为是说者自己有意泄漏的；

君王对说者的亲密程度、信用程度还没有那么深厚，而说者讲出极知心的话语，即使有幸得以实行，取得了功效，也会因为并非其亲信而被忘记，如果因未得施行而招致失败，君王则疑心说者是有意坑陷他；

君王有了过错，说者明言礼义以责其失德；

在君王正洋洋得意而自以为功的时候，你给点明了，似乎预知其计；

勉强劝说君王做他所做不到或者不肯做的事，强力制止君王不肯罢手的事。

紧接着，韩非又列出面对君王无法处置的八个难题：

你和君王议论他的大臣，他就会认为你是在离间他们的君臣关系；

你和君王议论某某小臣有才可用，他便认为你企图窃取、盗用属于他的权力；

你和他谈论他嬖爱的人，他会以为你要倚君王之所爱做靠山；

你和他谈论其所憎之人，他会认为你在试探君心；

你在君王面前，说辞直接简易，他以为你不明事体、愚钝不堪；

你若是辞辩广博，口若悬河，又会嫌你繁复琐碎而加以弃置；

你如果简略地陈述己见，会说你怯懦而不敢尽言；

你若是把考虑到的问题广泛而尽情地合盘兜出，又会说你草野而侮傲。

真是："反贴门神左右难"——怎么做也不得好。

康熙皇帝虽然号称英主，但赋性雄鸷，足智多谋，喜怒无常、恩威莫测。对于这一点，作为身边的侍从，纳兰公子从里到外看得透亮。在这样一个老谋深算的主子面前，即使是老成练达的"官油子"，也会感到捉襟见肘，穷于应付，更何况纳兰这样的性情中人，一介书生。真是苦了他也。

在这种情态下，每次出巡护驾，纵使面对莺飞草长、杂花生树的三春丽景，快绿怡红、芰荷十里的九夏清光，也难以引发出他的游观兴趣，必然是感触无端，了无意绪。他在一首《蝶恋花》词中写道：

> 又到绿杨曾折处，不语垂鞭，踏遍清秋路。衰草连天无意绪，雁声远向萧关去。不恨天涯行役苦，只恨西风吹梦成今古。明日客程还几许，沾衣况是新寒雨。

如果说，"不语垂鞭""无意绪"，是直写心境的消沉；那么，水驿山程，客途迢递，新寒雁唳，风雨泥途，则为暗喻"天涯行役"之苦。说是"不恨"，其实，字里行间已经充分透露了个中原委。那么，恨的又是什么？西风吹老英雄梦，等闲白了少年头。一种牢骚、怨望的情怀跃然纸上。

在那种鸟笼般的侍卫生活环境中，回到朝中入直，日子恐怕更为难挨。这从纳兰的《踏莎行》词中可以看出："金殿寒鸦，玉阶春草，就中冷暖和谁道？小楼明月镇长闲，人生何事缁尘老。"宫殿里的生活，充满了难言的痛苦，无奈的悲凉，这种孤寂无聊、空耗岁月的侍卫生活，使他感到空虚，感到厌倦。可是，"就中冷暖"却又没处去说，"如鱼饮水"，只能自伤、自叹。从这里也可以悟解纳兰以"饮水"二字命名词集的用意所在。

他深悔自己出生在富贵之家，借着咏雪，他高吟："冷处偏佳，别有根芽，不是人间富贵花"；他酷爱身心自由，渴望摆脱宦海的羁绊，避开险恶的现实，去过清静的生活，身在高门广厦，常有山泽鱼鸟之思。他在庭园中特意修建了一座茅屋，并填写一首《满江红》词，借以抒怀述志：

> 问我何心，却构此、三楹茅屋。可学得、海鸥无事，闲飞闲宿。百感都随流水去，一身还被浮名束。误东风、迟日杏花天，红牙曲。尘土梦，蕉中鹿。翻覆手，看棋局。且耽闲嗜酒，消他薄福。雪后谁遮檐角翠，雨余好种墙阴绿。有些些、欲说向寒宵，西窗烛。

词人说，我修筑茅屋的目的，是为了要过闲适自在、无拘无管、无忧无虑的海鸥般的生活。过去，浮名束身，实在耽误得太多了。其实，那些如烟如梦、覆雨翻云般的仕宦生涯，看穿了也真是没有什么意思。真不如西窗剪烛，纵酒闲吟，雪后观松，雨余种绿，过一番平常人的日子。

当然，就连这"些些"想望，对他来说，也是甜蜜蜜的妄想，不可能兑现。在康熙这位手握王权、口衔天宪的尊神面前，是进既乏术，退亦无方。唯一能够获得解脱的，只有死之一途，那样就苦啊、痛啊、忧啊、闷啊，"百感都随流水去"了。

诗人的妻子

一

在妇女地位低下、"妻以夫贵"的旧时代，凭借着丈夫的权势与财富，作威作福，颐指气使，飞黄腾达的女性，数不在少。皇帝之妻、宰相之妻、状元之妻，自不必说，即使是六品黄堂、七品知县的妻子，也统统被称为命妇。唐代的命妇，一品之妻为国夫人，三品以上的为郡夫人，四品的为郡君，五品的为县君。清制，命妇中，一品二品称夫人，三品称淑人，四品称恭人，五品称宜人，六品称安人，七品以下称孺人。反正都是有封号、有待遇的。

但是，诗人的妻子不在其内，除非那些丈夫做了大官的，否则，不但享受不到那些优渥的礼遇，生活上还会跟着困穷窘迫。这就引出了幸与不幸的话题。套用过去那句"一为文人，便无足观"的老话，也可以说，一为诗人之妻，便只有挨累受苦的份儿了。这是不幸。但是，如果嫁给一个真情灼灼、爱意缠绵的诗人，生前，诗酒唱和、温文尔雅，自不必说；死后，他还会留下许多感人至深、千古传颂的悼亡诗词——这也是不幸中之大幸吧。

此刻，我首先想到了苏东坡的三位妻子。她们都姓王，死得都比较早，一个跟随着一个，相继抛开这位名闻四海的大胡子——苏长公。

先说苏公的第一任妻子王弗。虽然岁数很小，却知书达礼，聪慧异常，对丈夫百般体贴，成为丈夫仕途上的得力助手。曾有"幕后听言"的故事流传于世。苏东坡这个人，旷达不羁，胸无芥蒂，待人接物宽厚、疏忽，用俗话说：有些大大咧咧。由于他与人为善，往往把每个人都当成好人；而王弗则胸有城府，心性细腻，看人往往明察无误。这样，她就常常把自己对一些人的看法告诉丈夫。出于真正的关心，每当丈夫与客人交谈的时候，她总要躲在屏风后面，屏息静听。一次，客人走出门外，她问丈夫："你花费那么多工夫跟他说话，实在没有必要。他所留心的只是你的态度、你的意向，为了迎合你、巴结你，以后好顺着你的意思去说话。"她提醒丈夫凡事要多加提防，不要过于直率、过于轻信；观察人，既要看到他的长处，也要看到他的短处。苏东坡接受了妻子的忠告，避免了许多麻烦。不幸的是，这样一个年轻貌美、精明贤惠的妻子，年方二十七岁，便撒手人寰，弃他而去了。

东坡居士原乃深于情者，遭逢这样打击，情怀抑郁，久久不能自释，十年后还曾填词，痛赋悼亡。这样，由于嫁给了一位大文豪，王弗便"人以诗传"，千载而下，只要人们吟咏一番《江城子》，便立刻想起她来——

十年生死两茫茫，不思量，自难忘，千里孤坟，无处话凄凉。
纵使相逢应不识，尘满面，鬓如霜。
夜来幽梦忽还乡，小轩窗，正梳妆，相顾无言，惟有泪千行。
料得年年肠断处，明月夜，短松冈。

上阕抒写生死离别之情，面对知己，也透露了自己的因失意而抑郁的情怀，"凄凉"二字，传递了个中消息；下阕记梦，以家常语描绘了久别重逢的情景，以及对妻子的深情忆念。

苏东坡的第二任妻子王闰之，是王弗的堂妹。她小苏长公十多岁。自幼，她就倾心佩服姐夫的文采风流，姐姐故去，锐身自任，相夫教子，承担起全部家务。她默默地支持苏轼度过了一生中崎岖坎坷、流离颠沛的二十多年。其间，东坡遭遇了平生最惨烈的诗祸："乌台诗案"——以"谤讪新政"的罪名，他被抓进乌台，关押达四个月之久。这是北宋时期一场典型的文字狱。

在《后赤壁赋》中有这么一段："客曰：'今者薄暮，举网得鱼，巨口细鳞，状似松江之鲈。顾安所得酒乎？'归而谋诸妇。妇曰：'我有斗酒，藏之久矣，以待不时之需。'于是，携酒与鱼，复游于赤壁之下。"那位说"我有斗酒"的妇人就是王闰之。王闰之关怀丈夫的这段佳话，由于被苏轼写入他的名篇中，因此而千古不朽。

王闰之死时，东坡居士已经五十八岁，老泪纵横，哭得肝肠寸断，痛不欲生。他写了一篇祭文：

> 呜呼！昔通义君，没不待年，嗣为兄弟，莫如君贤。妇职既修，母仪甚敦，三子如一，爱出于天。
> 从我南行，菽水欣然，汤沐两郡，喜不见颜。我日归哉，行返丘园，曾不少顷，弃我而先。孰迎我门？孰馈我田？
> 已矣奈何！泪尽目干。旅殡国门。我实少恩，惟有同穴，尚蹈此言。呜呼哀哉！尚飨！

全文三部分，说闰之是贤惠的妻子、仁德的母亲，视前妻之子，一如己出；丈夫屡遭险衅，仕途蹉跌，妻子安时处顺，毫无怨言；最后做出承诺：生则同衾，死则同穴。

"通义君"指王弗，这是王弗殁后朝廷对她的追号。"没不待年"，是说王弗去世不到一年，他们的婚事定了下来。因为王弗留下的幼儿无人抚育。"三子"，一是姐姐留下的，加上自己生育的两个。

苏东坡被贬黄州，闰之"从我南行"，生活十分拮据，困难时吃豆子、喝白水，妻子也欣然以对；待到丈夫接受两郡封邑，收取许多赋税（意为富裕），她也并没有怎么欢喜。即古人所说的"不戚戚于贫贱，不汲汲于富贵"。

"孰馈我田"，有学者研究，元丰二年七月发生乌台诗案，苏东坡下狱，闰之为了营救丈夫，不得不向父亲求救，父亲拿出很多财产让她去京城打点。

妻子死后百日，苏东坡请大画家李龙眠画了十张罗汉像，在和尚为王闰之诵经超度时，将此十张画像献给了妻子亡魂。待到苏东坡去世后，弟弟苏辙按照兄长的意愿，将他与闰之合葬在一起。

苏东坡的第三任妻子，也姓王，名朝云，字子霞，年龄小于东坡近三十岁。她从十一岁即来到王弗身边，后来被东坡纳为小妾，流放到岭南惠州时，只有她一人随行，两人相亲相爱，关系非常融洽。在她三十四岁这年，东坡曾写诗《王氏生日致语口号》，中有句云："天容水色聊同夜，发泽肤光自鉴人。万户春风为子寿，坐看沧海起扬尘。"可是不久，惠州瘴疫流行，朝云即染疾身死，东坡悲痛异常，觉得失去一个知音。

明人曹臣所编《舌华录》记载这样一个故事：苏轼一日饭后散步，拍着肚皮，问左右侍婢："你们说说看，此中所装何物？"一婢女应声道："都是文章。"苏轼不以为然。另一婢女答道："满腹智慧。"苏轼也以为不够恰当。爱妾朝云回答说："学士一肚皮不合时宜。"苏轼捧腹大笑，认为"实获我心"。

朝云死后，苏东坡将她葬在惠州西湖孤山南麓大圣塔下的松林之中，并筑亭纪念，因朝云生前学佛，诵《金刚经》偈词："如梦、如幻、如泡、如影、如露、如电"而逝，故亭名"六如"。楹联为：

> 从南海来时，经卷药炉，百尺江楼飞柳絮；
> 自东坡去后，夜灯仙塔，一亭湖月冷梅花。

还有一副楹联：

> 不合时宜，惟有朝云能识我；
> 独弹古调，每逢暮雨倍思卿。

妙在以东坡口吻，状景描情，极饶韵致。

说到死后有丈夫赋诗悼亡，人们会自然地想到唐代元稹的妻子韦<u>丛</u>。她死了以后，有人统计，元稹至少为她写了十六首诗，就中以写于妻子殁后两年的《遣悲怀》三首，为感人至深，影响最大：

> 谢公最小偏怜女，自嫁黔娄百事乖。
> 顾我无衣搜荩箧，泥他沽酒拔金钗。
> 野蔬充膳甘长藿，落叶添薪仰古槐。
> 今日俸钱过十万，与君营奠复营斋。
>
> 昔日戏言身后意，今朝都到眼前来。
> 衣裳已施行看尽，针线犹存未忍开。
> 尚想旧情怜婢仆，也曾因梦送钱财。
> 诚知此恨人人有，贫贱夫妻百事哀。
>
> 闲坐悲君亦自悲，百年都是几多时！
> 邓攸无子寻知命，潘岳悼亡犹费词。
> 同穴窅冥何所望？他生缘会更难期！
> 惟将终夜长开眼，报答平生未展眉。

诗从生活细事入手，句句都是写实。"最小偏怜"云云，说的是韦丛是太子太保韦夏卿之幼女，从小锦衣玉食，生长在优越的家庭环境中。二十岁时嫁过来，那时，元稹还是一个穷书生，家境十分贫寒："顾我无衣搜荩箧，泥他沽酒拔金钗。野蔬充膳甘长藿，落叶添薪仰古槐。"正是当时情景，于今已成辛酸的记忆。婚后第七年，韦丛便因病离开人世。这七年，正是元稹勉力上进、奔走仕途之时，处境既不稳定，生计又很艰难，他们一直过着"贫贱夫妻百事哀"的苦日子。后来，元稹才开始发迹，说来悔恨无及。所以说，这是令人倍感惆怅的诗。陈寅恪先生说：《三遣悲怀》"所以特为佳作者，直以韦氏之不好虚荣，微之之尚未富贵，贫贱夫妻，关系纯洁，因能措意遣词，悉为真实之故。夫惟真实，遂造诣独绝欤"！

三首诗层次分明，开始叙写旧日生活苦况，追忆妻子生前的夫妻情爱，并抒写自己的抱憾之情。接着写妻子去世后诗人的悲思，写了在日常生活中引起哀思的几件事。为了避免见物思人，便将妻子穿过的衣裳施舍出去；将妻子做过的针线活仍然原封不动地保存起来，不忍打开。最后，写由妻子之早逝得到的人生感悟，想到世事无常，人寿有限。从悲君中引出自悲，从绝望中转出希望，期望来生再作夫妻，很快就悟解到，这不过是一种虚空的幻想，最后落到"惟将终夜长开眼，报答平生未展眉"上，仍然是无可奈何。

元稹还写过《离思五首》七绝。之四是：

> 曾经沧海难为水，除却巫山不是云。
> 取次花丛懒回顾，半缘修道半缘君。

宣示了与韦丛的爱情的唯一性，读来更是予人以特别的震撼。

二

"三王一韦"之外，历史上还有一个幸运的卢女，她是清代大词人纳兰性德的妻子。卢氏的父亲卢兴祖是两广总督兼都察院右副都御史，母亲也是知书达礼的大家闺秀。

而她更是生得清丽妩媚，宛如出水芙蓉，不仅姣好美艳，体性温柔，而且高才凤慧，解语知心，配上俊逸潇洒、玉树临风般的纳兰公子，二人真是天生一对。婚后，两人相濡以沫，整天陶醉得像是腌渍在甘甜的蜜罐里。随着相知日深，爱恋得也就越发炽烈。小小的爱巢为纳兰提供了摆脱人生泥淖、战胜孤寂情怀的凭借与依托。任凭它外间世界风狂雨骤，朝廷里浊浪翻腾，于今总算有了一处避风的港湾，尽可以从容啸傲，脱屣世情，享受到平生少有的宁帖。

婚后，二人在绮罗香泽的温柔乡里，尽享鱼水之欢。这有纳兰的诗词为证：

> 水榭同携唤莫愁，一天凉雨晚来收。

戏将莲苞抛池里，种出花枝是并头。

十八年来堕世间，吹花嚼蕊弄冰弦，多情情寄阿谁边。
紫玉钗斜灯影背，红绵粉冷枕函偏，相看好处却无言。
（调寄《浣溪沙》）

在任何情况下，意中人乐此不疲的相互欣赏，相互感知，都是一种美的享受。朝朝暮暮，痴怜痛爱着的一双可人，总是渴望日夜厮守，即便是暂别轻离，也定然是依依相恋，难舍难分。有爱便有牵挂，这种深深的依恋，最后必然化作温柔的呵护与怜惜，产生无止无休的惦念。

纳兰这样摹写将别的前夜：

画屏无睡，雨点惊风碎。贪话零星兰焰坠，闲了半床红被。生来柳絮飘零，便教咒也无灵。待问归期还未，已看双睫盈盈。

夫妻双双不寐，絮语绵绵，空使灯花坠落，锦被闲置。他们也知道，这种离别皆因王事当头，身不由己，祷告无灵，赌咒也不行，生来就是柳絮般漂泊的命了。既然分别已无可改变，那就只好预问归期了，可是，她还没等开口，早已就秋波盈盈，清泪欲滴了。一副小儿女婉媚娇痴之态，跃然纸上。

暂别尚且如此，那么，终古长别呢？简直无法想象。

不可想象的事情，最后还是发生了。三年时间不到，刚刚二十一岁的卢氏就香消玉殒了。时在康熙十六年五月三十日。这晴天霹雳，震得纳兰公子蒙头转向，好长一阵子，他失去了反应，不会吃，不会喝，不会哭，不会说，白昼昏昏，夜不成寐，这冷酷的现实，无论如何，他也不能接受。

灵柩在入葬纳兰氏祖茔皂荚村之前，临时停放在京西阜成门外的一座禅院里，位置相当于今日的紫竹院公园。这里原是明代一个大太监的坟茔地，万历初年在上面建起了一座双林禅院。在此期间，痴情的公子多次夜宿禅林，陪伴着夜台长眠的薄命佳人，度过那孤寂凄清的岁月。

> 忆生来，小胆怯空房。到而今，独伴梨花影，冷冥冥，尽意凄凉。

他知道爱妻生性胆小怯弱，连一个人独自在空房里都感到害怕，可如今却孤零零地躺在冰冷、幽暗的灵柩里，独伴着梨花清影，受尽了暗夜凄凉。

夜深了，淡月西斜，帘栊黝黯，窗外淅沥潇飒地乱飘着落叶，满耳尽是秋声。公子枯坐在禅房里，一幕幕地重温着当日伉俪情深、满怀爱意的场景，眼前闪现出妻子的轻颦浅笑，星眼檀痕。他眼里噙着泪花，胸中鼓荡着锥心刺骨的惨痛，就着孤檠残焰，书写下一阕阕情真意挚、凄怆恨婉的哀词，寄托其绵绵无尽的刻骨相思。

> 心灰尽，有发未全僧。风雨消磨生死别，似曾相识只孤檠。情
> 在不能醒。

生死长别，幽冥异路，思恋之情虽然饱经风雨消磨，却一时一刻也不能去怀。他已经完全陷入无边的痛苦之中而不能自拔，迷离惝恍，万念俱灰。除了头上还留有千茎万茎的烦恼丝，已经同斩断世上万种情缘的僧侣们没有什么两样了。

一阕《浪淘沙》更是走不出感情的缠绕：

> 闷自剔银灯，夜雨空庭。潇潇已是不堪听。那更西风不解意，
> 又做秋声。城柝已三更，冷湿银屏。柔情深后不能醒。若是情多醒不得，
> 索性多情！

情多、多情、醒不得、不能醒……回旋宛转，悱恻缠绵。沉酣痴迷，已经到了无以自解的程度。深悲剧痛中，一颗破碎的心在流血，在发酵，在煎熬。

在旧时代，即使是所谓的"康熙盛世"，青年男女也没有恋爱自由，只能像玩偶似的听凭父母之命、媒妁之言的随意摆布；至于皇亲贵胄的联姻往往还要掺杂上政治因素，情况就更为复杂了。身处这样的苦境，纳兰公子居然能够获得一位如意佳人，实现美满的婚姻，不能不说是一桩幸事。不过，"造化欺

人"，到头来他还是被命运老人捉弄了——称心如意的偏叫你胜景不长，彩云易散。一对倾心相与的爱侣，不到三年时光，就生生地长别了，这对纳兰公子无疑是一场致命的打击。

脉脉情浓，心心相印，已经使他沉醉在半是现实半是幻境的浪漫主义爱河之中，想望的是百年好合，白头偕老。而今，一朝魂断，永世缘绝——这个无情的现实，作为未亡人，他是无论如何也接受不了的。因而，不时地产生幻觉，似乎爱妻并没有长眠泉下，只是暂时分手，远滞他乡，"影弱难持，缘深暂隔，只当离愁滞海涯"；他想象着会有那么一天："归来也，趁星前月底，魂在梨花"。当这一饱含着苦涩味的空想成为泡幻之后，他又从现实的想望转入梦境的期待，像从前的唐明皇那样，渴望着能够和意中人梦里重逢。虽然还不是"悠悠生死别经年，魂魄不曾来入梦"，但却总嫌梦境过于短暂，惊鸿一瞥，瞬息即逝，终不惬意。

一次，他梦见妻子淡妆素服，与他执手哽咽，临行时吟出两句诗："衔恨愿为天上月，年年犹得向郎圆。"醒转来，他悲痛不已，题写了一首《沁园春》词：

> 瞬息浮生，薄命如斯，低徊怎忘？记绣榻闲时，并吹红雨，雕阑曲处，同倚斜阳。梦好难留，诗残莫续，赢得更深哭一场。遗容在，只灵飙一转，未许端详。重寻碧落茫茫。料短发，朝来定有霜。便人间天上，尘缘未断；春花秋叶，触绪还伤。欲结绸缪，翻惊摇落，两处鸳鸯各自凉。真无奈，把声声檐雨，谱出回肠。

这样一来，反倒平添了更深的怅惋。有时想念得实在难熬，他便找出妻子的画像，翻来覆去地凝神细看，看着看着，还拿出笔来在上面描画一番，结果是带来更多的失望：

> 凭仗丹青重省识，盈盈，一片伤心画不成。

他几乎无时无日不在悲悼之中，特别是会逢良辰美景，更是触景神伤，凄苦难耐。

　　辛苦最怜天上月。一昔（同夕）如环，昔昔都成玦。若似月轮
终皎洁，不辞冰雪为卿热。

　　面对银盘似的月轮，他凄然遐想：这月亮也够可怜的，辛辛苦苦地等待着，
盼望着，可是，刚刚团圆一个晚上，而后便夜夜都像半环的玉玦那样亏缺下去。
哎，圆也好，缺也好，只要你——独处天庭的爱妻，能像皎洁的月亮那样，天
天都在头上照临，那我便不管月殿琼霄如何冰清雪冷，都要为你送去爱心，送
去温暖。

　　目注中天皎皎的冰轮，他还陡发奇想：妻子既然"衔恨愿为天上月"，那
么，我若也能腾身于碧落九天之上，不就可以重逢了吗？可是，稍一定神，这
种不现实的想望便悄然消解了——这岂是今生可得的？

　　海天谁放冰轮满？惆怅离情。莫说离情，但值良宵总泪零。只
应碧落重相见，那（哪）是今生！可奈今生，刚作愁时又忆卿。

　　人处在幸福的时光，一般是不去幻想的，只有愿望未能达成，才会把心中
的期待化为想象。纳兰公子就正是这样。当他看到春日梨花开了又谢的情景，
便立刻从零落的花魂想到冥冥之中"犹有未招魂"，想到爱侣，期待着能够像
古代传说中的"真真"那样，昼夜不停地连续呼唤她一百天，最后便能活转过
来，梦想成真。于是，他也就：

　　为伊判作梦中人，长向画图清夜唤真真。

　　妻子的忌日到了，他设想，如果黄泉之下也有阳世间那样的传邮就好了，
那就可以互通音讯，传递信息，得知她在那里生活得怎么样，与谁相依相伴，
有几多欢乐、几多愁苦：

　　重泉若有双鱼寄，好知他年来苦乐，与谁相倚？

情到深处，词人竟完全忽略了生死疆界，迷失了现实中的自我。意乱情迷，令人唏嘘感叹。一当他清醒过来，晓得这一切都是无效的徒劳，便悲从中来，辗转反侧，彻夜不能成眠。但无论如何，他也死不了这条心，便又痴情想望：今生是相聚无缘了，那就寄希望于下一辈子，"待结个他生知己"。可是，"还怕两人俱薄命，再缘悭、剩月零风里"——像今生那样，岂不照例是命薄缘浅，生离死别！

他就是这样，知其不可而为之，非要从死神手中夺回苦命的妻子不可。期望——失望——再期望——再失望，一番番的虔诚渴想，痛苦挣扎，全都归于破灭，统统成了梦幻。最后，他只能像一只遍体鳞伤的困兽，卧在林荫深处，不停地舔咂着灼痛的伤口，反复咀嚼那枚酸涩的人生苦果。

他正是通过这种层层递进的痴情泛溢，这种超越时空的内心独白，这种了无遮拦的生命宣泄，把一副哀痛追怀、永难平复的破碎的情肠，将一颗永远失落的无法安顿的灵魂，一股脑地、活泼泼地摊开在纸上。真是刻骨镂心，血泪交迸，令人不忍卒读。

三

不堪设想，对于皈依人间至纯至美的真情的诗人——元稹、苏轼、纳兰来说，失去了爱的滋润，他们还怎能存活下去？爱，毕竟是他们情感的支柱，或者说，他们的一生就是情感的化身。他们都是为情所累，情多而不能自胜的人。他们把整个自我沉浸在情感的海洋里，呼吸着，咀嚼着这里的一切，酿造出自己的心性、情怀、品格和那些醇醪甘露般的千古绝唱。他为情而劳生，为情而赴死，为了这份珍贵的情感，几乎付出了全部的心血与泪水，直到最后不堪情感的重负，在里面埋葬了自己。

这种专一持久、生死不渝、无可代偿的深爱，超越了两性间的欲海翻澜，超越了色授魂与，颠倒衣裳，超越了任何世俗的功利需求。这是一种精神契合的欢愉，永生难忘的动人回忆、美好体验和热情期待，一朝失去了则是刻骨铭心的伤恸。

情为根性，无论是鹣鲽相亲的满足，还是追寻于天地间而不得的失落，反正诗人们哭在、痛在、醉在他们的爱情里，这是他们心灵的起点也是终点，在这里，他们自足地品味着人生的千般滋味。

生而为人，总都拥有各自的活动天地，隐藏着种种心灵的秘密，存在着种种焦虑、困惑与需求，有着心灵沟通的强烈渴望。可是，实际上，世间又有几人能够真正走入自己的梦怀？能够和自己声应气求，同鸣共振？哪里会有"两个躯体孕育着一个灵魂"？"万两黄金容易得，知音一个也难求！"即使有幸偶然邂逅，欣欣然欲以知己相许，却又往往因为横着诸多障壁，而交臂失之。

当然，最理想的莫过于异性知己结为眷属，相知相悦，相亲相爱，相依相傍。但幸福如纳兰，如苏轼，如元稹，不也仅仅是一个短暂而苍凉的"手势"吗？

当然，也多亏是这样，才促成这三位诗人以其绝高的天分、超常的悟性，把那宗教式的深爱带向诗性的天国，用凄怆动人的丽句倾诉这份旷世痴情。有人说，一个情痴一台戏。作为情痴的极致，诗人们在其有限生涯中，演足了这出戏，也写透了这份情。"情在不能醒"，多少为情所困的痴男怨女，千百年来，沉酣迷醉在他的诗句之中。

艺术原本是苦闷的象征。《老残游记》作者刘鹗有言：

灵性生感情，感情生哭泣。

《离骚》为屈大夫之哭泣，《庄子》为蒙叟之哭泣，《史记》为太史公之哭泣，《草堂诗集》为杜工部之哭泣。

王实甫寄哭泣于《西厢》，曹雪芹寄哭泣于《红楼梦》。

那么，元稹、苏轼、纳兰呢？自然是寄哭泣于他们的诗词了。

作为出色的诗人，他们都怀有一颗易感的心灵，反应敏锐，感受力极强，因而他们所遭遇与承受的苦闷，便绝非常人所可比拟。为了给填胸塞臆的生命苦闷找出一条倾泻、补偿的情感通道，他们选定了诗词的形式，像"神瑛侍者"

那样，誓以泪的灵汁浇灌诗性的仙草。

在经历过深重难熬的精神痛苦之后，诗人们不是忘却，也没有逃避，而是自觉强化内心的折磨，悟出人生永恒的悖论，获取了精神救赎的生命存在方式。在这里，他们把爱的升华同艺术创造的冲动完美地结合起来，以诗意般的情感化身展现出生命的审美境界，把个体的生命内涵表现得淋漓尽致，从而结晶出一部以生命书写的悲剧形态的心灵史，它真纯、自然、深婉、凄美，突破了时空限制，具有永恒的价值。

诗人都是"性情中人"，有一颗赤子之心。他们听命于自己内心的召唤，时刻袒露着真实的自我，在污浊不堪的"人间何世"中，展现出一种新的人格风范。他们以落拓不羁的鲜明的个性之美和超尘脱俗的人格魅力，以其至真至纯的清淳内质，感染着、倾倒着后世的人们。尤其像纳兰这样的短命诗人，他像夜空中一颗倏然划过的流星，昙花一现，但他的夺目光华却使无数人为之心灵震撼。他那中天皓月般的皎皎清辉，荡涤着、净化着也牵累着、萦系着一代代痴情儿女的心魂，人们为他而歌，为他而泣，为他的存在而感到骄傲。

在今天，元稹也好，苏轼也好，纳兰也好，实际上他们已经成为解读诗性人生的一种文化符号，有谁不为这种原始般的生命虔诚而永远、永远地记怀着他们。

那天，应邀在市图书馆举行《纳兰性德及其饮水词》讲座，我刚刚走下讲台，就见听众席上走出一个女孩子，递过来一摺纸页。打开一看，原来是一首即兴诗：

> 从他身上，看到自身存在的根源
> 据说，他，就在我的前边
> 距离不近，可也不能算远
> 往事虽在时间之外，空间代价却是时间
> 只要一朝，获得超光的时速
> 那就坐上飞船，追寻历史
> 赶上三百年前，参加过渌水亭诗会

再在太空站上，共进晚餐——我和纳兰

清代学人陈其泰评论《红楼梦》时说过："宝玉温存旖旎，直能使天下有情人皆为之心死。"那他比起纳兰公子，又怎样呢?

未了情

一

　　天色已经完全暗淡下来，街灯把斑驳的树影投射到青年歌德的身上。掠地的秋风穿过美因河畔，向着他那灼热的前额慢慢地扑来。他打了个寒噤，陡然感到丝丝凉意，裹紧了披在身上的宽大外套，加快了步伐。

　　有几户人家窗子里透出雪亮的灯光，间或夹杂着喧腾的笑语，他全都顾不上去听，径直地奔向红十字广场拐角处，在那过分稔熟的豪华住宅前停下了脚步。如果是在从前，他会急匆匆地闯上楼去，然而此刻，却像一个陌生人，一个被放逐者，一个幽灵那样，在楼前的法国梧桐树下往复地踱着步，目不转瞬地向楼内那间屋子搜索着。

　　绿色的窗帘垂下来，但他还是看得比较清楚，座灯仍然放在往常的地方。

隐约映现出丽莉苗条的娇小的身影。此刻，她在做什么？她在想什么？望着，想着，心中不禁感伤起来。时光仅仅过去几个月，往日的亲密情侣于今竟形同陌路。人间万事，因缘而起，缘尽而逝，最终都归于寂灭。

伴着"刷啦啦"的桐叶的飘零，寂静的房间里突然传出钢琴弹唱的声响。那细细的充满忧伤的吟唱，如泣如诉，如怨如慕。这是在唱当日他献给她的情诗：

> 呵，为什么你牵着我，毫无抵抗，到那繁华之场？难道年轻善良的我，没有欢乐，在这孤寂的晚上？

伴着袅袅的余音，灯光映出身影在慢慢地移动，她已经站起来了，在屋里走来走去。停了一会儿，又传出几句：

> 秘密地关在自己的室内，
> 卧对着月光，
> 我沐着它的战栗的幽辉，
> 进入了梦乡。

此刻她想没想到：那人就站在窗子外面，只隔咫尺之遥？

歌德再也忍不住了，眼睛一热，滚出来两滴清泪。

明天，他就要离开法兰克福这座古老而拥挤的城市，到魏玛公国去任职了，归来不知何日。临行前，很想再见上丽莉一面。但他终于打消了这个念头，迟疑了一下，便默默地走开了。

路上，一幕幕地闪现着他们由相识到相爱到最后分手的"电影画面"。

二

《少年维特之烦恼》这部书信体小说的问世，引起了巨大的轰动，在青年中间掀起了一股"维特热"，他们穿上了维特式的蓝色燕尾服、黄色背心，模仿维特的一举一动。而它的作者，自不必说，更成了一些文学青年的偶像。有一次外出，朋友们开玩笑，把同伙中的一位年轻人装扮成歌德，结果，周围的人立即围拢过来，对冒充者表示深深的敬意；"歌德来了"的信息，也随之很快传播开去。

赞扬和崇拜像急雨一般倾泻在这位二十几岁的青年作家头上，同时也给他增添了许多麻烦。所到之处，不论是溜冰场、舞场、歌厅、假面舞会，还是文人沙龙，身旁总会聚集着一些少男少女，问询个没完。"人们希望见到我，跟我交谈，"后来，他回忆说，"甚至在远方也希望听到我的消息，因此，我便被迫尝到门庭若市的滋味。来访的客人有的讨人欢心，有时是招人嫌的，但总是使我失时费事……本来宁静、幽晦的境界是大有利于完美的创作的，但是，我却从这种境界中被拉出来，而置身于白昼的嘈杂之中，为他人而消失了自己。"

这天，他匆匆地用过晚餐，便穿上那件灰色的海獭皮冬装，戴上咖啡色的丝绒围巾，登上长筒皮靴，去赶赴朋友的约会——到一位已故银行家的豪宅，参加一个小型的家庭音乐会。

到得稍晚一点，楼内宽敞的客厅里，已经坐满了上流社会许多相识与不相识的客人。

壁灯、吊灯闪现着耀眼的光辉，气氛显得欢腾而热烈。他微微颔首，逐个打着招呼之后，便找个相当的位置坐下。女主人的未满十七岁的小女儿安娜·伊丽莎白（昵称丽莉），正坐在大厅正中的一架钢琴前，熟练地弹奏着，动作灵巧而自然，神态里流露出一种童稚的妩媚。弹完一首奏鸣曲之后，朝着歌德默默地点了下头，算是正式打了招呼。可以看出，她是在很留心地打量着这个不同流俗的青年男子，神情十分专注，像是瞧着玻璃橱窗中的一件展品。

接着，四重奏就开始了。歌德端坐在一旁，细细地端详着，饱餐着她的秀色。苗条的身段，浅黄的头发，深蓝色的眼珠，透出蓬勃的朝气，宛若一朵含苞待放的花儿，充满着迷人的青春气息。而那发式、衣着，特别是神情、举止，更把她的魅力、她的风采衬托得恰到好处。有生以来，他还从未见过如此曼妙的少女风姿。

到了散会告别的时候，丽莉的母亲笑逐颜开地向他这个"本城的名人"表示欢迎，希望他抽出空闲再来做客；丽莉也以殷勤、亲切的口吻为母亲帮腔。歌德真是兴奋异常。归途上，忽发奇想：若是双手握得着宇宙的转轮，他会把这个悠长的夜晚立即翻转作清晨，而后，转身过访，重睹芳容。

三

几天来，歌德的脑海里一直浮现着丽莉的影像。现在，他们终于再次见面了。穿过古色古香的门廊，在丽莉的导引下，来到了她家的客厅。开始时，她的母亲还坐在一旁，后来说是有急事要办理，便离开了，嘱咐女儿好好地接待客人。

这时，歌德才注意到，丽莉的脖子上围着一条浅绿色的水波纹一样的丝巾，这使得她的大眼睛显得更加清亮。在正常情况下，他也许要说，这是一双可能在男性世界中掀动波澜甚至引发灾难的眼睛，而此刻，他只觉得它是两汪神液，楚楚怜人。

他们坐在一对沙发的对面，互相诉说一些少年时的往事和日常的癖好。从而得知丽莉从小就是在饱享家境的豪富与世俗的欢乐中长大的，宽松的社交环境赋予她开朗、大方、敏捷的灵性。

丽莉的卧室整洁而清丽。似乎同它的女主人相互映衬——壁上挂着的那帧小照，那令人为之倾倒、为之心醉神迷的一双媚眼，也在欢快地朝着客人微笑。壁炉里闪射出赭红色的幽光，炉火在熊熊地燃烧着，像两副鼓满青春活力的胸腔里喷薄着的热血。

同丽莉单独会面已经是第四次了。歌德告诉丽莉，她是他理想中的女性，等待她足足过了四分之一世纪了。她也同样敞开心扉，表达对他的爱慕之情。随着接触的增多，感情在迅速地升温，以致双双坠入了爱河，变得难解难分了。时间快速地驶过，不知不觉间，荧荧的月光从窗子映射进来。但他们并不想开灯，顾自在那里娓娓地倾谈着。倾心的爱恋，使得他那颗素常有些忧郁的心顿时开朗了起来。

　　他预感到，这个小小的精灵会带给他终生的幸运与快活。而丽莉则坦诚地向他诉说了自己作为豪门少女在世俗环境中所养成的生活习性与细微的弱点。她说："我自认有一种天生的吸引人的魅力，博得许多人的青睐。在您面前，自然也释放了这种本能。但结果是自己受到了惩罚——因为我发觉，现在已经被您牢牢地吸引住了。"这种半是矜持半是奖饰的自白，是从那样一个纯洁而天真的心坎里吐露出来，所以，歌德听了，感到她是把他完完全全看作意中人了。

　　青春，注定充满着不安与躁动，而过于丰沛的热力和泉涌的激情更亟待着宣泄。歌德情不自禁地从丽莉的桌子上拿起笔，抒写一个月来的全新的爱恋，全新的生活：

> 心，我的心，这却是为何？
> 什么事使你不得安宁？
> 多么奇异的新的生活——
> 我再也不能将你认清。
> 失去你所喜爱的一切，
> 失去你所感到的悲戚，
> 失去你的勤奋和安静——
> 唉，怎会弄到这种处境？
> ……
> 这种充满魔力的情网，
> 谁也不能够将它割破，
> 这位轻灵可爱的姑娘，
> 就用它强力罩住了我。
> 我只得按照她的方式，
> 在她的魔术圈中度日；
> 这种变化，唉，变得多大！
> 爱啊，爱啊，你放了我吧！

后来，乐圣贝多芬曾把这首著名的情诗谱成了乐曲，使它在世界各地广为传唱，到处飞扬。

四

两人单独会面时，丽莉总是习惯于穿着素朴的家常便装，很少替换。而现在，她却以时髦而华丽的装束，容光四射地出现在歌德的面前。原来，按照妈妈的安排，她将出面接待一批客人，无论是谈吐、举止，都要比平时更加灵活、体面，仪态万方。这样，她的娴雅、温柔的气度与姿质，她的种种动人之处，也就会随之而充分地显露出来。

不过，在歌德的内心深处，也产生了些微的不快。两人已经进入"一日不见，如三秋兮"的热恋阶段，忘记昏晓与眠食，无止无休地相对倾谈，已经成了常课，也是双方最紧迫的需求。可是，连续两次，他们刚刚坐下，便被母亲唤出，一同会见来访的客人。弄得歌德十分为难：借故走开吧，既不礼貌，又太不甘心；而跟进跟出，也实非所愿——除了与丽莉可以无拘束地交谈，平素他喜欢宁静，惯于一个人闭门思索，多一个人在场都觉得应对麻烦，更不要说置身于稠人广众之中了。

尽管会客过程中他们仍然可以娴熟、自然地暗通情愫，每一回互送的秋波、嫣然的微笑，都透露出他们之间深深的默契，脉脉的情肠；但是，这些频繁的应酬，"她的周遭和与她来往的人们的言行常常妨碍着我们尽兴地欢聚，因此，我纵然特别去看望她，却不知有多少日子虚掷掉，多少钟头浪费掉"。很久以后，歌德还曾这样写道。

生活在故乡富有的市民阶层之中，歌德的心情常常是矛盾的：为了心爱的丽莉，既舍不得离开这个颇有吸引力的圈子，却又日甚一日地产生一种隔阂、反感以至厌弃的心情。他往往抱着一种玩世不恭的态度，表现出固执而深刻的"不信任感"。一位画家朋友曾这样记述他当时的情态："有时候在谈话谈得活跃的时候，他忽然一跃而起，走开去，再不见回来"；"在那些人们穿着节日盛装的场合，他偏偏相反，硬是穿上一身普通至极的家常便服，大大咧咧，率情任性。"

这一切，感觉敏锐、视角独特的丽莉，当然都看得分明。可是，在她那单纯而痴迷的眼睛里，不过是一种超尘脱俗的举止。结果，这种出于逆反心理与消极抵制的不合流俗的孤高、执拗，反倒成了她另眼相看的一种资本。

大打折扣的，不真实的，情人的眼光哟！

五

奥芬巴赫小城离法兰克福很近，丽莉的姨父住在这里。得知她到这里来探亲，歌德就像追花逐蕊的蜂蝶一般也跟踪赶来，而且为丽莉可以暂时脱开"人情的围困"感到欣慰。

痴情的春风吹绿了美因河畔，林带顺着河岸伸展开去，繁枝密叶间不时地闪现着一对对情侣的身影。他们牵着手，缓缓地穿行在丛林中的小径上。高大的橡树林的浓荫像遮天的巨伞一样笼罩着晴空，阳光照射不进来，林间显得寂静而幽暗。有时，高高的树冠上传出一两声怪禽的凄惨的啼叫。这时，丽莉便紧紧地抓住他的衣襟，低声说："怕，我有些怕。"他便顺势把她拉到自己身边，因此而更加亲近。

然后，他们便迅疾地奔向光亮的地带，那里覆盆子和冬青丛生着，叫不出名字的野花娇艳地探出枝头。两人终于寻觅到一处可以畅快地驰骋感情的奔马的地方，在一棵倒卧的树干上，相依偎着坐下来。他随口念着诗句：

> 如今，那春花烂漫的原野，
> 我不再迷恋；
> 天使，只要你出现，
> 就有爱、亲切和自然。

她听得很仔细，很认真，而后，便报之以灿烂的微笑。

歌德和丽莉的恋情，正处于他们所说的"我虽睡着，但是我的心醒着呢"

那样的情态，它像晚春的天气一样，一天比一天炽热起来，已经达到难以自拔的程度。因为白天要处理律师事务及其他琐事，歌德便在晚上过来与她欢聚。他们并肩挽手，漫步在芳香四溢的郊原驿路上，尽情地享受着夜色的温柔和精神交流的愉悦。他说："白天黑夜对于我们都是一样，白天的阳光不能盖过恋爱的光辉，夜里却因热情发射的光芒而灿同白昼。"

就这样，一直到深夜，他才把心爱的丽莉送回亲戚家，然后，自己顺着大道返回法兰克福。走累了，就坐在路边的椅子上稍事休息，在寥廓澄澈的深夜里，聆听着天籁之声，构想着自己和丽莉未来的幸福前程。

途中，有一座葡萄园。这天，他实在是过分疲乏了，倒在园子里一枕沉酣，梦见他和丽莉踏着彩云飘荡，又像是坐在静谧的湖边准备早餐，可是，忽地一大帮人围拢过来，他们只好另觅去处……真是演不尽的春梦婆娑。醒来时已是黎明。一条长长的雾带飘动起来，指示出美因河的所在。

六

由热恋的情侣结成为终身伉俪，原本是顺理成章，也是二人心念所归的事。

歌德同丽莉缔结婚约，是由德尔弗小姐从中牵线的。跟双方的父母交谈，肯定费了她不少唇舌，但究竟是怎么谈的，他们都不甚了了。

今天一见到这对情人，德尔弗小姐就快言快语地说："妥了，一切完备。你们握手吧！"歌德站在丽莉的对面，伸出手来，丽莉郑重而缓慢地把手放在他的手中。他们深深地呼吸一下之后，便猛然拥抱了。

古谚说"盛极必衰"，这话有很深的意义和根据。一当某种理想的情事成为现实的时候，一当人们相信这种情事已经告一段落的时候，那么，危机也便开始萌生了。说来也怪，丽莉仍是丽莉，歌德也还是歌德，关系明确之后，却各自觉得一宿工夫两人都发生了变化，变得懂事了，成熟了，心事复杂了——

两个原本无忧无虑的天使，一经"红绳系足"（这是借用东方的一种神话传说），便由过去的充满浪漫气息的天国实拍拍地降落在前路崎岖的大地上。这样一来，百端杂务，包括两人的日常生计，双方的家庭环境，以及不尽相同的脾性、习惯和生活情趣的磨合，都将不可避免地构成无法规避的现实考验。爱恋中的信赖意识是很强烈的，但是，当它碰上同它作对的现实的礁石时，难免会产生强大的张力。

显然，双方的家庭环境与地位有着很大的差异。丽莉一家在法兰克福是数一数二的望族，资财万贯，经常贵客盈门，许多流光溢彩的钱袋拥有者都聚集在她的周围。歌德每次出入她家时，为使自己与她经常往来的时髦朋友不致相形见绌，总要检点服装，常常是换了又换。可是，一个家庭几代形成的家风、家规、习尚却与衣物不同，那是难以随俗更换的。歌德虽然出身于新兴的市民之家，但长久以来，家中却盈溢着一种浓重的复古意味。父亲是一个收入微薄的帝国法律顾问，性格孤僻，喜欢清静，酷爱书画，这就难免与讲究派头、注重排场的女方家族格格不入。

订婚的下一步就是结婚。歌德的父母亲现有房舍远不宽敞，需要为新婚子媳加盖一处新的住房，而且，作为娇小姐，丽莉的日常生活已经习惯于奢华侈丽，这也不是一个清寒之家所能应付裕如的。因此，他父亲自始就不太热衷于攀这门高亲。他当然也很想有一个儿媳妇，但肯定不是这种终日沉浸在上流社会娱乐圈里的豪族小姐。即便是歌德本人也已经意识到了，如果可爱的丽莉要稍微延续她做姑娘时的处世派头与生活方式，便会在这不大讲究的新家里感到局促不安，觉得没有展现姿采与风韵的余地。而更大的障碍，还是两家的宗教信仰不同，丽莉家是加尔文派，属于革新教派；歌德家则是路德教派，彼此是很难调和的。

毋庸讳言，这斑斑点点，对于一对未婚夫妇的爱恋之旅，无疑是布满了崎岖。当然，丽莉对这一切并没有怎么在乎，往往是一笑置之。这固然因为她还少不更事，但，更主要的还是出于对歌德的痴情眷恋，可说是爱入骨髓，一往情深。她一再声言，条件再苦再难，也会心甘情愿嫁给他，无怨无悔地跟着他过一辈子，甚至不惜抛弃眼前的一切豪华、富贵，让这位青年诗人带她到遥远的美洲去，以避开眼前面对的重重障壁。

七

　　几天前，歌德曾抱着一种愤懑的情怀，写出歌剧《克劳底纳·冯·维拉·贝拉》。他把对丽莉周围那些令人生厌的人们的不满，尽情倾泻在剧本之中，借剧中人之口说出："我实在忍受不了您那个市民环境了！""我想工作，可我得当仆人；我想快活，可我还得当仆人。难道所有那些想使自己些微有所建树的人，不应该有个自己可以支配的去处吗？"

　　当然，话是这么说，一到两个恋人见面，那融冰化雪的温馨、体贴，欺糖赛蜜的甜言软语，那令人意乱心酥的紧紧拥抱，又会使满天云翳划然消散。

　　一天，歌德向一位知心朋友描述了此时的心境：

　　"亲爱的，您可以想象到有这样一个歌德：他身穿镶有闪光的金银花边的上衣，令人眼花缭乱；要不然就是从头到脚都打扮得可以使妇女们觉得他气质不凡，风度翩翩。在他的四周，闪耀着壁灯和吊灯的淡雅的光辉，他活跃在各式各样的人物中间，牌桌上有一双美丽的眼睛正盯着他。他不断地改变着消遣的方式，时而与人交谈，时而去听音乐，时而又去跳舞，而且，用尽情的挑逗去博得一个金发美女的青睐。只有到那个时候，您才会看到那个过着舒适、饱暖生活的充分世俗化的歌德。"

　　但是，还有另外一个歌德："他在二月轻拂的微风中已经预感到春天，预感到一个可爱的广阔世界即将在他面前重新展开。他永远按照自己的想法生活、拼搏、写作。不久以后，他就要把他青少年时代天真无邪的感情写成一首首诗歌，要把生活中情趣浓郁的故事写成戏剧，并根据他的标准用粉笔在灰色的纸上画出他朋友们的形象，画出他周围的环境，画出他心爱的家庭场景。他是独出心裁而不顾及左右的。"

　　显然，对于过往的这段时光，他正在进行着审视与回味，他陷入了彷徨、苦闷，举棋不定之中。既真诚地爱恋着丽莉，又不肯舍弃诗性人生，不希望受到家庭与四周环境的世俗性的羁绊，他渴望着做一只振翅云天，恣意遨游的大鹏。——也许应该说，这是一种可怕的清醒。之所以可怕，是因为对于爱恋，清醒往往是不祥之物。

在经历了一番痛苦的反思之后，歌德重新发现了自己。自己究竟是个什么人呢？一个地地道道的艺术家。归根结底，艺术家是一切规范与局限的敌人。只要他深思自省，便会在自身中发现整个世界，然后，就疯狂地扑过去。

八

就在这时，歌德的一位好朋友在赴瑞士旅行途中，顺道前来过访，并邀请他一路同行。处于徘徊歧路中的歌德，也正想调节一下近期遑遽、矛盾的心态，特别是很想疏离那种"溶于俗境而绝于神性"的轮番轰炸的交际、应酬，于是，在他父亲的极力攒掇下，没有细加考量，便欣然同意了。父亲还怂恿他：如果时机凑合，可以顺道转往意大利旅行。这样，他很快就下了决心，迅即把行装打点停当。出发前，见到了丽莉，他没有正式辞行，只是做出"远行"的暗示，便离开了她。

在前往瑞士途中，歌德特意取道埃门丁根，专程看望嫁到这里来的妹妹。她婚后的生活很不如意，歌德一直在挂念着她。可是，见面后，她却避开个人的境况，万分恳切甚至用命令的口吻，死力劝说哥哥尽快割断同丽莉的关系。她声泪俱下地请求，千万不要与丽莉结为伉俪，也不要同任何女人成婚，永远，永远。她之所以如此决绝，其间既含有对自己婚姻不幸的惩戒，也融进了一个年轻女性对于世事洞察的经验，尤其是对于两个家庭的背景，她早就深有了解。这使歌德心中十分难过。一番痛彻骨髓的激烈言辞，反而激活了他对丽莉的恋情。

面对着四围的湖光山色，他已无心赏玩，脑子里不时地涌现出丽莉的笑靥，不经意间，就冒出了一首短诗：

> 亲爱的丽莉，如果我没爱过你，
> 这美景应给我何等的乐趣？
> 可是，丽莉呀，如果我没爱过你，

我能在这里、那里感到幸福吗？

他记起了明天——6 月 23 日是丽莉的生日，于是，托起她赠送的项链上的金鸡心，噙着泪花，吻了又吻，久久地不忍放下。

两个月过去了，漫游终于结束，歌德回到了丽莉身边。

出乎他的意料，情况已经发生急遽的变化。对着他的一团热火，兜头浇过来的竟是一盆凉水。原来，丽莉的母亲包括整个家族，对歌德的不辞而别颇为愤慨，认为他根本没有结婚的诚意，主张立即解除婚约。几个闺中女友也都劝丽莉痛下决心，斩断情丝，不要一误再误。可是，用情专一的她，总是觉得割舍不掉对歌德的恋情。此刻，面对着"无情的未婚夫"，看上去面容有些瘦削的丽莉，尽管也噘起了小嘴巴，但那双会说话的大眼睛仍是透露着温情脉脉的柔光，映现出三分佯怒，七分怜惜。

多少天来，她都未得安眠，十分苦恼。听了这些，歌德觉得有些愧赧。

在给友人的信中，他承认离不开这个美丽的小精灵，但是，他也不愿再登上她家的小楼了。这倒不是由于她的母亲的冷淡与疏离，——对此，他完全能够理解，而且予以谅解，根本在于她的家里总是贵客盈门，高朋满座。那些人对待丽莉都像是老相识一样，过分的亲热，过分的放肆，而留给他这个堂堂正正的未婚夫的，却是翻波涌浪的胃酸和撒落一地的白眼球。

他们已是几天没有见面了，这天晚上，歌德想静下心来，同丽莉像过去那样推心置腹地恳谈一次。不料，进得院来，传来的竟是大厅中喧嚣的歌舞欢声，他的心立刻凉了下来。望了望暗淡的三楼窗口，便掉头离去。

九

转眼到了 8 月 28 日，丽莉过来，庆贺歌德的二十六岁生日。

他们强颜欢笑，稍稍热闹了一会儿，很快便又沉寂下来。过去两人聚拢在一起，总有诉说不尽的情话，连珠炮似的，一发接着一发。现在，却都心事重重，像是中间隔了一层屏障似的，即使拣起一个有趣的话题，说起来也是时断时续。

丽莉的目光迷离不定，仿佛是从遥远的地方摸索回来似的，再不就是长时间地出神呆望，透出一种隐忍的悲凉。她把灵动的心扉紧紧地封闭起来，怕是再也不肯向他敞开了。他感到很苦痛。

又坐了一会儿，丽莉终于长舒了一口气，低声吐出了三个字："你变了！"

在这关键的时刻，本来，歌德应该耐心地听她说下去，却忍不住"当啷"一锤子给顶了回去："你才变了呢！"他当然意有所指——丽莉越来越像个"交际花"了。

一进9月门，法兰克福一年一度的盛大集市就开张了。各方商贾云集，丽莉家中也招来了比平日更多的她的崇拜者，通宵歌舞，闹闹嚷嚷。诗性遭遇到世俗性的粗暴侵犯，使作为未婚夫的青年诗人十分恼火。直到半个世纪过后，他还耿耿于怀，在《歌德自传》中有这样一段话：

"那些幽灵之群蜂拥而至。丽莉的家既是有名的商馆，各地的豪商巨贾陆续过访，很快我就了然明白，这些人中没有一个人想要和能够完全忘掉他与这个可爱的女郎的旧谊。其中，年轻的人虽不对丽莉有什么强求，然也像是很熟的朋友；中年的人在她面前采取一种博她欢心的恳切有礼的态度；……可是，上了年纪的绅士摆起老伯伯的样子来，真是受不了，他们的手禁不住触到她的身上，作讨厌的抚摩，甚至要求接吻，而亲亲脸颊便不容拒绝。丽莉应接他们的态度都合规合矩，没有不自然的地方。不过，他们间的谈话引起对过去种种可疑的回忆来。什么郊游泛舟的盛会呀，怎样碰着危险而终安然度过呵，跳舞会和晚上的散步呵，对可笑的求婚者的嘲弄呀，一切的话，都燃起那寂寞寡欢的恋人的心中的妒火。我觉得像是多年的辛苦得来的收获却为他人所暂时夺取了。"

为了展现他那波澜涌荡的妒忌心理和酸情醋意，歌德写了一首寓言长诗，名为《丽莉的动物园》。大意是：

没有哪个动物园会比丽莉的更加丰富多彩了。她的园中圈禁着各种珍禽异兽，有的狂奔乱跳，有的虽然剪了羽翼却还奋力飞蹿，它们追逐撕咬，争夺美丽的女主人抛给它们的干面包。其中有一头笨拙的野熊，是从莽林中抓来的，在仆从队里受到与其他动物一样的训练。在它看来，女主人真是甜美而娇媚呀！只要能为她浇一浇满园花草，即使把热血洒尽流干也心甘情愿。后来，逐渐地发现：自己原是被一张编成石榴裙的罗网套住，匍匐在她的脚下，无异于系上了一根绳索。这样，就感到不满了，狂暴地"狼奔豕突"，鼻子里重重地喘着粗气，把内在的野性尽情释放。跳啊，跑啊，终于跌倒在地，浑身瘫软，痛哭流涕。这时，突然传来女主人动情的歌声，结果，它又心软下来，重新伏在她的脚下，亲吻着她的鞋子。她用手轻轻地挠它的脑袋，它快活得嗷嗷呻唤。随后，她带着讥讽的口吻说："喏喏，要乖乖儿的！把小爪子伸过来！做个好仆从，像位骑士先生。"她就这样嘻嘻哈哈地打发走这个倒霉的可怜虫，不管它是快乐还是凄惨。有时候，她还故意把门朝它微微敞开，斜着眼睛瞧它是否打算逃脱。野熊再也忍无可忍了，吼道："还我自由！我发誓，我还强壮有力。"

丽莉看了，十分难过，呜呜地哭了起来。歌德的心为之所动。他确信，能够这样由衷地抛洒泪水的人，即便是有所欠缺，也都是应该得到宽谅的。因而，尽管脑际再度回荡起妹妹的哀哀嘱告，但他仍是下不了狠心撕破情网。心想，她真是一个神奇的"迷人精"，而自己倒像是一只吞了毒饵的老鼠，从一个洞里窜到另一个洞里，舌头舔着凉水，心里火烧火燎的，实在没法忍受了。

午饭后，又见到了丽莉，眼睛红红的，显然，她刚刚哭过。两人对坐着，仍旧哑默无声。当然，并不是无话可说，每人心中恐怕都满盛着一缸苦水。只是，一种近乎绝望的理智与清醒，觉察到在这种情态下，话语是无济于事的。

歌德很想立刻就从这种尴尬状态下解脱出来，但是，这种念头刚一闪现，他便感到通身地战栗。

激浪！狂风！他被抛过来，抛过去，只有紧紧抓住舵轮，好使自己不至于搁浅。可还是搁浅了，他没有毅力离开他的丽莉，他的心里已经装满了她。那过往的轰轰烈烈的恋情，那满是血痕泪渍的绵绵心路，那浓得化不开的经年积愫，毕竟令人没齿难忘。

十

将近九个月的情爱之旅，终于走到了尽头。

想当日，在春风骀荡的露台上，两人一起忘情地朗诵过歌德的剧本《艾尔温和埃尔米勒》。当时绝没有料到，他们也会遭遇类似的命运：

> 你们凋谢了，甜蜜的玫瑰，
> 我的爱不能将你们托付；
> 重开吧，为绝望的人儿，
> 我的心灵破碎，无比痛苦。

婚约解除了，丽莉说："也许应该把写给我的那些诗奉还给你。"

歌德说："不必了，它们已经带着我们的情感和泪血，连同那段永生难忘的岁月，融入了苍茫的历史，镌刻在两人伤恸的心版上。即使再锋利的刀斧也无法砍掉它。"

这句话还没落音，他就警觉地意识到，应该立刻走开，不然，也许会反悔"解约"的。于是，他头也不回地跑开了，背后，传来丽莉痛苦的啜泣声。

这令人肝肠寸断的哭声，分明是在宣布：这部人生的盛装大戏已经落幕了。它的两个主角——当日纵情于花前月下，倜傥风流的青年歌者，和在除夕之夜风骚绝代的抚琴少女，已经飘然远逝，留下来的唯有周围那些行尸走肉般的配角，还在痛痛快快地蠕动着。

圣诞之夜。远在魏玛公国任职的歌德，辗转反侧，久不成眠，一直沉浸在痛苦的思念之中。一想到已经失去了丽莉，他的心便痛如刀割。于是，随手写下了四行诗：

> 可爱的丽莉，
> 你曾一度是我全部的欢愉，全部的歌。

> 唉，而今你成了我全部的痛苦，
>
> 但仍是我全部的歌。

捧起仍然挂在脖子上的丽莉赠给他的金鸡心，他黯然吟哦着：

> 你是消逝了的欢娱的纪念，
>
> 我仍旧系在脖颈上。
>
> 你比情丝更久地联结着两人，
>
> 你要将短促的恋爱时日尽量延长。
>
> 丽莉，我离开了你，还套着你的情网，
>
> 远在异邦，
>
> 在幽谷和森林里徜徉。
>
> 唉，你的心不会很快地从我的心里落下。
>
> 恰像一只啄断了绳索的小鸟飞回丛林，
>
> 脚上仍然系着一段赤绳。
>
> 它已不是生下来时那样自由的鸟，
>
> 它已有了主人。

令人痛心的是，经过这场沉重打击之后，一生憧憬幸福的丽莉再也未曾赢得真正的爱情，尔后的两次婚姻都很不幸，始终都在扮演着悲剧角色。

后来，歌德听一位早年与他有过交往的将军夫人相告，她曾见过了丽莉。丽莉满怀深情地说，自己是"歌德的创造物"，"直到生命的最后一刻，我都对歌德怀着宗教般的崇敬"。她请这位夫人向她的"永生忘不了的朋友"转达她的心意。

丽莉去世的第十三个年头，她的一位亲戚到魏玛访问，专程拜望了歌德。谈起这个昔日的情人，已经八十高龄的歌德老人，凄然泣下，深情地告诉来访者，他像当年那样，清清楚楚地看到丽莉站在眼前，接近她的芳馨的气息。"事实上，她是我真心深爱的第一个女性，也可以说，她是我一生中唯一爱过并且永生不忘的女人。我从来没有像跟丽莉相爱时那样，接近真正的幸福。"

对于这位伟大的诗人来说，爱情乃是他终其一生都在孜孜追求的目标，也是他的人生苦旅中最不堪回首的伤痛。从中他尽享了欢乐与幸福，而更多的却是一泓苦水，无尽的忧伤。正是这一次次激动，一次次热恋，一次次失望，一次次裂肺摧肝的痛苦，催发着创作的激情，把他这个当日的日耳曼少年送上了文学的圣殿，诗国的巅峰。

其实，这世上本没有什么沃尔夫冈·歌德，有的只是夏绿蒂、丽莉，只是斯泰因夫人、乌尔丽克，一头淡黄色的卷发，一双湛蓝的迷人的眼睛，一腔浸着浓情蜜意的缱绻情怀……从这个意义上说，歌德本身就是女人的产品。

"永恒的女性，引领我们飞升！"歌德最后把这两句话写进了诗剧《浮士德》的煞尾。

一夜芳邻

一

　　说来也是一桩人生幸事，我竟然有机会在一个半世纪之后与蜚声世界文坛的勃朗特三姊妹作了短暂的邻居。

　　来到哈沃斯已是暮色微茫了。远处的山影茫然，淡成似有若无的一袭青烟。广袤的荒原上一簇簇、一片片的石楠花开得正闹，视野所及，仿佛遍地覆盖着一层红紫斑驳的地毯。一条坡度较大的石头道把行人引向村街，两旁排列着积木般的房子、酒馆、花店和杂货铺。衬着渐隐渐暗的霞晖，高耸的教堂钟楼微现出一层亮色，而对面的勃朗特纪念馆却显得十分暗淡了，好在里面已经多年如一日地按时亮起了灯光，使整座建筑凸显出大致的轮廓。夜幕徐徐地把小村落笼罩起来，枝头鸟雀的啁啾替换为草间鸣虫的合唱，像定音鼓似的每隔一刻钟教堂上空就要响起一次钟声。

纪念馆为砂石构筑的乔治安式二层小楼,原是勃朗特一家的住宅。听说,当日夏洛蒂、艾米莉、安妮三姊妹就住在左边的楼上,右边是她们的父亲的书房,在这家里已待了三十年的龙钟女仆住在楼下。现在,当然已经是人去楼空了。

这座阅尽勃朗特一家兴衰、嬗变,经历过三个世纪风霜浸染的老屋,于今像是一座苔藓斑驳的古碑,一轴纸色已经泛黄了的画卷,载录了19世纪上半叶三位才女留在英国文学史以至世界文坛上的深深印迹。

实在难以想象,这样几间看不出什么特色的普通石屋,从中竟升起了卓绝千古的文学之星,竟孕育出那些恢宏、壮美的传世杰作!凡是读过《简·爱》《呼啸山庄》和《阿格尼丝·格雷》的人,有谁不为三姊妹天马行空般的瑰奇诡异的想象力,为她们书中捍卫独立人格、表达强烈爱憎的蕴涵,美得苍凉、充满着诗情画意的文笔而倾倒呢!

纪念馆与教堂中间有一片空地,很久以前就成了村里的墓葬区,但三姊妹并未葬身其间。小妹妹死在几十英里外的一个市镇,骸骨没有运回;两个姐姐病逝之后即被安葬在这座教堂里,故乡父老毫无保留地接受了自己的诗魂。对于他们来说,教堂的意义与价值也许已经超越了一般宗教的内涵。由于这里成了两位天才女作家的终古长眠之地,乡亲们为之而骄傲,感到无比的自豪。

许多作家、艺术家生前颠沛流离,死后埋骨他乡,甚至葬身异域,勃朗特姊妹算是其中的例外,故居和葬地紧相毗连。这对于过早地失去三个女儿的老父亲,固然是一种心灵的慰藉;然而,生于斯,卒于斯,歌哭于斯,存亡异路,人天永隔,又不能不引发旷日持久的刺骨椎心般的伤痛。当然,在西方人的观念里,存殁、幽冥的界限似乎不像东方那样极度的分明。因此,也就没有那种临尸悚惧、与鬼为邻的感觉。

尤其是,当一个个被神话包装成辉煌圣殿的天体在天文望远镜下和宇宙飞船面前露出粗粝的沙荒本相,数千年来人们心目中的天国幻梦终归化为泡影的时候,倒反而觉得眼前这一方墓穴、几抔艳骨是更为实在,更可接近,更感亲切的。

我投宿的小客栈与教堂隔着一条小道,特辟的西窗斜对着三姊妹的故居,抬起头来便能望见里面的灯光。这个店主真是绝顶聪明,起码是一位文学爱好者，他懂得把视线引出石墙之外，投向那不平凡的小楼，对于专程前来的孺慕者未始不是一种欣慰。整日的旅途劳顿，我颇感两腿酸痛，眼睛也有些昏涩了，原以为只要脑袋贴上枕头就会呼呼睡去。谁知，躺下之后经过一番静息，困意反而消失了，辗转反侧，优哉游哉，无论如何也摆脱不了对面那座小楼——那楼上不灭的光焰的诱惑。

不知什么原因，在这里住下，居然有一种岁月纷纷敛缩，转眼已成古人，自己被夹在史册的某一页而成了书中角色的奇异感觉。睡眼迷离中，我仿佛觉得来到一座庄园，一问竟是桑菲尔德府……忽然又往前走，进了一个什么山庄，随着一阵"得、得"的马蹄声，视线被引向一处峭崖，像是有两个人站在那里……翻过两遍身，幡然从梦境中淡出，我再也躺不下去了，看了看表，还差十分钟，后半夜三点。

于是，起身步出户外，循着石径直奔纪念馆的灯光走去。夜风卷起了散落在阶前的黄叶，天空云幕低沉，不见一丝星月的毫光。视域里暗夜茫茫，即使没有墙垣遮蔽，左侧墓地上的碑碣也无法看清，只有几株高大的枫香、梧桐晃动着黑黝黝的树冠，发出阵阵林涛的喧响。两只寒鸦惊起后聒噪了几声，很快又在枝间落定，一切复归于静穆。

故居与教堂墓地之间的石径不过五六十米，一如勃朗特姊妹短暂的生命历程，而其内涵却是深邃而丰富的。其间不仅刻印着她们的淡淡屐痕，而且，也会浸渍着情思的泪血，留存下她们心灵的轨迹。

一遍又一遍，我往复漫步，觉得好像步入了19世纪的三四十年代，渐渐地走进她们的绵邈无际的心灵境域，透过有限时空读解出它的无尽沧桑，仿佛和她们一道体验着至善至美而又饱蕴酸辛的艺术人生与审美人生，感受着灵海的翻澜，生命的律动。相互间产生了心灵的感应，一句话也没有说，却又像是什么都谈过了。

夜色无今古，大自然是超时间的。具体的空间一经锁定，时间的步伐似乎也随之静止，我完全忽略了定时响振的教堂钟声。脑子里不停地翻腾着三姊妹的往事，闪现出她们著作里的一些动人情节。在凄清的夜色里，如果凯瑟琳的幽灵确是返回了呼啸山庄，古代中国诗人哀吟的"魂来枫林青，魄返关塞黑"果真化为现实，那么，这寂寂山村也不至于独由这几支昏黄的灯盏来撑持暗夜的荒凉了。

噢，透过临风摇曳的劲树柔枝，朦胧中仿佛看到窗上映出了几重身影，——或许三姊妹正握着纤细的羽毛笔在伏案疾书哩；甚至还产生了幻听，似乎一声声轻微的咳嗽从楼上断续传来。霎时，心头漾起一脉矜怜之情和深深的敬意。

二

天阴得更沉了，漫空飘洒起蒙蒙的雨雾，茫茫视域里一片潮天湿地。我简单地用过早餐，便急匆匆地一头钻进了想望已久的勃朗特纪念馆。这里资料比较丰富，实物也不少，几个展柜中都珍藏着手迹、书稿，衣橱里存放着夏洛蒂穿戴过的衣服、鞋、帽，厅堂里摆着艾米莉弥留之际躺过的沙发，还有安妮最珍爱的摇椅，各个居室的布置也都保持原貌。

当然，作为历史的再现，它所撄撄人心，令人徘徊瞻顾、穷究深索的，还不是主人一般的视听言动的遗迹，而是那种形而上的超越时空界隔、具有普遍意义的创造精神，是获得永恒价值的鲜活灵动的艺术氛围，是三位文学精灵的超常的智慧和恒久的魅力。

就艺术而言，作品对于作家及其创作背景具有相对的独立性，但它毕竟是某种现实的反映或心灵的再现。即使是一个普通的有机体，也还要考虑它的遗传基因和环境条件，何况一部作品乃是作家心血的结晶，灵魂的副本，是一个激情过于饱满的心灵的不可抑制的外溢。这样说来，人们自然会提出一个问题：三姊妹固然属于天纵奇才，但她们的成功是否也有现实的踪迹可寻呢？

从画像上看到，夏洛蒂一头短发，一双大而奇特的眼睛止水般的凝静，身材瘦小，举止稳重；艾米莉个头略高，一副神经质，不胜羞怯似的，显得落落寡合；她们的妹妹安妮长着一双略带紫罗兰色的蓝眼睛，面孔富于表情，意态有些矜持。三姊妹的体质都十分屡弱，患着同样的结核病。死神一直在这个家庭里猖獗肆虐，七年间三姊妹先后弃世，分别得年三十九岁、三十岁和二十九岁。

勃朗特一家基本上处于与世隔绝状态，一向清贫寒素，三姊妹的童年是在寂寞与凄苦中度过的，但精神世界并不空虚。父亲是一位牧师，性格有些乖庚，却酷爱文学，出版过诗集，早岁周游各地，带回许多文学名著；母亲也是天资颖慧的，只是年纪很轻就去世了。三姊妹上过几年学校，由于赋性孤僻，与其他女孩子很少交往，更多时间是在家里自学，由父亲给她们讲课，或者跟随阅历丰富的女仆在荒原上闲步，听讲一些带有原始意味、充满离奇色彩的逸闻轶事。

从而她们相信，早些年仙女们经常在月色溶溶的夜晚来到溪边沐浴，后来山谷间种下了钢筋铁骨，长出一幢幢四四方方的厂房，仙女就再也不来了。她们从老女仆那里了解到社会上各色人等的生活方式和百式百样的人生厄运与家庭悲剧。

三姊妹的创作活动，早在十二三岁时就开始了。她们编撰了许多想象奇特、内容荒诞、语言夸肆的传奇、戏剧与诗歌，把它们刻印在自己编辑出版的"杂志"上。展柜中陈列的大量火柴盒、纸烟盒般大小，字迹像米粒似的纸片，便是夏洛蒂及两个妹妹当时的手稿。对于现实生活中所缺少的，孩子们大都喜欢通过想象编结一些美丽的幻梦来加以补偿，而孤独、寂静的环境又有利于孩子们养成沉思、幻想的习惯。她们把听来的外界的离奇诡异的传说，偶然接触到的各种社会现象，经过剪裁梳理、虚构夸饰，编织成有趣的文学"梦幻之网"。

长大之后，绝大多数时间，她们也还是离群索居。除了闷在房间埋头创作与绘画，就是在荒原上长时间地散步。走累了，便坐在山坡上的石楠花丛中，双手托腮，眼睛定定地盯着下面的村落，仿佛要把隐匿其间的一切神奇诡秘窥查个水落石出；或者仰首苍穹，望着变幻多端的云朵，扑扇着幻想的羽翼，展开丝丝缕缕、片片层层的遐思。这时，她们就觉得心胸、眼界也像苍穹、碧海一般的辽阔。

看来，三姊妹都属于马赛尔·普鲁斯特所说的"用智慧和情感来代替他们所缺少的材料"的作家。她们常常逸出现实空间，凭借其丰富的想象力和超常的悟性遨游在梦幻的天地里。

她们的创作激情显然并非全部源于人们的可视境域，许多都出自有待后人深入发掘的最深层、最隐蔽、也是含蕴最丰富的内心世界。可以说，这大大的荒原和小小的石屋只是托起她们那波诡云谲、万象纷呈的内宇宙的一个支点，不过是在奇光幻影的折射下所展现的环境的真实。

在一个个寂寞的白天和不眠之夜里，她们挨着病痛，伴着孤独，咀嚼着回忆与憧憬的凄清、隽永。她们傲骨嶙峋地冷对着权势，极端憎恶上流社会的虚伪与残暴，而内心里却炽燃着盈盈爱意与似水柔情，深深地同情着一切不幸的人。她们一无例外地抱着理想主义的浪漫情怀，渴望得到爱神的光顾，切盼能像同时代的女诗人伊丽莎白·勃朗宁那样拥有一个情投意合的理想伴侣。

可是，她们却又高自标格，绝不俯就，要求"爱自己的丈夫能够达到崇拜的地步，以致甘愿为他去死，否则宁可终身不嫁"。这样，现实中的"夏娃"也就难于找到孪生兄妹般的"亚当"，而盛开在她们笔下的、经过她们浓重渲染的爱情之花始终不能在实际生活中展现，只能绽放于各自的蒸腾炽热却又虚幻渺茫的想象之中。这确实是最具悲剧意味、令人无限伤情的事，千载以还，谁人能不为之倾洒一掬同情之泪！

她们只是艺术家而不是思想家，作品中除去一些鲜活的形象和耐人寻味的意蕴，看不出什么微言大义，也谈不上号角和火把。里面也蒸腾着血的气流，飞扬着爱的旗帜，但总体来说，她们对于社会、人生、爱情、事业所持的往往是悲观的态度。

在当时特定的历史条件下，恰恰由于借助这种悲观的哲学视角，使清醒的头脑、冷峻的思维获得了独特的第二视力，——从局部、暂时的平静想到整个社会的动荡不安，鸡鸣风雨；透过花团锦簇的表面繁华看到人生背后的惨淡、悲凉；在看似正常的现象中察觉出荒诞的本质。

艾略特等西方现代诗人曾经从象征意义上写到了荒原，用以昭示资本主义繁荣景象后面人性的荒漠化。而勃朗特姊妹笔下的荒原则基本上是写实，却也同样是深邃的意象。

其实，艺术的力量说到底是生命的力量。任何一部成功之作，都必然是一种灵魂的再现，生命的转换。勃朗特三姊妹就是把至深至博的爱意贯注于她们至柔的心灵、至弱的躯体之中，然后一一熔铸到作品中去。这种情感、意念乃至血液与灵魂的移植，是春蚕般的全身心的献祭，蜡炬似的彻底的燃烧。

作品完成了，作者的生命形态、生命本质便留存其间，成为一种可以感知、能够抚摸到的活体。而当读者打开她们的作品时，便像是面对面地与之交谈，时时感受到她们的生命气息，在分享生命愉悦的同时，也充分体验到一种强烈的生命冲击。所以说，读她们的作品需要用整个心灵，而不能只靠一双眼睛。

三

追求生命的永恒，原是人类最带本能色彩、也最具本质意义的一种向往。可是，勃朗特三姊妹的一生却是十分短暂的。这对于作家来说，无论从生活阅历、生命感悟、经验积累、时间延续哪方面看，都是一种难以超越的限制，无法补偿的损失。但这只是一个方面，还有比生命长度更为重要的因素，那就是生命质量和生命价值。

就此而言，英年早逝的勃朗特三姊妹和许多遐龄高寿的文学大家相比却是毫无逊色的。高度浓缩的一生使她们迅速开花、成熟、结实，一二十年间便展现出绝世的才情，留下了惊人的创作。如同三颗联袂横空的陨星，在穿越大气层的剧烈摩擦中，刹那间放射出夺目的光焰，自尔神采高骞，无愧于星月辉煌，云霞灿烂。

与她们同时代的英国著名诗人马修·阿诺德写过一首题为《哈沃斯墓园》的诗，在深情悼惜勃朗特姊妹超人的智慧、非凡的热情、强烈的情感之余，称许她们为拜伦之后无与伦比的天才。作为一个文学群落，"三姊妹现象"在世界文学史上是仅见的。难怪有人说，她们的出现是近代的一则神话。直到今天，西方还有人称她们为"文学的斯芬克斯"，一个难解的谜团。

有一类作家是专门向着人类心曲说话的，他们往往以任何时代都能理解、都可以交流的旷世知音为倾诉对象。这种远离群众活动方式的选择，决定了他们一生都将在寂寥、孤独中度过。如果能够幸逢知己，即使生非并世，时隔百代千秋，也足以慰藉其傲骨、孤魂于重泉厚壤。

中国汉代文学家司马迁读了屈原的《离骚》，不禁热血贲张，深心向慕，"悲其志，想见其为人"；唐代诗人杜甫暮年出蜀，过宋玉故宅，睹其遗迹，感其生平，一时悲从中来，发出"怅望千秋一洒泪，萧条异代不同时"的苍凉浩叹。过去，我同许多文学朋友一样，每当展读《简·爱》和《呼啸山庄》等文学名著，或者观看据此改编的影视作品，都为其恒久的魅力、高蹈的灵思而深情仰慕，由衷向往。今日天缘得便，有幸止宿于勃朗特姊妹的故宅与墓地之旁，更是生发出一种幽冥异路，觌面无缘的悲慨。我们何止是"异代不同时"啊，而且还远隔重洋，迢遥十万八千里！但我深信，作为文人，彼此的心路都是汩汩相通的。

按照钱钟书先生的说法，文学"邻近着饥寒，附带着疾病"，操此业者皆为"至傻至笨的人"。引为自豪的是，我们这些"至傻至笨的人"从事这种最艰辛的"创造意义"的劳作，竟然都是自觉的选择，全身心地投入。我从三姊妹对文学的宗教式虔诚和"之死靡它"的献身精神中体验到一种情志的互通和心灵的感应。

天色转晴，和煦的秋阳钻出了云层，枫香筛下来片片光影，教堂的七彩玻璃上映射着耀眼的光芒。"叮叮当当"，一阵钟声响起，不知不觉中已经到了上午十一点，时间过得真快呀！还有几十分钟就要登上返程的班车，告别芳邻，同三姊妹说声"再见"了。为了永不忘却的纪念，我请人拍摄了两张同故居的合影。回过头去，又凝神瞩望了好一会儿，想让这座不寻常的建筑牢牢嵌入我的记忆之窗。

还有一桩要事，就是参谒夏绿蒂和艾米莉的墓地。走进教堂，我屏息敛气，放轻了脚步，穿过一排高大的拱柱，在玫瑰窗下的高台上看到那块刻录着勃朗特一家人辞世年月的特制石板，而左侧地面上就平放着标示两姊妹埋骨位置的铜质墓碑。我把事先准备好的一束鲜活俏丽的石楠花虔诚地放在上面，权当作心香一炷。金光璀璨的碑铭与紫里透红、生意盎然的鲜花相映生辉，令我悲欣交集。

一百五十三年前，在艾米莉生命的最后时刻，姐姐夏洛蒂想到应该给她献上一束平日她最喜爱的石楠花，——尽管寒冬时节花容惨淡，枝叶枯萎，但她还是撷采盈掬。遗憾的是，此时的艾米莉已经神情木然，什么也认不出来了。

对着墓碑和鲜花，我低声吟诵着《呼啸山庄》结尾的一段话："我在那温和的天空下面，在这三块墓碑前流连！望着飞蛾在石楠丛和兰铃花中扑飞，听着柔风在草间吹动，我纳闷：有谁能想象得出，在那平静的土地下面的长眠者，竟会有并不平静的睡眠。"

　　班车驰下了石头道，走出了荒原，离开哈沃斯越来越远了。这是我的英伦之旅的最后一站。其间访问过不少名城胜迹，参观过一些王宫、城堡、塔楼、教堂，有的堂皇富丽，有的壮伟巍峨，有的古趣盎然。但都止于一般的观赏，"游于目而未入于心"，时日既久，便会如过眼云烟，无复忆念。

　　而在荒疏、僻陋的哈沃斯村，在勃朗特姊妹的故居和墓地，却经受到一番心灵的撞击，情志的交感，觉得那里跃动着不灭的诗魂，鲜活人物呼之欲出，因而牵肠挂肚，意驻神萦，留下了绵绵无尽的遐思。——看来，这一夜芳邻怕是永生永世也难以忘怀了。

解　脱

空间、时间、原因都是思维的形式，生命的实质超乎这些形式以外；不仅如此，我们的整个生命是越来越屈从于这些形式，然后再从这些形式中解脱⋯⋯

——列夫·托尔斯泰《早年回忆》

一

亚斯纳亚波利亚纳是俄罗斯伟大文学家、思想家列夫·托尔斯泰出生的摇篮，也是他回归的墓地。在这里，生命的终点和起点连接在一起，画了一个完整的圈儿。

映衬着一株株高大粗壮的橡树、枞树与菩提树，这个凸出地面的土丘就显得更微小了。它长约两米、宽不足一米、高不过几十厘米，外围一圈低矮的木栅栏，就连几岁大的儿童都可以跨过去。上面如果不是覆盖着绿草、鲜花，人们根本就不会注意到它的存在

可是，就是这个小土丘，却被奥地利著名作家茨威格誉为世间最美的、给人印象最深刻的所在。他说，"我在俄国所见到的景物，再没有比托尔斯泰墓更宏伟、更感人的了。"

还有一位名家是这样说的：列夫·托尔斯泰以其丰厚的著作登上了俄罗斯文学的顶峰，而他的墓地，则以其简陋、渺小而攀上世界所有的名墓之巅。

人们也许会问：像托尔斯泰这样的文艺复兴以来唯一能挑战荷马、但丁与莎士比亚的伟大作家，他的坟墓怎么会这样渺小、这么简陋呢？真是太不公平、太不合理了！莫非是沙皇政府衔恨报复的愚蠢举动造成的？也许是由于家乡和后辈缺乏足够的重视，或者财源匮竭，以致名人的身后凄凉？其实，都不是。恰恰是托翁自己的郑重选择。辞世之前，他特意留下了遗嘱："要像埋葬叫花子那样，用最便宜的棺木将我下葬，垒一个小小的坟头。"

具体地点也是他亲自选定的。童年时，他经常跟随哥哥们到这林地里游玩。大哥尼古拉告诉他，这里埋着一根"绿杖"，上面写着各种各样的秘密，谁若能够找到它，就可以知道全人类怎样才能得到幸福。当时他才五岁，但被这个故事深深地打动了。以后，乃至整个一生，他都在探求着这个古老而又常新的秘密，最后，就终古长眠在埋着"绿杖"的地方。

一生都在探求如何使人类得到幸福，成就了这位精神巨人的伟大，而他却又是再平凡不过的，"不论是作为孩童、少年、成人甚至老人，托尔斯泰永远仅仅是众人中的一员而已"（茨威格语）；"而他之于我们，亦非一个骄傲的大师，如那些坐在他们的艺术与智慧的宝座上，威临着人类的高傲的天才一般。他是——如他在信中自称的、那个在一切名称中最美、最甜蜜的一个——'我们的弟兄'"（罗曼·罗兰语）。

伟大与平凡，在这位世界文坛的一代宗师身上，也在这个黄土小丘上，实现了完美的统一。

托翁出身名门望族，法国著名作家罗曼·罗兰以"丰富的遗产，双重的世

家，高贵的世裔"加以概括。光是文学家、艺术家、政治家，从这个家族中就走出了四十位，他们在《俄罗斯名人传记辞典》中足足占了九十五页。托翁的先祖是彼得大帝的密友和重臣；祖父官至喀山省省长；父亲是抗击拿破仑的卫国战争中的英雄；母亲出身于世袭公爵之家，她的父亲是叶卡捷琳娜时代的步兵上将，曾祖母与普希金的祖母是亲姐妹。

他本人是伯爵，属于贵族特权阶层。作为既得利益者，作为地主庄园的"一家之主"，他原本可以在这华丽、优雅、宁静的天地里，享受雍容华贵、安富尊荣的贵族生活，然后再将那些财富、荣誉和特权传递给下一代，可是，他没有。

作为世界级文化名人，以《战争与和平》《安娜·卡列尼娜》《复活》等一座座横空出世的巅峰而高踞"艺术之神"的宝座，他完全可以像其他无数成功人士那样，心安理得地承受世人的顶礼膜拜，陶醉在种种荣耀和鲜花、掌声之中，他也没有。

当年，俄国《现代人》杂志的一位编辑说："在我国有两个皇帝：尼古拉二世和列夫·托尔斯泰。他们俩谁更强大呢？尼古拉二世拿托尔斯泰没办法，不敢动摇他的宝座；而托尔斯泰却毫无疑义地在动摇着尼古拉二世的宝座和他的皇朝……谁碰碰托尔斯泰试试看，全世界都会喊起来。"

作为顶级强势人物，尼古拉二世习惯于凌驾在臣僚、仆役、平民之上，逞豪雄，耍权威，作威作福，颐指气使，像《聊斋志异》中所描绘的："出则舆马，入则高坐，堂上一呼，阶下百诺，见者侧目视，侧足立"；而被奉为"精神领袖""社会良心"的思想巨人托尔斯泰，却经常以自己未能像普通农民那样吃苦受累，饥寒冻馁，而心怀愧怍，痫寐难安。他坚持自己的人生真谛与理想追求，拳拳服膺并身体力行人道主义思想，无论是形成文字，还是视听言动，喜怒悲欢，都坚守底层平民的立场，勇于为无权无势的劳苦大众说话，无情地谴责与鞭挞沙皇农奴制度，在探索人的内在本质，追求道德的自我完善的同时，也把人类精神境界提升到一个新的层次。

二

从青年时代开始，托尔斯泰就尝试着走社会改革和精神探险之路。他先在自家的庄园试行改革，设计了一套改造计划。他遍访庄园附近多个村庄，从中挑选出最穷苦的农户，前往送茅草、修房屋。那时他刚刚二十岁。十年过后，他又在庄园内外为农民子弟创办了二十多所学校，致力于普及平民教育。村里有一户寡妇，缺少帮手，他就过去为她修炉灶、运柴草、干各种农活。那年村里发生火灾，他率先投入火场，抢救农民财产。平时经常为穷苦农民播种、收割庄稼。俄罗斯著名画家列宾有一幅名画《托尔斯泰在耕田》，真实地再现了这位伟大人物的体力劳动场面。

罗曼·罗兰说："托尔斯泰在一切作家中是最少文学家气质的人。"他长着一副典型的乡下人面孔。宽阔的前额上横刻着两条弯曲的皱痕，眉毛雪白而浓厚，皮肤饱经风吹日晒，粗糙不堪，与农夫的并无二致。什么样的衣着都合他的意，什么样的鞋帽他都可以穿戴。如果他与一个白胡子的佣人并肩坐在马车上，若是不细心观察，你很难分辨出哪一个是伯爵，哪一个是车夫。

托翁长女在回忆录中写道：一次，她在图拉排戏，看门人说，外面有一个老农夫非得要进来看，大概是喝醉了。她马上猜着了来者是谁，赶忙出外去接。父亲笑着告诉她：因为衣服不讲究，人家没瞧得起他。莫斯科与雅斯纳雅·波利亚纳相距两百公里，托翁常常徒步往返。肩上搭个口袋，夹杂在沿途流浪的人群里。在五天的行程中，有时遇到火车站，他就在三等车厢候车室歇歇脚，喝点水。这天歇过了，他信步走到月台上，正好一辆客车停在那里，眼看就要开车了，忽然听到有人招呼他："老头儿，老头儿！"原来是一位太太探身车窗外喊他："快去女洗漱间把我的手提包拿来，我忘在那儿了。"托翁急忙赶到那里，幸好手提包还在。"多谢你了，拿着，这是给你的跑腿钱。"托翁从太太手中接过五个戈比，泰然自若地装进了口袋。同行的一个旅伴问那太太："你知道你把五个戈比给了谁吗？"当得知是大名鼎鼎的托尔斯泰时，女人说："天哪，我这是怎么弄的！"而托翁却平静地目送着远去的列车，坦然微笑着。

他把名利、财富、世间的一切诱惑，都看成是沉重的十字架。面对为饥饿、贫穷、愚昧和奴役折磨得筋疲力尽的农民，他发扬"人饥己饥，人溺己溺"的博爱精神，把民众的苦难当作自身的苦难，他为自己享有的物质特权，"心如火焚，几成灰烬"。在严寒的冬天，他看见一个讨饭的村妇，衣衫褴褛，骨瘦如柴，瑟缩在凛冽的风雪中，想到自己住大房子，有皮袄穿，有鸡蛋吃，生活过得太舒适、太奢侈了，感到深深的痛楚和羞愧。夏天闹饥荒，他痛苦地写道："我们的餐桌上，有红红的小萝卜，黄黄的奶油，烤得嫩嫩的面包，摆在干干净净的桌布上；园子里有花草树木，我们的年轻女士们穿着薄纱衣裳，因为天气热自己却凉爽舒适而欣慰。可是，那边农田里长满了藜草，土地龟裂，农夫农妇的脚上长着厚厚的茧子，脚后跟在裂口、脱皮，牲口的蹄子在开裂……"写着写着，他伏案痛哭起来。

在他看来，这个世界是无比荒唐的：一面是花天酒地、骄奢淫逸，海量的钱财耗费在无聊的演出、庆典、宴会上；一面是无数贫民饥寒冻馁、饿殍满地。他把这种颠倒反常的现象称为人类的"疯狂状态"。他给家中唯一比较理解他的小女儿写信，说："一种需要在我心里非常非常强烈地增长着，即要求说出我们生活的全部狂妄和全部卑鄙：在忍饥受饿，半裸着身体，满身虱子，住在没有烟囱的农舍里的人们当中，我们都过着愚蠢的奢侈生活。"于是，他有意识地改变自己的生活方式，谢绝亲友间的一切应酬，不再出席贵族圈的社交晚会，他走进田野，同农民一样，头戴草帽，脚穿桦皮鞋，随便找条带子扎在腰间，挥锄劳作。他辞退了家中的仆人和厨师，每天天还没亮就起床，自己收拾屋子，生炉子，然后去井边汲水，装满木桶运回家里；把长长的木头锯成小段，再用斧头劈开，堆成方阵；坚持自己耕地、种菜、缝制皮鞋。在他看来，这样做即使不能获得心理学上讲的"受难快乐"，起码可以减轻自己的内心痛苦与心理负担。

"我们优越的生活条件剥夺了我们理解生活的可能性。为了理解生活，我们应该去理解不属于例外的、不属于我们这些寄生虫的生活，应该去理解普通劳动人民的生活——那些创造生活并赋予生活以意义的人们的生活。"在托尔斯泰之前，没有一个贵族知识分子能够承认这一点。

但是，认识到生活的"不义"之后，能否抗拒按部就班的日常生活本身呢？如果已经认识到生活的罪恶，依然心安理得地接纳它、享受它，那么，就比没有认识到罪恶而生活在罪恶中的人还要可耻。托尔斯泰觉得，他正面临着这种可耻和伪善的境地。

同底层民众接触得越多，对于他们的苦难，他便越是关心，日夜探索着消除苦难的途径。过去围绕着他的大多是学生、作家、学者，现在到庄园来访的都是各类劳苦农民，有的请他帮忙解决吃住难题、寻找做工出路；有的托他打通关节赦免罪犯；有的向他反映本村不合理问题，家里成了救济所、避难窝、难民营。参加社会人口调查，使他有机会真切地看到大都市贫民悲惨的现状。他号啕痛哭着，说："人们不能这样地过活啊！这决不能存在！"对此，罗曼·罗兰写道："要不看见这种惨状是不可能的。看到之后而不设法以任何代价去消除它亦是不可能的——可是，啊！消除它是可能的么？"作家在这里揭示出托翁痛苦存在的根源。

通过频繁、深入地接触普通民众，目睹俄罗斯民族的苦难，为千百万农民的悲惨命运而痛苦、忧虑，加速了他在"真理之路"上的求索进程，净化了灵魂，为世界观的转变奠定了基础。体现在文学创作中，这时期他推出了《安娜·卡列尼娜》《忏悔录》《复活》等传世名著，在控诉腐朽的社会制度和"生活中的寄生虫"的罪恶的同时，也揭示了作家自身的彷徨、困惑以及对宗教的皈依。

而这一切，不仅引发了贵族农奴主的嫉恨，招致沙皇政府的监视，也使他与家庭特别是夫人索菲娅之间产生尖锐的矛盾，造成心理隔阂，筑起了一道冷漠的高墙。

三

诚如伟大作家高尔基所说，列夫·托尔斯泰是"19世纪所有伟大人物中最复杂的人"，他的内心深处升腾着错综而深刻的矛盾，甚至形成了无解的悖论。

托翁和革命者一样，是地主资产阶级不共戴天的敌人，他曾直接点名痛斥历代沙皇，在他们头上分别冠以"残忍的""愚昧的""丑恶的""粗暴而昏昧的"的定语，这在那些把沙皇看作"亲爱的父亲""慈悲的天主"的臣仆眼中，简直是大逆不道，无法无天。可是，同时他又是革命斗争道路的死硬的反对派。

他的性格中存在着分裂的"两重性"：一方面，同情农民，憎恨农奴制；另一方面，却又极力反对以革命方式消灭这一制度。

他是沙俄帝国秩序的勇敢的揭露者，对"吃人"的农奴制度和整个社会中不合理的现象恨入骨髓，可是，却奉行"勿以恶抗恶"的哲学，主张通过道德的自我完善来改造现实社会。在他看来，以恶抗恶只能互相伤害，使恶步步升级；"手段的卑劣不可能导致目的的崇高"；"在血泊之上，营建不起来一个纯洁的天国"。他有一个颇具代表性的观点："真正的进步是很缓慢的，因为这取决于人们世界观的转变，这是几代人才能完成的事业。现在的一代人，首先是由老爷们——你跟他们在这儿吃饭都觉得于心有愧——和仇视这些老爷并想用暴力消灭他们的革命者组成的。必须等这一代人死去，由新的一代来代替他们。"在《告政治家书》中，他形象地叙说："这将是完满之至了，如果人们能够在一霎间设法长成一个森林。不幸，这是不可能的，应当要等待种子发芽，长成，生出绿叶，最后才由树干长成一棵树。"

那么，现实所应该做的，就是走"道德复活"之路，使私有者自愿放弃权利与特权。"总有一天，人类会终止争斗、厮杀和死刑。他们将彼此相爱，这个时代不可阻挡地必将到来，因为在所有人的灵魂中所植入的不是憎恨，而是互爱，让我们尽其所能，以使这个时代尽快到来。"为此，他让《复活》中男女主人公通过"忏悔"和"宽恕"走向"复活"。可是，实际情况却是，即使在俄国这样具有浓厚的宗教传统的国家，托翁所倡导的自我更新、自我拷问、自我鞭挞、自我完善的理想，也并不为大众所接受。

基督的博爱、孔子的仁义、老子的无为、叔本华对生命目的和意义的叩问——东西方的宗教和哲人的思考，最后都被托翁融汇在"勿以暴力抗恶"的学说之中，有人迳称之为"托尔斯泰主义"。在托翁的观念里，社会改造问题成了一个纯粹的伦理道德课题。这样，囿于天真、梦幻的信念，只能怀着对"大规模的暴风雨"的恐惧，天天肩负着自制的十字架，对自己轮番展开无休止的剧烈斗争。

在托翁的世界观中，真正的民主主义思想和幼稚的乌托邦幻想合而为一。他在宗教信仰上反对暴力，奉行"勿以恶抗恶"的哲学思想，可是，回到现实生活中却支持农民行动起来反抗农奴主的压迫。当他看见村中穷苦农民为牛羊锅釜被抢走而哀哀啼哭的时候，他愤然面对那些冷酷无情的衙吏，呼喊起"复仇"的口号。

他的主张、言论与实际行动，或者说信仰与生活，存在着尖锐的矛盾，可是，他却从来没有逃避现实，一天也没有同罪恶妥协过。当他听到葡萄牙民主革命胜利的消息时，他欢欣鼓舞，宣称"革命是不可避免的"。特别是他的作品所蕴含的旨在推翻专制、腐朽的社会制度的爆炸性力量，更使这种叛逆精神、正义立场彰显无遗。

同样的矛盾也反映在宗教与艺术方面。罗曼·罗兰指出，在托尔斯泰身上，艺术家的真理与信仰者的真理未能完满地调和，二者的统一只存在于他的艺术与生命的悲剧之中。他强调艺术的宗教指向，认为"艺术应当铲除强暴，它的使命是要使天国，即爱，来统治一切"；他为自己的有些作品无补于"天国的统治"而感到愧憾。但在他的生命过程中，艺术之路与信仰之路是并行而分割的，前者顺畅发达，后者崎岖险阻。当看到他醉心于宗教信仰和道德自我完善的投入，欧洲的艺术家包括重病在身的屠格涅夫都吁请他"重新回到文学方面去"。事实上，即使是晚年的托翁，也并没有真正地委弃艺术——自己赖以存在的理由。这样，就在他的心灵深处，宗教与艺术胶葛重重，燃烧着痛苦的火焰。

作为"俄国革命的镜子"（列宁语），托翁这种矛盾的人生，折射出俄国革命之复杂性。这种矛盾正是俄国社会错综复杂的矛盾的反映，是一个富有正义感的贵族知识分子在寻求新生活中，清醒与软弱、奋斗与彷徨、呼喊与苦闷的生动写照。

人性与神性的纠缠，生活和理想的龃龉，使他陷入出走、决裂、解脱与留恋家庭、关怀妻子中间依违两难的困境。他一直在家庭之爱与上帝之爱中间徘徊。他对妻子的既怜爱又反感的矛盾心情，笼罩着整个后半生。他们夫妇各自坚守着高过于自己生命的东西——托翁维护他的至高无上的精神、信仰，守护着他的灵魂的圣洁；而作为家庭主妇，夫人索菲娅考虑的则是一家人的生计，孩子们的现时健康与日后前程。

这些错综复杂、难剪难理的矛盾，积聚在心头，如同利刃切割，烈焰炙烤，把托翁折磨得烦躁不堪，连片刻清净都难以得到。而庄园与家庭——这从前的避风港、安乐窝、温馨的爱巢，更成了他心灵的牢狱，恨不得立刻就远远离开。

四

不堪痛苦的折磨，在生命的最后三十年，托翁一直在探求着解脱之路。认识到，只有离家出走，才能摆脱上流社会穷奢极侈的生活方式，才能同这个"被疯狂包围"的"老爷们的王国"彻底决裂。他说："这个家每时每刻都逼得我痛苦不堪，使我哪怕连一年合乎人性、合乎情理的生活都不能过。"他的理想去处，是偏僻的农村茅舍，生活在劳动人民中间。而这一切，都是家人、亲属所无法理解的。为此，他在家里，精神上处于极端孤立状态，而且愈演愈烈。

辞世四年前，他曾写过一部《费奥多尔·库兹米奇老人的日记》。其中演绎了俄皇亚历山大一世有名的传说，写他决心舍弃一切，托着假名出走，终老于辽远的西伯利亚。托翁之所以对此题材极感兴趣，是由于其中体现了他的心灵寄托与价值取向。

实际上，他早就想离家出走了，二十多年来，先后逃离过三次：

1884年6月，在夫妻发生一次严重的争吵之后，他狠了狠心，决定脱开这个家庭。但走到半路，当他想到惊慌失措的妻子可能会自杀，而她又即将临产……出走的意念渐渐瘫软了。他宁肯悲叹着在一个仅仅是表面上共同生活的压抑屋顶下苦挨，也不愿与儿女决裂，令妻子轻生，做一个铁石心肠的圣徒。这样，这次出走便以人性战胜神性而落下帷幕。不久，他的最小女儿萨莎出生了，后来成了他的思想行为的坚定支持者。但他并没有因此而获得欣慰，仍在日记中写道："我难过极了……真不该回来。"此后，离家的念头一直在纠缠着他，折磨着他、苦恼着他。一想到他的信徒、学生身陷囹圄，或在流放中颠沛流离，而他却安然无恙，他就痛苦不堪，甚至期望被流放、"喂臭虫"、上绞架，做一个像基督一样流血的殉道者。

十三年过后，1897年又是一个多事的年头，爱子夭折，两个女儿出嫁，好友被流放，他与妻子的矛盾也变得更加白热化。6月8日，他再一次出走，留给妻子的信是这样说的："我之所以决定出走，其一，是随着年岁的增长，这种生活使我越来越压抑，我越来越强烈地渴望孤独；其二，是因为现在孩子们都已经长大了，这个家已经不再需要我的存在了……而主要的原因是——正如印第安人到了六十岁便遁迹山林那样——每一个信教的人在年老的时候便会产生一种愿望，要以他的余生来供奉上帝。因此，在我已踏入第七十个年头的时候，我的心灵现在也渴望着安宁与孤寂，以便怀着良心生活在和谐中……"然而这一次，他又是回去了，对他人命运的恐惧与担忧再一次令他却步不前。由于中途返回，这封信并没有传到索菲娅手里。

不过，离家出走的念头，他一天也没有去怀。"那个作为我妻子，应当像分享我的床铺与生命那样分享我的思想的人，她却成了我的敌人，反对我的想法。她是挂在我的脖颈上的磨盘，是良心的重负，把我拖向一种错误的、虚伪的生活。我早该把系着她和我的绳索割断了。"这番话，时时在他的心头发酵，滚沸，燃烧着。在此期间，他曾对大女儿说，想到她所在的那个村庄定居，那儿没有人认识他，"在那里，我可以去挨门乞讨"。他幻想做一个苦行僧——不珍视生活中的任何东西，蔑视一切，不为人知，背一只袋子到农家的窗户底下，去谦卑地乞讨一块面包。

最后一次出走，是 1910 年 10 月 28 日，距离上一次又是十三年。这次的导火索，是妻子在夜间偷偷地翻看他最隐秘的日记，她总是觉得他有些事在瞒着她，因此，就时时刻刻地对他跟踪。这对于托翁来说，无疑比剜心切肤还难以容忍——竟连生活中最后的一点点秘密都要窥伺，连灵魂中仅有的方寸之地也无情地收缴，那就再也没有退路了。这样，"站起来，拿上手杖和大衣！"就成了他响亮的律令。

天还没亮，他就在家庭医生陪伴下，悄悄地登上了单驾马车，从后面绕出庄园，上路了。以他的清醒、明智，不会不考虑到，这是一条不归之路——八十三岁高龄，身体已经十分虚弱，在家时稍微劳累一点就会晕倒，现在，冲寒犯露，颠仆道途，不管逃到哪里，除了死亡，难道还会有其他结局吗？这些，他都在所不计了，他只想进入孤独，到自我、到上帝那里去。他要像一只自由的野兽或者飞鸟那样，寻觅一个神秘的去处，悄悄地老，悄悄地死。是呀，人世间有谁见过自由的野兽、飞鸟的死亡踪迹！——无论是在城市，在乡村，或者开阔的野地上。

途中，托翁由于染上肺炎，于 11 月 7 日清晨在阿斯塔波沃车站告别了人世。

弥留之际，他号啕地痛哭着，说："大地上千百万的生灵在受苦，你们为什么都在这里只照顾一个列夫·托尔斯泰？"

不管怎么说，这次他终于在死神的配合下，摆脱了家人跟踪、警察监视以及由于盛名所累造成的种种麻烦，实现了不算奢侈却百蹴未就的愿望。不过，这一用生命换来的解脱，代价也实在太高昂了。

对此，高尔基有个著名的说法："总的来说，列夫·尼古拉耶维奇什么时候也不应该出走。那些在这件事上帮助过他的人们，如能阻止他这样做，那将是一种更明智的行为。托尔斯泰的出走缩短了他的寿命，这一生命在它的最后一分钟都是有价值的……"

五

巨星陨落，哲人其萎。我们后来者，缅怀托翁的理想去处，当然还是他的墓园。在这里，我的感情的潮水涌荡起层层波澜——

论者习惯于把托翁与歌德相比：这两位世界级的一流文学大师，都出生在 8 月 28 日，都活了八十多岁，而且，伟大的创造力都保持到生命的最后一刻。他们同样是贵族，又同样致力于社会改革，同样对大自然有崇高、神秘的体会。歌德看清了英雄人物灵魂深处的幽暗，托翁则主动放弃了英雄式的伟大，而向往成为一个普通农民。不过，作为后世的一个崇拜者，我在瞻仰他们的陵墓时，却有着迥然不同的感受。歌德的灵柩安放于魏玛豪华的大公陵寝，两层建筑下的地下室内，阴森、晦暗，本来就有气闷、压抑之感，加上被告知不准闪光、不准照相，更是大大地拉开了他同普通人的距离，顶礼膜拜之情为之顿减，几分钟后就黯然离开了。而托翁的坟墓就在道旁空地上，初夏午后的阳光，透过丛林枝叶照在上面，只觉得花草缤纷，无比亲切，无限温馨，仿佛托翁就在眼前，撚着白须，慈祥地微笑着。前后左右，我转了多少个回合，辗转流连，长时间不想离去。

面对这一伟大的存在，除了觉得亲切、温馨，我还陡起庄严、敬畏之感。恐怕不只我，任谁面对托翁埋骨其间的这一丘黄土，都会感受到一种奇异的威严，一种强大的震撼力，而且是纯然自发的。不要说弯腰拔起几棵草、采摘一朵花，就连大声喧哗、嬉闹的勇气也没有。守门人告诉我们，这里没有明确的要求，可是，再高级的外国贵宾，诸如国王、总统、元首，前来拜谒，一律都是自觉地步行，没有哪个人会大摇大摆地坐车进来。

告别托翁墓园时，我曾口占一首七律，中有"百年风暴安然过，万仞门墙讵可攀！名重方知千纪短，才雄不觉五洲宽"之句。它的蕴涵是：托翁"高山仰止"，令人钦佩至极的，是他的超越国家、民族限界，不为社会更迭、时代迁流、政治变动所左右的万古如斯的普世价值。

这心灵驱动的"三部曲"，加深了我对于托翁及其精辟论断的理解："空间、时间、原因都是思维的形式，生命的实质超乎这些形式以外。"对于世界文坛泰斗来说，超乎时空之外的生命实质，就是艺术的魅力。这样，"人虽然死了，但他与世界的联系继续对人类发生着影响，其程度不限于他生前的，而且还要大得多，这影响随着他的理性与爱而增强，并且像一切生命一样成长着，既没有停顿，也没有终结"。

从这个意义上说，"死亡是另一种生命的开始"（蒙田语）。

月圆常是忆人时

一

又是月圆时候。晴空一碧，纤尘不染，空气中透着春夜微微的凉意。正如一句古诗所云："忆人常在月圆时。"此刻，面对着东天的皓魄，我忽然想到了契诃夫和他的妻子奥尔嘉·克尼碧尔（一译欧嘉·聂普）的绝代情缘。

1991年年底，我在访问苏联期间，曾在雅尔塔契诃夫纪念馆看到馆主的一封信，那是1895年写给他的朋友苏沃陵的："请原谅，要是你愿意的话，我就结婚。不过我的条件是：一切应该照旧，那就是说，她（指奥尔嘉）应该住在莫斯科，我住在乡下（他当时住在梅里霍沃），我会去看她的。那种从早到晚，整天厮守的幸福，我受不了。我可以当一个非常好的丈夫，只是要给我一个像月亮一般的妻子，它将不是每天都在我的天空出现。"

与此相关联，他在札记中写道："爱情，这或者是某种过去曾是伟大的东西的遗迹，或者是将来会变成伟大的东西的因素，而现在呢，它不能满足你的要求，它给你的比你所期待的要少得多。"

看到这些，当时颇有感触，曾口占四句"打油"诗："至爱何辞千里远，佳姝尽可挂天边。独居自得人生趣，懒问冰轮圆未圆。"

契诃夫三十八岁时与奥尔嘉相爱，那时奥尔嘉二十九岁，是莫斯科艺术剧院一名骨干演员。当时契诃夫身患严重的肺结核，医生警告他：你已经不是医生，而是病人，不能住在阴湿寒冷的莫斯科，必须变换环境。于是，他选取了南方紧邻黑海、气候相对温暖、地处克里米亚半岛的雅尔塔定居，那里有温煦的阳光，蔚蓝的海水，清新、湿润的空气。前此，契诃夫与彼得堡的出版商马克斯签订了一份合同，卖出了自己作品的全部版权，换得七万五千卢布，他用这笔钱在雅尔塔附近买下一块地，建造了一所房子。

那么，奥尔嘉呢？由于契诃夫的极力阻止，只好留在莫斯科大剧院，完成一场又一场的舞台演出，默默地忍受着别离之苦。这样，两人结婚之后，便一直是鸿雁分飞，每年只有少量时间会面。但这并没有影响夫妻间的亲密关系，他们已经习惯了以频繁递送的"来鸿去雁"传达彼此真挚而浓烈的感情。这令人想起了宋代词人秦观的《鹊桥仙》词："金风玉露一相逢，便胜却人间无数""两情若是久长时，又岂在朝朝暮暮！"

六年间，他们留下的情书多达八百多封。一封封信都写得婉丽动人，感人肺腑。其中有这样的语句："我最尊贵的女演员：我人在雅尔塔，我的监狱（他把自己的白色别墅，称作'白色的监狱''相思的囚笼'）。冷酷的风正吹着，海浪翻滚，船只停止了运行，人们都快被淹死了。一句话，你走之后的世界，糟透了。没有你，我简直想上吊。给你，四百个亲热的吻。你要好好照顾自己，我的小狗狗……"

契诃夫辞世之后，美国剧作家卡罗·罗卡摩拉以《情书》为题，别出心裁地将八百多封"两地书"串联起来，编织成一部话剧，反映一双爱侣动人的情感生活，描绘出他们间的惓惓痴情、殷殷爱意。重点是通过契诃夫生命中重要的关节点和情感起伏，表现"一个剧作家的爱与死"——爱情从莫斯科开始，到他终止生命的德国巴登韦勒结束。这是一部高水平的关于爱情、关于病痛、关于等待、关于思念的温馨作品。

信中在讲述两人的艺术生涯之外，还谈到了与同时代的列夫·托尔斯泰、高尔基、斯坦尼斯拉夫斯基等多位大师的真挚友谊。

这部剧作，2003 年曾被世界剧场大师彼得·布鲁克搬上了舞台；翌年又由中国台北的绿光剧团移植到台湾演出。近日，我在沈阳看到了由台湾著名戏剧家、美国加州柏克莱大学戏剧艺术博士赖声川翻译并导演的《让我牵着你的手……》。此语英文原为"将你的手放在我的手心"，出自契诃夫写给妻子的情书，是《情书》全剧的第一句台词，也是剧作家死在爱人的怀中，全剧结束时的最后一句话。

和传统的现实主义剧作不同，全剧由两个人对话式的自述来支撑，与其说是爱恋情景的还原，莫如说是带着布景和简单肢体表演的书信朗诵。台词倒是十分漂亮的，缠绵悱恻，活色生香，令人回味无穷。这也正好让两位演员充分施展了他们的表演功力，用话语表现爱情之初的喜悦，和男主人公病入膏肓的虚弱无力。相较契诃夫，奥尔嘉是一个容易被忽略的角色，好在她的扮演者蒋雯丽知名度很高，功力也不错，颇受观众青睐。

二

契诃夫在雅尔塔的住宅，是一所样式新颖的别墅，美观、明亮，小巧玲珑。上面有个像神话中所说的那种模样的小望楼，有几个突出的尖角，下有玻璃走廊，四周开着一些宽窄不等、大小不一的窗子。室内陈设比较简单。书房长十二步，宽六步，整洁干净，靠近写字台挂着一张印刷体的"请勿吸烟"的标语。对门正中，开着一扇镶着黄色花玻璃的大窗子。墙壁上糊着镶金边的壁纸，一幅列维坦的笔触粗放但画艺精美的画挂在上面，场景是：傍晚的田野，许多干草垛向远处伸展开去。

别墅坐落在花园里，铁栏杆把它和公路隔开。说是花园，其实栽种的主要是苹果、梨、杏、蜜桃、扁桃等多种果树。据纪念馆解说员介绍，契诃夫在日，如果是春天清早，他会一个人静静地待在园子里，给沾满露水的玫瑰花整枝，或者细心地观察着被风吹折的嫩苗，用硫黄抹在玫瑰花枝叶上，或者拔除花圃里的杂草。

公路另一旁是用一道矮墙围起来的古老荒芜的鞑靼墓园，寂静而荒凉，每座墓前都立有简陋的石碑。对面是一块旷地，竖有契诃夫的雕像，旁边立着一排屏风似的黑色石雕，雕刻着他的作品中的人物。

当时，高尔基、蒲宁、库普林等也都住在雅尔塔，有一小段时间，列夫·托尔斯泰也住在附近。但他与这些文豪来往不多。他在札记里写道：我流放在"温暖的西伯利亚"，"就跟将来我独自一个人躺在墓地里一样，现在我确实也在独自一个人生活"。据他的女友、作家、功勋艺术家谢普金娜·库彼尔尼克所记述的：他那永久不变的安详、平静和一种像难于穿透的甲胄似的外在的冷峻，把他严严实实地包围起来。

他这样做，当然是由于病弱之躯确实承受不了频繁的接待。刚到这里时，出于真诚的崇敬，那些成群的拜访者，特别是读过他的作品从而衷心景慕的妇女们，总是寻找机会，带着食品前来问候。他对这种烦扰，感到苦恼至极。

另一个原因也是主要的——创作是羞涩的，在这方面，他比别人表现得尤为突出。他从凌晨到深夜都是手不停挥，奋力创作。他反复强调，一个人如果不写作，不经常处于那种能打开艺术家眼界的艺术气氛里，那么，即使他有所罗门王的聪明，也会感到自己是空虚和无能的。但是，他绝对不会在众人面前动笔。宋代诗人黄庭坚有两句诗，写他同时代的两位诗友截然不同的创作习惯："闭门觅句陈无己，对客挥毫秦少游。"看来，国外的大作家中，这两种情况也都是存在的。这样一来，即便是和契诃夫最亲近的人也会时刻感到，他是生活在另一个世界里，虽然身在咫尺，却不啻邈隔天涯。

可以说，契诃夫是没有快乐的，他那优美而略带忧郁的双眼，总是沉重而苍凉地观望着周遭的一切。由于生活经历的特殊和精神上的抑郁，他在作品中较少直接表现人民美好的方面和愉快的场面；作品中往往笼罩着一层阴郁的使人压抑的气氛。所思在《天边外的契诃夫》一文中指出："契诃夫的剧本里，有那么多惆怅、失望、痛苦，有灰色的卑微的生活，有焦虑的无奈的停滞，有永远无法抵达的梦想，有人失去了一切，有人浪费了一生，有人杀人；有人自杀，那为什么它们还是'喜剧'？""契诃夫嘲笑一切人，因为他们软弱、自私、虚荣、吝啬、幼稚、世故，贪图安逸、夸夸其谈、百无一用、自暴自弃，他们困在自我的迷宫里，每一个人都徒有梦想，却都因为个人的局限，没能成为自身想象或者期望的人。"

对于自己作品中的人物，他可说是一个纤细入微的心理医生，一个铁面严酷的审判者。他峻厉而冷静地刻画出俄罗斯官僚、市侩们的顽固、迟钝、愚蠢和麻木的精神状态。作为俄国文学史以至世界文学史上精湛而完美的艺术珍品，他的代表作《变色龙》和《套中人》，分别塑造了见风使舵、善于变色、投机钻营者和因循守旧、畏首畏尾、害怕变革者的典型。"我总觉得这位乡村医生该怎样用一个医生的眼睛看待病态社会和各种各样的病态人物啊！不说别的，单看出现在他笔下那些小官吏，那些庶务官、巡官、预审官之类的人物，他们的精神状态是怎样的卑下可怜，他们的言谈举止是怎样的庸俗可笑。而这些人物，正是我们在日常生活里经常碰到的，正是我们这个病态社会的产物。"（王西彦语）同时，他又以充满同情的笔触，描绘了横遭掠夺的农民的悲苦无助的生活的悲剧，"哀其不幸，怒其不争"，特别是痛彻地剖析了知识分子的灵魂，反映出他们的彷徨和软弱。茅盾先生说过："本世纪 20 年代的中国青年知识分子，不论是醉生梦死的，或者是苦闷彷徨的，或者是苦苦追求人生意义的，读了契诃夫的作品，他的脑子里总是不能不泛起波澜""因为契诃夫剥露了知识分子的内心世界，指着知识分子的鼻子问道：你洁身自好就居然以为在你眼前进行的罪恶你可以不负责吗？你敢说你不是帮凶？"

三

参观过契诃夫纪念馆，我在留言簿上写下了"他从这里走进了历史"几个字。

契诃夫 1860 年出生于罗斯托夫州塔甘罗格市，1904 年病殁在德国小城巴登韦勒，而葬在莫斯科新圣母公墓的墓园里。就是说，同雅尔塔都沾不上边。显然，"这里"二字指的是文学——意在说明这位 19 世纪末俄国伟大的批判现实主义作家、幽默讽刺大师、短篇小说巨匠、著名剧作家，在他构筑的文学殿堂中获得了不朽。

　　伟大作家也好，普通公民也好，往古来今，又有哪一个人最后不是走进坟墓呢？一朝风烛，万古尘埃。有的留下了几许踪迹，大多数都幻化成一缕苍烟，随风而逝。或迟或早，或久或暂，或先或后，最后都逃不出这一种归宿，所谓"千古贤愚共一丘"也。

　　结局都要走进历史，都要由"现在式"转为"过去式"，这没有例外，所不同的是，怎么走进去；走进历史之后能否站得住脚，留下痕迹；站住脚了，名留万古，还有流芳百世与遗臭万年的差别。

　　孔老夫子有一句名言："君子疾没世而名不称焉。"在圣人看来，"没世而名不称"，这一辈子就与草木同朽了，就白活了。于是，后世的追随者，为了名重当时，声传久远，就不择手段、不遗余力地呼号奋发，颠扑猛进，到头来换得一盘冷猪肉，或者挤进了凌烟阁。但最后也不过扮演一回舞台上的当红角色。每一个在场的人已不重要，重要的是端出了这个由各种不同的名人所组成的团体节目。在这里，个人作为一方方碎布片，再借助于史学家"受控想象"来进行谨慎的织补，使之大体还原，而成为布洛赫所说的那种有血有肉的"总体史"。

　　这也可以说是进入了历史。但契诃夫的进入，却与此不同，他靠的是万古长新、永不漫漶、模糊、褪色的由文字书写的作品。这样，就既不需要编排什么"团体节目"，更无须通过"受控想象"、谨慎织补，而实现大体还原的期待。诚然，他的个体生命是短暂的，不过四十四个年头。而且，如果按中国古代所说的"三不朽"来衡量，也没有任何功业可言。他进入历史，入场券上写的是上千篇小说和五部戏剧。更重要的在于后世难以超越的质量。高尔基说过，契诃夫的小说是"内容比文字要多得多的作品"，以"篇幅不大的作品在做着一件意义巨大的事情：唤起人们对浑浑噩噩、半死不活的生活的厌恶"。

　　可以说，契诃夫终其一生，始终未能摆脱两种旷日持久的死亡经历：一种源于自身，属于肉体层面上的死亡。无情的病魔正在自己的孱弱之躯上疯狂肆虐，随时都在发出死亡的警告与召唤。作为一个高明的医生，凭着丰富的经验，他当会比任何人都了解死神威胁的严酷性。另一种则来自外面，属于精神层面上的死亡。在令人窒息的旧的专制环境中，伴随着茫无际涯、无比猖獗的保守势力的弥漫，成千上万的人已经埋葬在庸俗无聊的生活泥淖里。这种精神上的沦落，较之肉体上的折磨，无疑是更为痛苦，更加令人哀悯的。他在剧作《伊凡诺夫》中，就曾批判过一个缺乏坚定思想信念、因经不起艰难生活考验而自杀的知识分子主人公。他呼号奋发地呐喊着："不能再这样生活下去了！"

而他最终所获得的，却是不朽，永生。

白云黄叶，飘逝过八十几度春秋。造访雅尔塔期间，当我徜徉在小说家惨淡经营的果园里，恍惚迷离中，仿佛看到他那特色独具的身影：他穿着大衣，拿着一根手杖，身形瘦削，留着胡须，依旧戴着那副夹鼻眼镜，头上罩着一顶软软的黑便帽，神情散淡而严肃。此刻，正眯着深色的眼睛，从帽檐底下往外看着什么。我下意识地放轻脚步，忍住了咳嗽，唯恐惊扰了这位文学殿堂上的尊神。